U0133408

全漢樂府彙注集解

下

廖群　輯校輯注

舞曲歌辭

【集解】

郭茂倩曰：《通典》曰：「樂之在耳者曰聲，在目者曰容。聲應乎耳，可以聽知，容藏於心，難以貌觀。故聖人假干戚羽旄以表其容，發揚蹈厲以見其意，聲容選和而後大樂備矣。《詩序》曰：『詠歌之不足，不知手之舞之足之蹈之。』然樂心内發，感物而動，不覺手之自運，歡之至也。此舞之所由起也。」舞亦謂之萬。《禮記外傳》曰：「武王以萬人同滅商，故謂舞爲萬。」《商頌》曰：「萬舞有奕。」則殷已謂之萬矣。《魯頌》曰：「萬舞洋洋。」衛詩曰：「公庭萬舞。」然則萬亦舞之名也。《春秋》魯隱公五年：「考仲子之宫，將萬焉。公問羽數於衆仲，衆仲對曰：『天子用八，諸侯六，大夫四，士二。夫舞所以節八音而行八風，故自八而下，於是初獻六羽，始用六佾也。』」杜預以爲六六三十六人，而沈約非之，曰：「八音克諧，然後成樂，故必以八人爲列。自天子至士，降殺以兩，兩者減其二列爾。預以爲一列又減二人，至士止餘四人，豈復成樂。服虔謂天子八八，諸侯六八，大夫四八，士二八，於義爲允也。」周有六舞：一曰帗舞，二曰羽舞，三曰皇舞，四曰旄舞，五曰干舞，六曰人舞。帗舞者，析五綵繒，若漢靈星舞子所持是也。羽舞者，析羽也。皇舞者，雜五綵羽，如鳳皇色，持之以舞也。旄舞者，氂牛之尾也。干舞者，兵舞持盾而舞也。人舞者，無所執，以手袖爲威儀也。《周官・舞師》：「掌教兵舞，帥而舞山川之祭祀。教帗舞，帥而舞社稷之祭祀。教羽舞，帥而舞四方之祭祀。教皇舞，帥而舞旱暵之事。」樂師亦掌教國子小舞。自漢以後，樂舞寖盛。故有雅舞，有雜舞。雅舞用之郊廟、朝饗，雜舞用之宴會。……前世樂飲酒酣，必自起舞，詩云「屢舞仙仙」是也。故知宴樂必舞，但不宜屢爾。譏在屢舞，不譏舞也。漢武帝樂飲，長沙定王起舞是也。自是已後，尤重以舞相屬，所屬者代起舞，猶世飲酒以杯相屬也。灌夫起舞以屬田蚡，晉謝安舞以屬桓嗣是也。近世以來，此風絶矣。

聖人制禮樂篇

【集解】

沈約曰：《聖人制禮樂篇》。《鐸舞》歌詩二篇。

郭茂倩曰：《聖人制禮樂篇》，古辭，《鐸舞歌》。雜舞。舞曲歌辭。〇雜舞者，《公莫》《巴渝》《槃舞》《鞞舞》《鐸舞》《拂舞》《白紵》之類是也。始皆出自方俗，後寖陳於殿庭。蓋自周有縵樂散樂，秦漢因之增廣，宴會所奏，率非雅舞。漢、魏已後，並以鞞、鐸、巾、拂四舞，用之宴饗。宋武帝大明中，亦以鞞拂雜舞合之。鐘石施於廟庭，朝會用樂，則兼奏之。明帝時，又有西傖羌胡雜舞，後魏、北齊，亦皆參以胡戎伎，自此諸舞彌盛矣。……○《唐書·樂志》曰：「《鐸舞》，漢曲也。」《古今樂録》曰：「鐸，舞者所持也。木鐸制法度以號令天下，故取以爲名。今謂漢世諸舞，鞞、巾二舞是漢事，鐸、拂二舞以象時。古《鐸舞曲》有《聖人制禮樂》一篇，聲辭雜寫，不復可辨，相傳如此。」

馮惟訥曰：《聖人制禮樂篇》。《晉書·樂志》，鐸舞詩二篇，陳於元會。

朱嘉徵曰：鐸舞曲歌《聖人制禮樂》，元會之雅也。○按《宋書·樂志》鐸舞曲獨有句逗，今從之。

朱乾曰：乾讀「誰時」「行許」，知漢曲而實魏作也。按漢建安十三年魏武平荆州，獲漢雅樂郎河南杜夔，使創定雅樂，又有散騎帝侍鄧静、尹商善訓雅樂，歌師尹胡能歌宗廟郊祀之曲，舞師馮肅、服養曉知先代諸舞，夔悉總領之，遠詳經籍，近采故事，考會古樂，始議軒縣鐘磬，此篇應作於此時，所謂聖人作禮樂，名雖建安實魏武自謂。

昔皇文武邪　彌彌舍善[一]　誰吾時吾　行許帝道　銜來治路萬邪　治路萬

邪[二]　赫赫意黄運道吾　治路萬邪　善道明邪金邪　善道　明邪金邪帝邪　近帝武武邪邪[三]　聖皇八音　偶邪尊來　聖皇八音　及來義邪同邪[四]　烏及來義邪　善草供國吾　咄等邪烏　近帝邪武邪　近帝武邪武邪　應節合用　武邪尊邪　應節合用　酒期義邪同邪　酒期義邪　善草供國吾[五]　咄等邪烏　近帝邪武邪　近帝武武邪邪　下音足木　上爲鼓義邪　應衆義邪　樂邪邪延否　已邪烏已禮祥　咄等邪烏　素女有絶其聖烏烏武邪[六]（《宋書》卷二二《志》第十二《樂》四。《樂府詩集》卷五四、《古詩紀》卷十六）

【校勘】

「及來義邪同邪」，《樂府詩集》《古詩紀》「義」作「儀」，《古詩紀》小注云「《宋書》作『義』」。

「樂邪邪延否」，《樂府詩集》作「樂邪供邪延否」。

【集注】

[一]「昔皇文武邪　彌彌舍善」：**朱乾曰**：昔皇文武，文王武王也。彌彌，盛也；舍善，有善而不居之謂。

[二]「誰吾時吾　行許帝道　銜來治路萬邪　治路萬邪」：**朱乾曰**：問誰時行許者，文武帝道實銜之而來，蓋操以文武之道自命也。操以丞相總理，萬路皆所統御。

［三］「赫赫意黄運道吾　治路萬邪　善道明邪金邪　善道　明邪金邪帝邪　近帝武武邪邪」：**朱乾曰**：運際昌，期天心默啓金鐸也。明金，鳴金也。傅玄詩作「振鐸鳴金」。古者遒人以木鐸徇于路，言善遒民者振鐸以詔之，於是教化大行，制禮作樂，八音克諧，王道大備。

［四］「聖皇八音　偶邪尊來　聖皇八音　及來義邪同邪」：**朱乾曰**：所謂「聖皇」者，稱獻帝，實操也。偶，合也，上則降格尊神，下及鳥獸來儀，中則尊酒期會，燕樂嘉賓。

［五］「應節合用　武邪尊邪　應節合用　酒期義邪同邪　酒期義邪　善草供國吾」：**朱乾曰**：應節合用，《雲門篇》言「應節合度」。草，創也，謂善草創若杜夔輩，皆足以供國之用。

［六］「下音足木　上爲鼓義邪　應衆義邪　樂邪邪延否　已邪烏已禮祥　咄等邪烏　素女有絶其聖烏烏武邪」：**朱乾曰**：下音足木，上爲鼓應，木，柷敔也，下上謂音之高下也，鐸音下不遇木，上不過革，必言革木者，傳曰：革木一聲。又曰：革木以節之。《雲門篇》作「下饜象目上從鐘鼓」。否已，謂背已者，衆樂延而背已者已，有舞干羽而苗格之意。祥，事神名，《春秋傳》「祥以事神」，注：祥也，言八音克諧，感格神明。素女亦爲之降愛乎，聖人盛德之事矣。

【集評】

朱乾曰：操自建安元年遷獻帝于許，自謂大將軍，自是政歸曹氏。討劉表之歲，操自爲丞相，不五年而爵爲魏公，建魏宗廟社稷，再三年而進爵爲王，用天子車服，僭禮易樂，於罪當誅。

讀「誰時」「行許」之詞，魏之不臣著矣。嗚呼，其可與言雅樂哉。

廖按： 逯欽立云，曲中吾、許、來、邪、意、帝、武、尊、來、咄等皆聲字。「治路萬」、「善道明金」、「聖皇八音」、「善草供國」皆有疊辭。遂聲辭分讀如下（大字爲辭，小字爲聲）：

昔皇文武邪彌彌舍善誰吾時吾行許帝道銜來治路萬邪治路萬邪赫赫意黃運道吾治路萬邪善道明邪金邪善道明邪金邪近帝武武邪邪聖皇八音偶邪尊來聖皇八音及來義邪同邪烏及來義邪善草供國吾咄等邪烏近帝邪武邪近帝武邪武邪應節合用武邪尊邪應節合用酒期義邪同邪酒期義邪善草供國吾咄等邪烏近帝邪武邪近帝烏烏邪邪下音足木上爲鼓義邪應衆義邪樂邪邪延否已邪烏已禮祥咄等邪烏素女有絶其聖烏烏武邪

逯氏云，此曲聲辭相雜，不易詮釋。然若較以傅玄擬作，則尚有可解者。傅玄《雲門篇》云：「黃《雲門》，唐《咸池》，虞《韶舞》，夏《夏》殷《濩》。列代有五，振鐸鳴金，延《大武》。清歌發唱，形爲主。聲和八音，協律吕。身不虛動，手不徒舉。應節合度，周其敘。時奏宮角，雜之以徵羽。下饜衆目，上從鐘鼓。樂以移風，與德禮相輔，安有失其所。」今以古曲比較傅作，則見「聖皇八音」即「聲和八音」之所本。「應節合用酒期」即「應節合度周其敘」之所本。「下音足木上爲鼓」即「下饜衆目上從鐘鼓」之所本。「樂延否已禮祥」，即「樂以移風」與「德禮相輔」之所本，皆異中有同也。傅玄曉音，善擬舊曲，然亦非全襲舊辭。如「身不虛動」「手不徒舉」二句，傅作有而古曲無之。「赫赫皇運」一句，古曲有而傅作無之。古曲爲「有絶其聖」，傅則改爲「安有失其所」，皆證古辭與擬作又有不同。

又按：白平聲辭分讀斷句近於逯氏所斷，其釋讀云：「昔皇」，字疑當作「思皇」。「善道明金」，字當作「振鐸鳴金」。「聖皇八音」，字當作「聲和八音」。「善草供國」，字當作「善奏宮角」。「應節合用」，傅玄《雲門篇》作「應節合度」。「酒期義」，字當作「守其序」。「樂邪延否」，字當作「樂以移風」。「素女」，當爲「孰」之析音。「絶」，字當作「失」。「聖烏」，當爲「所」之析音。這篇歌辭是根據樂工的實際唱法記音的，所以就將「孰有失其所」記爲「素女有絶其聖烏」了。見白平《漢鐸舞〈聖人制禮樂〉篇試斷》，《山西大學學報》一九九二年第一期。

又按：葉桂桐經辨析將該篇今譯爲：「從前的文王（武王），善行先王之道。他們的功業無比顯赫。振鐸鳴金，實行教化。八音和協，天下太平，各邦國按時貢獻禮物給天子。應節合用，天下秩序井然有條。下椎柷，上擊鼓，與衆舞者的動作相應和。以樂增進道德，與禮相輔佐，聖人製作的禮樂將萬古流傳。」見《漢〈鐸舞歌・聖人制禮樂篇〉解讀》，《古籍整理研究學刊》一九九六年第四期。

淮南王篇

【集解】

沈約曰：《淮南王篇》，《拂舞行》。《拂舞》歌詩五篇。

郭茂倩曰：《淮南王篇》，無名氏，《晉拂舞歌》。雜舞。舞曲歌辭。○《晉書·樂志》曰：「《拂舞》出自江左，舊云吴舞也。晉曲五篇：一曰《白鳩》，二曰《濟濟》，三曰《獨禄》，四曰《碣石》，五曰《淮南王》。齊多删舊辭，而因其曲名。」《古今樂録》曰：「梁《拂舞歌》並用晉辭。」《樂府解題》曰：「讀其辭，除《白鳩》一曲，餘並非吴歌，未知所起也。」○崔豹《古今注》曰：「《淮南王》，淮南小山之所作也。淮南王服食求仙，遍禮方士，遂與八公相攜俱去，莫知所往。小山之徒，思戀不已，乃作《淮南王曲》焉。」班固《漢武帝故事》曰：「淮南王安好神仙，招方術之士，能爲雲雨。百姓傳云：『淮南王得天子，壽無極。』帝心惡之，使覘王，云：『能致仙人，與共游處，變化無常，又能隱形飛行，服氣不食。』帝聞而喜，欲受其道，王不肯傳。帝怒，將誅焉。王知之，出令與群臣，因不知所之。」《樂府解題》曰：「古詞云：『淮南王，自言尊。』實言安仙去。」

馮惟訥曰：《淮南王篇》，漢舞曲歌辭，雜舞。○《樂府》列在晉拂舞歌。

唐汝諤曰：崔豹《古今注》云云。《漢書》，淮南王安招致賓客數千人，言神仙黄白之術。游士妄作妖言阿諛王，王謀爲反具，伍被自詣吏告與淮南王謀反，吏因捕太子、王后，後圍王宫盡捕王賓客在國中者，議安當伏法，丞相弘、廷尉湯以聞上，使宗正以符節治王叔。至王自刑，國除。應劭《風俗通》：淮南王安招募方技怪迂之人，述神仙黄白之事，財殫力屈，無能成獲。親伏白刃，與衆棄之，安在其能神仙乎？安所養士或頗漏亡，恥其如此，因飾詐説，後人吠聲，遂傳行耳。○此疑哀淮南王而作。言王初不過妄自尊大，深居高拱，若在天然，因招集奇衺之人，講求黄白之事，而群小附和，謀爲不軌遂從此始，因歎彼少年輕儇佻薄亦何能賢，其後張揚敗露，以至聲聞於上，大都由此。時王雖悔而欲返已不可得，意惟經年化鵠始可還鄉，而欲進徘徊，反覺其苦更甚，退而自想，此時即繁舞奇聲，皆足自樂，而與其徘徊故鄉，曾不若徙倚天外之爲安矣。王得神仙之術，與八公俱去，意即兹説之影附與？

朱嘉徵曰：《淮南王篇》，漢雅之變，雜舞歌辭，拂舞曲。○《雜舞曲》歌《淮南王》，著戒也。○按《史記》稱淮南好劍，則八公之徒不過劍俠耳。王之反謀，積四十二年而不能發，卒自剄死，豈真有形解之術耶？是篇風刺其隱，明是伍被輩，久繫不能歸漢，一若自訟，一若諷諫。鮑明遠詩「朱門九重門九閨，願逐明月入君懷」可謂得其志，而《樂府》何以列之「拂舞曲」，余讀《觀舞賦》言客有觀舞於淮南者，豈淮南俗好歌舞而托舞曲以寓言之歟？拂舞曲盛于晉，蓋專言舞矣。

朱乾曰：此詩首言「淮南王，自言尊」，便是書法，其平日謀爲不軌，意可見矣；又言「少年窈窕何能賢」，則所招致賓客數千人，不過假神仙黄白之術以遂其私謀耳。渡河無梁，還鄉無日，是可哀也。「繁舞寄聲無不泰」，言富貴亦自足樂，何必神仙，但得「徘徊桑梓」已抵「遊天外」

也。此詩大概是哀淮南之愚而取禍，應氏説爲得其實。崔豹《古今注》云云。班固《漢武帝故事》云云。皆妄説不可信。

廖按：《樂府詩集》列在晉拂舞歌，然所引《樂府解題》稱「古詞云」，馮惟訥《古詩紀》卷十六列於「舞曲歌辭」首篇，朱嘉徵《樂府廣序》列爲「漢雅」，今據此以漢樂府詩收入。

淮南王，自言尊，百尺高樓與天連。[一]後園鑿井銀作牀，金瓶素綆汲寒漿。[二]汲寒漿，飲少年。少年窈窕何能賢[三]？揚聲悲歌音絶天。我欲度河河無梁，願化雙黄鵠，還故鄉。[四]還故鄉，入故里。徘徊故鄉，苦身不已。[五]繁舞寄聲無不泰，徘徊桑梓遊天外。[六]（《宋書》卷二二《志》第十二《樂》四。《樂府詩集》卷五四、《古詩紀》卷十六）

【集注】

[一]「淮南王，自言尊，百尺高樓與天連」三句：**唐汝諤曰：**《史記·封禪書》：公孫卿曰：仙人好樓居，故作百尺之樓以居方士。（廖按，《史記·封禪書》：「公孫卿曰：『僊人可見……今陛下可爲觀，如緱城，置脯棗，神人宜可致也。且僊人好樓居。』于是上令長安則作蜚廉桂觀，甘泉則作益延壽觀……乃作通天莖臺，置祠具其下，將招來僊神人之屬。于

是甘泉更置前殿，始廣諸宮室。」）**廖按**：徐仁甫云，「自言」疑即自然。《古豔歌》「蘭草自然香」，「然」一作「言」。則「淮南王，自言尊」者，即淮南王自然尊也。又疑「自言尊」當作「自尊言」，言如《詩・大雅・皇矣》「崇墉言言」，毛傳「言言，高大也」；《爾雅》（《釋樂》）「大簫謂之言」，（邢昺疏引）李巡注：「大簫，聲大者言言也。」是「言」有「大」義。此詩尊言二字平列，謂淮南王自尊大也。「言」與下句「百尺高樓與天連」之連韻，猶詩「崇墉言言」與「執訊連連」韻也。若作「言尊」，則「尊」與「連」反不協矣。

[二]「後園鑿井銀作牀，金瓶素綆汲寒漿」二句：**唐汝諤曰**：《列子》：鑿井而飲。（廖按，「鑿井而飲」見西晉皇甫謐《帝王世紀》）銀牀，井欄也。瓶，汲器。綆，汲井索也。或作絖。《漢（書）・枚乘傳》：「單極之絖斷幹。」漿，水也。《易》（《井》）：「井洌寒泉食」。**聞人倓曰**：銀牀，即井榦也，皆井上欄也。《周易》（《井》）：「羸其瓶。」

[三] 少年窈窕何能賢：**唐汝諤曰**：窈，深也。窕，輕肆也。

[四]「我欲度河河無梁，願化雙黃鵠，還故鄉」三句：**唐汝諤曰**：古樂府（《巫山高》）：「曳水河梁。」黃鵠，仙禽。公主歌（《漢書・西域傳》）：「願爲黃鵠兮歸故鄉。」

[五]「徘徊故鄉，苦身不已」二句：**唐汝諤曰**：徘徊，不進貌。**廖按**：徐仁甫云，「苦身不已」句，與上下文義不貫。「不」疑「而」字之誤。隸書「不」與「而」形近易混。《西征賦》（《文選》）「從而悉全」，注（《文選考異》）云「而」爲「不」之誤。《戰城南》「禾黍不獲君何食」，一

本「不」作「而」。《東周策》(《戰國策》)「君必施於今之窮士不必且爲大人者」，「不」亦「而」字之誤。苦身而已，謂但苦其身，不苦其心，故下文曰「徘徊桑梓遊天外」也。

［六］「繁舞寄聲無不泰，徘徊桑梓遊天外」二句：**唐汝諤曰**：繁，雜也。桑梓，即故鄉。《詩》(《小雅·小弁》)：「維桑與梓，必恭敬止。」宋玉《大言賦》(《古文苑》)：「長劍耿耿倚天外。」**聞人倓曰**：《漢書》(《趙尹韓張兩王傳》)趙廣漢傳：「界上亭長，寄聲謝我。」

【集評】

陳祚明曰：今按此詩亦未實言淮王得仙。淮王爲漢所誅死，然好賓客，言神仙，篇中曰「自言尊」，曰「少年窈窕何能賢」，尊者不尊而賢者不賢也。化鵠歸來苦身不已，似言魂魄徘徊，故上有「揚聲悲歌音絶天」之句，應哀淮王之詞。〇「後園鑿井」數語，新雋雅麗。

李因篤曰：《淮南王》此詞按其意，責王之愚爲群小所蔽耳，《樂府解題》顧謂實言仙去，何也。〇樓居者既無所得，久而歸，思歸，故其詞云云。末段懸擬，還鄉雖有力作之苦，而進退自如，其樂陶陶，比遊行天外矣。〇「繁舞」句，就現前舞者説，此固舞曲也。

漢詩説曰：此警誡列國之辭，當以淮南王爲鑒。前言其尊大，次言其侈僭，次言與八公之徒爲亂爲可悲。自「我欲渡河」以下，漢詩常有之，恐亦分合之辭耳。

沈德潛曰：此哀淮南求仙無益，而以身受禍也。措詞特隱。

巾舞歌詩

【集解】

沈約曰：《公莫》，《巾舞歌詩》。《巾舞》歌詩一篇。○《公莫舞》，今之巾舞也。相傳云項莊劍舞，項伯以袖隔之，使不得害漢高祖。且語莊云：「公莫。」古人相呼曰「公」，云莫害漢王也。今之用巾，蓋像項伯衣袖之遺式。按《琴操》有《公莫渡河曲》，然則其聲所從來已久。俗云項伯，非也。

郭茂倩曰：《巾舞歌》，古辭。雜舞。舞曲歌辭。○《唐書·樂志》曰：「《公莫舞》，晉、宋謂之《巾舞》。其説云，漢高祖與項籍會鴻門，項莊舞劍，將殺高祖，項伯亦舞，以袖隔之，且語莊云：『公莫。』古人相呼曰公，言公莫害漢王也。漢人德之，故舞用巾以像項伯衣袖之遺式。」《宋書·樂志》曰云云。《古今樂録》曰：「《巾舞》，古有歌辭，訛異不可解。江左以來，有歌舞辭。沈約疑是《公無渡河曲》，今三調中自有《公無渡河》，其聲哀切，故入瑟調，不容以瑟調離於舞曲。惟《公無渡河》，古有歌有弦，無舞也。」

馮惟訥曰：《巾舞歌詩》。

朱嘉徵曰：巾舞歌《公莫舞》，德項伯也。王業艱難，示後世不忘其章。○《樂府》列巾舞歌詩。《南齊書·樂志》：晉《公莫舞歌》二十章，章無定句，前是第一解，後是第十九解，二十解雜有三句，並不可曉解。建武初，明帝奏樂至此曲，言似是永明樂，流涕憶世祖云。不知即是此曲否。

朱乾曰：《唐書·樂志》曰云云。《宋書·樂志》曰云云。《古今樂録》曰云云。今按此數説皆非也。乾爲逐字推按，分別聲辭，正義呈露，毫無安排穿鑿之病，讀之感人，始歎以不解解之之説誤人也。○政繁役重，民苦征徭而不得養其老，詩人傷之而爲之歌。○《樂略》《怨思》二十五曲有《思君去時行》，出此。○先王悦以使民，量地遠近，安有所謂度四州洛四海者乎？役不逾時，安有所謂三年針縮者乎？不得已如《東山》之征，亦偶然而已，安有所謂復來推排者乎？此秦王漢武之所爲，而孟子所謂「壯者散而之四方，老羸轉乎溝壑」，讀其詞可傷也。齊建武初，明帝奏樂，至此曲言是似永明樂，流涕憶世祖，詩之感人深矣。

廖按：逯欽立云，此曲當是西漢人形容寡婦之舞詩，其辭與後人詠陶嬰之《黄鵠曲》極相類似也。「推排轉輪」等，亦漢人習語。又篇中有「平門淫涕下」語，知詩爲西漢作。○楊公驥云，「這是一場表現母子分離的小『舞劇』」，「反映着當時人們不得不離家出走外地謀生的思想，並在舞蹈動作中表現了母親號泣和母子相對不斷歎息的别離場面」，「可能是漢武朝末的作品」。見《西漢歌舞劇巾舞〈公莫舞〉的句讀和研究》，《光明日報》一九五〇年七月九日。○白平云，「這篇歌詞所表現的，是一個出外征戍服役的男子與老母在悲痛訣别之後的互相思念之情」。見《漢〈公莫舞〉歌詞試斷》，《山西大學學報》一九八七年第一期。○葉桂桐云，「漢《巾舞歌詩》

當爲一女子持巾舞蹈，表演夫婦離别之狀，抒寫妻子思念丈夫之情。但就歌詞而言，亦可理解爲妻子思念遠行的丈夫，回憶他們分手的經過」。見《漢〈巾舞歌詩〉試解》，《文史》第三九輯，中華書局一九九四年。

吾不見公莫時吾何嬰公來嬰姥時吾哺聲何爲茂時爲來嬰當思[一]吾明月之上轉起吾何嬰土來嬰轉去吾哺聲何爲土轉南來嬰當去[二]吾城上羊下食草吾何嬰下來吾食草吾哺聲汝何三年針縮何來嬰吾亦老吾平平門淫涕下吾何嬰何來嬰涕下[三]吾哺聲昔結吾馬客來嬰吾當行吾度四州洛四海吾何嬰海何來嬰海[四]何來嬰四海吾哺聲熇西馬頭香來嬰吾洛道吾治五丈度汲水[五]吾噫邪哺誰當求兒母何意零邪錢健步哺誰當吾求兒母何吾哺聲三針一發交時還弩心[六]意何零意弩心遥來嬰弩心哺聲復相頭巾意何零何邪相哺頭巾相吾來嬰頭巾母何何吾復來推排意何零相哺推相來嬰推非母何吾復車輪意何零子以邪相哺轉輪吾來嬰轉[七]母何吾使君去時意何零子以邪使君去時使來嬰去時母何吾思君去時意何零子以邪思君去時思來嬰吾去時[八]母何何吾吾（《宋書》卷二二《志》第十二《樂》四。《樂府詩集》卷五四、《古詩紀》卷十六）

【校勘】

「當思吾明月之上」，《樂府詩集》《古詩紀》「思」作「恩」；《樂府詩集》「上」作「土」，《古詩紀》「上」作「士」。

「轉起吾何嬰土來」，《古詩紀》「土」作「上」。

「吾何嬰海何來嬰海何來嬰四海」，《樂府詩集》《古詩紀》作「吾何嬰海何來嬰四海」，少「海何來嬰」四字。

「吾去時母何何」，《古詩紀》「吾」作「母」。

【集注】

［一］吾不見公莫時吾何嬰公來嬰姥時吾哺聲何爲茂時爲來嬰當思：**朱乾曰**：莫讀暮，莫時，暮年也。姥一作老，老字爲是。茂時，盛年也，言人老復何所爲。盛年不再，正復當思。**廖按**：逯欽立云，「公莫」當即「公姥」，故下文轉唱即爲「姥」字、「茂」字，「莫」「茂」皆「姥」音之轉。

［二］吾明月之上轉起吾何嬰土來嬰轉去吾哺聲何爲土轉南來嬰當去：**朱乾曰**：青雲之（上）〔士〕喻其高，明月之（上）〔士〕喻其俊。《會稽先賢傳》曰，闞澤年十三夢見名字炳然在月中。雜曲有《明月子》。《周禮》（《地官司徒》）：「凡起徒役。」轉起轉去，言遷徙無定也。爲土，爲土地之故，窮年戍守。轉此之人，當彼之去，是更代無已時也。當，代也。

〔三〕吾城上羊下食草吾何嬰下來吾食草吾哺聲汝何三年針縮何來嬰吾亦老吾平平門淫涕下吾何嬰何來嬰涕下：**朱乾曰：**城上羊，宋鮑照《贈故人馬子喬》詩：「躑躅城上羊，攀隅食元草。」城上之羊朝往夕來，膝下之子三年在外，而老者老矣，是以倚門而涕下也。針音箝。平平門，《水經注》：「穀水又東徑平昌門南。」故平門也。《武帝紀》（《漢書》）曰：建元三年，「初作便門橋」，（顏師古注引）服虔曰：「在長安西北茂陵東。」蓋于城之西面南來第一門外，對門並橋以便西往，故此門一名便門，而此橋遂名便橋，亦曰便門橋也。便亦作平，古平便字通。「平門」之「平」如字，上「平」字義與閈同，《法言・問道篇》：「閈之廓然見四海，閉之閛然不睹牆之裏。」《音義》曰，閛，匹庚切，閉門也。平讀閛，古字省。**廖按：**逯欽立云，城上羊下食草，即鮑照所謂「躑躅城上羊，攀隅食玄草」義。

〔四〕昔結吾馬客來嬰吾當行吾度四州洛四海吾何嬰海何來嬰海：**朱乾曰：**「昔結」以下乃述其子行路之難，力役之苦。洛與絡同，《莊子・秋水篇》「落馬首」，絡四海，經四海也。**廖按：**逯欽立云，「洛四海」，「洛」即「略」之借字。

〔五〕熇西馬頭香來嬰吾洛道吾治五丈度汲水：**朱乾曰：**熇，熱氣也，言當炎熱馬首西行籠絡在道。五丈爲堵，治五丈，築城也。度，量度。功，程也。度汲水鑿池也。

〔六〕錢健步哺誰當吾求兒母何吾哺聲三針一發交時還弩心：**朱乾曰：**錢讀踐，踐，健步轉移。執，事也，言子在外如此之苦，父心傷之，而無可如何，誰爲求兒者，至於役期已滿，三年放還，交代者至此時歸心如離弦之弩矣。**廖按**：逯欽立云，「錢健步」，「錢」即「遣」之借字。《三國志》有「遣健步」語。「三針」，「針」乃「箭」之借字。

［七］意何零意弩心遥來嬰弩心哺聲復相頭巾意何零何邪相哺頭巾相吾來嬰頭巾母何何吾復來推排意何零相哺推相來嬰推非母何吾復車輪意何零子以邪相哺轉輪吾來嬰轉：**朱乾曰**：誰知方意努心未久，又復整冠作出門之計，推排當差遣之期，重復驅車上道。

［八］母何吾使君去時意何零子以邪使君去時使來嬰去時母何吾思君去時意何零子以邪思君去時思來嬰吾去時：**朱乾曰**：此時壯者且老，而老者愈老，垂老之別，何以爲情。玩「思君去時」之句，嗚唈梗咽勝於淫涕矣。

【附】朱乾聲辭分讀《巾舞歌》（大字爲辭，小字爲聲）：

吾不見公莫時吾何嬰公來嬰姥時吾哺聲何爲茂時爲來嬰當思吾明月之上［士］轉起吾何嬰土來嬰轉去吾哺聲何爲土轉南來嬰當去吾城上羊下食草吾何嬰下來吾食草吾哺聲汝何三年針縮何來嬰吾亦老吾平平門淫涕下吾何嬰何來嬰涕下吾哺聲昔結吾馬客來嬰吾當行吾度四州洛四海吾何嬰海何來嬰海何來嬰四海吾哺聲熇西馬頭香來嬰吾洛道吾治五丈度汲水吾意邪哺誰當求兒母何意零邪錢健步哺誰當吾求兒母何吾哺聲三針一發交時還弩心意何零意弩心遥來嬰弩心哺聲復相頭巾意何零何邪相哺頭巾相吾來嬰頭巾母何何吾復來推排意

何零**相**哺**推**相來嬰**推非**〔**排**〕母何**吾復車輪**意何零子以邪**相**哺**轉輪**吾來嬰**轉**母何吾**使君去時**意何零子以邪**使君去時**使來嬰**去時**母何吾**思君去時**意何零子以邪**思君去時**思來嬰吾**去時**母何何吾吾

【集評】

王世貞曰：《鐸舞》《巾舞》，歌俳歌政，如今之《琴譜》及樂聲車公車之類，絶無意誼，不足存也。

朱乾曰：《大學衍義補》，均人，「豐年公旬用三日」，「中年公旬用二日」，「無年公旬用一日」，「凶年則無力政」，「按此即《王制》所謂用民之力歲不過三日者也。然又因歲時之豐欠以定役數之多寡，是以三代盛時之民，以一人之身，八口之家，於三百有六旬有六日之間，無一日而不自營其私也，所以爲公者僅三日焉耳。後世驅民於鋒鏑，起民以繇戍，聚民以工作，蓋有一歲之間在官之日多而家居之日少，甚者乃至於終歲勤苦而無一日休者。嗚呼，民亦不幸而不生於三代之前哉。」〇父，指其父言；君，指其子言。「吾亦老」，「吾」字父自吾也；「吾當行」，「吾」字子自吾也。首以作詩者起，自「城上羊」至「吾亦老」托爲父思子之詞；而以「平平門」「淫涕下」入叙事截住；自「昔結馬」至「誰當求兒」托爲子答父之詞，而以「三針一發」至「車輪轉」入叙事截住。末以詩人意結之。此章法也，讀詩者先認清此數字，則前後語意自分明矣。

廖按：逯欽立聲辭分讀《巾舞歌》（大字爲辭，小字爲聲）如下：

吾不見公莫時吾何嬰公來嬰姥時吾哺聲何爲茂時爲來嬰當思明月之(上)(士)轉起吾何嬰土來嬰轉去吾哺聲何爲土轉南來嬰當去吾城上羊下食草吾何嬰下來吾食草吾哺聲汝何三年針縮何來嬰吾亦老吾平平門淫涕下吾何嬰何來嬰涕下吾哺聲昔結吾馬客來嬰吾當行吾度四州洛四海吾何嬰海何來嬰海何來嬰四海吾哺聲熇西馬頭香來嬰吾洛道吾治五丈渡汲水吾噫邪哺誰當求兒母何意零邪錢健步哺誰當吾求兒母何吾哺聲三針一發交時還弩心意何零意弩心遙來嬰弩心哺聲復相頭巾意何零何邪相哺頭巾相吾來嬰頭巾母何何吾復來推排意何零哺推相來嬰推非母何吾復車輪意何零子以邪相哺轉輪吾來嬰轉母何吾使君去時意何零子以邪使君去時使來嬰去時母何吾思君去時意何零子以邪思君去時思來嬰吾去時母何何吾吾

又按：楊公驥《西漢歌舞劇巾舞〈公莫舞〉的句讀和研究》(《中華文史論叢》一九八六年第一輯)云，古辭往往聲辭雜定。又因爲是舞曲，「我懷疑其中雜有動作的記號」。由第二句作「公姥何爲茂」看來，可知第一句的「吾不見公莫」之「莫」乃是「姥」之誤。據漢代字音，「姥」讀作mǔ，「莫」讀作mǔ，二者本同音。因此，所謂「公莫舞」應爲「公姥舞」。在章法上，巾舞歌辭中有許多反復句。例如：

吾不見公姥……公……姥……

明日之土……土……

城上羊，下食草……下……食草……
洛四海……海……海……四海……
洛道五……五丈度汲水……
母……意何零……意……意何零……
使君去時意何零……使……去時……
思君去時意何零……思……君去時……

若將《公莫巾舞》中的和聲、復唱和標示舞步、「作科」（動作）的字句剔出，便可發現其辭的本辭是：

（一）吾不見公莫〔姥，mǔ〕，
公姥何爲茂，
當思明日之土。
（二）去何爲？
士當去，
城上羊，下食草。
汝何三年，

吾亦老，

吾涕下。

（三）昔結馬，

客當行，

度四州，

洛〔略〕四海，

熇〔鄗〕西馬頭〔蹄〕香，

洛道五丈度〔渡〕汲〔濟〕水。

（四）誰當求兒，

母何意零。

（五）（母）何何吾！意何零。

（子）以邪！

（母）何吾！使君去時意何零。

（子）以邪！使君去時……

（母）何吾！思君去時意何零。

（子）以邪！思君去時……

（母）何何吾吾！

第一節意爲，兒子出門謀生，說：我不見爹媽（公姥）了！爹媽好好保養，怎樣把身體養茂實；放寬心，應當多想着將來的好土地好日子。第二節意爲，出去做什麼呢？青年小夥理應出去謀生。俗話說：「城上羊，下食草。」羊如果立在高高的城牆上下不來，就找不到草吃；同樣，青年人如貪戀温暖的家不肯出去，也很難生活。所以，須離家幾年，出外去謀生。這時，母親說：但三年以後呀（「針縮」二字不解），我也老了哩！於是母親哭了：「吾涕下。」第三節意爲，已經套結好了馬，征人即將起程，將要走過四方（「四州」），還要去遥遠的邊地（「四海」）。按：《爾雅·釋地》：「九夷、八狄、七戎、六蠻謂之四海。」（此指遥遠的地方）當郿西馬蹄香（杜衡）繁盛的時節，順着五丈（合今三丈五尺左右）寬的直通洛陽的大道（洛道），渡過了汲（濟）水。第四節意爲，兒子離家後，母親哭道：誰能找回我的兒子呀！做母親的心意何其淒苦孤零。接着，伴以舞步，反復悲訴。母親歎道：「何何吾！」兒子應道：「以邪！」反復三次，所謂一疊一聲長歎氣，也就是這樣情景。最後，母親深深地歎息：「何何吾吾！」巾舞便就此結束。

當然，這歌舞的內容仍是很簡單的。不過，值得特別注意的是：它已經有了簡單的故事情節，有了兩個人物（母與子），已具備早期歌舞劇（二人轉、二人臺）的樣式。如從發展過程來看，漢代《公姥舞》一類的歌舞劇乃是我國戲曲的前身。

按漢代習俗，舞蹈者和觀看者都是席地而坐，跪坐在席子上。

因此，巾舞開始時（第一節），兩位演員（扮演母、子者）是跪坐在席子上唱「吾不見公莫［姥］，公姥何爲茂」的。當唱到將來的希望「當思明日之土」時，這才勃然站起（「轉起」），並在「土」的餘音中又「轉」了一下身，以表示這希望的迫切。

第二節，唱到「去何爲？士當去」的「士」時，在拖腔聲中，演員「轉南」——「轉」過身面朝「南」方，然後接唱「當去」。所以如此動作，是因爲表演歌舞時，觀衆席是坐北朝南，觀衆是面朝南看舞；而表演場所是坐南朝北，演員是面朝北獻舞。由此可知，當演員身「轉南」時，就是背向觀衆，以背對觀衆就是表示要離此而去，表示「士當去」，去意堅決。這表明，巾舞的舞蹈動作是緊密地配合着歌辭，以表現情節。

當唱到「誰當求兒？母何意零」後，便開始走「健步」。「健步」就是急速快步，舞名「跑場」。用跑場表示母親「求兒」之迫切和心意的焦躁。

接着，在「母意何零」的反復吟唱聲中，出現各種舞蹈動作，計有：三針一發；弩心、弩心、復相頭巾；相頭巾、頭巾、復來推排；推排、推排、復轉輪；轉輪、轉。

所謂「三針一發」，可能是一種急促的步法，以表示悲傷與急躁。其詳不可考。

所謂「弩心」，即挺胸（弩、努爲古今字），挺胸仰首。這是以仰首長歎動作表現悲痛。

所謂「相頭巾」、「頭巾」，意思是使用頭巾。可能是以「巾」拭淚。這動作是與歌辭的「吾涕下」「吾何零」相照應的。

「推排」意爲互相擁來擠去，或進進退退，互相推移。這是表演兒子起程離家時，母子一面以「頭巾」拭淚，一面進進退退，拉來推去，難捨難分的情景的。

最後，在復唱「意何零」時，經過三次擁來推去地「推排」之後，在母親「何何吾」（呵呵啊）的歎息聲中，母子開始「轉輪」。所謂「轉輪」，就是轉圓場。今天在一些戲曲中，演員表演在長途上行走時，圍着舞臺中心快步繞圈子，行話叫「跑圓場」。因此，巾舞「轉輪」與今日的「轉圓場」舞態相同，都是表示長途行走的。與此同時，伴以母子的歎息與和聲。

巾舞結尾時（第五節），動作由急漸緩。歌辭重複詠唱，夾雜着母子的歎息。母親的歎息是「何何吾」（呵呵啊）；兒子的歎息是「以邪」（「咦呀」）。一歎一和反復三次。這表示母與子分離後，在兩地悲歎。最後以母親的沉重的長歎「何何吾吾」（呵呵啊啊）作結束。

由此看來，和聲與舞法都有一定的規律。如開始有三個「時」字冠於主要的和聲之前，顯然是指示歌者在「這時」加和聲。以後當然以此類推，故將「時」字省略。又如，在第四節和第五節的舞蹈動作前有三個「復」字，乍看起來似無甚意義。但是，如果從舞蹈動作的次數著眼，便可知只有在接連兩個動作之後的第三個動作之前才標以「復」字。「復」意爲「再」「又」。例如：「弩心……弩心……復相頭巾」，「相頭巾……頭巾……復來推排」，「推排……推排……復轉輪」。可見舞蹈動作有規律，有章法。

又按： 姚小鷗對楊公驥之文補釋云：「針縮」，「縮」爲趨嚮於後。「針」爲「振」借字。這裏指用力以腳頓地。「針〔振〕縮」的具體舞法可以描述如下：舞者將腳抬起，然後用力下頓，下頓時以腳掌著地，著地時有嚮後蹴的動作，著地後不馬上抬起，而稍作稽留，並由此身體的重心有所下降。這種舞步可以誇張以腳頓地的力度而表達某種强烈的感情。在《公莫舞》中，母親以此來表示自己因兒子即將離開而産生的悲傷與無奈。「三針〔振〕一發」是重複三次「針〔振〕縮」的動作，然後嚮前作一個縱躍的舞步。「平平門〔頻頻捫〕」，頻頻拭淚。見《〈公莫巾舞歌行〉考》，《歷史研究》一九九八年第六期。

後漢武德舞歌詩

【集解】

沈約曰： 周存六代之樂，至秦唯餘《韶》《武》而已。始皇改周舞曰《五行》。漢高祖改《韶舞》曰《文始》，以示不相襲也。又造《武德舞》，舞人悉執干戚，以象天下樂己行武以除亂也。……文帝又自造《四時舞》，以明天下之安和。蓋樂先王之樂者，明有法也；樂己所自作者，明有制也。孝景采《武德舞》作《昭德舞》，薦之太宗之廟。孝宣采《昭德舞》爲《盛德舞》，薦之世宗之廟。

郭茂倩曰：《後漢武德舞歌詩》，東平王蒼。雅舞。舞曲歌辭。○雅舞者，郊廟朝饗所奏文武二舞是也。古之王者，樂有先後。以揖讓得天下，則先奏文舞，以征伐得天下，則先奏武舞，各尚其德也。黃帝之《雲門》，堯之《大咸》，舜之《大韶》，禹之《大夏》，文舞也。殷之《大濩》，周之《大武》，武舞也。周存六代之樂，至秦唯餘《韶》《武》。漢魏已後，咸有改革。然其所用，文武二舞而已，名雖不同，不變其舞。故《古今樂録》曰：「自周以來，唯改其辭，示不相襲，未有變其舞者也。」然自《雲門》而下，皆有其名而亡其容，獨《大武》之制，存而可考。《樂記》曰：「樂者，象成者也。總干而山立，武王之事也。發揚蹈厲，太公之志也。武亂皆坐，周召之治也。武始而北出，再成而滅商，三成而南，四成而南國是强，五成而分周公左，召公右，六成復綴，以崇天子。夾振之而四伐，盛威於中國也；分夾而進，事早濟也；久立於綴，以待諸侯之至也。故季札觀樂，見舞象箾南籥者，曰『美哉猶有憾』；見舞《大武》者，曰：『美哉周之盛也，其若此乎！』其後成王以周公爲有勳勞，命魯公世世祀周公以天子禮樂，升歌清廟，下管象武，朱干玉戚，冕而舞《大武》，皮弁素積，裼而舞《大夏》，以廣魯於天下也。自漢已後，又有廟舞，各用於其廟，凡此皆雅舞也。」○《後漢武德舞歌詩》，一曰《世祖廟登歌》。《宋書·樂志》曰「周存六代之樂」云云。《漢書·禮樂志》曰：「高廟奏《武德》《文始》《五行》之舞，孝文廟奏《昭德》《文始》《四時》《五行》之舞，孝武廟奏《盛德》《文始》《四時》《五行》之舞，諸帝廟皆常奏《文始》《四時》《五行》舞，大抵皆因秦舊事焉。」《東觀漢記》曰：「明帝永平三年八月，公卿奏世祖廟舞名。東平王蒼議，以爲漢制，宗廟各奏其樂，不皆相襲，以明功德。光武皇帝撥亂中興，武功盛大，廟樂舞宜曰《大武》之舞，其《文始》《五行》之舞如故。（勿）〔乃〕進《武德舞》。詔曰：如驃騎將軍議，進《武德》之舞如故。」（廖按，馮惟訥、朱嘉徵、陳祚明、李因篤引《東觀漢記》「勿進」均作「乃進」；《樂府詩集》作「勿進」，疑誤。今從馮惟訥等所引改正）

馮惟訥曰：東平憲王蒼（光武子）《武德舞歌詩》。○《東觀漢記》曰：明帝永平三年八月，公卿奏世祖廟舞名。東平王蒼議以漢制宗廟，各奏其樂，不皆相襲，光武皇帝撥亂中興，武功盛大，廟樂舞宜曰《大武》之舞，乃進《武德舞歌詩》，遂用之於光武廟焉。

朱嘉徵曰：《顯宗紀》：永平三年，烝祭光武廟，初奏《文始》《五行》《武德》之舞。《漢書》曰：《文始》舞者，本舜《韶》舞也，高祖六年更名曰《文始》，其舞人執羽籥。《五行》者，本周舞也，秦始皇二十六年更名《五行》，其舞人冠冕衣服，法五行色。○《武德》者，高祖四年作，言行武以除亂也，其舞人執干戚。光武草創，禮樂未備，今始奏之。《東觀漢記》云云。○《武德舞歌「於穆」》，頌世祖武功成也。

朱乾曰：夾漈鄭氏曰，古之樂惟歌詩則有辭，笙舞並有譜無辭，雖東平王蒼有《武德舞》之歌，未必用之，大抵漢魏之世舞詩無聞。至晉武帝泰始九年荀勖典樂，更文舞曰《正德》，武舞曰《大豫》，使郭夏、宋識爲其舞節，而張華爲之樂章。自此以來舞始有辭，而有辭失古道矣。乾按，《周禮・大司樂》，歌大吕舞《雲門》，歌應鐘舞《咸池》，歌南吕舞《大磬》，歌函鐘舞《大夏》，歌小吕舞《大濩》，歌夾鐘舞《大武》，是六舞皆有歌，不得如鄭氏云有譜無辭矣。《禮》云，升歌《清廟》下管象，又曰「歌者在上，匏竹在下，貴人聲也」，鄭康成氏曰，漢因秦樂，乾豆上，奏登歌，獨上歌，不以管弦亂人聲，欲在位者遍聞之。蓋古樂歌於堂上，奏鐘鼓於堂下，舞於庭，所謂歌者皆登歌也。舞有以馬舞節者。東平王蒼《武德舞歌》亦是世祖廟登歌，夾漈以爲未必用之者不然。至如「汝爲我楚舞，我爲若楚歌」，又如傅武仲《舞賦》云：「眄般鼓則騰清眸，吐哇咬則發皓齒。」歌舞同節，無貴人聲之義，此特一時任情之作，而後世施于正樂則失之矣。

廖按：逯欽立云，蒼，明帝同母弟。建武十五年封東平公，十七年進爵爲王。明帝即位，拜驃騎將軍。永平五年歸國，建初八年卒。

於穆世廟，肅雍顯清。[一]俊乂翼翼，秉文之成。[二]越序上帝，駿奔來寧。[三]建立三雍，封禪泰山。[四]章明圖讖，放唐之文。[五]休矣惟德，罔射協同。[六]本支百世，永保厥功。[七]（《樂府詩集》卷五二《舞曲歌辭》一。《古詩紀》卷十三）

【集注】

[一]「於穆世廟，肅雍顯清」二句：**廖按**：《詩經・周頌・清廟》「於穆清廟，肅雍顯相」，毛傳：「於，歎辭也。穆，美。肅，敬。雍，和。」鄭玄箋：「顯，光也，見也。」世廟，世祖廟，東漢光

武帝之廟。清，清静。

[二]「俊乂翼翼，秉文之成」二句：**廖按**：《尚書·皋陶謨》：「俊乂在官。」孔穎達疏：「乂，訓爲『治』。馬、王、鄭皆云，才德過千人爲俊，百人爲乂。」《詩經·大雅·文王》「世之丕顯，厥猶翼翼」，毛傳：「翼翼，恭敬。」鄭玄箋：「其爲君之謀事忠敬翼翼然。」《詩經·周頌·清廟》「濟濟多士，秉文之德」，毛傳：「執文德之人也。」鄭玄箋：「濟濟之衆士，皆執行文王之德。」「俊乂」二句化用《清廟》，謂才德忠敬之士，秉持文德以獲成功。

[三]「越序上帝，駿奔來寧」二句：**廖按**：《詩經·周頌·清廟》：「……對越在天。駿奔走在廟……」鄭玄箋：「對，配。越，於也。文王精神，已在天矣，猶配順其素如存生存。」毛傳：「駿，長也。」鄭玄箋：「駿，大也。諸侯與衆士，於周公祭文王，俱奔走而來，在廟中助祭。」孔穎達疏：「大者，多而疾來之意。」「越序」二句亦當爲化用《清廟》，謂光武帝已在上帝之側，當此祭典之時，俊乂之士皆奔走而來助祭，以寧世祖。

[四]「建立三雍，封禪泰山」二句：**廖按**：《後漢書·桓榮丁鴻列傳》「永平二年，三雍初成」，李賢注：「三雍，宫也，謂明堂、靈臺、辟雍。《前書音義》曰：『皆叶天人雍和之氣爲之，故謂三雍。』」《後漢書·張曹鄭列傳》：「三十年，純奏上宜封禪……中元元年，帝乃東巡岱宗。」

[五]「章明圖讖，放唐之文」二句：**廖按**：《後漢書·張曹鄭列傳》：「純以聖王之建辟雍，所以

崇尊禮義，既富而教者也。乃案七經讖、明堂圖、河間《古辟雍記》、孝武太山明堂制度，欲具奏之。未及上，會博士桓榮上言宜立辟雍、明堂，章下三公、太常，而純議同榮，帝乃許之。」《後漢書・班彪列傳》「展放唐之明文」，李賢注：「放，效也。效唐堯之文，謂封禪也。」

[六]「休矣惟德，罔射協同」二句：**廖按**：《詩經・周頌・訪落》「休矣皇考」，鄭玄箋：「美矣，我君考武王。」是訓「休」爲「美」。《詩經・周頌・清廟》「無射於人斯」，毛傳：「不見厭於人矣。」鄭玄箋：「此文王之德，人無厭之。」陸德明《釋文》：「射音亦，厭也。」「罔射」同「無射」。

[七]「本支百世，永保厥功」二句：**廖按**：《詩經・大雅・文王》「文王孫子，本支百世」，毛傳：「本，本宗也。支，支子也。」鄭玄箋：「其子孫，適爲天子，庶爲諸侯，皆百世。」

【集評】

胡應麟曰：唐山後東平《武德歌》，韋孟後傅毅《勵志詩》，皆典實不浮，差可紹響。然高古渾噩，大弗如也。

朱嘉徵曰：《樂府》一曰世祖廟登歌。「休矣惟德」以下，戒後王法祖，周頌之遺。

陳祚明曰：雖平，自雅然，晉宋以後似此者不少。

李因篤曰：鋪叙文治，竟于撥亂中興，絶少發揮，豈言其成功宜爾邪。

俳歌辭

【集解】

郭茂倩曰：《俳歌辭》，古辭，散樂附。雜舞。舞曲歌辭。○《周禮》曰：「旄人教舞散樂。」鄭康成云：「散樂，野人爲樂之善者，若今黄門倡。」即《漢書》所謂黄門名倡丙强、景武之屬是也。漢有黄門鼓吹，天子所以宴群臣。然則雅樂之外，又有宴私之樂焉。《唐書・樂志》曰：「散樂者，非部伍之聲，俳優歌舞雜奏。」秦漢已來，又有雜伎，其變非一，名爲百戲，亦總謂之散樂。自是歷代相承有之。○《俳歌辭》，一曰《侏儒導》，自古有之，蓋倡優戲也。《説文》曰：「俳，戲也。」《穀梁》曰：「魯定公會齊侯於夾谷，罷會，齊人使優施舞於魯君之幕下。」范甯云：「優，俳。施，其名也。」《樂記》：「子夏對魏文侯問曰：『新樂進俯退俯，俳優侏儒獶雜子女。』」王肅云：「俳優，短人也。」則其所從來亦遠矣。《南齊書・樂志》曰：「《侏儒導》，舞人自歌之。古辭《俳歌》八曲，前一篇二十二句，今侏儒所歌，擿取之也。」《古今樂録》曰：「梁三朝樂第十六，設俳技，技兒以青布囊盛竹篋，貯兩踒子，負束寫地歌舞。小兒二人，提沓踒子頭，讀《俳》云：見俳不語言，俳澀所俳作一起。四坐敬止。馬無懸蹄，牛無上齒。駱駝無角，奮迅兩耳。半拆薦博，四角恭跱。」《隋書・樂志》曰：「魏、晉故事，有《侏儒導》引，隋文帝以非正典，罷之。」

朱嘉徵曰：雜舞歌俳，戲樂也。新聲代變，古樂亡矣。散樂盛於殿廷，始于漢之平樂觀，而魏晉故事，並有《侏儒導》引，如霓裳，舞馬，至唐開元而極。然自北朝宣武而後，《宋書》稱其屈茨琵琶，五弦空侯，沙羅鐙鎝，搊箏新靡，聽者無不悽愴泣下。按其源，並出西域也，聞者莫不奢淫躁兢，舉止輕飆，情發於中，不能自止，信哉。

俳不言不語，呼俳噏所。[一]俳適一起，狼率不止。[二]生拔牛角，摩斷膚耳。馬無懸蹄，牛無上齒。駱駝無角，奮迅兩耳[三]。（《樂府詩集》卷五六《舞曲歌辭》五。《古詩紀》卷十六）

【集注】

［一］「俳不言不語，呼俳噏所」二句：**廖按**：噏，《集韻》：「翕、噏，斂也。《老子》『將欲翕之』，或作『噏』。通作歙。」按，《老子道德經》：「將欲歙之，必固張之。」這里「噏所」謂收斂，安靜坐定，正所謂「不言不語」。

［二］「俳適一起，狼率不止」二句：**廖按**：《爾雅·釋詁》：「適，往也。」狼率，未詳。疑「狼率」當作「狼戾」，「率」「戾」音近致訛。《文選》卷十八馬融《長笛賦》「乍跱蹠以狼戾」，李善注：「狼戾，乖背也。《戰國策》張儀曰：趙王狼戾無親。」

［三］奮迅兩耳：**廖按**：奮迅，騰躍迅速。《文選》揚雄《劇秦美新》：「會漢祖龍騰豐沛，奮迅宛

叶。」《後漢書·任李萬邳劉耿列傳》：「大王以龍虎之姿，遭風雲之時，奮迅拔起。」

【集評】

朱嘉徵曰：《武帝紀》「元封三年，作角抵戲」，文穎曰：「角抵，兩兩相當角力，角技藝射御，蓋雜技樂也。巴渝戲，魚龍蔓延之屬，後更名平樂觀。」「哀帝雅性不好聲色，時覽卞射武戲」（廖按，《哀帝紀》），蘇林曰：「手搏爲卞，角力爲武戲也。」

陳祚明曰：奇甚，語語作致，俳欲令人笑，故作不言不語，嶷如如無能者，適一起則無所不爲，此狀如睹，下或皆俳所形造。

李因篤曰：便肖俳語。

琴曲歌辭

【集解】

郭茂倩曰：琴者，先王所以修身、理性、禁邪、防淫者也，是故君子無故不去其身。《唐書·樂志》曰：「琴，禁也。夏至之音，陰氣初動，禁物之淫心也。」《世本》曰：「琴，神農所造。」《廣雅》曰：「伏羲造琴，長七尺二寸而有五弦。」揚雄《琴清英》曰：「舜彈五弦之琴而天下化。」《琴操》曰：「琴長三尺六寸六分，象三百六十六日。廣六寸，象六合也。文上曰池，池，水也，言其平。下曰濱，濱，賓也，言其服也。前廣後狹，尊卑象也。上圓下方，法天地也。五弦，象五行也。文王、武王加二弦以合君臣之恩。」《古今樂録》曰：「今稱二弦爲文武弦是也。」應劭《風俗通》曰：「七弦，法七星也。」《三禮圖》曰：「琴第一弦爲宫，次弦爲商，次爲角，次爲羽，次爲徵，次爲少宫，次爲少商。」桓譚《新論》曰：「今琴四尺五寸，法四時五行也。」崔豹《古今注》曰：「蔡邕益琴爲九弦，二弦大，次三弦小，次四弦尤小。」梁元帝《纂要》曰：「古琴名有清角，黄帝之琴也。鳴鹿、循況、濫脅、號鐘、自鳴、空中，皆齊桓公琴也。繞梁，楚莊王琴也。緑綺，司馬相如琴也。焦尾，蔡邕琴也。鳳凰，趙飛燕琴也。自伏羲制作之後，有瓠巴、師文、師襄、成連、伯牙、方子春、鍾子期，皆善鼓琴。而其曲有暢、有操、有引、有弄。」《琴論》曰：「和樂而作，命之曰暢，言達則兼濟天下而美暢其道也。憂愁而作，命之曰操，言窮則獨善其身而不失其操也。引者，進德修業，中達之名也。弄者，情性和暢，寬泰之名也。其後西漢時有慶安世者，爲成帝侍郎，善爲《雙鳳離鸞之曲》，齊人劉道强能作《單鳧寡鶴之弄》，趙飛燕亦善爲《歸風送遠之操》，皆妙絶當時，見稱後世。若夫心意感發，聲調諧應，大弦寬和而温，小弦清廉而不亂，攫之深，醳之愉，斯爲盡善矣。古琴曲有五曲、九引、十二操。五曲：一曰《鹿鳴》，二曰《伐檀》，三曰《騶虞》，四曰《鵲巢》，五曰《白駒》。九引：一曰《烈女引》，二曰《伯妃引》，三曰《貞女引》，四曰《思歸引》，五曰《霹靂引》，六曰《走馬引》，七曰《箜篌引》，八曰《琴引》，九曰《楚引》。十二操：一曰《將歸操》，二曰《猗蘭操》，三曰《龜山操》，四曰《越裳操》，五曰《拘幽操》，六曰《岐山操》，七曰《履霜操》，八曰《朝飛操》，九曰《别鶴操》，十曰《殘形操》，十一曰《水仙操》，十二曰《襄陵操》。自是已後，作者相繼，而其義與其所起，略可考而知，故不復備論。」《樂府解題》曰：「《琴操》紀事，好與本傳相違，存之者以廣異聞也。」

廖按：漢末蔡邕有《琴操》，惜已佚，後有清人王謨所輯、題「漢陳留蔡邕撰」的《漢魏遺書鈔》本《琴操》和清人孫星衍輯校、題「漢前議郎陳留蔡邕伯喈撰」的《平津館叢書》本《琴操》。據此，並結合篇目辨識，可知宋人朱長文《琴史》及郭茂倩《樂府詩集》中《琴曲歌辭》所録前代歌辭多爲漢代琴家等所擬作。今將其一併作爲漢代樂府收録於此，另補録輯佚《琴操》等文獻中漢代琴曲歌辭及兩漢琴家等擬作歌辭。

神人暢

【集解】

朱長文曰：舊傳堯有《神人暢》。古之琴曲，和樂而作者命之曰暢，達則兼濟天下之謂也；憂愁而作者命之曰操，窮則獨善其身之謂也；夫聖而不可知之謂神。非堯孰能當之。

郭茂倩曰：《神人暢》，唐堯。琴曲歌辭。○《古今樂録》曰：「堯郊天地，祭神座上有響，誨堯曰：『水方至爲害，命子救之。』堯乃作歌。」謝希逸《琴論》曰：「《神人暢》，堯帝所作。堯彈琴感神人現，故制此弄也。」

楊慎曰：《神人暢操》，《琴操》云唐堯作。

馮惟訥曰：《神人暢》。《古今樂録》曰云云。謝希逸《琴論》曰云云。《風俗通》曰：凡琴曲和樂而作命之曰暢，憂愁而作命之曰操。

梅鼎祚曰：《神人暢》，唐堯。按嵇康《琴賦》云「雅昶唐堯」，注引《七畧》《雅暢》第十七曰：《琴道》曰堯《暢》逸，又曰堯則兼善天下，無不通暢，故謂之暢。昶與暢同也。

廖按：逯欽立云，桓譚《新論》（《全後漢文》輯）曰：「堯《暢》經逸不存。」則此歌辭之不出前漢人手可知。○廖按，此歌中「清廟」一詞首見《詩經·周頌·清廟》「於穆清廟，肅雍顯相」，鄭玄箋云「清廟者，祭有清明之德者之宫也，謂祭文王也」，則此廟乃因祭文王而加「清」字，其後演爲太廟之稱，帝堯時尚無此稱，宗廟之制亦殷周之後所有，由此知非帝堯所作。桓譚稱「堯《暢》經逸不存」，今見歌辭始見於《古今樂録》，知此歌當爲兩漢之交的桓譚之後至南朝陳釋智匠之前的代擬之作。據歌詞内容判斷，當以東漢人作爲宜。

清廟穆兮承予宗[一]，百僚肅兮于寢堂[二]。醊禱進福求年豐[三]，有響在坐，敕予爲害在玄中。[四]欽哉皓天德不隆[五]，承命任禹寫中一作東宫[六]。（《樂府詩集》卷五七《琴曲歌辭》。《風雅逸篇》卷一、《古詩紀》卷四、《古樂苑》卷三十）

【校勘】

「百僚肅兮」，《風雅逸篇》「僚」作「寮」。

「有響在坐」，《風雅逸篇》《古詩紀》《古樂苑》「響」作「韾」；《古詩紀》又標小字「響」，《風雅逸篇》《古樂苑》小注云「『韹』，古『䜜』字」。

「敕予爲害在玄中」，《風雅逸篇》《古詩紀》《古樂苑》「害」作「害」，《風雅逸篇》《古樂苑》小注云「『害』一本作『害』」；《風雅逸篇》「玄」作「元」。

「欽哉皓天」，《風雅逸篇》「皓」作「昊」。

【集注】

[一] 清廟穆兮承予宗：**廖按**：廟，《爾雅·釋宫》：「室有東西廂曰廟。」《説文》：「廟，尊先祖皃也。從廣朝聲。」段玉裁注：「尊其先祖而以是儀皃之，故曰宗廟。諸書皆曰廟，皃也。《祭法》注云，廟之言皃也。宗廟者，先祖之尊皃也。古者廟以祀先祖。凡神不爲廟也。爲神立廟者，始三代以後。」清廟穆兮，《詩經·周頌·清廟》「於穆清廟，肅雍顯相」，《毛傳》：「穆，美。」鄭玄箋：「於乎美哉，周公之祭清廟也。」承予宗，謂祭祀尊神。承，供奉，奉獻。《説文》：「奉也，受也。」段玉裁注：「凡言或承之羞，承之以劍，皆相付之訓也。」宗，《説文》：「尊祖廟也。從宀從示。」段玉裁注：「按當云尊也，祖廟也。」

[二] 百僚肅兮于寢堂：**楊慎曰**：堂，徒紅切，吴才老《韻》（吴棫《韻補》）引楊諫議銘「太尉在漢，四世以公，於陵正直，僕射于唐」，唐可叶公，則堂亦當爲此叶。**廖按**：百僚，百官。《尚書·皋陶謨》：「俊乂在官，百僚師師，百工惟時。」寢堂，《爾雅·釋宫》：「無東西廂有室曰寢。」《説文》：「堂，殿也。從土尚聲。」室外曰堂。《論語·先進》「由也升堂矣，未入

於室也」，皇侃《論語義疏》：「古人當屋棟下隔斷爲窗户。窗户之外曰堂。窗户之内曰室。」

[三] 醊禱進福求年豐：**廖按**：醊，同餟，《説文》「餟，祭酹也」段玉裁注：「《史記》孝武帝紀『其下四方地位餟食』，《封禪書》作『醊食』。」酹，《廣韻》曰：「以酒沃地。」

[四]「有響在坐，敕予爲害在玄中」二句：**廖按**：玄中，水中。玄，《莊子·大宗師》：「黄帝得之，以登雲天；顓頊得之，以處玄宫。」《淮南子·天文訓》：「北方，水也，其帝顓頊，其佐玄冥……」《時則訓》：「其位北方，其日壬癸，盛德在水……」敕，《説文》：「敕，誡也。」此謂天神告誡將有水害。

[五] 欽哉皓天德不隆：**廖按**：「德不隆」，《詩經·周頌·清廟》「駿奔走在廟，不顯不承」，毛傳：「駿，長也。顯於天矣，見承於人矣。」鄭玄箋：「駿，大也。諸侯與衆士，於周公祭文王，俱奔走而來，在廟中助祭，是不光明文王之德與？言其光明之也。是不承順文王志意與？言其承順之也。」「不」作反問語解，意在十分肯定。顧炎武提出「『不』字古音『丕』，從『一』爲『丕』，從『口』爲『否』。然古字多通用，如《詩》中『不顯亦世』『不顯不承』之類，皆是『丕』字。」（《唐韻正》卷一〇）《説文》：「丕，大也。」「德不隆」亦可作「德不隆」（反問）或「德丕隆」兩解。

[六] 承命任禹寫中宫：**郭茂倩曰**：中，一作「東」。**廖按**：任禹，此歌辭情節所本爲《尚書》系

統，治水乃帝堯所命，但略去了伯鯀，直接任命大禹。寫中宫，《墨子·經説上》「圜，規寫交也」，孫詒讓《閒詁》：「寫爲圖畫其象。」《史記·龜策列傳》：「臣往來長安中……問掌故文學長老習事者，寫取龜策卜事，編于下方。」「略記其大指，不寫其圖。」《漢書·藝文志》：「於是建藏書之策，置寫書之官，下及諸子傳説，皆充秘府。」知古時「寫」有書寫、圖畫兩義。此謂任命大禹，大禹遂于宫中畫圖設計治水路線。

思親操

【集解】

朱長文曰：《孟子》曰「舜在床琴」，蓋雖瞍象之難而弦歌不絶，所以能不動其心，孝益烝也。舊傳有《思親操》，此之謂乎？

郭茂倩曰：《思親操》，虞舜。琴曲歌辭。○《古今樂録》曰：「舜遊歷山，見烏飛，思親而作此歌。」謝希逸《琴論》曰：「舜作《思親操》，孝之至也。」

馮惟訥曰：《古今樂録》曰云云。

廖按：《藝文類聚》卷九二引《琴操》曰：「舜耕於歷山，思慕父母，見鳩與母俱飛鳴相哺食，益以感思，乃作歌。」《太平御覽》卷九二一引《琴操》曰與之全同。雖均未録歌辭，但均稱「作歌」，當有歌辭。郭茂倩《樂府詩集》歌辭録自《古今樂録》。不排除《古今樂録》抄自《琴操》的可能性。此作歌情節及歌辭不見先秦著述，當爲入漢之後、《琴操》之前琴人演繹並擬作。

陟彼歷山兮崔嵬[一]，有鳥翔兮高飛。瞻彼鳩兮徘徊[二]，河水洋洋兮青泠。深谷鳥鳴兮鸎鸎[三]，設罝張罝兮思我父母力耕[四]。日與月兮往如馳，父母遠兮吾當安歸。（《樂府詩集》卷五七《琴曲歌辭》。《風雅逸篇》卷一、《古詩紀》卷四、《古樂苑》卷三十）

【校勘】

「河水洋洋兮青泠」，《風雅逸篇》「泠」作「凉」。

「深谷鳥鳴兮鸎鸎」，《風雅逸篇》《古詩紀》《古樂苑》「鸎鸎」作「嚶嚶」。

「設罝張罝」，《風雅逸篇》《古詩紀》作「設罝張罝」，《古樂苑》小注云「一作『設罝張罝』」。

「吾當安歸」，《風雅逸篇》《古詩紀》「當」作「將」，《古樂苑》小注云「『當』一作『將』」。

【集注】

［一］陟彼歷山兮崔嵬：**廖按**：陟、崔嵬，《詩經·周南·卷耳》「陟彼崔嵬」，毛傳：「陟，升也。崔嵬，土山之戴石者。」

［二］瞻彼鳩兮徘徊：**廖按**：瞻，《詩經·邶風·雄雉》「瞻彼日月」，毛傳：「瞻，視也。」鳩，當即《禮記·月令》之「鳴鳩」。《禮記·月令》「鳴鳩拂其羽」，鄭玄注云：「鳴鳩飛且翼相擊，趨農急也。」孔穎達疏曰：「按《釋鳥》云：『鶌鳩，鶻鵃。』郭景純云：『鶌音九物反。鵃音嘲。鶻鵃似山鵲而小，青黑色，短尾多聲。』孫炎云：『鶻鵃，一名鳴鳩，《月令》云鳴鳩拂其羽是也。』」

［三］深谷鳥鳴兮嚶嚶：**廖按**：《詩經·小雅·十月之交》：「高岸爲谷，深谷爲陵。」《伐木》：「伐木丁丁，鳥鳴嚶嚶。」

［四］設罝張罝兮思我父母力耕：**廖按**：罝，網。《詩經·周南·兔罝》「肅肅兔罝」，毛傳：「兔罝，兔罟也。」陸德明《釋文》：「罟音古，罔也。」罝，網。《説文》：「罠，網也。從網、繯，繯亦聲。」徐鍇《繫傳》：「今人多作罝字。」廖又按：遺書鈔本《琴操》「力耕」二字屬下句。

南風歌二首

【集解】

朱長文曰：舜繼堯位……及有天下，彈五弦之琴，以歌《南風》而天下治。其辭曰：「南風之薰兮，可以解吾民之愠兮。南風之時兮，可以阜吾民之財兮。」當是時，至和之氣充塞上下，覆被動植。《書》曰「簫韶九成，鳳凰來儀」，和之極也。

郭茂倩曰：《南風歌》二首，虞舜。琴曲歌辭。○《古今樂録》曰：「舜彈五弦之琴，歌《南風》之詩。」《史記・樂書》曰：「舜歌《南風》而天下治。《南風》者，生長之音也。舜樂好之，樂與天地同，意得萬國之歡心，故天下治也。」

左克明曰：《南風歌》，古歌謡辭。（廖按，左克明《古樂府》歸於「古歌謡辭」，僅録「南風之薰」一首）

楊慎曰：《南風歌》，《琴操》以爲舜作。

馮惟訥曰：《南風歌》，《玉海》：逸詩。《南風操》，《琴操》以爲舜作（廖按，馮惟訥《古詩紀》分别録之。題《南風歌》者，所録爲此第二首「南風之薰兮」；題《南風操》者，所録爲此第一首「反彼三山」）。《家語》曰：昔者舜彈五弦之琴，造南風之詩，其詩曰云云。《樂書》：舜歌南風而天下治。太史曰：南風者，生長之音也。舜樂好之，樂與天地同意，得萬國之驩心，故天下治也。

梅鼎祚曰：《南風歌》，二首。後首《琴操》作《南風操》。《孔子家語》曰：舜彈五弦之琴，歌《南風》之詩。《史記・樂書》曰云云。《玉海》逸詩。「南風之薰兮……」○《南風操》：「反彼三山兮……」

唐汝諤曰：此舜之歌以自娯也。見《家語》（又《樂記》）云云（廖按，唐汝諤《古詩解》僅録

「南風之薰」一首)。

張玉穀曰:《南風歌》,帝舜,琴曲歌辭。(廖按,張玉穀《古詩賞析》僅録「南風之薰」一首)○帝舜,姓姚姓,冀州人。爲堯相二十八年,受堯禪。堯崩,即帝位,都蒲阪。在位五十年,禪于禹。南巡,崩於蒼梧之野,葬零陵。《孟子》曰「卒於鳴條」,與《史記》異。

廖按:「反彼三山」一首,遺書鈔本《琴操》曰:「郭氏……又引舜《南風操》曰:『反彼三山兮……』亦本《古今樂録》。馬氏《繹史》引作《琴操》,未審何據。」按,稱此歌引自《琴操》已見明楊慎《風雅逸篇》卷一、明馮惟訥《古詩紀》卷四,不排除《古今樂録》抄自《琴操》的可能性。該歌不見先秦文獻記述,歌辭中有漢代讖緯神學色彩及化用《詩經》語句、仙話典故,當爲入漢之後、《琴操》之前琴人擬作。○「南風之薰」一首,《禮記·樂記》:「昔者,舜作五弦之琴以歌南風。」鄭《注》:「南風,長養之風也,以言父母之長養己,其辭未聞也。」知至鄭玄時正經、正史尚未提及《南風》歌辭。王肅《聖證論》引《尸子》難鄭玄。《群書治要》摘録《尸子·綽子》原文爲「舜曰,南風之薰兮,可以解吾民之蘊兮。不歌禽獸而歌民」,未提彈五弦琴,亦未明言《南風歌》,且只有兩句。馮惟訥所引《孔子家語》見於《辯樂解》,原文爲「子路鼓琴,孔子聞之,謂冉有曰:『甚矣由之不才也。……昔者舜彈五弦之琴,造南風之詩,其詩曰:南風之熏兮,可以解吾民之愠兮,南風之時兮,可以阜吾民之財兮。』」所引《南風》已歌題、歌辭俱全。雖稱「孔子曰」,鑒於鄭玄且不知其辭,《家語》當爲據傳説增益之。此歌亦當爲入漢之後琴人所擬作。

反彼三山兮商岳嵯峨[一]，天降五老兮迎我來歌[二]。有一作青黄龍兮自出于河，負書圖兮委蛇羅沙。[三]案圖觀讖兮閔天嗟嗟[四]，擊石拊韶兮淪幽洞微，鳥獸蹌蹌兮鳳凰來儀[五]，凱風自南兮喟其增歎[六]。（《樂府詩集》卷五七《琴曲歌辭》。《風雅逸詩》卷一、《古詩紀》卷四、《古樂苑》卷三十）

【校勘】

「擊石拊韶」，《風雅逸詩》「石」作「拊」。

「鳳凰來儀」，《古樂苑》「凰」作「皇」。

「喟其增歎」，《風雅逸詩》《古詩紀》《古樂苑》「歎」作「悲」。

【集注】

[一]反彼三山兮商岳嵯峨：**廖按**：三山，《史記·秦始皇本紀》：「齊人徐福等上書，言海中有三神山，名曰蓬萊、方丈、瀛洲。」商岳，疑當爲「帝岳」，朱駿聲《説文通訓定聲》：「商……又爲帝之誤字，《天問》啓棘賓商，按當爲帝，天也。」商、帝形近易致訛。嵯峨，《楚辭·招隱士》「山氣巃嵸兮石嵯峨」，王逸注：「嵯峨，巀嶭，峻蔽日也。」五臣云（《楚辭補注》）：「嵯峨，高貌。」

[二]天降五老兮迎我來歌：**廖按**：五老，《今本竹書紀年》（出《宋書·符瑞志》）云：「洪水既

平，歸功於舜，將以天下禪之，乃潔齋修壇場於河、洛，擇良日率舜等升首山，遵河渚。有五老游焉，蓋五星之精也。相謂曰：『《河圖》將來告帝以期，知我者重瞳黄姚。』五老因飛爲流星，上入昴。」

〔三〕「有黄龍兮自出於河，負書圖兮委蛇羅沙」二句：**廖按**：黄龍負書，《今本竹書紀年》（出《宋書·符瑞志》）云：「二月辛丑昧明，禮備，至於日昃，榮光出河，休氣四塞，白雲起，回風摇，乃有龍馬銜甲，赤文緑色，緣壇而上，吐《甲圖》而去。甲似龜，背廣九尺，其圖以白玉爲檢，赤玉爲柙，泥以黄金，約以青繩。檢文曰：『闓色授帝舜。』言虞夏當受天命，帝乃寫其言，藏於東序。後二年二月仲辛，率群臣東沈璧於洛。禮畢，退俟，至於下昃，赤光起，元龜負書而出，背甲赤文成字，止於壇。其書言當禪舜，遂讓舜。」羅沙，未詳。（廖按，中華書局本斷句「羅沙」屬下句，今據韻脚屬此句。）

〔四〕案圖觀讖兮閔天嗟嗟：**廖按**：案圖，展圖，《史記·廉頗藺相如列傳》：「召有司案圖，指從此以往十五都予趙。」觀讖，查看圖讖，即圖書所書將來能應驗的預言、隱語。閔天，悲天憫人。《説文》：「閔，吊者在門也。從門文聲。」段玉裁注云：「引申爲凡痛惜之辭。俗作憫。」嗟嗟，《詩經·周頌·臣工》「嗟嗟臣工」，孔穎達疏：「嗟嗟，歎聲。」

〔五〕「擊石拊韶兮淪幽洞微，鳥獸蹌蹌兮鳳凰來儀」二句：**廖按**：擊石拊韶、鳳凰來儀，《尚書·益稷》：「《簫韶》九成，鳳皇來儀。夔曰：『於！予擊石拊石，百獸率舞，庶尹允諧。』」

書傳：「《韶》，舜樂名。言簫，見細器之備。雄曰鳳，雌曰皇，靈鳥也。儀，有容儀。備樂九奏而致鳳皇，則餘鳥獸不待九而率舞。」淪幽洞微，不詳，或爲形容樂聲。蹌蹌，《文選》揚雄《羽獵賦》「啾啾蹌蹌，入西園，切神光」，李善注：「蹌蹌，行貌。」

［六］凱風自南兮喟其增歎：**廖按**：凱風，《詩經·邶風·凱風》「凱風自南，吹彼棘心」，毛傳：「南風謂之凱風。」

南風之薰兮，可以解吾民之慍兮[一]。南風之時兮，可以阜吾民之財兮[二]。

（《樂府詩集》卷五七《琴曲歌辭》。《風雅逸詩》卷一、《古詩紀》卷四、《古樂苑》卷三十）

【集注】

［一］「南風之薰兮，可以解吾民之慍兮」二句：**唐汝諤曰**：南風，長養萬物者也。薰，暖氣也。慍，心所鬱積而悶也。**廖按**：《詩經·邶風·凱風》「凱風自南，吹彼棘心」，毛傳：「南風謂之凱風。」孔穎達疏：「『南風謂之凱風』，《釋天》文。李巡曰：『南風長養萬物，萬物喜樂，故曰凱風。凱，樂也。』」《説文》：「薰，香艸也。從艸熏聲。」《山海經·西山經》：「浮山……有草焉，名曰薰草，麻葉而方莖，赤華而黑實，臭如蘼蕪，佩之可以已癘。」慍，《詩

經·小雅·車舝》「肆不殄厥慍」，毛傳：「慍，恚。」孔穎達疏：「《説文》云：『慍，怨也。恚，怒也。』有怨者必怒之，故以慍爲恚。」

［二］可以阜吾民之財兮：唐汝諤曰：阜，厚也。廖按：阜財，《詩經·小雅·天保》「天保定爾，以莫不興。如山如阜，如岡如陵」，毛傳：「興，盛也。無不盛者，使萬物皆盛。」「大陵曰阜。」鄭玄箋：「此言其福禄委積高大也。」

【集評】

唐汝諤曰：當薰風自南而來，曾不萌逸豫之想，惟是民憂亦憂，民安亦安，而惻然其咨是念，舜之心見矣，虞之天下渾然如在太和元氣中也。

張玉穀曰：熏與「慍」協，「時」與「財」協，而「熏」平「慍」去，則第四部之三聲通韻。○此歌與堯之《神人暢》，同爲《琴操》之祖。解慍阜財，治民要道，妙在不着己身，只借南風上指出，亦比體之祖也。和平之音，其神自遠。

襄陵操

【集解】

郭茂倩曰：《襄陵操》，夏禹。琴曲歌辭。○一曰《禹上會稽》。《書》曰：「湯湯洪水方割，蕩蕩懷山襄陵，浩浩滔天。」《古今樂録》曰：「禹治洪水，上會稽山，顧而作此歌。」謝希逸《琴論》曰：「夏禹治水而作《襄陵操》。」《琴集》曰：「《禹上會稽》，夏禹東巡狩所作也。」

楊愼曰：《襄陵操》。《琴操》云大禹作。

馮惟訥曰：《襄陵操》。一曰《禹上會稽》。《書》曰云云。《古今樂録》曰云云。

梅鼎祚曰：《襄陵操》，夏禹。○一曰《禹上會稽》。《書》曰云云。《古今樂録》曰云云。《琴集》曰云云。

廖按：郭茂倩引南朝宋謝希逸《琴論》曰：「夏禹治水而作《襄陵操》。」引南朝陳沙門釋智匠《古今樂録》曰：「禹治洪水，上會稽山，顧而作此歌。」鑒於楊愼《風雅逸篇》卷一已稱「《琴操》云大禹作」，不排除《琴集》《古今樂録》抄自《琴操》的可能性。又鑒於歌辭「三過吾門不入」乃化用《孟子》所得，不可能是夏禹時之作。因此可斷該歌乃入漢之後、《琴操》之前漢代琴師的代擬之作。

嗚呼，洪水滔天，下民愁悲，上帝愈咨[一]。三過吾門不入[二]，父子道衰[三]。嗟嗟不欲煩下民[四]。（《樂府詩集》卷五七《琴曲歌辭》。《風雅逸篇》卷一、《古詩紀》卷四、《古樂苑》卷三十）

【校勘】

「上帝愈咨」《風雅逸篇》「咨」作「恣」。

【集注】

［一］上帝愈咨：**廖按**：《詩經·小雅·皇皇者華》「載馳載驅，周爰咨諏」，毛《傳》：「訪問於善爲咨。」陸德明《釋文》：「咨，本亦作『諮』。」《尚書·堯典》：「帝曰：『咨！四嶽！湯湯洪水方割，蕩蕩懷山襄陵，浩浩滔天。下民其咨，有能俾乂？』僉曰：『於，鯀哉！』……九載，績用弗成。帝曰：『咨！四嶽！……』」

［二］三過吾門不入：**廖按**：《孟子·滕文公上》：「當堯之時，天下猶未平，洪水横流，氾濫於天下……禹疏九河……然後中國可得而食也。當是時也，禹八年於外，三過其門而不入……」

［三］父子道衰：**廖按**：《論語·微子》：「鳳兮鳳兮，何德之衰？」《孟子·滕文公下》：「堯舜既没，聖人之道衰。」《史記·夏本紀》：「禹之父曰鯀……禹傷先人父鯀功之不成受誅，乃勞身焦思，居外十三年，過家門不敢入。」按，「父子道衰」當指鯀禹所遇洪水之災、治水之艱，鯀敗受誅。

［四］嗟嗟不欲煩下民：**馮惟訥曰**：民，古音黎。**廖按**：《釋名·釋言語》：「煩，繁也，物繁則相雜撓也。」「不欲煩下民」即不欲煩勞下民。

箕子操

【集解】

朱長文曰：箕子者，紂之族也。太史公云，紂爲淫佚，箕子諫不聽。人或曰：「可以去矣。」箕子曰：「爲人臣諫不聽，是彰君之惡而自説於民，吾不忍爲也。」乃被髮佯狂而爲奴，遂隱而鼓琴以自悲。故傳之曰《箕子操》也。予嘗考之，箕子事紂爲太師，王子比干爲少師，箕子先諫，紂怒而囚奴之；比干又諫，紂怒而殺之；微子知其必亡，遂去。孔子曰：微子去之，箕子爲之奴，比干諫而死。殷有三仁焉。所謂爲之奴者，紂使爲之耳。武王數紂之罪，曰囚奴正士。及其克商也，釋箕子之囚。非佯狂也。離拘之作，蓋自痛悼罹於拘囚也。《易》(《彖》)曰内難而能正其志，此之謂也。

郭茂倩曰：《箕子操》，殷箕子，琴曲歌辭。○一曰《箕子吟》。《史記》曰：「紂始爲象箸，箕子歎曰：『彼爲象箸，必爲玉杯；爲玉杯，則必思遠方珍怪之物而御之矣。輿馬宫室之漸，自此始不可振也。』乃披髮佯狂而爲奴，遂隱而鼓琴以自悲。」《古今樂録》曰：「紂時箕子佯狂，痛宗廟之爲墟，乃作此歌，後傳以爲操。」《琴集》曰：「《箕子吟》，箕子自作也。」

楊慎曰：《箕子操》。

馮惟訥曰：一曰《箕子吟》。《古今樂録》曰云云。

梅鼎祚曰：一曰《箕子吟》。《史記》曰云云。《古今樂録》曰云云。《琴集》曰云云。按其辭「紂爲無道殺比干」，紂乃商辛之謚，《史記》云天下謂之紂，亦自其後言之耳。且漆身負石，皆近申屠豫讓事。疑或後人傅會也。

廖按：梅鼎祚《古樂苑》已由歌辭直稱商辛之謚「紂」而疑其後人傅會。遺書鈔本《琴操》録《水經注》引《琴操》：「《箕子操》，逕其墟，父母之邦也，不勝悲，作《麥秀歌》。」注加案語云：「案《史記・宋世家》：箕子諫紂不聽，乃被髮佯狂爲奴，隱而鼓琴以自悲，故傳之曰《箕子操》。其後朝周，過故殷虚，感宫室毀壞生禾黍，箕子傷之，乃作『麥秀之詩』以歌詠之。其詩曰：『麥秀漸漸兮，禾黍油油。彼狡僮兮，不與我好兮！』則《箕子操》與《麥秀歌》原非一時所作。今考郭茂倩《樂府》載《箕子操》辭云：『嗟嗟……奈社稷何！』而于『麥秀歌』乃作『微子傷殷操』，本《尚書大傳》説也。《琴操》又以《麥秀歌》即《箕子操》，未詳孰是。」按《水經注》卷九原文爲「箕子佯狂自悲，故《琴操》有《箕子操》。逕其墟，父母之邦也，不勝悲，作《麥秀歌》」，於《箕子操》後加句號，即是《箕子操》與《麥秀歌》「非一時之作」。由此知《箕子操》已見《琴操》。按《史記・宋微子世家》稱箕子「遂隱而鼓琴以自悲，故傳之曰《箕子操》」，未提作歌。《古今樂録》稱「乃作此歌」，歌辭亦始見於此。鑒於《琴操》多有歌辭，不排除《古今樂録》抄自《琴操》的可能性。由此知《箕子操》並非箕子本人所作，應爲《史記》之後、《琴操》之前漢代琴人所擬作，即「後傳以爲操」。

嗟嗟，紂爲無道殺比干[一]。嗟重復嗟獨奈何！漆身爲厲，被髮以佯狂[二]，今奈宗廟何！天乎天哉！欲負石自投河[三]。嗟復嗟，奈社稷何！（《樂府詩集》卷五七《琴曲歌辭》。《風雅逸篇》卷一、《古詩紀》卷四、《古樂苑》卷三十）

【校勘】

「漆身爲厲」，《風雅逸篇》《古詩紀》「厲」作「癘」。

【集注】

[一]「嗟嗟，紂爲無道殺比干」二句：**廖按**：嗟嗟，《詩經·周頌·臣工》「嗟嗟臣工」，孔穎達《疏》：「嗟嗟，歎聲。」殺比干，《論語·微子》：「微子去之，箕子爲之奴，比干諫而死。」《荀子·議兵篇》：「紂刳比干，囚箕子，爲炮烙刑，殺戮無時。」

[二]「漆身爲厲，被發以佯狂」二句：**廖按**：《尸子》：「箕子胥餘漆體而爲厲，披髮佯狂，以此免也。」《戰國策·秦策三》：「箕子、接輿，漆身而爲厲，被髮而爲狂。」厲通癘，《戰國策·楚策四》「孫子爲書謝曰：『癘人憐王』」，《韓非子·奸劫弑臣》作「諺曰：『厲憐王。』」癘通癩，《戰國策·趙策一》：「（豫）讓又漆身爲厲，滅須去眉，自刑以變其容，爲乞人而往乞。」《太平御覽》卷四八一《人事部》引作「讓又漆身爲癩」。

[三]欲負石自投河：**廖按**：疑用申徒狄典，《荀子·不苟》：「負石而投河，是行之難爲者也，

而申徒狄能之。」《韓詩外傳》卷一：「申徒狄非其世，將自投於河。」

拘幽操

【集解】

郭茂倩曰：《拘幽操》，周文王。琴曲歌辭。○一曰《文王哀羑里》。《琴操》曰：「《拘幽操》，文王拘於羑里而作也。文王修德，百姓親附。崇侯虎疾之，譖於紂曰：『西伯昌，聖人也。長子發，中子旦，皆聖人也。三聖合謀，君其慮之。』乃囚文王於羑里，將殺之。於是文王四臣散宜生之徒，得美女、大貝、白馬朱鬣以獻於紂，紂遂出西伯。文王在羑里，演《易》八卦以爲六十四，作鬱厄之辭曰：『困于石，據于蒺藜。』乃申憤而作歌云。」

楊慎曰：《拘幽操》。

馮惟訥曰：《古今樂録》曰：拘羑里者，謂紂拘文王於羑里也。○《兩山墨談》曰：此操見《通鑑外紀》，詳其辭意，怨誹淺激，非文王語也。

梅鼎祚曰：《拘幽操》。一曰《文王哀羑里》。《琴操》曰云云。《兩山墨録》曰云云。

廖按：遺書鈔本《琴操》本於《初學記》所引《琴操》云「《拘幽操》，文王所作。文王拘於羑里而作此曲」。注云「《類聚》引《琴操》曰：『文王備（一作躬）修道德，百姓親附……文王在羑里時……乃申憤而作歌云：『殷道溷溷……憂勤勤兮。』」個別文字有異，情節及歌詞同於《樂府詩集》所引《琴操》。按，散宜生獻寶于殷紂王事始見《淮南子·道應訓》，《史記·周本紀》亦有載，均未提文王作歌作操之事。此操當爲《史記》之後、《琴操》之前漢人代擬之作。

殷道溷溷，浸濁煩兮。[一]朱紫相合，不別分兮。[二]迷亂聲色，信讒言兮。炎炎之虐，使我愆兮。[三]幽閉牢穽，由其言兮。[四]遘我四人，憂勤勤兮。[五]（《樂府詩集》卷五七《琴曲歌辭》。《風雅逸篇》卷一、《古詩紀》卷四、《古樂苑》卷三十）

【校勘】

「幽閉牢穽」，《風雅逸篇》「穽」作「耕」。

「憂勤勤兮」，「勤勤」原作「動勤」，據《風雅逸篇》《古詩紀》《古樂苑》改。

【集注】

[一]「殷道溷溷，浸濁煩兮」二句：**廖按**：溷溷，即渾濁混亂。《楚辭·離騷》「世溷濁而不分兮」，王逸注：「溷，亂也。」《釋名·釋宮室》：「廁，言人雜在上，非一也。或曰溷，言溷濁也。」浸，漸。《詩經·大雅·皇矣》「憎其式廓」，鄭玄《箋》：「憎其所用爲惡者浸大也。」孔穎達《疏》：「浸大者，其惡漸更益甚也。」煩，亂。《周禮·冬官·考工記》「夏治筋則不

煩」，鄭玄注：「煩，亂。」

［二］「朱紫相合，不别分兮」二句：**廖按**：朱紫，正邪之喻。《論語·陽貨》子曰「惡紫之奪朱也，惡鄭聲之亂雅樂也」，《集解》引孔安國曰：「朱，正色；紫，間色之好者。惡其邪好而奪正色。」

［三］「炎炎之虐，使我愆兮」二句：**馮惟訥曰**：《古今樂録》作「闇闇之虎使我褰兮」，虎蓋謂崇侯也。**廖按**：炎炎，酷熱。《詩經·大雅·雲漢》「旱既太甚，則不可沮。赫赫炎炎，云我無所」，毛《傳》：「赫赫，旱氣也。炎炎，熱氣也。」鄭玄《箋》：「熱氣大盛，人皆不堪言。」愆，過失，疾患。《詩經·小雅·楚茨》「我孔熯矣，式禮莫愆」，鄭玄《箋》：「愆，過。」「孝孫甚敬矣，於禮法無過者。」《左傳·昭公二十六年》「王愆於厥身」，杜預注：「愆，惡疾也。」

［四］「幽閉牢穽，由其言兮」二句：**廖按**：牢穽，猶囹圄。《説文》：「牢，閑，養牛馬圈也。」《尚書·費誓》「敜乃穽」，書傳：「穽，穿地陷獸。」「穽」又作「阱」，《孟子·梁惠王下》「則是方四十里爲阱于國中」，《太平御覽》一九六《居處部》所引「阱」作「穽」。

［五］「遘我四人，憂勤勤兮」二句：**楊慎曰**：勤，叶音虔。**馮惟訥曰**：四人謂太顛、閎夭、散宜生、南宫适。求美女寶玉白馬朱鬣以獻於紂，紂立出西伯。**廖按**：《爾雅·釋詁》：「遘、逢，遇也。」「勤，勞也。」勤勤，憂苦貌。沈約《六憶詩四首》（《玉臺新詠》）其一：「憶來時，灼灼上階墀，勤勤叙别離。」

【集評】

王世貞曰：余讀《琴操》所稱記舜禹孔子詩，咸淺易不足道。《拘幽》，文王在繫也，而曰：「殷道溷溷，浸濁煩。朱紫相合，不别分。迷亂聲色，信讒言。」即無論其詞已，内文明，外柔順，蒙難者固如是乎？

【附】平津館本《琴操·拘幽操》

【集解】

朱長文曰：文王當紂之時，獨行仁政，養老慈少，禮下賢者，日中不暇食以待士，伯夷、叔齊、太顛、閎夭、散宜生之徒皆往歸之。崇侯虎譖於紂曰：「西伯積善累德，諸侯皆嚮之，將不利於帝。」紂乃囚西伯於羑里。閎夭之徒患之，乃求有莘氏之美女、驪戎之文馬、有熊之九駟，他奇怪物，因嬖臣費仲而獻之紂，紂大悦，乃赦西伯。西伯之在羑里也，蓋益《易》之八卦爲六十四卦。及其出也，作《拘幽操》，或曰《離憂操》，所以傷己之不幸而不敢怨也。《琴操》載其辭，惡紂而欲誅之，後人之所述也，豈文王之心哉？三分天下以服事商，文王之心也。

孫星衍輯校平津館本《琴操》曰：《拘幽操》者，文王拘於羑里而作也。文王備修道德，百姓親附。文王有二子，周公、武王，皆聖。是時崇侯虎與文王列爲諸侯，德不能及文王，常嫉妒之。

乃譖文王於紂曰：「西伯昌，聖人也。長子發，中子旦，皆聖人也。三聖合謀，將不利於君，君其慮之。」紂用其言，乃囚文王於羑里，擇日欲殺之。於是文王四臣，太顛、閎夭、散宜生、南宫适之徒，往見文王。文王爲曠反目者，紂之好色也，柎桴其腹者，言欲得奇寶也，蹀躞其足者，使疾迅也。於是乃周流海内，經歷風土，得美女二人、水中大貝、白馬朱鬣，以獻於紂，陳於中庭。紂見之，仰天而歎曰：「嘻哉，此誰寶？」散宜生趨而進曰：「是西伯之寶，以贖刑罪。」紂曰：「於寡人何其厚也。」立出西伯。紂謂宜生：「譖岐侯者，長鼻決耳也。」宜生還以狀告文王，乃知崇侯譖之。文王在羑里時，演八卦以爲六十四卦。作鬱厄之辭：「困於石，據於蒺藜。」乃申憤以作歌曰云云。

廖按：余作勝《〈漢詩・琴曲歌辭〉指瑕》一文指出，「該條的歌辭『得此珍玩』至『誅逆王兮』十二句未見他書引作《琴操》，而見於《古今樂録》。平津館本當是從《古今樂録》誤輯。遺書鈔本該條未録這十二句文字，馬國翰《玉函山房輯佚書》將此段文字輯入《古今樂録》，皆是」，認爲「當改正，亦即改以《古今樂録》爲首要出處」（見《中國音樂學》二〇一一年第二期）。按，據《琴史》，朱長文所見《琴操》當有此十二句。朱長文《琴史》卷一云：「……《琴操》載其辭，惡紂而欲誅之，後人之所述也，豈文王之心哉？三分天下以服事商，文王之心也。」朱長文明言「《琴操》載其辭」，然後辨析歌辭中「惡紂而欲誅之」乃「後人之所述」。由此可知朱長文所見《琴操》所載《拘幽操》確有「討暴除亂誅逆王兮」之句，只不過他認爲這種歌辭實非文王原作。這恰恰説明

《拘幽操》很可能是《琴操》之前漢人所擬作。

殷道溷溷，浸濁煩兮。朱紫相合，不別分兮。迷亂聲色，信讒言兮。炎炎之虐，使我愆兮。無辜桎梏，誰所宣兮。幽閉牢穽，由其言兮。遘我四人，憂勤勤兮。得此珍玩，且解大患兮。倉皇迄命，遺後昆兮。作此象變，兆在昌兮。欽承祖命，天下不喪兮。遂臨下土，在聖明兮。討暴除亂，誅逆王兮。（平津館本《琴操》卷上）

文王操

【集解】

朱長文曰：昔孔子嘗學《文王操》於師襄，蓋文王所制操非一，後人不能盡得其傳也。《琴操》有云，文王既得太公，作思士曲，此殆是歟？

郭茂倩曰：《文王操》，周文王。琴曲歌辭。○《琴操》曰：「紂爲無道，諸侯皆歸文王。其後有鳳皇銜書於郊，文王乃作此歌。」謝希逸《琴論》曰：「《文王操》，文王作也。」

楊愼曰：《文王操》。

馮惟訥曰：《文王操》，《玉海》作文王《鳳凰歌》。《琴操》曰云云。

孫星衍輯校《琴操》曰：《文王受命》。「受命」者，謂文王受天命而王。文王以紂時爲岐侯，躬修道德，執行仁義，百姓親附。是時紂爲無道，刳胎斬涉，廢壞三仁。天統易運，諸侯瓦解，皆歸文王。其後有鳳凰銜書於文王之郊。文王以殷帝無道，虐亂天下，皇命已移，不得復久，乃作「鳳凰之歌」。其章曰云云。

廖按：逯欽立云，《孔子世家》(《史記》)：「孔子學鼓琴師襄子，十日不進。師襄子曰：『可以益矣。』孔子曰：『丘已習其曲矣，未得其數也。』有間，曰：『已習其數，可以益矣。』孔子曰：『丘未得其志也。』有間，曰：『已習其志，可以益矣。』孔子曰：『丘未得其爲人也。』有間，有所穆然深思焉，有所怡然高望而遠志焉。曰：『丘得其爲人，黯然而黑，幾然而長，眼如望羊，如王四國，非文王其誰能爲此也！』師襄子辟席再拜，曰：『師蓋云文王操也。』」云云，《韓詩外傳》《孔子家語》所記與此略同。據此，前漢人所傳《文王操》，尚僅有弦無歌。是以桓譚《新論》謂《文王操》聲紛以擾，駭角震商，只從聲曲言之。又此歌「望羊」二字，沿襲《史記》《家語》「眼如望羊」，乃以形容文王者。而《論衡·骨相篇》云：武王望陽；《語增篇》云：武王之相，望羊而已。又《白虎通·聖人篇》云：武王望羊，是謂攝陽，盱目陳兵，天下富昌。是後漢時「望羊」之説已轉屬武王，與《史記》《韓詩外傳》不同。今《琴操》言「與我之業望羊來兮」，或「興我之業望羊來兮」，明是文王希冀子發興集王業之意，與後漢説同，與前漢説不同。可見歌辭爲後漢人之所作也。

又按：遺書鈔本《琴操》録《藝文類聚》引《琴操》同於平津館本《琴操下》，唯平津館本「文王以殷帝無道」，遺書鈔本作「文王曰：『殷帝無道……』」，所録歌辭亦缺「興我之業，望羊來兮」二句。鳳凰銜書事已見《墨子・非攻下》（詳下注），此乃先秦傳説，文王作歌及歌辭則見於入漢之後文獻，逯氏説是，此當爲入漢之後、《琴操》之前漢代琴人所擬作。

翼翼翱翔，彼鳳皇兮。銜書來遊，以會昌兮。[一]瞻天案圖，殷將亡兮。[二]蒼蒼之天，始有萌兮。五神連精，合謀房兮。[三]興我之業，望羊來兮。[四]（《樂府詩集》卷五七《琴曲歌辭》。《風雅逸篇》卷一、《古詩紀》卷四、《古樂苑》卷三十）

【校勘】

「翼翼翱翔」，《古詩紀》《古樂苑》小注云「『翱翔』一作『翔翔』」。

「彼鳳皇兮」，《風雅逸篇》《古詩紀》「皇」作「凰」。

「以會昌兮」，《古詩紀》《古樂苑》小注云「『會』一作『命』」。

「蒼蒼之天」，《古詩紀》《古樂苑》小注云「『之』一作『昊』」。

「五神連精，合謀房兮」，《古詩紀》《古樂苑》小注云「一作『精連神合，謀於房兮』」。

「望羊來兮」，《古詩紀》《古樂苑》「羊來」作「來羊」。

【集注】

[一]「翼翼翺翔，彼鳳皇兮。銜書來遊，以會昌兮」四句：**廖按**：鳳凰銜書，《墨子·非攻下》：「遝至乎商王紂，天不序其德，祀用失時。兼夜中，十日雨土于薄，九鼎遷止，婦妖宵出，有鬼宵吟，有女爲男，天雨肉，棘生乎國道，王兄自縱也。赤鳥銜圭，降周之岐社，曰：『天命周文王伐殷有國。』」圭，《説文》：「瑞玉也。上圜下方。」段玉裁注：「瑞者，以玉爲信也。」赤鳥銜圭曰天命文王伐殷，乃屬神異之説，其後演繹爲鳳凰銜書。會昌，與姬昌相會。周文王，姬姓，名昌。

[二]「瞻天案圖，殷將亡兮」二句：**廖按**：案，《説文》：「几屬。從木安聲。」案圖，於案几上展圖，《史記·廉頗藺相如列傳》：「召有司案圖，指從此以往十五都予趙。」此「瞻天案圖」之圖當爲圖讖，圖書所示將要應驗的預言隱語。

[三]「蒼蒼之天，始有萌兮。五神連精，合謀房兮」四句：**廖按**：五神，《墨子·非攻下》：「河出緑圖，地出乘黄。武王踐功，夢見三神曰：『予既沈漬殷紂於酒德矣，往攻之，予必使汝大堪之。』武王乃攻狂夫，反商之周，天賜武王黄鳥之旗。」《墨子》稱「三神」，此歌稱「五神」，五、三形近易訛。

[四]「興我之業，望羊來兮」二句：**廖按**：逯欽立云，「望羊來」，來字與前韻不叶，疑當作「來望羊」三字。按，逯欽立辨析此歌作期（見上【集解】）提到此「望羊」係指武王，「《論衡·骨相

篇》云：武王望陽；《語增篇》云：武王之相，望羊而已」。望羊，《史記·孔子世家》「眼如望羊」，裴駰《集解》引王肅曰：「望羊，望羊視也。」按，「望羊視」即仰視貌，《莊子·秋水》「望洋向若而歎曰」，唐陸德明《莊子釋文》引司馬崔云：「盳洋，猶望羊，仰視貌。」郭慶藩加案語曰：「《釋文》引司馬崔本作盳洋，云盳洋猶望羊，仰視貌。今案洋羊皆假借字，其正字當作陽。《論衡·骨相篇》『武王望陽』，言望視太陽也。太陽在天，宜仰而觀，故訓爲仰視。」

【集評】

王世貞曰：「瞻天案圖，殷將亡。」豈三分服事至德人語！「望來羊」固因眼如望羊傅也。

胡應麟曰：《琴曲》虞舜至文王，猶《閣帖》蒼頡至大禹，皆後人僞作無疑。

剋商操

【集解】

朱長文曰：武王既承文考之緒，終其武功，一戎衣而天下定，還至於周，中夜不寐。周公即王所，曰：曷爲不寐？王曰：我未定天保，何暇寐？舊傳有《克商操》，蓋雖集大統而未忘天下之憂也，非幸紂之亡而矜其武功也。

郭茂倩曰：《剋商操》，周武王。琴曲歌辭。○一曰《武王伐紂》。《古今樂録》曰：「武王伐紂而作此歌。」謝希逸《琴論》曰：「《剋商操》，武王伐紂時制。」《琴集》曰：「《武王伐紂》，武王自作也。」

楊慎曰：《克商操》，武王。

馮惟訥曰：《克商操》，一曰《武王伐紂》。謝希逸《琴論》曰云云。

梅鼎祚曰：《剋商操》。一曰《武王伐紂》。《古今樂録》曰云云。

廖按：講述武王伐紂相關故事的先秦兩漢著作有《墨子》《韓非子》《吕氏春秋》《新書》《淮南子》《韓詩外傳》《史記》《説苑》《新序》《新論》《論衡》等，均未提及武王作歌之事，此歌當爲東漢之後琴人演繹武王伐紂故事時的代擬之作。

卷二、《古詩紀》卷四、《古樂苑》卷三十

上告皇天兮[一]，可以行乎[二]？（《樂府詩集》卷五七《琴曲歌辭》。《風雅逸篇》

【集注】

[一] 上告皇天兮：**廖按：**皇天，指上帝，《尚書·召誥》：「嗚呼！皇天上帝，改厥元子兹大國殷之命。」

［一二］可以行乎：**廖按**：行，行動，此謂是否可以從事伐紂之舉了。

傷殷操

【集解】

朱長文曰：微子者，紂之庶兄也。紂淫亂，微子數諫不聽，欲死之，則懼商祀遂滅，於是去而歸周。孔子稱仁焉。嘗作《傷殷操》，蓋見其暴亂以至於顛隮，所以寓哀於絲桐也。成王既誅三監，命微子以嗣成湯之後，爲周室所賓禮云。

郭茂倩曰：《傷殷操》，宋微子。琴曲歌辭。◯《琴集》曰：「《傷殷操》，微子所作也。《尚書大傳》曰，微子將朝周，過殷之故墟，見麥秀之蔪蔪，黍禾之蠅蠅也，曰：『此故父母之國，宗廟社稷之亡也。』志動心悲，欲哭則爲朝周，欲泣則近婦人，推而廣之作雅聲，即此操也，亦謂之《麥秀歌》。」

楊慎曰：《傷殷操》，《琴操》亦以爲微子。

馮惟訥曰：《麥秀歌》二見（廖按，馮惟訥《古詩紀》題爲《麥秀歌》，録兩首，其二爲本篇，小注云「見《尚書大傳》」，其一爲「麥秀漸漸兮，禾黍油油。彼狡童兮，不與我好」，小注云「見《史記》」）。《史記·箕子世家》（廖按，應爲《宋微子世家》）云：箕子朝周，過故殷虛，感宫室毁壞，生禾黍。箕子傷之，欲哭則不可，欲泣爲其近婦人，乃作麥秀之詩以歌之云云。○《琴集》云云。《尚書大傳》亦云微子作。

梅鼎祚曰：《傷殷操》，殷微子。○《琴集》曰云云。《尚書大傳》曰云云。《史記·箕子世家》云云。《學齋占畢》曰：《史記》與《尚書大傳》所載之歌只差末句一字，惟《書序》與歌「蘄蘄」「蠅蠅」字不同。宋玉《笛賦》、枚乘《七發》皆「麥秀蘄兮」，注，麥芒也。但《史記》以爲箕子，而《書傳》以爲微子，且稱父母之國，尤爲有理。不知司馬何所據而與牴牾耶？按嵇康《琴賦》云「終詠微子」，注引《七略》「微子傷殷之將亡，終不可奈何，見鴻鵠高飛，援琴作操」，則又自有《微子操》矣。（廖按，梅鼎祚《古樂苑》録出兩首，其一爲本篇，小注出自《尚書大傳》；其二爲「麥秀漸漸兮，禾黍油油。彼狡童兮，不與我好兮」，小注出自《史記》）

唐汝諤曰：《麥秀歌》。箕子傷殷之亡而賦其所見，言故宮之上惟此麥與黍之芃然而已，因傷所以致此者彼何人斯，而痛恨夫狡童之不與我謀也。

張玉穀曰：微子名啓，紂之庶兄。武王伐紂，抱祭器造於軍門。武王封之于宋，以續殷祀。○《尚書大傳》云云。《史記》作箕子作，末句作「不與我好兮」。

廖按：《史記·宋微子世家》稱箕子「隱而鼓琴以自悲，故傳之曰《箕子操》」，無歌辭；又稱「其後箕子朝周，過故殷虚，感宫室毁壞，生禾黍」，「乃作《麥秀之詩》以歌詠之」，有歌辭，即此操歌辭，末句作「不與我好兮」；《史記·淮南衡山列傳》記述伍被勸阻淮南王起事，稱「臣聞微子過故國而悲，於是作《麥秀之歌》，是痛紂之不用王子比干也」，未提歌辭。兩處述過故國作《麥秀》，一稱箕子，一稱微子，均只稱作詩作歌。郭茂倩引《尚書大傳》稱「推而廣之作雅聲」；《尚書大傳》接着稱「爲《麥秀》之歌」，亦均未提援琴。楊慎《風雅逸篇》卷一稱「《琴操》亦以爲微子」，知傳爲箕子或微子所作《麥秀之歌》被其後漢代琴家演爲琴曲歌辭，並取微子作之説。

麥秀漸漸兮禾黍油油[一]，彼狡童兮不我好仇[二]。（《樂府詩集》卷五七《琴曲歌辭》。《風雅逸篇》卷一、《古詩紀》卷一、《古樂苑》卷三十）

【校勘】

「麥秀漸漸兮」，《風雅逸篇》《古詩紀》「漸漸」作「蔪蔪」。《風雅逸篇》「禾戍油油」后有「兮」字。

【集注】

[一] 麥秀漸漸兮禾黍油油：**馮惟訥曰**：蔪（廖按，馮惟訥《古詩紀》「漸漸」作「蔪蔪」），麥芒也。**唐汝諤曰**：麥吐華曰秀，蔪蔪，秀出貌。油油，茂盛貌。**廖按**：《史記·宋微子世家》「麥秀漸漸兮，禾黍油油」，司馬貞《索隱》：「漸漸，麥芒之狀，音子廉反，又依字讀。油油者，禾黍之苗光悦貌。」

［二］彼狡童兮不我好仇：**唐汝諤曰**：狡童，指紂也。箕子紂諸父，故斥言之。好仇猶云善匹也。**廖按**：《史記・宋微子世家》：「所謂狡童者，紂也。」《詩經・鄭風・山有扶蘇》「不見子充，乃見狡童」，鄭玄《箋》：「狡童有貌而無實。」《詩經・周南・兔罝》「赳赳武夫，公侯好仇」，孔穎達《疏》：「毛以爲赳赳然有威武之夫，有文有武，能匹耦於公侯之志，爲公侯之好匹。」《爾雅・釋詁》：「仇，匹也。」

【集評】

張玉穀曰：上二，寫目前淒涼之景。下二，推原其故於紂之愎諫致亡。「不我好仇」，說得何等蘊藉。（廖按，張玉穀《古詩賞析》於兩「兮」字後斷句，故云「上二」「下二」。）

越裳操

【集解】

朱長文曰：周公以聖人之才佐文武，定王業，相成王，致太平。於是四海和會，越裳氏重九譯而來貢，周公曰：「此非旦之力也，文王之德也。」迺援琴而鼓之，故曰《越裳操》，喜遠人之服而歸美于先王也。

郭茂倩曰：《越裳操》，周公旦。琴曲歌辭。○《琴操》曰：「《越裳操》，周公所作也。」《古今樂録》曰：「越裳獻白雉，周公作歌，遂傳之爲《越裳操》。」

楊慎曰：《越裳操》，《樂録》。越裳獻白雉，周公作歌。

馮惟訥曰：《越裳操》。《琴操》作《越嘗操》。《琴操》曰，《越嘗操》，周公所作也。周公輔成王，成文王之王道，越嘗重九譯而來獻白雉，周公乃援琴而歌之。遂受之，獻於文王之廟。

梅鼎祚曰：《越裳操》，周公旦。裳，一作「嘗」。

孫星衍輯校平津館本《琴操》曰：《越裳操》者，周公之所作也。周公輔成王，成文王之王道，天下太平，萬國和會。江黄納貢，越裳重九譯而來獻白雉，執贄曰：「吾君在外國也，頃無迅風暴雨。意者中國有聖人乎，故遣臣來。」周公於是仰天而歎之，乃援琴而鼓之。其章曰云云。遂受之，獻於文王之廟。

廖按：《朱文公校昌黎先生集》卷第一《琴操十首》之三《越裳操》，題序引《琴操》稱「周公作」，朱文公注云：「韓本注事見《後漢書・南蠻志》，交阯之南有越裳云。古《琴操》曰：『於戲嗟嗟，非旦之力，乃文王之德。』」按《後漢書・南蠻西南夷列傳》所云爲：「交阯之南有越裳國。周公居攝六年，制禮作樂，天下和平，越裳以三象重譯而獻白雉，曰：『道路悠遠，山川岨深，音使不通，故重譯而朝。』成王以歸周公。公曰：『德不加焉，則君子不饗其質；政不施焉，則君子不臣其人。吾何以獲此賜也！』其使請曰：『吾受命吾國之黄耇曰：『久矣，天之無烈風雷雨，意者中國有聖人乎？有則盍往朝之。』周公乃歸之于王，稱先王之神致，以薦於宗廟。」按，越裳重譯獻白雉事始見於漢初陸賈《新語·無爲》，稱「周公制作禮樂……越裳之君，重譯來朝」，故事當傳自先秦。《尚書大傳》《韓詩外傳》卷五、《説苑·辨物》也有類似故事。《太公金匱》所載還有另一種版本，稱「武王伐殷，丁侯不朝。尚父乃畫丁侯，三旬射之。丁侯病，遣使請臣。尚父乃以甲乙日拔其頭箭，丙丁日拔其目箭，戊己日拔其腹箭，庚辛日拔其股箭，癸亥日拔其足箭。丁侯病乃愈。四夷聞，皆懼。越常氏獻白雉。」無論哪個版本，均無周公作歌之説，更無鼓琴而歌情節。尤爲值得一提的是，若當時已有作歌或鼓琴之説，《説苑》一般不會遺漏，該書中就記有許多作歌鼓琴故事。由此可證，西漢尚無題爲周公作的此琴曲。蔡邕《琴賦》提到此曲：「於是繁弦既抑，雅韻乃揚……《梁甫》悲吟，周公《越裳》。」且下面描寫「於是歌人恍惚以失曲」，知彈曲者同時也是歌人。綜上可證《越裳操》歌辭當爲《説苑》之後、蔡邕之前漢人代擬之作。

於戲嗟嗟[一]，非旦之力，乃文王之德。[二]（《樂府詩集》卷五七《琴曲歌辭》。《風雅逸篇》卷二、《古詩紀》卷四、《古樂苑》卷三十）

【校勘】

「非旦之力，乃文王之德」，《古詩紀》「力」「德」後均有「也」字，小注云「一無二『也』字」；《古樂苑》小注云「『力』下『德』下一各有『也』字」。

【集注】

[一] 於戲嗟嗟：**廖按：**於戲，讀作「嗚呼」，感歎之詞。《詩經·周頌·清廟》「於穆清廟」，毛《傳》：「於，嘆詞。」鄭玄《箋》：「於乎美哉，周公之祭清廟也。」陸德明《釋文》：「於音烏。」孔穎達《疏》：「於乎、於戲，皆古之嗚呼之字，故爲歎辭。」「戲」通「乎」，《詩經·周頌·烈文》「於乎前王不忘」，《禮記·大學》引作「於戲前王不忘」。嗟嗟，亦感歎之詞。《詩經·商頌·烈祖》「嗟嗟烈祖」，鄭玄《箋》：「重言嗟嗟，美歎之深。」

[二]「非旦之力，乃文王之德」二句：**廖按：**旦，周公旦自稱。

【集評】

謝榛曰：《越裳操》止三句，不言白雉而意自見，所謂「大樂必易」是也。及班固《白雉》詩，加之形容，古體變矣。

岐山操

【集解】

朱長文曰：太王嗣后稷、公劉之烈，居於邠，狄人侵之。事之以皮幣不得免焉，事之以犬馬不得免焉，事之以珠玉不得免焉，乃屬其耆老而告之曰：「狄人之所欲者吾土地也。吾聞之也，君子不以其所養人者害人。二三子何患乎無君。我將去邠，踰梁山，邑於岐山之下居焉。」邠人曰：「仁人也，不可失也。」從之者如歸市。舊説雖如此，《詩》不云乎，「古公亶父，來朝走馬。率西水滸，至於岐下。爰及姜女，聿來胥宇」。又曰「周原膴膴，堇荼如飴。爰始爰謀，爰契我龜」。蓋岐之地美於豳，其遷於岐也，非苟然也，謀之素也。余作詩説嘗言之矣，太王於是作《岐山》之操，蓋以思積累之艱難而悼戎狄之猾也。韓退之謂《岐山操》爲周公之作，然據《琴操》云：太王自傷德劣不能化，爲夷狄之所侵，喟然歎息，援琴而鼓之，則宜爲太王自作也。其辭曰：「戎狄侵兮地土移，遷邦邑兮適於岐，烝民可憂兮誰者知，嗟嗟奈何余命遭斯。」太王能責己而拊其民，是以肇基王迹不亦美哉。

郭茂倩曰：《琴操》曰：「《岐山操》，周公爲大王作也。」（廖按，《樂府詩集》首録爲韓愈《岐山操》）

馮惟訥曰：《岐山操》。《琴苑要録》曰，《岐山操》者，周太王之所作也。太王居邠，狄人攻之，事之以珠玉犬馬皮幣，狄侵不止。問其所欲，得土地也。太王曰，土地所以養萬民也，吾不争所用養而害吾所養。遂策杖而去之。踰梁山而邑乎岐山，喟然歎息，援琴而鼓之。

梅鼎祚曰：《岐山操》。《琴苑要録》曰云云。

廖按：《樂府詩集》於《岐山操》解題引《琴操》稱「《岐山操》，周公爲大王作也」，然未録古辭，首録爲韓愈之辭。清人王謨《漢魏遺書鈔》輯佚本《琴操》云：「六曰《岐山操》。周人爲太王所作也。《白帖》引《琴操》曰：太王去邠而邑於岐山，自傷爲夷狄所侵，喟然歎息，援琴而鼓之，作操曰：『戎狄侵兮土地，遷移邦邑，適於岐山，烝民不憂兮誰者知？嗟嗟奈何兮，予命遭斯！』」惜今本《白孔六帖》引《琴操》僅有「六《岐山》，周人爲文王作」兩句，未見「援琴而鼓之，作操曰」及歌辭。逯欽立《先秦漢魏晉南北朝詩》云：「《岐山操》，《樂府詩集》以韓愈歌辭爲首，明郭氏所見尚無古辭，此所謂古辭，實出《琴苑要録》。」按，此説未及細審。與郭茂倩完全同時的朱長文《琴史》已云「據《琴操》云，太王自傷德劣不能化，爲夷狄之所侵，喟然歎息，援琴而鼓之，則宜爲太王自作也。其辭曰：『戎狄侵兮地土移，遷邦邑兮適於岐，烝民可憂兮誰者知，嗟嗟奈何余命遭斯』」，可證北宋人所見《琴操》確有《岐山操》序文並歌辭。韓愈有仿作，自是先有歌辭，不然無從仿。只是後來該曲辭訛傳嚴重，解題即有「周人爲文王所作」（《白帖》）「周公爲大王作」（《樂府詩集》）、「周人爲太王所作」（王謨遺書鈔本録《琴操》）、「周太王之所作」（朱長文《琴史》引《琴操》）等不同説法。韓愈仿《岐山操》所作歌辭爲：「我家於豳，自我先公。伊我承緒，敢有不同。今狄之人，將土我疆。民爲我戰，誰使死傷。彼岐有岨，我往獨處。人莫余追，無思我悲。」乃擬太公口吻所作，所仿當爲《琴史》所引《琴操》本。**又按**：朱長文已以《詩經·大雅·緜》詩句説明古公亶父被迫遷岐的故事只是一個傳説，那麽據傳説所撰的歌辭自當爲後人代擬，當爲《琴操》之前漢代琴人所作。今據朱長文《琴史》録之。

戎狄侵兮地土移，遷邦邑兮適於岐，烝民可憂兮誰者知[一]，嗟嗟奈何余命遭斯。（《琴史》卷一《太王》引《琴操》。《古詩紀》卷四、《古樂苑》卷三十）

【校勘】

「戎狄侵兮地土移」，《古詩紀》《古樂苑》「戎狄」作「狄戎」，「地土移」作「土地遷」。

「遷邦邑兮適於岐」，《古詩紀》《古樂苑》「遷」作「移」，無「兮」字，「岐」作「岐山」。

「烝民可憂」，《古詩紀》《古樂苑》「可」作「不」。

「嗟嗟奈何余命遭斯」，《古詩紀》《古樂苑》「奈何」後有「兮」字，「余」作「予」。

【集注】

[一] 烝民可憂兮誰者知：**廖按**：烝民，《詩經·大雅·烝民》「天生烝民，有物有則」，毛《傳》：「烝，衆。」

神鳳操

【集解】

朱長文曰：成王即位，年在幼沖，能任周公以政，七年有成，禮樂大備，囹圄空虛，於是周公歸政天子，天子垂拱守成，而頌聲洋溢，瑞物惣至，乃作《神風》之操。召康公詩云：「鳳凰鳴矣，于彼高岡。梧桐生矣，于彼朝陽。」此之謂也。

郭茂倩曰：《神鳳操》，周成王。琴曲歌辭。○一曰《鳳皇來儀》。《古今樂録》曰：「周成王時，鳳凰翔舞，成王作此歌。」謝希逸《琴論》曰：「成王作《神鳳操》，言德化之感也。」《琴集》曰：「《鳳凰來儀》，成王所作。」

楊慎曰：《神鳳操》。周成王時鳳凰來儀，成王作歌。

馮惟訥曰：《神鳳操》，一曰《鳳凰來儀》。《玉海》作周成王《儀鳳歌》。《古今樂録》曰云云。

梅鼎祚曰：《神鳳操》。一曰《鳳皇來儀》。《古今樂録》曰云云。

孫星衍輯校平津館本《琴操》曰：《儀鳳歌》者，周成王之所作也。成王即位，用周召、畢榮之屬，天下大治。殊方絶域，莫不蒙化。是以越裳獻雉，重譯來貢。太平之瑞，同時而應。麒麟游苑囿，鳳皇來舞於庭，頌聲並作，僉然大同。於是成王乃援琴而鼓之曰云云。

廖按：逯欽立云，《尚書摘洛戒》乃兩漢緯書，後漢何休曾爲之作注。《琴操》襲用之，證其必出後漢。

又按：遺書鈔本《琴操》録《初學記》引蔡邕《琴操》曰：「周成王時，天下大治，鳳凰來舞於庭。成王乃援琴而歌曰：『鳳凰來儀百壽晨。』又曰：『鳳凰翔兮於紫庭，余何德兮以感靈。賴先人兮恩澤臻，于胥樂兮民以寧。』」按，今本《初學記》卷三十原文爲：「蔡邕《琴操》曰：周成王時，天下化，鳳皇來舞於庭。成王乃援琴而歌曰：『鳳皇翔兮於紫庭，余何德兮以感靈？』」較遺書鈔本少三句。又，《藝文類聚》卷九九稱「《琴操》曰」，所録與《初學記》同，唯《初學記》「天下化」，《類聚》作「天下大治」。《太平御覽》卷九一五亦稱「蔡邕《琴操》曰」，所録與《類聚》全同。類書所引，容有節選。此歌見於蔡邕《琴操》無疑。由此還可證明，《類聚》《御覽》等直稱「《琴操》曰」者，所引亦很可能是指蔡邕《琴操》。此歌稱皇宫爲「紫庭」，此稱不見先秦典籍（詳見下注），當爲入漢之後、《琴操》之前琴人所擬。

鳳皇翔兮於紫庭[一]，予何德兮以感靈。賴先人兮恩澤臻，于胥樂兮民以寧[二]。（《樂府詩集》卷五七《琴曲歌辭》。《風雅逸篇》卷二、《古詩紀》卷四、《古樂苑》卷三十）

【校勘】

「鳳皇翔兮於紫庭」，《風雅逸篇》《古詩紀》「皇」作「凰」，《古詩紀》《古樂苑》小注云「『於』，《玉海》云一作『舞』」。

「賴先人兮恩澤臻，于胥樂兮民以寧」，《古詩紀》小注云「《初學記》引此，宋《符瑞記》亦載此，臻字作輳」，《古樂苑》小注云「《宋書符瑞志》《初學記》并載此，『臻』一作『輳』」。

【集注】

[一] 鳳皇翔兮於紫庭：**廖按**：紫庭，帝王宫庭，當爲紫宫之庭省稱。《淮南子·天文訓》曰：

「太微者，太一庭也；紫宫者，太一之居也。」《太平御覽》卷八《天部》引《三輔黄圖》曰：「始皇都咸陽，端門四達，以則紫宫。」班固《西都賦》（《文選》）「其宫室也，體象乎天地，經緯乎陰陽。據坤靈之正位，仿太紫之圓方」，李善注：「《七略》曰：王者師天地，體天而行。是以明堂之制，内有太室，象紫微宫；南出明堂，象太微。」張衡《西京賦》（《文選》）「正紫宫於未央」，李善注用薛綜注：「天有紫微宫，王者象之。」均以紫宫爲帝王仿天宫紫宫所成之宫，天宫紫宫之稱當爲紫薇宫之省。紫宫又演爲紫庭，《後漢書・皇甫張段列傳》載皇甫規舉賢良方正對策曰：「臣生長邊遠，希涉紫庭，怖慴失守，言不盡心。」

[二] 于胥樂兮民以寧：**廖按**：于胥樂兮，《詩經・魯頌・有駜》「鼓咽咽，醉言舞。于胥樂兮」，鄭玄《箋》：「于，於。胥，皆也。」

【集評】

陸時雍曰：雅似德音。

採薇操

【集解】

朱長文曰：夷齊者，孤竹君之二子云。伯夷以國讓其弟，聞文王作，興曰：「盍歸乎來？吾聞西伯善養老者。」於是與叔齊偕歸之。及武王伐紂，獨二人者以爲不可。武王不聽，遂不食周粟。隱於首陽山，采薇而食之。作歌曰：「登彼西山兮，采其薇矣。以暴易暴兮，不知其非矣。神農虞夏，忽焉没兮，我安適歸矣。于嗟徂兮，命之衰矣。」此所謂《采薇操》也。遂餓死于首陽山。蓋恥商周干戈之事而思堯舜揖讓之節。

郭茂倩曰：《採薇操》，伯夷。琴曲歌辭。○《琴集》曰：「《採薇操》，伯夷所作也。」《史記》曰：「武王克殷，伯夷、叔齊恥之，不食周粟，隱於首陽山，採薇而食之，乃作歌。因傳以爲操。」《樂府解題》曰：「《採薇操》亦曰《晨遊高舉》。」

楊慎曰：《採薇操》。《琴操》。（廖按，楊慎《風雅逸篇》録《採薇歌》一首，即「登彼西山兮」云云，同于朱長文《琴史》，唯「安適歸」作「適安歸」。又録此首「登彼高山」題《採薇操》，並標見於《琴操》）

馮惟訥曰：《採薇歌》。《史記》曰云云。《史記》伯夷傳：「睹軼詩可異焉。」即此詩也。《琴集》作《採薇操》。亦題《晨遊高舉》。（廖按，馮惟訥《古詩紀》所録爲「登彼西山兮」一首，列在「古逸第一・歌上」）

梅鼎祚曰：《採薇操》，殷伯夷。《琴集》曰云云。《史記》曰云云。《樂府解題》曰云云。按《史記》歌辭與《琴集》小異。（廖按，梅鼎祚《古樂苑》録出兩首，其一即此篇，小注《琴集》；其二爲「登彼西山兮一首」，小注《史記》）

唐汝諤曰：《采薇歌》。《史記》云云。○武王以仁伐暴而夷齊猶以爲非，謂其不及神農禹夏之盛，故環視天下如無所歸，而深歎其命之窮也。（廖按，唐汝諤《古詩解》録《史記·伯夷列傳》伯夷叔齊所作歌，題爲《采薇歌》，列在「古歌謡辭」上）

張玉穀曰：姓墨胎氏。伯夷，名元，字公信。叔齊，名致，字公遠。孤竹君之二子，遜國偕逃。後武王滅紂，恥食周粟，同餓死首陽山。

廖按：郭氏所引《史記》見《伯夷列傳》，其中稱「乃作歌」，並伯夷、叔齊説之，且未提援琴。如此則《採薇操》琴曲當爲漢代樂人所演繹，即郭氏稱「因傳以爲操」，楊慎《風雅逸篇》標注見於《琴操》。《史記·伯夷列傳》云：「武王已平殷亂，天下宗周，而伯夷、叔齊恥之，義不食周粟，隱於首陽山，采薇而食之。及餓且死，作歌。其辭曰：『登彼西山兮，采其薇矣。以暴易暴兮，不知其非矣。神農、虞、夏忽焉没兮，我安適歸矣？於嗟徂兮，命之衰矣！』遂餓死於首陽山。」《採薇操》琴曲較《史記·伯夷列傳》所録「作歌」略有異，且少末句。

登彼高山，言採其薇。[一]以亂易暴，不知其非。[二]神農虞夏，忽焉没兮，我適安歸。[三]（《樂府詩集》卷五七《琴曲歌辭》。《風雅逸篇》卷一、《古樂苑》卷三十）

【校勘】

「以亂易暴」，《風雅逸篇》「暴」作「亂」。

【集注】

〔一〕「登彼高山，言採其薇」二句：**唐汝諤曰**：西山即首陽山也（廖按，《史記・伯夷列傳》「高山」作「西山」），在今山西平陽府。薇，菜名，山間人食之，謂之迷蕨。**廖按**：《詩經・小雅・采薇》「采薇采薇，薇亦作止」，毛《傳》：「薇，菜。」

〔二〕「以亂易暴，不知其非」二句：**唐汝諤曰**：商辛暴虐而武王征誅，所謂以暴易暴也（廖按，唐汝諤《古詩解》「以亂」作「以暴」）。

〔三〕「神農虞夏，忽焉没兮，我適安歸」三句：**唐汝諤曰**：《易》（《周易・繫辭下》）：「包犧氏没，神農氏作。」舜號有虞氏，禹號夏后氏，皆以揖讓而有天下者。**廖按**：《史記・伯夷列傳》「神農、虞、夏忽焉没兮，我安適歸矣」，司馬貞《索隱》：「言羲、農、虞、夏敦樸禪讓之道，超忽久矣，終没矣。今逢此君臣争奪，故我安適歸矣。」按，四庫本《樂府詩集》作「黄農」，可釋爲黄帝、神農，與「虞夏」釋爲虞舜、夏禹可呼應。

【集評】

唐汝諤曰：悲歌感慨，直令人棲神千古之上。乃後儒見太史公「睹軼詩可異焉」，遂疑其爲後人擬作，誤矣。

張玉穀曰：「微」「非」「歸」「衰」爲協。（廖按，《史記》較《樂府詩集》多出「于嗟徂兮，命之衰矣」兩句。「神農」兩句作一句。）○首二，點時事起。三四，醒出傷今之意。然憑空慨歎，不着己身。五六，忽然懷古，爲征誅對面一照，跌落安歸。獨用長句，調便流活。末二，收到死由於命，怨而不怒，如是如是。

履霜操

【集解】

朱長文曰： 伯奇者，尹吉甫之子也。吉甫以詩顯於周宣王之時。吉甫長子曰伯奇，次曰伯封，伯封繼室之子也，故欲立之。紿吉甫曰：「伯奇好妾，若不信，君登臺觀之。」乃寘蜂領中，顧伯奇曰：「蜂螫我，趣爲我掇之。」吉甫望見，以其妻之言爲信，於是放伯奇。伯奇自傷無辜見疑，作《履霜操》以寓其哀。其辭有云：「孤息別離兮摧肺肝，何辜皇天兮遭斯愆。」

郭茂倩曰： 《履霜操》，尹伯奇。琴曲歌辭。○《琴操》曰：「《履霜操》，尹吉甫之子伯奇所作也。伯奇無罪，爲後母讒而見逐，乃集芰荷以爲衣，採楟花以爲食。晨朝履霜，自傷見放，於是援琴鼓之而作此操。曲終，投河而死。」

楊慎曰： 《履霜操》。尹吉甫之子伯奇無罪，爲後母所讒而見逐，乃集芰荷以爲衣，採楟花以爲食，晨朝履霜自傷見放，於是援琴鼓之而作此曲。

馮惟訥曰： 《履霜操》。《琴操》曰云云。○吉甫，周宣王時人。

梅鼎祚曰：《履霜操》，周尹伯奇。

孫星衍輯校平津館本《琴操》曰：《履霜操》者，尹吉甫之子伯奇所作也。吉甫，周上卿也，有子伯奇。伯奇母死，吉甫更娶後妻，生子曰伯邦。乃譖伯奇於吉甫曰：「伯奇見妾有美色然有欲心。」吉甫曰：「伯奇爲人慈仁，豈有此也？」妻曰：「試置妾空房中，君登樓而察之。」後妻知伯奇仁孝，乃取毒蜂綴衣領。伯奇前持之。於是吉甫大怒，放伯奇於野。伯奇編水荷而衣之，采楟花而食之。清朝履霜，自傷無罪見逐，乃援琴而鼓之曰云云。宣王出遊，吉甫從之。伯奇乃作歌，以言感之於宣王。宣王聞之曰：「此孝子之辭也。」吉甫乃求伯奇於野而感悟，遂射殺後妻。

廖按：逯欽立云，《後漢書·黄瓊傳》注引《説苑》曰，王國子前母子伯奇，後母子伯封。後母欲其子立爲太子，説王曰：伯奇好妾。王不信。其母曰：令伯奇於後園，妾過其旁，王上臺視之，即可知。王如其言。伯奇入園，後母取蜂十數置單衣中，過伯奇邊曰：蜂螫我。伯奇就衣中取蜂殺之。王遥見之，乃逐伯奇也云云。據此西漢初年，始有與《琴操》本事相同之故事，然尚無琴曲之事。《水經·江水注》引揚雄《琴清英》曰：尹吉甫子伯奇，至孝。後母譖之。自投江中，衣苔帶藻。忽夢見水仙，賜其美藥。思惟養親，揚聲悲歌，船人聞之而學之。吉甫聞船人之聲，疑似伯奇，援琴作《子安之操》云云。據此伯奇故事雖演爲琴曲，與本操亦相異。又後漢王充《論衡·書虚篇》、趙岐《孟子注》，均謂伯奇流放，作《小弁》之詩。可見後漢前期，伯奇故事亦尚未固定。至曹植《貪惡鳥論》引俗傳云，吉甫後悟，追傷伯奇，遂射殺後妻。而《世說新語》注引《琴操》謂伯奇作歌，以言感之，《履霜操》及其歌辭，始正式傳行於世。要之，此操至早爲後漢時作品。

又按：《韓詩外傳》卷七稱「傳曰『伯奇孝而棄於親』」，《孔子家語·七十二弟子解》述曾子答不續娶之由稱「尹吉甫以後妻放伯奇」，知伯奇故事傳自先秦，但未見伯奇作歌之說。《樂府詩集》所引《琴操》稱伯奇「曲終，投河而死」，平津館本《琴操》稱「吉甫乃求伯奇於野而感悟，遂射殺後妻」（唐李善注引《琴操》同），考伯奇故事于兩漢流傳，有《琴清英》《說苑》《孟子》趙岐注、曹植《貪惡鳥論》引俗說等或生或死多種版本，疑郭茂倩檃栝引《琴操》至「於是援琴鼓之而作此操」，其後「曲終，投河而死」則是郭氏據世傳伯奇投河版本補充述之（朱長文《琴史》亦僅稱「作《履霜操》以寓其哀」）。《初學記》卷二引《琴操》即至「援琴而鼓之」：「履霜操者，伯奇之所作也。伯奇，尹吉甫之子也。甫聽其後妻之言，疑其孝子伯奇，遂逐之。伯奇編水荷而衣之，采蘋花而食之。清朝履霜，而自傷無罪見放逐，乃援琴而鼓之。」馮惟訥《古詩紀》所引亦至「援琴鼓之而作此操」。鑒於伯奇故事入漢後始演繹出作歌、援琴等不同情節，知《履霜操》乃《琴操》之前漢人所作。

履朝霜兮採晨寒[一]，考不明其心兮聽讒言[二]。孤恩別離兮摧肺肝[三]。何辜皇天兮遭斯愆[四]，痛殁不同兮恩有偏[五]，誰説顧兮知我冤。（《樂府詩集》卷五七《琴曲歌辭》。《風雅逸篇》卷二、《古詩紀》卷四、《古樂苑》卷三十）

【校勘】

「孤恩别離」，《古詩紀》《古樂苑》「恩」作「息」。

「遭斯愆」，《風雅逸篇》「愆」作「衍」。

「痛殁不同」，《風雅逸篇》《古詩紀》「殁」作「没」。

「誰説顧兮」，《風雅逸篇》「説顧」作「讒碩」，《古詩紀》《古樂苑》「説顧」作「能流顧」。

【集注】

[一] 履朝霜兮採晨寒：**廖按**：劉師培云，「採」字疑誤，或涉上「採桲花」而衍。

[二] 考不明其心兮聽讒言：**廖按**：考，《爾雅・釋親》：「父爲考，母爲妣。」

[三] 孤恩别離兮摧肺肝：**廖按**：孤恩，負恩，背棄恩德。孤同「辜」。舊題漢李陵《答蘇武書》（《文選》）：「陵雖孤恩，漢亦負德。」

[四] 何辜皇天兮遭斯愆：**廖按**：愆，《爾雅・釋言》：「愆，過也。」引申爲疾患，《左傳・昭公二十六年》「王愆於厥身」，杜預注：「愆，惡疾也。」此當謂禍患。

[五] 痛殁不同兮恩有偏：**廖按**：痛殁，疑謂生死，「痛殁不同」，生雖痛，異於死。《魏書・崔光

傳》：「死亡千計，白骨横野。存有酷恨之痛，殁爲怨傷之魂。」

【集評】

陸時雍曰：有怨無悱。

士失志操四首

【集解】

郭茂倩曰：《士失志操》四首，晋介子推。琴曲歌辭。○《琴集》曰：「《士失志操》，介子推所作也，一曰《龍蛇歌》。」《琴操》曰：「文公與介子綏俱遁，子綏割腓股以啖文公。文公復國，咎犯、趙衰俱蒙厚賞，子綏獨無所得，乃作《龍蛇之歌》而隱。文公求之不肯出。」按《史記》：「文公重耳奔狄，其後反國，賞從亡，未及介子推。子推欲隱，從者憐之，乃懸書宫門。文公出見之，曰：『此介子推也。』使人召之。亡入綿上山中。於是文公環綿上山而封之，以爲介推田，號曰介山是也。」

楊慎曰：《龍蛇歌》。介子推。○介推歌，《史記》惟載「龍欲上天」一章，《説苑》及樂操所録反有不同，今並收之。○「龍欲上天，五蛇爲輔……」○「有龍矯矯，頃失其所……」○「有龍矯矯，遭天譴怒……」○「有龍矯矯，將失其所……」

馮惟訥曰：《龍蛇歌》。五見。○《史記》云云。《琴集》云云。《吕氏春秋》、劉向《新序》皆以爲子推自作詩，辭並小異。（廖按，馮惟訥《古詩紀》録五首，其中見於《吕氏春秋》的「有龍于飛」一首不見《樂府詩集》）

梅鼎祚曰：《士失志操》。《琴集》曰：《士失志操》介子推所作也。一曰《龍虵歌》。《琴操》曰：文公與介子綏俱遁，子綏割腓股以啖文公，文公復國，咎犯、趙衰俱蒙厚賞，子綏獨無所得，乃作《龍虵之歌》而隱。文公求之不肯出。《史記》曰：文公重耳奔狄，其後反國，賞從亡，未及介子推，子推欲隱，從者憐之，乃懸書宫門。文公出見之，曰：此介子推也。使人召之，亡，入綿上山中。於是文公環綿上山而封之，以爲介推田，號曰介山是也。《左傳》曰：晉侯賞從亡者，介之推不言禄，禄亦弗及。其母曰：盍亦求之，以死誰懟。對曰：尤而效之，罪又甚焉，且出怨言，不食其食。其母曰：亦使知之若何？對曰：言，身之文也，身將隱焉，用文之是求顯也。其母曰：能如是乎，與女偕隱。遂隱而死。《吕氏春秋》、劉向《新序》皆以爲子推自作，辭並小異。《説苑》又作《舟之僑歌》，事類子推，而辭復同《新序》，今別載古歌中。（廖按，梅鼎祚《古樂苑》亦録五首，其中見於《吕氏春秋》的「有龍于飛」一首不見《樂府詩集》）

廖按：遺書鈔本《琴操》録《初學記》引《琴操》曰：「晉文公與介子綏俱遯，子綏割其腓股以啗文公。文公復國，子綏獨無所得。綏甚怨恨，乃作《龍蛇之歌》以感之，遂遁入山。文公驚而悟，迎之，終不肯出，令燔山求之，子綏抱木而死。文公哀之，令民五月五日不得舉火。」注加案語曰：「案：《樂府》（《樂府詩集》）載此歌辭四章。其一曰云云。其二曰云云。其三曰云云。其四曰云云。今考：歌辭一、三、四章，雜採《吕覽》《史記》《説苑》成篇，獨二章未見所出，而郭氏並引作《琴操》，所未究也。」按，《吕氏春秋·介立》云：「晉文公反國，介子推不肯受賞，自爲賦詩曰：『有龍于飛，周遍天下。五蛇從之，爲之丞輔。龍反其鄉，得其處所。四蛇從之，得其露雨。一蛇羞之，橋死於中野。』」與《樂府詩集》所録均不能完全吻合。《樂府詩集》所録四首，其一全同于《説苑·復恩》「文公即位」一節：「從者憐之，乃懸書宫門曰：『有龍矯矯，頃失其所，五蛇從之，周遍天下，龍飢無食，一蛇割股，龍反其淵，安其壤土，四蛇入穴，皆有處所，一蛇無穴，號於中野。』」其二開頭二句「有龍矯矯，遭天譴怒」同於平津館本《琴操》所録《龍蛇歌》首二句（見下），逯欽立推斷「蓋抄《琴集》」。其三同於《新序·節士》「晉文公反」一節：「觴三行，介子推奉觴而起曰：『有龍繅繅，將失其所，有蛇從之，周流天下，龍既入深淵，得其安所，蛇脂盡乾，獨不得甘雨。』」唯《新序》「矯矯」作「繅繅」。其四同於《史記·晉世家》：「介子推從者憐之，乃懸書宫門曰：『龍欲上天，五蛇爲輔。龍已升雲，四蛇各入其宇，一蛇獨怨，終不見處所。』」要之，介之推逃遁並作詩事傳自先秦，且已有龍蛇之詩，《樂府詩集》所録《士失志操》（《龍蛇歌》）四首則是入漢之後、《琴操》之前在此基礎上的演繹之作，其中包括琴人擬作，或琴人將諸演繹之作納入琴曲歌辭。

有龍矯矯，頃失其所。[一]五蛇從之[二]，周遍天下。龍飢無食，一蛇割股[三]。龍反其淵[四]，安其壤土。四蛇入穴，皆有處所。一蛇無穴，號於中野[五]。

有龍矯矯，遭天譴怒。三蛇從之，一蛇割股。二蛇入國，厚蒙爵土[六]。餘有一蛇，棄於草莽。

有龍矯矯，將失其所。有蛇從之，周流天下。龍既入深淵，得其安所。蛇脂盡乾，獨不得甘雨。

龍欲上天，五蛇爲輔[七]。龍已升雲，四蛇各入其宇。一蛇獨怨，終不見處所。

（《樂府詩集》卷五七《琴曲歌辭》。《風雅逸篇》卷六、《古詩紀》卷二、《古樂苑》卷三十）

【校勘】

「龍反其淵」，《風雅逸篇》「反」作「及」，《古詩紀》「反」作「返」。

「龍既入深淵」，《風雅逸篇》無「深」字。

「獨不得甘雨」，《風雅逸篇》無「獨」字。

「四蛇各入其宇」，《風雅逸篇》無「各」字。

【集注】

[一]「有龍矯矯，頃失其所」二句：**廖按**：有龍，《吕氏春秋·介立》「有龍于飛」，高誘注：「龍，君也，以喻文公。」矯矯，《詩經·魯頌·泮水》「矯矯虎臣」，鄭玄《箋》：「矯矯，武貌。」頃，《戰國策·秦策·魏鞅亡魏入秦》「政有頃，商君告歸」，高誘注：「有頃，言未久。」龍失其所，喻晉公子重耳（後爲晉文公）遭驪姬之難，逃亡奔狄，詳見《左傳·僖公二十三年》「晉公子重耳之及於難」篇。

[二]五蛇從之：**廖按**：《吕氏春秋·介立》「五蛇從之」，高誘注：「五蛇，以喻趙衰、狐偃、賈他、魏犨、介子推也。」

[三]一蛇割股：**廖按**：一蛇，喻介子推。割股，《淮南子·説山訓》「介子歌龍蛇，而文君垂泣」，高誘（或許慎）注曰：「介子，介推也。從晉公子重耳出奔翟，遭難絶糧，介子推割肌啖之。公子復國，賞從亡者，子推獨不及。故歌曰『有龍矯矯，而失其所，有蛇從之，而啖其口。龍既升雲，蛇獨泥處』。龍以喻文公，蛇以自喻也。於是文公覺悟，求介子推不得，而號泣之。」《琴操》：「子綏割其腓股以啗文公。」南朝宋劉敬叔《異苑》：「文公……每懷割股之功。」股，大腿。《論語·憲問》「以杖叩其脛」，皇侃《義疏》注曰：「膝上曰股，膝下曰脛。」

[四]龍反其淵：**廖按**：喻重耳歸晉爲晉文公，詳見《左傳·僖公二十四年》。反，返；淵，深

水。《詩經·小雅·鶴鳴》：「魚潛在淵。」

［五］號於中野：**廖按：**號，《詩經·魏風·碩鼠》「誰之永號」，毛《傳》：「號，呼也。」

［六］厚蒙爵土：**廖按：**厚蒙，多多蒙受恩賜。《漢書·韋賢傳》匡衡禱高祖、孝文、孝武廟曰：「皇帝宜厚蒙祉福。」蒙，草名，即菟絲，《説文》：「王女也。從艸冡聲。」段玉裁注：「王或作玉，誤。《釋艸》云：蒙，王女。又云：唐蒙，女蘿。女蘿，兔絲。」引申爲覆蓋，蒙受。爵土，爵位和土地。《論語·八佾》「君子無所争，必也射乎」，皇侃《義疏》：「而中多者，則得預於祭；得預於祭者進其君爵土。」爵，《説文》：「禮器也。象爵之形，中有鬯酒，又持之也。」引申爲爵位。爵與官相對成文，《戰國策·秦策·范子因王稽入秦》：「功多者其爵尊，能治衆者其官大。」

［七］五蛇爲輔：**梅鼎祚曰：**《史記》。《索隱》曰：五蛇，即五臣，狐偃、趙衰、魏武子、司空季子及子推也。舊云五臣有先軫、顛頡，恐非其類。

【附】龍虵歌

【集解】

朱長文曰：介之推者，事晉公子重耳。重耳被讒得罪於獻公，奔亡在外十九年，子推從行備歷勤苦。及公子即位，是爲文公，推不言禄，禄亦弗及推，且曰獻公之子九人，惟君在矣，惠懷無親，外内棄之，天未絶晉，必將有主，主晉祀者，非君而誰，天實置之，而二三子以爲己力，不亦誣乎？竊人之財猶謂之盜，況貪天之功以爲己力乎？遂隱而死。嘗作《龍蚍之歌》，曰：「有龍矯矯，遭天譴怒。捲排角甲，來遁于下。志願不與，他得同伍。龍蚍俱行，身辭山墅。龍得升天，安厥房户。蚍獨抑摧，沈滯泥土。仰天怨望，綢繆悲苦。非樂龍伍，惔不眄顧。」蓋既有此辭，則時人當播之絲桐之間矣。

孫星衍輯校平津館本《琴操》曰：《龍蚍歌》者，介子綏所作也。晉公子重耳與子綏俱亡。子綏割其腕股以救重耳。重耳復國，舅犯、趙衰俱蒙厚賞，子綏獨無所得。綏甚怨恨，乃作《龍蚍之歌》以感之，遂遁入山。其章曰：「有龍矯矯，遭天譴怒。捲排角甲，來遁于下。志願不與，蚍得同伍。龍蚍俱行，身辭山墅。龍得升天，安厥房户。蚍獨抑摧，沈滯泥土。仰天怨望，綢繆悲苦。非樂龍伍，惔不眄顧。」文公驚悟，即遣求得於緜山之下。使者奉節迎之，終不肯出。文公令燔山求之，火熒自出。子綏遂抱木而燒死，文公哀之流涕。歸，令民五月五日不得舉發火。

廖按：孫星衍平津館輯本《琴操》所録《龍蚍之歌》與朱長文《琴史》所引全同，知朱氏當本於《琴操》，亦可證平津館輯本《琴操》所録不虚。

又按：北齊至隋杜臺卿所編《玉燭寶典》卷二述及寒食風俗，已稱引《琴操》這篇「龍蛇之歌」文字：「《琴操》云：晉重耳與介子綏（推、綏聲相近也）俱遁山野，重耳大有飢色，綏割其腓股以啖重耳。重耳復國，子綏獨無所得，甚怨恨，乃書作龍蛇之歌以感之，曰：『有龍矯矯，遭天譴怒。惓逃鱗甲，來道於下。志願不得，與蛇同伍。龍蛇俱行，周遍山野。龍遭飢餓，蛇割腓股。龍行升天，安厥房户。蛇獨抑摧，沈滯泥土。沉天怨望，惆悵悲苦。非樂龍位，怪不盼顧。』」較平津館本及朱氏所引多出「龍遭飢餓，蛇割腓股」兩句，另外個别文字稍有差異。可證該篇《龍蛇之歌》的確見於《琴操》，當爲入漢之後琴人在各種龍蛇之歌傳説基礎上的代擬之作。

有龍矯矯，遭天譴怒。捲排角甲，來遁于下。志願不與，他得同伍。龍虵俱行，身辭山墅[一]。龍得升天，安厥房户。虵獨抑摧，沈滯泥土。仰天怨望，綢繆悲苦[二]。非樂龍伍，惔不眄顧[三]。（《琴史》卷一《介之推》。平津館本《琴操》卷下）

【校勘】

「他得同伍」，平津館本《琴操》「他」作「虵」。

「身辭山墅」，平津館本《琴操》「辭」作「辨」。

【集注】

[一] 身辭山墅：**廖按**：「辭」，平津館本《琴操》作「辨」。辨通「遍」。《荀子·成相》「辨治上下」，即遍治上下。《楚辭·九辯》，辯或作「辨」，「九辨」即「九遍」。《玉燭寶典》此句爲「周

遍山野」，「辨」即作「遍」。又「墅」作「野」，作「墅」是，與「伍」「户」叶韻。

［二］綢繆悲苦：**廖按**：《玉燭寶典》此句爲「惆悵悲苦」。《詩經·唐風·綢繆》「綢繆束薪」，毛《傳》：「綢繆，猶纏綿也。」此處作「惆悵悲苦」更佳。

［三］惔不眄顧：**廖按**：惔，《説文》：「憂也。從心炎聲。《詩》曰：『憂心如惔。』」眄，《方言》：「睇也。」《説文》：「睇，小視也。」《玉燭寶典》此句爲「怪不盼顧」，當爲形近致訛。

雉朝飛操

【集解】

朱長文曰：沐犢子者，年七十而鰥居，出薪於野，見雉雌雄並飛，有感而作《朝飛》之曲，事見《琴操》。

郭茂倩曰：《雉朝飛操》，齊犢沐子。琴曲歌辭。○一曰《雉朝雊操》。揚雄《琴清英》曰：「《雉朝飛操》，衛女傅母之所作也。衛侯女嫁於齊太子，中道聞太子死，問傅母曰：『何如？』傅母曰：『且往當喪。』喪畢不肯歸，終之以死。傅母悔之，取女所自操琴，於冢上鼓之。忽二雉俱出墓中，傅母撫雉曰：『女果爲雉耶？』言未畢，俱飛而起，忽然不見。傅母悲痛，援琴作操，故曰《雉朝飛》。」崔豹《古今注》曰：「《雉朝飛》者，犢沐子所作也。齊宣王時，處士泯宣年五十無妻。出薪於野，見雉雄雌相隨而飛，意動心悲，乃仰天歎大聖在上，恩及草木鳥獸，而我獨不獲。因援琴而歌，以明自傷，其聲中絶。魏武帝時，宫人有盧女者，七歲入漢宫，學鼓琴，特異於餘妓，善爲新聲，能傳此曲。」伯牙《琴歌》曰：「麥秀蔪兮雉朝飛，向虚壑兮背喬槐，依絶區兮臨回池。」《樂府解題》曰：「若梁簡文帝『晨光照麥畿』，但詠雉而已。」

楊慎曰：《雉朝飛》。崔豹《古文注》。齊牧犢作。

馮惟訥曰：《雉朝飛操》。崔豹《古今注》曰云云。揚雄《琴清英》曰云云。

梅鼎祚曰：《雉朝飛操》一曰《雉朝雊操》。揚雄《琴清英》曰云云。

唐汝諤曰：《雉朝飛操》。崔豹《古今注》曰云云。此因見雉之雌雄相隨而自傷孤獨，且歎其老而不娶，至時序之暮而莫可誰何也。

孫星衍輯校平津館本《琴操》曰：《雉朝飛操》者，齊獨沐子所作也。獨沐子年七十無妻，出薪於野，見飛雉雄雌相隨，感之，撫琴而歌曰。

廖按：逯欽立云，崔豹《古今注》曰云云。又據《昌黎集注》，原本《古今注》並載此歌辭。可見此操此歌即後漢末年之新聲。查揚雄《琴清英》曰云云。據此西漢末已有《雉朝飛操》，但其本事與《琴操》異，且無此歌也。

又按：遺書鈔本《琴操》據《初學記》引《琴操》曰：「八曰《朝飛操》，牧犢子所作。牧犢子年七十無妻，見雉朝飛，感而作此曲也。」又稱《繹史》引《琴操》曰：「《雉朝飛》，齊宣王時處士牧犢子所作也。年七十無妻，出薪於野，見雉雌雄相隨而心悲，乃仰天歎曰：『聖主在上，恩及草木鳥獸，而我獨以不獲。』援琴而歌以自傷曰：『雉朝飛兮鳴相和，雌雄羣遊兮山之阿，我獨何命兮未有家，時將暮兮可奈何？嗟嗟暮兮可奈何！』」按此段引文見於清人馬驌《繹史》卷一百十九引《琴操》。郭茂倩引伯牙琴歌見於枚乘《七發》：「……使師堂操暢，伯子牙爲之歌，歌曰：『麥秀蔪兮雉朝飛，嚮虛壑兮背槁槐。依絶區兮臨回溪。』」多半屬於枚乘創作，不可據以作爲《雉朝飛操》本辭。鑒於《雉朝飛操》所涉故事有《琴清英》《琴操》兩個版本，均出自漢代著述，可斷該琴曲歌辭當爲揚雄之後、《琴操》之前漢人代擬之作。

雉朝飛兮鳴相和〔一〕，雌雄群遊於山阿〔二〕。我獨何命兮未有家〔三〕。時將暮兮可奈何，嗟嗟暮兮可奈何〔四〕。（《樂府詩集》卷五七《琴曲歌辭》。《風雅逸篇》卷七、《古詩紀》卷四、《古樂苑》卷三十）

【校勘】

「時將暮兮可奈何」，《古詩紀》「暮」作「莫」，下句「暮」字亦作「莫」。

【集注】

〔一〕雉朝飛兮鳴相和：**廖按**：雉，野鳥通稱。《尚書大傳》（《高宗彤日》傳）：武丁祭成湯，有雉飛升鼎耳而雊，問諸祖己。曰：「雉者，野鳥也，不當升鼎。」又稱野雞。《廣雅・釋鳥》：「野雞，鴙也。」鴙爲雉之異體字。雉飛鳴有求偶隱喻義，《詩經・小雅・小弁》：「雉之朝雊，尚求其雌。」鄭玄《箋》：「雊，雉鳴也。」

［二］雌雄群遊於山阿：**廖按**：山阿，山角。《詩經・衛風・考槃》「考槃在阿」，毛傳：「曲陵曰阿。」《楚辭・九歌・山鬼》「若有人兮山之阿」，王逸注：「阿，曲隅也。」

［三］我獨何命兮未有家：**廖按**：未有家，謂未有室家，即未曾婚嫁。《詩經・檜風・隰有長楚》「樂子之無家」，鄭玄《箋》：「無家，謂無夫婦室家之道。」孔穎達《疏》：「《桓十八年左傳》曰『男有室，女有家』，謂男處妻之室，女安夫之家，夫婦二人共爲家室，故謂夫婦家室之道爲室家也。」

［四］「時將暮兮可奈何，嗟嗟暮兮可奈何」二句：**廖按**：嗟嗟，《詩經・周頌・臣工》「嗟嗟臣工」，孔穎達《疏》：「嗟嗟，歎聲。」

【集評】

朱長文曰：夫聖王在上，民不罹於兵役，不勤於財用，則婚姻以時，國無鰥民，豈復有沐犢之歌哉？聞其聲足以戒也。嗚呼，匹夫銜冤則陰陽爲之感動，庶士抱怨則金絲爲之增哀，爲政可不慎歟？

猗蘭操

【集解】

朱長文曰：孔子厄於陳蔡之間，講誦弦歌不輟。後自衛反魯，過隱谷，有幽蘭獨茂，子喟然曰：「蘭，香草也，而與衆卉爲伍，如聖賢倫於鄙夫也。」乃作《猗蘭操》，其辭有云「如何蒼天，不得其所，逍遥九州，無所定處」，感慨之深切也。

郭茂倩曰：《猗蘭操》，魯孔子。琴曲歌辭。○一曰《幽蘭操》。《古今樂録》曰：「孔子自衛反魯，見香蘭而作此歌。」《琴操》曰：「《猗蘭操》，孔子所作。孔子歷聘諸侯，諸侯莫能任。自衛反魯，隱谷之中，見香蘭獨茂，喟然歎曰：『蘭當爲王者香，今乃獨茂，與衆草爲伍。』乃止車，援琴鼓之，自傷不逢時，託辭於香蘭云。」《琴集》曰：「《幽蘭操》，孔子所作也。」

楊慎曰：《猗蘭操》。孔子自衛返魯。

馮惟訥曰：《猗蘭操》。一曰《幽蘭操》。《琴操》曰云云。

梅鼎祚曰：《猗蘭操》。一曰《幽蘭操》云云。按此雖云託辭于蘭，義實無與。

孫星衍輯校《琴操》曰：《猗蘭操》者，孔子所作也。孔子歷聘諸侯，諸侯莫能任。自衛反魯，過隱谷之中，見薌蘭獨茂。喟然歎曰：「夫蘭當爲王者香，今乃獨茂，與衆草爲伍，譬猶賢者不逢時，與鄙夫爲倫也。」乃止車援琴鼓之云云。自傷不逢時，託辭於薌蘭云。

廖按： 朱長文《琴史》稱《猗蘭操》其辭有「如何蒼天，不得其所，逍遥九州，無所定處」，與郭氏所引《琴操》對讀，知此段文字引自《琴操》；亦可證郭氏《樂府詩集》所録來自《琴操》，朱氏只是援用了其中的四句。遺書鈔本《琴操》云《類聚》引《琴操》曰：「孔子歷聘諸侯……乃止車援琴鼓之，自傷不逢時，託辭於香蘭云：『習習谷風……一身將老。』」孫星衍平津館本《琴操》直稱「孔子歷聘諸侯……乃止車援琴鼓之，自傷不逢時，託辭於薌蘭云：『習習谷風……一身將老。』」注文案語稱《太平御覽·香部》引無「歷」字，引「薌」作「香」。按今本《藝文類聚》《太平御覽》所引均有序無辭，兩部輯本或别有所本，或據《樂府詩集》補辭而缺案語説明。《太平御覽》引《大周正樂》均有序無辭，當爲類書減文所致。按，孔子時恐尚無以蘭香意象爲重，更無「爲王者香」之事。《論語》中無一「蘭」字。《詩經》中有「士與女，方秉蕑兮」，毛傳：蕑，蘭也。但稱「蕑」，不稱蘭；且士女所秉，非專「爲王者香」。《左傳》記述鄭穆公因蘭而生，刈蘭而死，似是蘭之化身，但鄭穆公不屬於「王」。《禮記》中僅有一個「蘭」字，見於《内則》，稱「婦或賜之飲食、衣服、布帛、佩帨、茝蘭，則受而獻諸舅姑」，更非專「爲王者香」。蘭作爲芳香之物被賦予特别含義似始于楚辭，《離騷》：「扈江離與辟芷兮，紉秋蘭以爲佩。」「朝搴阰之木蘭兮，夕攬洲之宿莽。」《九歌》：「浴蘭湯兮沐芳，華采衣兮若英。」《九章》：「故荼薺不同畝兮，蘭茝幽而獨芳。」值得注意的是《九章》中出現了「獨芳」。因此，蘭香意象當不會出現在孔子時代，且孔子不會説出「蘭當爲王香」之語。故《猗蘭操》當爲《琴操》之前漢人所擬作。

習習谷風，以陰以雨。[一]之子于歸，遠送于野。[二]何彼蒼天，不得其所。逍遥九州[三]，無所定處。時一作世人闇蔽，不知賢者。年紀逝邁[四]，一身將老。（《樂府詩集》卷五八《琴曲歌辭》。《風雅逸篇》卷五、《古詩紀》卷四、《古樂苑》卷三十）

【校勘】

「時人闇蔽」，《風雅逸篇》「時」作「世」，《古樂苑》小注云「『時』一作『世』」。

【集注】

[一]「習習谷風，以陰以雨」二句：**廖按**：出自《詩經·邶風·谷風》：「習習谷風，以陰以雨。」

[二]「之子于歸，遠送于野」二句：**廖按**：出自《詩經·邶風·燕燕》：「之子于歸，遠送于野。」

[三]逍遥九州：**廖按**：逍遥，遊息。《詩經·小雅·白駒》「所謂伊人，於焉逍遥」，鄭《箋》：「所謂是乘白駒而去之賢人，今於何遊息乎？」九州，中國之謂。《周禮·秋官·司寇》：「九州之外謂之蕃國。」

[四]逝邁：**廖按**：時光逝去。《詩經·唐風·蟋蟀》「蟋蟀在堂，歲聿其逝。今我不樂，日月其邁」，毛《傳》：「邁，行也。」朱熹《詩集傳》：「逝、邁，皆去也。」

將歸操

【集解】

郭茂倩曰：《將歸操》，魯孔子。琴曲歌辭。○一曰《郰操》。《琴操》曰：「《將歸操》，孔子所作也。」《孔叢子》曰：「趙使聘夫子，夫子聞鳴犢與竇犨之見殺也，回輿而旋，爲操曰《將歸》。」《史記·（孔子）世家》曰：「孔子既不得用於衛，將西見趙簡子，至於河而聞竇鳴犢、舜華之死，臨河而歎曰：『美哉水，洋洋乎，丘之不濟此，命也夫。』子貢曰：『何謂也？』孔子曰：『竇鳴犢、舜華，晉國之賢大夫也。趙簡子未得志之時，須此兩人而後從政，及其已得志，殺之乃從政。夫鳥獸之不義也，尚知辟之，況乎丘哉！』乃還，息乎陬鄉，作爲《陬操》以哀之。」徐廣曰：「竇鳴犢、舜華，或作鳴鐸、竇犨。」王肅曰：「《陬操》，琴曲名也。」

楊慎曰：《將歸操》。《琴操》：孔子將西見趙簡子，至河而返，作《將歸操》。

馮惟訥曰：《將歸操》。《琴操》：孔子將西見趙簡子，至河而返，作《將歸操》。

梅鼎祚曰：《將歸操》。《琴操》曰：孔子將西見趙簡子，至河而返，作《將歸操》。

孫星衍輯校平津館本《琴操》曰：《將歸操》者，孔子之所作也。趙簡子循執玉帛以聘孔子，孔子將往，未至，渡狄水，聞趙殺其賢大夫竇鳴犢，喟然而歎之曰：「夫趙之所以治者，鳴犢之力也。殺鳴犢而聘余，何丘之往也？夫燔林而田，則麒麟不至，覆巢破卵，則鳳皇不翔，鳥獸尚惡傷類，而況君子哉？」於是援琴而鼓之云云。

廖按：《論語》《史記》均載孔子臨河而歎、未及赴趙之事，《論語》未提作歌作操，《史記》提及作操未提歌辭，此歌應爲《史記》之後、《琴操》之前漢代樂人代擬之作。

翺翔于衛，復我舊居。[一]從吾所好，其樂只且[二]。（《樂府詩集》卷五八。《風雅逸篇》卷五、《古詩紀》卷四、《古樂苑》卷三十、平津館本《琴操》卷上）

【集注】

[一]「翺翔于衛，復我舊廬」二句：**廖按：**翺翔，徘徊遊蕩。《詩經·齊風·載驅》：「魯道有蕩，齊子翺翔」，毛《傳》：「翺翔，猶彷徉也。」舊居，謂魯國。

[二]其樂只且：**廖按：**只且，句尾助詞，且音居。《詩經·邶風·北風》「既亟只且」，孔穎達《疏》：「只且，語助也。」《詩經·王風·君子陽陽》「其樂只且」，陸德明《釋文》：「且，子徐反。」

臨河歌

【集解】

朱長文曰：（孔子）將西見趙簡子，而聞竇鳴犢舜華之死也，臨河而歎曰：「美哉水，洋洋乎，丘之不濟此命矣夫。」竇鳴犢、舜華，晉國之賢大夫也。刳胎殺夭則麒麟不至，竭澤涸漁則蛟龍不游，覆巢毁卵則鳳皇不翔，何則？君子諱傷其類也。乃還息乎陬鄉，作《陬操》以哀之。《陬操》者，蓋《琴操》所謂《將歸》也。其辭曰：「秋水深兮風揚波，船檝顛倒更相和，歸來歸來歸爲期。」

楊慎曰：《臨河歌》。《水經注》。

馮惟訥曰：《臨河歌》。見《水經注》。孔子適趙，臨河不濟，歎而作歌。

梅鼎祚曰：酈道元《水經注》曰：孔子適趙，臨河不濟，歎而作歌。

孫星衍輯校平津館本《琴操》曰：（案：《水經注·漯水》引孔子臨狄水而歌曰：「狄水衍兮風揚沙，船楫顛倒更相加，歸來歸來兮，胡爲斯疑。」是《將歸操》之脱文。今本《水經注》「狄」謌作「秋」，又脱末句，從宋本《韓文考異》引補。）

廖按：該歌始見於《水經注·河水注》引《琴操》，云「昔趙殺鳴犢，仲尼臨河而歎。自是而返曰，『丘之不濟，命也』。夫《琴操》以爲孔子臨狄水而歌矣。曰『狄水衍兮風揚波，船檝顛倒更相加』」。只引用兩句。另見於韓愈「效蔡邕作十操」，所作《將歸操》爲「狄之水兮其色幽幽，我將濟兮不得其由。涉其淺兮石齧我足，乘其深兮龍入我舟。我濟而悔兮將安歸尤。歸乎歸乎，無與石鬭兮無應龍求」，明爲效「狄水」云云而作；朱熹《朱文公校昌黎先生集》即援《水經注》所引《琴操》此歌以爲注，所引較今本《水經注》多出末句「歸來歸來胡爲斯」。該歌朱長文《琴史》

稱《陬操》，又云「蓋《琴操》所謂《將歸》也」；孫星衍于所輯《琴操》《將歸操》後加案語引《水經注》此歌並稱「是《將歸操》之脱文」，而《風雅逸篇》《古詩紀》《古樂苑》等均題爲《臨河歌》。蓋《琴操》所録《陬操》或《將歸操》原非一首。兹亦題爲《臨河歌》，以與上一首《將歸操》相區别。又按，《論語》《史記》均載孔子臨河而歎、未及赴趙之事，《論語》未提作歌作操，《史記》提及作操未提歌辭，此歌應爲《史記》之後、《琴操》之前漢代樂人代擬之作。

秋水深兮風揚波[一]，船楫顛倒更相和[二]，歸來歸來歸爲期[三]。（《琴史》卷一《孔子》。《風雅逸篇》卷五、《古詩紀》卷一、《古樂苑》卷三十、平津館本《琴操》卷上）

【校勘】

「秋水深兮風揚波」，《風雅逸篇》「秋水深兮」作「秋之水兮」；《古詩紀》《古樂苑》、平津館本《琴操》「秋」作「狄」，「深」作「衍」；平津館本《琴操》「波」作「沙」。

「船楫顛倒更相和」，《風雅逸篇》作「舟楫顛倒更和和」；《古詩紀》《古樂苑》「船楫」作「舟楫」，「相和」作「相加」；平津館本《琴操》「楫」作「楫」，「相和」作「相加」。「歸來歸來歸爲期」，《風雅逸篇》《古詩紀》《古樂苑》「歸爲期」作「胡爲斯」，平津館本《琴操》作「歸來歸來兮，胡爲斯」。

【集注】

〔一〕秋水深兮風揚波：**朱長文曰**：秋水深者，險難也。風揚波者，威暴也。**馮惟訥曰**：狄，水名，在臨濟。舊作秋，誤。**唐汝諤曰**：衍，水溢也。揚，蕩颺也。**聞人倓曰**：波，叶班麋反。《水經注》，余按臨濟，故狄也，是濟所徑也，得其通稱。《史記》：海不揚波三年矣。（廖按，該句不見《史記》。《韓詩外傳》：「海不波溢也，三年於兹矣。」）

〔二〕船檝顛倒更相和：**朱長文曰**：船檝顛倒者，行不以道也。**聞人倓曰**：《毛詩》（《齊風·東方未明》）：「顛之倒之。」

〔三〕歸來歸來歸爲期：**朱長文曰**：遭時如此，不歸何以哉？**聞人倓曰**：《毛詩》（《邶風·式微》），「胡爲乎中露？」

息鄹操（陬操）

【集解】

朱長文曰：（孔子）將西見趙簡子，而聞竇鳴犢、舜華之死也，臨河而歎曰：「美哉水，洋洋乎，丘之不濟此命矣夫。」……乃還息乎陬鄉，作《陬操》以哀之。《陬操》者，蓋《琴操》所謂《將歸》也。其辭曰：「秋水深兮風揚波，船檝顛倒更相和，歸來歸來歸爲期。」……又曰：「周道衰微，禮樂陵遲。文武既墜，吾將焉師。周遊天下，靡邦可依。鳳鳥不識，珍寶梟鴟。眷然顧之，慘焉心悲。巾車命駕，將適唐都。黄河洋洋，攸攸之魚。臨津不濟，還轅息陬。傷予道窮，哀彼無辜。翱翔于衛，復我舊廬。從我所好，其樂只且。」

楊慎曰：《息鄹操》。《孔叢子》曰：趙簡子聘孔子，孔子將至河，聞殺鳴犢、竇犨，迴車而旋之衛，遂爲操曰云云。

馮惟訥曰：《息鄹操》。《孔叢子》曰云云。《家語》曰：還息於鄒，作《槃琴》以哀之。即此歌也。

梅鼎祚曰：《陬操》。一曰《槃操》。《史記・世家》曰：孔子既不得用於衛……作爲《陬操》以哀之。《孔叢子》曰：……息陬爲操。《孔子家語》曰：還息於陬，作《槃操》以哀之。注即此歌。王肅曰，《陬操》，琴曲名也。

廖按：該歌歌詞始見於《孔叢子・記問》，朱長文《琴史》述孔子息陬作操録出兩首歌辭，其一爲上一首《臨河歌》，其二即此首，稱《陬操》，録出四言二十二句，末四句爲《將歸操》四句。楊慎《風雅逸篇》、馮惟訥《古詩紀》單録此首，題爲《息鄹操》。梅鼎祚《古樂苑》亦單録此首，題爲《陬操》。因朱長文《琴史》所稱《陬操》兼及《臨河歌》，玆正題《息鄹操》以示區別，附題《陬操》以便檢索。又按，《論語》《史記》均載孔子臨河而歎、未及赴趙之事，《論語》未提作歌作操，《史記》提及作操未提歌詞，此歌應作於《史記》之後，當爲《孔叢子》之前漢代琴人在《將歸操》基礎上進一步演繹的代擬之作。

周道衰微，禮樂陵遲[一]。文武既墜，吾將焉師。周遊天下，靡邦可依。鳳鳥不識，珍寶梟鴟。眷然顧之，慘焉心悲。巾車命駕，將適唐都[二]。黄河洋洋，攸攸之魚。臨津不濟，還轅息陬[三]。傷予道窮，哀彼無辜。翱翔于衛，復我舊廬。從吾所好，其樂只且。（《琴史》卷一《孔子》。《風雅逸篇》卷五、《古詩紀》卷四、《古樂苑》卷三十）

【校勘】

「吾將焉師」，《風雅逸篇》《古詩紀》《古樂苑》「師」作「歸」。

「慘焉心悲」，《風雅逸篇》《古詩紀》《古樂苑》「焉」作「然」。

「臨津不濟」，《風雅逸篇》「濟」作「齊」。

「還轅息陬」，《風雅逸篇》《古詩紀》《古樂苑》「陬」作「鄹」。

「傷予道窮」，《風雅逸篇》「予」作「于」。

【集注】

[一] 禮樂陵遲：**廖按**：《詩經·王風·大車》《詩序》云：「刺周大夫也。禮義陵遲，男女淫奔，

故陳古以刺今大夫不能聽男女之訟焉。」孔穎達《疏》曰：「陵遲，猶陂陀，言禮義廢壞之意也。」

［二］將適唐都：**廖按**：《詩經・唐風》鄭玄《詩譜》云：「唐者，帝堯舊都之地，今曰太原晉陽，是堯始居此，後乃遷河東平陽。」孔子將西見趙簡子，趙簡子都晉陽，故云「將適唐都」。

［三］還轅息陬：**廖按**：《史記・孔子世家》：「孔子生魯昌平鄉陬邑。」

貞女引（女貞木歌）

【集解】

朱長文曰：魯女者，魯之次室女也。當未嫁時，倚柱吟嘯，有憂國傷民之心。鄰人疑其欲嫁，此女於是自傷懷潔致疑，入於山林，見女貞子，喟然感歎，乃作《貞女引》，曰：「菁菁茂木，隱獨榮兮。變化垂拔，含秀英兮。修身養行，建令名兮。厥道不移，善惡并兮。屈躬就濁，世徹清兮。」蓋嗟濁世之不見知也。然《琴操》謂其自經而死，此殆非也。人雖疑之，心自無怍，以死誰懟邪？古人雖重義，捨生於此而死非義也。古之女子且有閔時之心，況君子哉。（廖按，朱長文《琴史》引《琴操》所録歌辭較《樂府詩集》引《琴操》所録缺少最後「懷忠見疑，何貪生兮」兩句，或因不同意《琴操》「自經而死」之説而有意删去）。

郭茂倩曰：《處女吟》，魯處女。琴曲歌辭。〇《琴操》曰：「《處女吟》，魯處女所作也。」《古今樂録》曰：「魯處女見女貞木而作歌，亦謂之《女貞木歌》。」（廖按，逯欽立云，《樂府》［《樂府詩集》］於《貞女引》只引《琴操》叙語，未列歌辭。同卷《處女吟》下引《琴操》曰：「《處女吟》，魯處女所作也。」所列歌，即此「菁菁茂木」篇。查《樂府》同卷《雙燕離》下引《琴集》曰：《獨處吟》《流澌咽》《雙燕離》《處女吟》四曲，其詞俱亡云云。據此「菁菁茂木」非《處女吟》。又梁簡文帝擬《貞女引》云「南臨女貞樹」，與《琴操》「見女貞之木」相合。並證「菁菁茂木」一歌應依《琴操》及《琴苑要録》作《貞女引》。按，逯説可取。兹據《樂府詩集》所引《琴操》録出此歌，題名改爲《貞女引》）

楊慎曰：《女貞木歌》。《樂録》。魯處女作。

馮惟訥曰：《貞女引》。《彤管集》作《處女吟》。《琴苑要録》曰：《貞女引》者，魯漆室女之所作也。漆室女倚柱悲吟而嘯，鄰人謂曰：「欲嫁耶，何吟之悲也。」漆室女曰：「嗟乎，吾傷民心悲而嘯，豈欲嫁哉。」自傷懷潔而爲鄰人所疑，於是褰裳而去之。入山林之中，見貞女之廟，喟然歎息，援琴而歌云云。自縊而死。繫骸骨於林兮，附神靈於貞女，故曰《貞女引》。《樂録》曰云云。《山海經》曰：太山多貞木。《典術》曰：女貞木者，少陰之精，冬不落葉。

唐汝諤曰：《女貞木歌》。《樂録》云云。《琴苑要録》云云。

孫星衍輯校平津館本《琴操》曰：《貞女引》者，魯漆室女所作也。漆室女倚柱悲吟而嘯，鄰人見其心之不樂也，進而問之曰：「有淫心欲嫁之念耶，何吟之悲。」漆室女曰：「嗟乎，嗟乎，子無志不知人之甚也。昔者楚人得罪於其君，走逃，吾東家馬逸，蹈吾園葵，使吾終年不饜菜。吾西鄰人失羊不還，請吾兄追之，霧濁水出，使吾兄溺死，終身無兄。政之所致也，吾憂國傷人，心悲而嘯，豈欲嫁哉。」自傷懷結而爲人所疑，於是褰裳入山林之中，見女貞之木，喟然歎息，援琴而弦歌以女貞之辭云云。遂自經而死。

廖按：逯欽立云，《列女傳·魯漆室女傳》與此本事同，然尚無所謂女貞之歌。而《後漢紀》劉陶《改鑄大錢議》曰：臣嘗誦詩至於鴻雁于野之勞，哀勤百堵之事，每喟爾長懷，中篇而歎。近聽征夫劬勞之聲，甚於斯歌，是以追悟匹婦吟魯之憂，始於此乎云云。疑此歌後漢時已甚流行。

菁菁茂木[一]，隱獨榮兮。變化垂枝，含蕤英兮[二]。修身養志，建令名兮[三]。厥道不同，善惡并兮[四]。屈身身獨，去微清兮。[五]懷忠見疑，何貪生兮。（《樂府詩集》卷五八。《風雅逸篇》卷六、《古詩紀》卷四、《古樂苑》卷三十）

【校勘】

「屈身身獨，去微清兮」，《古詩紀》作「屈躬就濁，世疑清兮」，小注云「一作『屈身身獨，去微清兮』」。

【集注】

[一]菁菁茂木：**唐汝諤曰**：菁菁，茂盛貌。

[二]含蕤英兮：**唐汝諤曰**：蕤，華垂貌。。

[三]建令名兮：**唐汝諤曰**：令，善。

[四]善惡并兮：**唐汝諤曰**：并，雜。

[五]「屈身身獨，去微清兮」二句：**廖按**：遺書鈔本《琴操》稱《繹史》引《琴操》作「屈躬就濁，世疑清兮」。

【集評】

唐汝諤曰：此貞女隱處自傷，而以女貞木爲興。言木生幽僻之地，猶自敷榮，豈人闇脩自好，而有不自立名者乎？第舉世混濁而好醜雜處，使我抑鬱而獨居，曾不若隱去之爲清也。夫既懷終而見疑，則固生不如死矣。貞潔之操，凛凛信賢矣哉。

别鶴操

【集解】

朱長文曰：商陵牧子者，娶婦無子，舅姑將去之。婦聞，中夜而起，倚户悲嘯，牧子於是援琴鼓之，作《別鶴》之操。爲物介潔而薄於情欲，蓋既以傷離又自勉以義也。

郭茂倩曰：《別鶴操》，商陵牧子。琴曲歌辭。○崔豹《古今注》曰：「《別鶴操》，商陵牧子所作也。娶妻五年而無子，父兄將爲之改娶。妻聞之，中夜起，倚户而悲嘯。牧子聞之，愴然而悲，乃援琴而歌。後人因爲樂章焉。」《琴譜》曰：「琴曲有四大曲，《別鶴操》其一也。」

楊慎曰：《別鶴操》。商陵牧子。

馮惟訥曰：《別鶴操》。崔豹《古今注》曰云云。

唐汝諤曰：《別鶴操》。崔豹《古今注》曰云云。

梅鼎祚曰：《別鶴操》。商陵牧子。○崔豹《古今注》曰云云。《琴譜》曰云云。按《太平御覽》載《琴操》曰，牧子援琴鼓之云，痛恩愛之永離，歎別鶴以舒情，故曰「別操」。與此辭異。嵇康《琴賦》曰「千里別鶴」。

孫星衍輯校《琴操》曰：《別鶴操》者，商陵牧子所作也。牧子娶妻五年，無子，父兄欲爲改娶。妻聞之，中夜驚起，倚户悲嘯。牧子聞之，援琴鼓之云。痛恩愛之永離，歎別鶴以舒情，故曰《別鶴操》。後仍爲夫婦。

廖按：劉師培云，「痛恩愛之永離，歎別鶴以舒情」，孫云：「情一作憤。案今本作『因彈別鶴以舒情』，從《太平御覽・人事部・羽族部》引改作『歎』，《文選・琴賦注》引作『歎別鶴以舒其憤懣』，校者所見本『憤』下應脱『懣』字。」案，「痛恩愛」句，操之詞也，以下當有脱文，「歎別鶴」句則記者之詞，似當從選注引。蓋此《操》本有脱詞，後人不察，以「歎別鶴」句亦爲《操》文，遂改憤懣爲憤而删其字，後憤又訛爲情，不知情、憤均與離弗叶也。

又按：《藝文類聚》卷九十引《琴操》曰：「商陵牧子，取妻五年無子……援琴鼓之，痛恩愛之永離，因彈別鶴以舒憤，故曰《別鶴操》。」《太平御覽》卷四百八十九引《琴操》「彈」作「歎」，卷九百一十六引《琴操》於「援琴鼓之」後多出一「云」字，後面兩句遂變成了歌辭：「高陵牧子取妻五年無子……牧子聞之，援琴鼓之云：『痛恩愛之永離，歎別鶴以舒情。』故曰：《別鶴操》。」按，以「故曰《別鶴操》」判斷，當以「歎」爲宜，若爲「彈」，則已經是在彈奏《別鶴》之曲，便不應再有新取名爲《別鶴操》之説；然「以舒情」更似叙述之語，或可依劉師培之説，兩句中上句屬歌辭，下句爲記述者叙述之辭；亦或者兩句皆爲叙述之辭。鑒於《別鶴操》爲《琴操》所録著名琴曲，依照通例當有歌辭，崔豹《古今注》所録或可憑信。因此，此歌當爲《琴操》之前漢代琴歌。

將乖比翼兮隔天端[一]，山川悠遠兮路漫漫[二]，攬衣不寐兮食忘餐[三]。（《樂府詩集》卷五八《琴曲歌辭》。《風雅逸篇》卷七、《古詩紀》卷四、《古樂苑》卷三十）

【校勘】

「攬衣不寐兮食忘餐」，《風雅逸篇》「忘」訛作「思」。

【集注】

［一］將乖比翼兮隔天端：**唐汝諤曰**：乖，離也。《爾雅》《釋地》：「南方有比翼鳥焉，不比不飛，其名謂之鶼也。」《文子》《自然》：「天圓而無端，故不可（得）觀（其形）。」

［二］山川悠遠兮路漫漫：**唐汝諤曰**：《詩》《小雅・漸漸之石》：「山川悠遠，維其勞矣。」漫漫，遠貌。《楚辭》《離騷》：「路曼曼其修遠。」

［三］攬衣不寐兮食忘餐：**馮惟訥曰**：「食」或作「辰」，《古今注》無「兮」字，「攬衣」作「攬衾」。**唐汝諤曰**：攬，撮持也。《古詩》《古詩十九首・明月何皎皎》：「憂愁不能寐，攬衣起徘徊。」

【集評】

唐汝諤曰：此因夫婦乖離而預思别後之光景，至天各一方而遠莫可致，是以目不交睫而食不下嚥，蓋不能爲情之甚也。聽之殊爲慘然。

陸時雍曰：《别鶴操》《雉朝飛》，莽莽數語，自足感傷，援琴寫恨，只合如此。

渡易水

【集解】

郭茂倩曰：《渡易水》，燕荆軻。琴曲歌辭。○一曰《荆軻歌》。《史記》曰：「燕太子丹使荆軻刺秦王，丹送之至於易水之上，軻使高漸離擊筑，荆軻和而歌，爲變徵之聲。又前而爲此歌，復爲羽聲忼慨，於是就車而去。」《樂府廣題》曰：「後人以爲琴中曲。」按《琴操》商調有《易水曲》，荆軻所作，亦曰《渡易水》是也。

楊慎曰：《易水歌》。荆軻。

馮惟訥曰：《渡易水歌》。一曰《荆軻歌》。《史記》曰云云。

梅鼎祚曰：《渡易水》。一曰《荆軻歌》。《史記》曰云云。

張玉穀曰：《渡易水歌》。荆軻。琴曲歌辭作《渡易水》。〇荆軻，其先齊人，徙衛謂之慶卿，之燕謂之荆卿。爲燕太子丹刺秦始皇，不中，死于秦庭。

廖按：據《琴操》商調有《易水曲》亦曰《渡易水》，此應爲漢代樂人重新表演樂歌，即《樂府廣題》所稱「後人以爲琴中曲」。

風蕭蕭兮易水寒[一]，壯士一去兮不復還[二]。（《樂府詩集》卷五八《琴曲歌辭》。《風雅逸篇》卷七、《古詩紀》卷二、《古樂苑》卷三十）

【集注】

[一] 風蕭蕭兮易水寒：**六臣注曰**：翰曰：「蕭蕭，風聲也。易水，水名。」

［二］壯士一去兮不復還：**六臣注曰**：翰曰：「壯士，軻自謂也。自言爲事成敗俱不還也。」**馮惟訥曰**：還，音旋。

【集評】

胡應麟曰：《易水歌》僅十數言，而凄婉激烈，風骨情景，種種具備。亘千載下，復欲二語，不可得。

陸時雍曰：情事景色相副，而出一語，令人裂眥。

張玉穀曰：竟説一去不還，壯在此，悲亦在此。全妙在上句寫景，助得聲勢起，故讀之愈覺悲壯。

力拔山操

【集解】

班固曰：羽壁垓下，軍少食盡。漢帥諸侯兵圍之數重。羽夜聞漢軍四面皆楚歌，乃驚曰：「漢皆已得楚乎？是何楚人多也！」起飲帳中。有美人姓虞氏，常幸從；駿馬名騅，常騎。乃悲歌忼慨，自爲歌詩曰。（廖按，本於司馬遷《史記·項羽本紀》）

郭茂倩曰：《力拔山操》，楚項籍。琴曲歌辭。○《漢書》曰：「項羽壁垓下……」按《琴集》

有《力拔山操》，項羽所作也。近世又有《虞美人曲》，亦出於此。

馮惟訥曰：《垓下歌》。項羽(《樂府》作《力拔山操》)。○羽名籍，沛國下相人也。先世世爲楚將。秦亂起兵，自稱西楚霸王，後爲漢高帝所滅。○《漢書》曰云云。

梅鼎祚曰：《力拔山操》。西楚項籍。

朱嘉徵曰：《垓下歌》，西楚霸王(項羽字籍)，漢，歌詩中。○右載《前漢書·藝文志》「漢興以來兵所誅滅歌詩十四篇」。《樂府》載琴曲。○范驤曰：太史公以羽紀列漢紀之前，不以成敗論人耳。《垓下》悲歌，應附漢雜歌，不宜入琴曲也。此郭氏之誤。○《垓下歌》，琴曲改歌《力拔山操》，後人弦之以爲戒也。

王先謙曰：《陳勝項籍傳》「有美人姓虞氏」，周壽昌曰：「《史記》作『有美人名虞』，案婦人從夫姓，即以己姓爲名，後世猶然。後書曹世叔妻班昭字曰惠班，晉李恒妻衛鑠稱名曰李衛，元趙孟頫妻管道昇稱名趙管，皆是。」

廖按：逯欽立云，《樂府詩集》五八作《力拔山操》，《詩紀》二作《垓下歌》。《樂府詩集》引《琴集》云，《力拔山操》，項羽所作也。則此歌曰操，亦後起之名。

力拔山兮氣蓋世[一]，時不利兮騅不逝[二]。騅不逝兮可奈何，虞兮虞兮奈若何[三]！(《樂府詩集》卷五八《琴曲歌辭》。《古詩紀》卷十二、《古樂苑》卷三十)

【集注】

［一］力拔山兮氣蓋世：**唐汝諤曰**：《漢書》(《陳勝項籍傳》)項籍傳：「籍長八尺二寸，力扛鼎，才氣過人。」

［二］時不利兮騅不逝：**唐汝諤曰**：騅，馬名。(《漢書·陳勝項籍傳》「駿馬名騅，常騎」)，師古注：「蒼白雜毛曰騅，蓋以其色名之。」逝，行也。**張玉穀曰**：逝，去也。騅不逝，言不能出此重圍也。**廖按**：《史記·項羽本紀》記項羽有「駿馬名騅」。

［三］虞兮虞兮奈若何：**顔師古曰**：師古曰：「若，汝也。」

【集評】

王世貞曰：《垓下歌》正不必以「虞兮」爲嫌，悲壯烏咽，與《大風》各自描寫帝王興衰氣象。千載而下，惟曹公「山不厭高」「老驥伏櫪」，司馬仲達「天地開闢」「日月重光」語，差可嗣響。

胡應麟曰：項王不喜讀書，而《垓下》一歌，語絶悲壯。「虞兮」自是本色。屈子孤吟澤畔，尚托寄美人公子，羽模寫實情實事，何用爲嫌。

唐汝諤曰：項羽以一匹夫，誅滅强秦，横行天下，身爲霸王，可謂氣蓋一世矣，而垓下之圍，欷歔泣下，至駿馬不行，愛姬不保，情詞悽絶，英雄之氣頓盡。與《大風歌》並觀，興衰之象奚啻千里。

陸時雍曰：《大風》雄壯，《垓下》悲憤，其歌並以人傳，氣魄宛然如睹。

朱嘉徵曰：英雄失利，時或有之，何至如虞姬所歌意氣頃盡也。高帝屢退，頗有餘力，此爲大勇。

李因篤曰：雄沉悱惻，與高帝《大風歌》相當，世儒以成敗論人，而太史公獨尊爲《本紀》，冠漢上，千古具眼人也。〇項王此歌，兼高武之妙，深於漢者當自知之。

沈德潛曰：「可奈何」、「奈若何」，嗚咽纏綿。從古真英雄必非無情者。

張玉穀曰：上二自表平素無敵，點清目下被圍，順插「騅」字。三句承上遞下。末句收到愛姬可惜，英雄氣短，兒女情長。「可奈何」、「奈若何」，真極纏綿嗚咽。

朱乾曰：揚子曰：漢屈群策，群策屈群力，楚憞群策而自屈群力，屈人者克，自屈者負天，曷故焉，籍以江東子弟八千渡江而西，至此無一還者，而獨與其姬慷慨泣涕，豈非所謂一夫者歟。《孟子》曰，不推恩無以保妻子，斯之謂矣。〇高祖得志而歌《大風》，楚王失志而歌《拔山》，率之《鴻鵠》之歌《美人》之曲，戀戀于妻子而俱不能保英雄末路，往往類然，豈以成敗論哉，故知英雄不足恃也。

大風起

【集解】

班固曰：上還，過沛，留，置酒沛宮，悉召故人父老子弟佐酒。發沛中兒得百二十人，教之歌。酒酣，上擊筑，自歌曰云云（《漢書・高帝紀》）。○高祖既定天下，過沛，與故人父老相樂，醉酒歡哀，作『風起』之詩，令沛中僮兒百二十人習而歌之。至孝惠時，以沛宮爲原廟，皆令歌兒習吹以相和，常以百二十人爲員。文、景之間，禮官肄業而已。（《漢書・禮樂志》）

六臣注曰：《漢高祖歌》（廖按，《六臣注文選》目録題作《漢高帝歌》，録詩題作《漢高祖歌》）。詩，雜歌。○濟曰：「《漢書》云，高祖姓劉氏，諱邦字季，沛豐邑中陽里人也。項羽封爲漢王。後平羽立爲天子，謚曰高皇帝，爲漢之高祖。」○還過沛，銑曰：「擊黥布還也。沛，高祖之里，故以置宮。佐酒，助飲酒也。」向曰：「上，高祖也。」

朱長文曰：漢高祖既定暴秦帝天下，十三年，過沛，留置酒沛宮，悉召故人父老佐酒，發沛中兒，得百二十人教之歌，酒酣，上擊筑，自歌曰云云。令兒皆和習之。上乃起舞，忼慨傷懷，泣數行下，謂沛父兄曰：「遊子悲故鄉，吾雖都關中，萬歲之後吾魂魄猶思沛也。」筑似琴，而後人播之絲桐。名曰《大風起》者，號令及天下也。

郭茂倩曰：《大風起》，漢高帝。琴曲歌辭。○《漢書》曰云云。按《琴操》有《大風起》，漢高帝所作也。

馮惟訥曰：高帝（姓劉氏，諱邦字季）《大風歌》，一名《三侯之章》。《漢書》曰云云。

梅鼎祚曰：《大風起》。漢高帝。

唐汝諤曰：《大風歌》。《史記》，高祖擊黥布，還過沛，留置酒沛宮，悉召故人父老子弟縱酒，發沛中兒得百二十人，教之歌。酒酣，高祖擊筑，自爲歌詩，令兒皆和習之。

朱嘉徵曰：《大風歌》，高帝，漢，歌詩上。○《史記·本紀》云云。○郭茂倩《樂府》載琴曲曰《大風起》。鄭樵《别聲序》：别聲者，非嘗祀饗之樂，漢三侯之章《大風歌》亦曰「風起之詩」。左克明《古樂府》載古歌謡辭。○《大風歌》，成王業之艱也。大度之言，憂思深遠。按，《漢書》，《大風》肄於原廟久矣，如《樂府詩集》所傳，豈稱得所哉？余爲正之，正之倡於四始。

李因篤曰：《漢書》曰云云。帝乃起舞，慷慨傷懷。

朱乾曰：《大起歌》。高帝。

王先謙曰：沈欽韓曰：「《樂書》：高祖過沛，詩『三侯』之章，令小兒歌之。」《索隱》：「侯」語辭也，「兮」亦語辭也，帝詩有三「兮」，故云「三侯」。

大風起兮雲飛揚，威加海内兮歸故鄉，[一]安得猛士兮守四方[二]。（《琴史》卷三《漢高祖》。《樂府詩集》卷五八、《古詩紀》卷十一、《古樂苑》卷三一）

【集注】

[一]「大風起兮雲飛揚，威加海内兮歸故鄉」二句：**唐汝諤曰**：揚，舉也。加，施也。《漢書》（《高帝紀》）：「諸侯王皆曰」，大王「滅亂秦，盛動海内」。又：上謂沛父老曰，遊子悲故

鄉，「吾雖都關中，萬歲之後，吾魂魄猶思樂沛」，「其以沛爲朕湯沐邑」。**廖按**：海内，謂全國。《孟子·梁惠王下》：「海内之地，方千里者九，齊集有其一。以一服八，何以異於鄒敵楚哉？」焦循《孟子正義》曰：「古者内有九州，外有四海……此海内，即指四海之内。」《史記·殷本紀》：「於是諸侯畢服，湯乃踐天子位，平定海内。」

〔二〕安得猛士兮守四方：**唐汝諤曰**：《詩》（《周頌·桓》）：「保有厥士，于以四方。」

【集評】

朱長文曰：「雲飛揚兮」，潤澤加生民也。「安得猛士守四方」者，憂海内之未輯寧也。生通曰大風，安不忘危，此之謂也。

六臣注曰：善曰：「風起雲飛以喻群凶競逐而天下亂也。威加四海言已静也，夫安不忘危故思猛士以鎮之。」翰曰：「風自喻，雲喻亂也。言已乎亂而歸故鄉，故思賢才共守之。」

王世貞曰：《大風》三言，氣籠宇宙，張千古帝王赤幟，高帝哉？

胡應麟曰：《三侯》類《易水》而氣概横絶。

唐汝諤曰：此高帝功成返沛而作此歌。言海内群雄競逐，如風起雲飛而悉揚蕩之，以還豐沛，真可謂氣籠宇宙矣。而四方既定，又思得猛士以鎮之，亦安不忘危意也。乃公以馬上得天下，故不思求賢而惟思猛士，漢治幾雜霸哉。

朱嘉徵曰：王通曰：《大風》安不忘危，其霸必之存乎？《秋風》樂極悲來，其悔心之萌乎？

鍾惺曰：前二句言創，其氣大；後一句言守，其思遠。真英雄也。

陳祚明曰：雄駿可以籠罩百代。

王夫之曰：神韻所不待論。三句三意，不須承轉，一比一賦，脱然自致，絶不入文士映帶。豈亦非天授也哉！

李因篤曰：起如六義之興。芟除群雄，非此不足以喻之。威加海内而歸故鄉，上下兩義相承看始盡。安得，有汲汲旁求意，猛士，則治不忘恥安不忘危也，保治求賢，一語遂締四百之基。○雄沉愷摯，以此籠蓋一世，振起兩京，如建瓴之濤，憑高而下矣。

漢詩説曰：時高祖春秋已高，韓彭輩皆誅，孝惠仁弱不類，已而郡國洶洶，人心未定，故史稱作歌時慷慨傷懷，泣數行下，人知此歌雄大之至，不知中含悲傷也。

沈德潛曰：上言掃除群雄，末言守成也。○時帝春秋高，韓彭已誅，而孝惠仁弱，人心未定，思猛士其有悔心乎？

張玉穀曰：首句，比己之掃除群雄。次句，乃見在事。末句，言守成之難也。《文中子》謂「安不忘危，霸心之存」，《丹陽集》（葛立方撰）謂「志氣慷慨，規模宏遠，凜凜乎已有四百年基業之氣」，良然。

朱乾曰：《丹陽集》（葛立方撰）云：《史記·樂書》謂之《三侯章》，令沛得以四時歌舞宗廟，蓋欲使後之子孫知其祖創業之勤，不可怠于守成耳。

採芝操

【集解】

朱長文曰：四皓者，東園公、綺里季、夏黄公、甪里先生也。此四人當秦之世避而入商雒深山採芝以食，故傳有《採芝操》。

郭茂倩曰：《採芝操》，四皓。琴曲歌辭。○《琴集》曰：「《採芝操》，四皓所作也。」《古今樂録》曰：「南山四皓隱居，高祖聘之，四皓不甘，仰天歎而作歌。」按《漢書》曰：「四皓皆八十餘，鬚眉皓白。故謂之四皓，即東園公、綺里季、夏黄公、甪里先生也。」崔鴻曰：「四皓爲秦博士，遭世暗昧，坑黜儒術。於是退而作此歌，亦謂之《四皓歌》。」二説不同，未知孰是。

左克明曰：《採芝操》，漢四皓，琴曲歌辭。○《古今樂録》曰：「商山四皓隱居」云云。（廖按，左克明《古樂府》引《古今樂録》「南山」作「商山」）

楊慎曰：《采芝操》。《琴操》。四皓作。

馮惟訥曰：四皓《採芝操》。○東園公姓轅名秉字宣明，綺里季姓朱名暉字文季，夏黄公姓崔名廓字少通，齊人甪里先生姓周名述字元道，河内人。四人俱隱商山。○《古今樂録》曰云云。

梅鼎祚曰：《采芝操》。《琴集》曰四皓所作也。《古今樂録》曰云云。

皓天嗟嗟，深谷逶迤。[一] 樹木莫莫，高山崔嵬。[二] 巖居穴處，以爲幄茵。[三] 暐暐紫芝，可以療飢。[四] 唐虞往矣，吾當安歸。[五]（《樂府詩集》卷五八《琴曲歌辭》。《風雅逸篇》卷七、《古詩紀》卷十二、《古樂苑》卷三一）

【集注】

[一]「皓天嗟嗟，深谷逶迤」二句：**廖按**：嗟嗟，《詩經·周頌·臣工》「嗟嗟臣工」，毛《傳》：「嗟嗟，敕之也。」孔穎達《疏》：「嗟嗟，歎聲。將敕而嗟歎，故云『嗟嗟，敕之』，非訓爲敕也。」《藝文類聚》引魏陳王曹植《文帝誄》曰：「嗟嗟皇穹，胡寧忍予。」逶迤，《詩經·召南·羔裘》「委蛇委蛇」，毛《傳》：「行可從跡也。」鄭玄《箋》：「委曲自得之貌。」《楚辭·離騷》「載雲旗之委蛇」，王逸《章句》曰：「又載雲旗，委蛇而長也。」洪興祖《補注》考異稱「蛇，一作移。一作逶迤」。《藝文類聚》引晉阮脩《上巳會》曰「修岸逶迤」，引秦嘉妻徐淑《答書》曰「深谷逶迤」。

[二]「樹木莫莫，高山崔嵬」二句：**廖按**：莫莫，《詩經·周南·葛覃》「維葉莫莫」，毛《傳》：「莫莫，成就之貌。」鄭玄《箋》：「成就者，其可採用之時。」崔嵬，《爾雅·釋山》：「石戴土謂之崔嵬。」

[三]「巖居穴處，以爲幄茵」二句：**廖按**：幄茵，棲居之所。幄，《左傳·襄公二十四年》「二子

在幄」，杜預注：「幄，帳也。」茵，《史記・酷吏列傳》「同車未嘗敢均茵伏」，司馬貞《索隱》：「茵，車蓐也。伏，車軾也。」幄茵合稱，謂在外簡陋休憩之所。

［四］「曄曄紫芝，可以療飢」二句：**廖按**：曄曄，《漢書・叙録》「世宗曄曄」，顔師古注：「曄曄，盛貌。」療飢，《詩經・陳風・衡門》「泌之洋洋，可以樂飢」，毛《傳》：「樂飢，可以樂道忘飢。」鄭玄《箋》：「飢者，不足於食也。泌水之流洋洋然，飢者見之，可飲以瘵飢。」陸德明《釋文》云：「樂，本又作『瘵』，毛音洛，鄭力召反，沈云：『舊皆作樂字，晚《詩》本有作疒下樂，以形聲言之，殊非其義。療字當從疒下作尞。』案《説文》云：『瘵，治也。』療或瘵字也。則毛止作樂，鄭本作瘵。」按，此歌詩直稱「療飢」，與鄭意同。

［五］「唐虞往矣，吾當安歸」二句：**廖按**：唐虞，唐堯虞舜，古聖德帝王，常用以代指盛德之治。《史記・汲鄭列傳》：「黯對曰：『陛下内多欲而外施仁義，奈何欲效唐虞之治乎！』」

【集評】

朱嘉徵曰：《採芝操》，美高節也。四皓初避秦，既而高祖輕士，不欲以駟馬高蓋自累，及太子以禮致之，一出而定儲君之位，觀其出處，豈同世人之憂樂哉。

八公操

【集解】

朱長文曰： 淮南王安，厲王之子，好書鼓琴，故傳有《八公操》。八公者，皆神仙也。以王好道術，乃往謁之。初詣門，皆鬚眉皓素，俄化爲十五童子，露髻青鬢，色如桃花。王聞之，徒跣出迎，以登思仙之臺，張綺帷，設象床，燔百和之香，進金玉之几，執弟子禮以求教。八公復爲老人，告王曰：吾一人能坐致風雨，立起雲霧；一人能收縶虎豹，役使鬼神；一人能分形易貌，坐在立亡；一人能乘虚越海，呼吸千里；一人能入蹈水火，兵刃莫中；一人能變化轉徙，惟意所爲；一人能防災辟害，長生久視；一人能煎泥爲金，乘龍太清。在王所欲。王遂受丹經。藥成未服，會雷被事，天子使宗正持節治安。八公曰：可以去矣。乃與公登仙山大祭，即日登天。然《漢書》以爲安自殺，不著其仙去也。

郭茂倩曰：《八公操》，漢劉安。琴曲歌辭。〇一曰《淮南操》。《古今樂録》曰：「淮南王好道，正月上辛，八公來降，王作此歌。」謝希逸《琴論》曰：「《八公操》，淮南王作也。」

馮惟訥曰： 淮南王安《八公操》。一曰《淮南操》。〇安，厲王長子，文帝時封爲淮南王。好書鼓琴，不喜弋獵，招致賓客方術之士。後與賓客左吳，日夜爲反謀，事覺，廷尉逮捕安，欲發兵，猶豫未決，帝使宗正以符節治安，未至，安自刑。〇《古今樂録》曰云云。

梅鼎祚曰：《八公操》，淮南王安。○一云《淮南操》。《古今樂録》曰云云。謝希逸《琴論》曰云云。《神仙傳》曰，淮南王好道書及方術之士，有八公詣門，鬚眉皓白，王使閽人自以其老，難問之八公，皆變爲童子，年可十四五，角髻青絲，色如桃花。王聞，跣而迎登，思仙之臺，執弟子禮。八童子乃復爲老人，告王曰，吾一人能望致風雨，立起雲霧……安乃日夕朝拜，各試所言，種種異術，無有不效，遂授王丹經三十六卷。藥成未及服，而郎中雷被與伍被共誣稱安謀反，天子使宗正持節治之。八公謂安曰：可以去矣。此乃是天之發遣王，王若無此事，日復一日，未能去世也。八公使安登山大祭，埋金於地，即白日升天。時人傳八公、安臨去時餘藥置在中庭，雞犬舐之，盡得升天，故雞鳴天上、犬吠雲中也。高誘叙云，蘇飛、李尚、左吴、田由、雷被、毛被、伍被、晉昌八人。《容齋續筆》云，唯左吴、雷被、伍被見於史，雷被蓋爲安所斥而亡之長安上書者，疑不得爲賓客之賢也。

朱嘉徵曰：《八公操》，漢琴曲。○《八公操》刺王之失聽也。昔河間獻王好書，實事求是，士以道術進；淮南王亦好書，率多以浮辯進者。使王誠賢者也，豈甘以反謀自裁，爲馬肝石邪。王其終不悟也，愚哉，初伍被忠言不讎，卒以告訐，亦下慚韋孟諸公矣。

廖按：朱嘉徵以此歌爲刺淮南王之作，自不以爲淮南王劉安所作。逯欽立引《論衡·道虛篇》云「八公之傳，欲示神奇」，稱「此操蓋出《八公傳》」，亦以之爲小説家言。按，八公傳説已頗俱神仙色彩，此操或爲淮南王去世之後漢代琴家演唱八公傳説時的代擬之作。

煌煌上天，照下土兮。[一]知我好道，公來下兮。[二]公將與余，生毛羽兮。[三]超騰青雲，蹈梁甫兮。[四]觀見瑶光，過北斗兮。[五]馳乘風雲，使玉女兮。[六]含精吐氣，嚼芝草兮。[七]悠悠將將，天相保兮。[八]（《樂府詩集》卷五八《琴曲歌辭》。《古詩紀》卷十一、《古樂苑》卷三一）

【校勘】

「公將與余」，《古詩紀》「余」作「予」。

【集注】

[一]「煌煌上天，照下土兮」二句：**廖按**：煌煌，《詩經·陳風·東門之楊》「昏以爲期，明星煌煌」，《詩經·大雅·大明》「牧野洋洋，檀車煌煌」，毛《傳》：「煌煌，明也。」此「煌煌上天」似本「明星煌煌」，謂燦星當空，以襯托其後「公來下兮」。

[二]「知我好道，公來下兮」二句：**廖按**：道，仙道學説。來下，自天而降。《郊祀歌·日出入》：「訾黄其何不徠下。」

[三]「公將與余，生毛羽兮」二句：**廖按**：生毛羽，羽化登仙。《楚辭·遠遊》「仍羽人於丹丘兮，留不死之舊鄉」，王逸注：「因就衆仙於明光也。丹丘，晝夜常明也。《九懷》曰：夕宿乎明光。明光，即丹丘也。《山海經》言有羽人之國，不死之民。或曰：人得道，身生毛

羽也。」

[四]「超騰青雲，蹈梁甫兮」二句：**廖按**：梁甫，古多作「梁父」，《史記・秦始皇本紀》「禪梁父」，裴駰《集解》引臣瓚曰：「古者聖王封泰山，禪亭亭或梁父，皆泰山下小山。除地爲墠，祭於梁父。後改『墠』曰『禪』。」張守節《正義》：「父音甫。」泰山、梁父傳爲鬼神之境，《風俗通》：「封泰山，禪梁父。舊説岱宗上有金篋、玉策，能知人年壽修短。」

[五]「觀見瑶光，過北斗兮」二句：**廖按**：瑶光，《淮南子・本經訓》「瑶光者，資糧萬物者也」，高誘注：「瑶光，謂北斗杓第七星也。」

[六]「馳乘風雲，使玉女兮」二句 **廖按**：玉女，揚雄《甘泉賦》(《文選》)「想西王母欣然而上壽兮，屏玉女而卻宓妃」，李善注曰：「言既臻西極，故想王母而上壽，乃悟好色之敗德，故屏除玉女而及宓妃，亦以此微諫也。《山海經》曰：玉山，西王母所居也。《神異經》曰：東荒中有大石室，東王公居之，常與玉女共投壺。」

[七]「含精吐氣，嚼芝草兮」二句：**廖按**：芝草，靈芝草。《説文》：「芝，神草也。」段玉裁注引《論衡》曰：「土氣和，故芝草生。」

[八]「悠悠將將，天相保兮」二句：**廖按**：悠悠，《詩經・鄘風・載馳》「驅馬悠悠」，毛《傳》：「悠悠，遠貌。」《楚辭・九辯》「襲長夜之悠悠」，五臣注(《楚辭補注》)：「悠悠，無窮也。」《八公操》此「悠悠」或指壽命之長。將將，《詩經・鄭風・有女同車》「佩玉將將」，毛

《傳》：「將將鳴玉而後行。」陸德明《釋文》：「將將，七羊反，玉佩聲。」《孟子・萬章下》「金聲而玉振之」，趙岐注：「振，揚也。」《詩經・魯頌・閟宮》「犧尊將將」，孔穎達《疏》：「有犧羽所飾之尊，將將然而盛美也。」《八公操》此「將將」或用以形容生命力之勁强旺盛。天相保，《詩經・小雅・天保》：「天保定爾，以莫不興。」

【集評】

陳祚明曰：未有致，以古歌不墮時響，姑存焉。

李因篤曰：「知我」二句，亦真亦呆，曲肖其意。

怨曠思惟歌（昭君怨）

【集解】

歐陽詢曰：《琴操》曰：王昭君者，齊國人也。顏色皎絜，聞於國中，獻於孝元帝，訖不幸納。積五六年，昭君心有怨曠，僞不飾其形容，元帝每歷後宮疏略，不過其處。後單于遣使者朝賀，元帝陳設倡樂，乃令後宮粧出。昭君怨恚日久，乃便循飾，善粧盛服，光暉而出，俱列坐。元帝謂使者曰：「單于何所願樂？」對曰：「珍奇怪物，皆悉自備，唯婦人醜陋，不如中國。」乃令後宮欲至單于者起。昭君喟然越席而前曰：「妾幸得備在後宮，麤醜卑陋，不合陛下之心，誠願得行。」帝大驚悔之，良久太息曰：「朕已誤矣。」遂以與之。昭君至單于，心思不樂，乃作《怨曠思惟歌》曰云云。

朱長文曰：王昭君，名嬙，始以良家子事漢元帝，時呼韓邪單于來朝，求姻於漢，帝以昭君賜之。昭君色殊絶，不見荅於元帝，而遠嬪虜庭，單于以爲閼氏。然終不能忘漢也，於是作《怨曠》之歌，見於《琴操》，其後辭人歌詠於樂府者多矣。

郭茂倩曰：《昭君怨》，漢王嬙。琴曲歌辭。○《樂府解題》曰：「王嬙，字昭君。《琴操》載，昭君，齊國王穰女。端正閑麗，未嘗窺門户。穰以其有異於人，求之者皆不與。年十七，獻之元帝。元帝以地遠不之幸，以備後宫。積五六年，帝每遊後宫，常怨不出。後單于遣使朝貢，帝宴之，盡召後宫，昭君盛飾而至。帝問欲以一女賜單于，能者往。昭君乃越席請行。時單于使在旁，驚恨不及。昭君至匈奴，單于大悦，以爲漢與我厚，縱酒作樂。遣使報漢，白璧一雙，騵馬十匹，胡地珍寶之物。昭君恨帝始不見遇，乃作怨思之歌。單于死，子世達立，昭君謂之曰：『爲胡者妻母，爲秦者更娶。』世達曰：『欲作胡禮。』昭君乃吞藥而死。」按《漢書·匈奴傳》曰：「竟寧中，呼韓邪來朝，漢歸王昭君，號寧胡閼氏。呼韓邪死，子雕陶莫皐立，爲復株累若鞮單于，復妻昭君。」不言飲藥而死。

馮惟訥曰：王昭君《怨詩》。○王昭君，名嬙，漢宫人。元帝時，匈奴入朝，以嬙配之，號寧胡閼氏。○漢元帝后宫既多。不得常見。乃使畫工圖其貌，按圖召幸。宫人皆賂畫工，昭君自恃其貌，獨不與，乃惡圖之。及後匈奴入朝，選美人配之，昭君之圖當行，及入辭，光彩射人，悚動左右，天子方重信外國，悔恨不及。窮按其事，畫工有杜陵毛延壽棄市，籍其貲財。昭君在胡，作詩以怨思云。

梅鼎祚曰：《昭君怨》，一作《怨曠思惟歌》。王嬙。

朱嘉徵曰：《昭君怨》，漢，琴曲。〇范曄《後漢書》：昭君入宫，久不見御，積怨，因掖庭令請行。單于臨辭大會，丰容靚飾，顧影徘徊，竦動左右。帝驚悔，欲復留，而重失信，遂與之，生二子。〇集考：韓子蒼《昭君圖序》：昭君南郡人，今秭歸縣有昭君村。卒葬匈奴，名曰青冢。晉以文王諱昭，改明妃云。南郡昭君村，生女，必以艾炙其面，慮以色選故也。

張玉穀曰：《怨詩》，王昭君，《琴曲歌辭》題作《昭君怨》。〇此將入胡時所作。

孫星衍輯校平津館本《琴操》曰：王昭君者，齊國王襄女也。昭君年十七時，顔色皎潔，聞於國中。襄見昭君端正閑麗，未嘗窺看門户，以其有異於人，求之皆不與。獻於孝元帝。以地遠既不幸納，叨備後宫積五六年。昭君心有怨曠，僞不飾其形容，元帝每歷後宫，疏略不過其處。後單于遣使者朝賀元帝，陳設倡樂，乃令後宫粧出，昭君怨恚日久不得侍列，乃更修飾，善粧盛服，形容光暉而出，俱列坐。元帝謂使者曰：「單于何所願樂？」對曰：「珍奇怪物皆悉自備，惟婦人醜陋，不如中國。」帝乃問後宫，欲以一女賜單于，誰能行者起。於是昭君喟然越席而前曰：「妾幸得備在後宫，麤醜卑陋不合陛下之心，誠願得行。」時單于使者在旁，帝大驚，悔之不得復止，良久太息曰：「朕已誤矣。」遂以與之。昭君至匈奴，單于大悦，以爲漢與我厚，縱酒作樂。遣使者報漢，送白璧一雙、駿馬十匹、胡地珠寶之類。昭君恨帝始不見遇，心思不樂。心念鄉土，乃作《怨曠思惟歌》曰云云。昭君有子曰世違。單于死，子世違繼立。凡爲胡者，父死妻母。昭君問世違曰：「汝爲漢也，爲胡也？」世違曰：「欲爲胡耳。」昭君乃吞藥自殺。單于舉葬之。胡中多白草，而此冢獨青。

廖按： 逯欽立云，《書鈔》引此謂出《漢書》，恐誤。又昭君本入匈奴，而歌辭則謂遠集西羌，地理不合。後漢外患在羌，作者遂率筆及之也。

秋木萋萋，其葉萎黄。[一]有鳥處山，集于苞桑。[二]養育毛羽，形容生光。既得升雲，遊倚曲房。[三]離宫絶曠，身體摧藏。[四]志念抑冗，不得頡頏。[五]雖得餧食，心有徊徨。[六]我獨伊何，改往變常。[七]翩翩之燕[八]，遠集西羌。高山峩峩，河水泱泱。[九]父兮母兮，道里悠長[十]。嗚呼哀哉，憂心惻傷[十一]。（《藝文類聚》卷三十《人部》十四「怨」。《樂府詩集》卷五九、《古詩紀》卷十二、《古樂苑》卷三一）

【校勘】

「形容生光」，《古樂苑》小注云「形一作儀」。

「游倚曲房」，《樂府詩集》《古詩紀》《古樂苑》「游倚」作「上遊」。

「志念抑冗」，《樂府詩集》《古詩紀》《古樂苑》「冗」作「沈」。

「雖得餧食」，《樂府詩集》《古詩紀》《古樂苑》「餧」作「委」。

「改往變常」，《古詩紀》《古樂苑》「改」作「來」；《古詩紀》小注云「『來』一作『改』」，《古樂苑》小注云「一作『改變厥常』」。

【集注】

［一］「秋木萋萋，其葉萎黄」二句：**廖按**：萋萋，《詩經·周南·葛覃》「維葉萋萋」，毛《傳》：「萋萋，茂盛貌。」鄭玄《箋》：「葉萋萋然，喻其容色美盛。」《楚辭·招隱士》「春草生兮萋萋」，王逸注：「垂條吐葉，紛華榮也。」是「萋萋」當爲茂密繁盛貌。此二句言秋木枝葉由茂密轉而萎黄。

［二］「有鳥處山，集于苞桑」二句：**廖按**：劉師培云，「處山」喻所處幽僻之意。**又按**：《詩經·唐風·鴇羽》：「肅肅鴇羽，集于苞栩。」「肅肅鴇翼，集于苞棘。」「肅肅鴇行，集于苞桑。」毛《傳》：「集，止。苞，稹。」鄭玄《箋》：「稹者，根相迫迮梱致也。」

［三］「養育毛羽，形容生光。既得升雲，游倚曲房」四句：**廖按**：曲房，枚乘《七發》（《文選》）：「往來遊宴，縱恣于曲房隱間之中。」

［四］「離宮絶曠，身體摧藏」二句：**廖按**：摧藏，成公綏《嘯賦》（《文選》）「悲傷摧藏」，李善注：

「摧藏，自抑挫之貌。言悲傷能挫於人。」按，摧，《説文》：「摧，擠也。從手崔聲。」「一曰折也。」藏，《焦仲卿妻》「摧藏馬悲哀」，余冠英注曰：「一説藏同臟，猶言摧挫肝腸。」按，「藏」通「臟」，《文選·蜀都賦》「温調五臟」，《文選考異》：「袁本、茶陵本『臟』作『藏』，是也。」《楚辭·九辯》「獨悲愁其傷人兮」，王逸注：「思念纏結，摧肝肺也。」

［五］「志念抑冗，不得頡頏」二句：**廖按**：《樂府詩集》「抑冗」作「抑沈」，「冗」當爲「沉」之省，即「沈」。《太平御覽》卷五七二「樂部」九所引作「幽沉」。頡頏，《詩經·邶風·燕燕》「燕燕于飛，頡之頏之」，毛《傳》：「飛而上曰頡，飛而下曰頏。」（按，段玉裁《説文解字注》注「亢」曰：「《邶風》曰：燕燕于飛，頡之頏之。毛傳曰：飛而上曰頡，飛而下曰頏。解者不得其説。玉裁謂：當作飛而下曰頡，飛而上曰頏。轉寫互訛久矣。」）

［六］「雖得餧食，心有徊徨」二句：**廖按**：「餧食」，餧，同「喂」，《玉篇》：「餧，飼也。」《廣韻》：「餧，飯也。」徊徨，猶回皇，亦猶恛惶，恐懼之意。揚雄《甘泉賦》（《文選》）「於是事變物化，目駭耳回」，李善注：「《蒼頡篇》曰：駭，驚也。回，謂回皇也。」惶，《説文》：「惶，恐也。」按，「徊徨」亦可作「徘徊」「彷徨」之合稱，《楚辭·九歌·涉江》王逸序：「徘徊江之上，歎小人在位，而君子遇害也。」《楚辭·九懷》：「彷徨兮蘭宫。」徊徨，此謂心中不得安定。

［七］「我獨伊何，改往變常」二句：**廖按**：伊，是。往，古昔。我獨伊何，《詩經·小雅·小弁》「民莫不穀，我獨于罹。何辜于天？我罪伊何」，孔穎達《疏》：「我罪維如何乎？」是以

「伊」爲「維」。

［八］翩翩之燕：**廖按**：翩翩，往來貌。《楚辭·九辯》「燕翩翩其辭歸兮」，王逸注：「翩翩，飛貌。」

［九］「高山峩峩，河水泱泱」二句：**廖按**：「峩峩」，高貌。泱泱，深廣貌。

［十］道里悠長：**廖按**：道里，道路里程。《漢書·匈奴傳》：「計其道里，一年尚未集合。」《漢書·西域傳》：「與漢隔絶，道里又遠。」《藝文類聚》卷四三「樂部」三引《穆天子傳》西王母爲天子謡曰：「白雲在天，山陵自出，道里悠遠，山川間之，將子無死，尚能復來。」

［十一］憂心惻傷：**廖按**：惻傷，痛傷。《説文》：「惻，痛也。從心則聲。」

【集評】

朱嘉徵曰：《詩説》：韋孟詩，雅之變也，昭君怨，風之變也。○序曰：《昭君怨》：自傷不遇，故怨也。樂府《豫章行》、《豔歌行》，二曲所繇作。范蔚宗言明妃自請行單于，爲《琴操》所本，與《前漢書》略異。古來才色女子，不安與草木同腐，宜哉，才士亦然，或失身而不悔，近有爲《昭君曲》者曰「一代紅顔一擲輕」。嗚呼，所繇異于石家墮樓人矣。

陳祚明曰：古詩真者體自高，自言其情必能切至，與附會者不同，前段序不見幸頗細惋，「高山」四句聲淚俱下，初無怨畫工，望宫闕語一何高也。

李因篤曰：《明妃曲》，後人紛紛擬之刺漢譏羌，徒自見其多事，觀本辭之流連義命，措語和平，知後世皆淺夫也。

張玉穀曰：前十八句，木與鳥兩層比起，而木止二句，只比見在淒其，鳥乃至十六句，卻將生長良家，儀容美麗，被選入宫，不得寵幸，目下遠嫁匈奴等事，無不於比中叙出。忽短忽長，既錯綜；即人即物，復靈動。前泛言鳥，後專説燕，此是古詩不拘處。後六，暗遞本身，只就山河修阻，透後將父母難見之哀傷咽住，更不復述比中諸意，惟能虚實實虚，故怨而不傷於怒。

琴歌三首（百里奚）

【集解】

朱長文曰：百里奚妻者，當其夫之窮阨而相失，及既相秦，迺託爲澣婦。一日百里奚堂上作樂，所賃澣婦自言知音，呼之援琴，拊弦而歌曰：「百里奚，初娶我時五羊皮。臨當别行烹伏雌，今適富貴忘我爲。」其三章皆類此，乃知其爲故妻也。於是還爲夫婦。亦可謂女子之善爲謀者矣。

郭茂倩曰：《琴歌》三首，秦百里奚妻。琴曲歌辭。○《風俗通》曰：「百里奚爲秦相，堂上樂作，所賃澣婦自言知音，因援琴撫弦而歌。問之，乃其故妻，還爲夫婦也。亦謂之《扊扅》。」《字説》曰：「門關謂之扊扅。或作剡移。」

左克明曰：《琴歌》三首，百里奚妻。《風俗通》曰云云。《字説》曰云云。

楊慎曰：《琴曲》。百里奚。

馮惟訥曰：《琴歌》三首。《風俗通》曰云云。

梅鼎祚曰：《琴歌》三首。《風俗通》曰云云。

唐汝諤曰：《扊扅歌》。

廖按：郭茂倩援引《風俗通》所講故事以解題，三首歌則各有來源。其中第一首見於北齊顔之推《顔氏家訓·書證》：「古樂府歌百里奚詞曰：『百里奚，五羊皮，憶别時，烹伏雌，吹扊扅；今日富貴忘我爲！』」第二首見於《太平御覽》卷五七二樂部十引東漢應劭《風俗通》：「百里奚爲秦相，堂上作樂。所賃澣婦自言知音，呼之援琴，撫弦而歌曰：『百里奚，初娶我時五羊皮，臨當别行烹乳雞，今適富貴忘我爲？』因尋問之，乃其妻。」第三首見於《太平御覽》卷五七六樂部十四引三國魏魚豢《典略》：「百里奚，虞大夫。晉君以女爲秦穆夫人，用奚爲媵。奚亡走宛，楚人執之。秦穆公知其賢，欲厚貨以求之，恐楚不與，乃以羖羊皮贖之，號五羖大夫。秦遂以霸。奚相秦，其妻傭浣入宮，見琴者〔鼓〕之，自言能鼓瑟，歌曰：『百里奚，母已死，葬南溪，墳已覆以紫。春莫黎，搤伏雞，西入秦，五羖皮，今日富貴捐我爲？』百里奚乃識之。」按，《顔氏家訓》明稱「古樂府歌百里奚詞」，知是漢代樂人所歌；《典略》述百里奚事援用《史記》，《史記》尚未提百里奚妻作歌事，故事當爲其後演繹。三首歌當均爲漢代樂人代擬之作。**又按：**與郭茂倩大約同時的朱長文《琴史》已稱「其三章皆類此」，知其所見文本亦是三章合編。

百里奚，五羊皮。[一]憶別時，烹伏雌，炊扊扅，[二]今日富貴忘我爲[三]。

百里奚，初娶我時五羊皮。臨當別時烹乳雞，今適富貴忘我爲[四]。

百里奚，百里奚，母已死，葬南溪。墳以瓦，覆以柴，春黃藜[五]，搤伏雞[六]。西入秦，五羖皮[七]，今日富貴捐我爲。（《樂府詩集》卷六十《琴曲歌辭》。《風雅逸篇》卷七、《古詩紀》卷四、《古樂苑》卷三十）

【校勘】

「烹伏雌」，《風雅逸篇》「雌」作「鷄」。

「臨當別時烹乳雞」，《風雅逸篇》「時」作「日」；《古詩紀》「別」作「相別」。

「今適富貴忘我爲」，《風雅逸篇》「適」作「日」。

「春黃藜，搤伏雞」，《風雅逸篇》「藜」作「藜」，「搤」作「擥」，缺一「雞」字；《古詩紀》「藜」作「藜」。

【集注】

[一]「百里奚，五羊皮」二句：**廖按**：百里奚「五羊皮」傳説極廣，各有不同。《呂氏春秋·慎

人》云百里奚「亡虢而虜晉，飯牛於秦，傳鬻以五羊之皮。公孫枝得而説之，獻諸繆公」，「繆公遂用之」。《史記・秦本紀》云「晉獻公滅虞、虢，虜虞君與其大夫百里傒，以璧馬賂于虞故也。既虜百里傒，以爲秦繆公夫人媵于秦。百里傒亡秦走宛，楚鄙人執之。繆公聞百里傒賢，欲重贖之，恐楚人不與，乃使人謂楚曰：『吾媵臣百里傒在焉，請以五羖羊皮贖之。』楚人遂許與之」。《説苑・臣術》云「秦穆公使賈人載鹽，征諸賈人，賈人買百里奚以五羖羊之皮，使將車之秦，秦穆公觀鹽，見百里奚牛肥」，「穆公知其君子也」，「公孫支乃致上卿以讓百里奚」，「公乃受之」。

［二］「烹伏雌，炊扊扅」二句：**唐汝諤曰**：伏雌，母雞也。**廖按**：炊扊扅，《顏氏家訓・書證》「炊」作「吹」，顏之推並「吹」及「扊扅」辨之曰：「『吹』當作炊煮之『炊』。案：蔡邕《月令章句》曰：『鍵，關牡也。牡所以止扉也，或謂之剡移。』然則當時貧困，並以門牡木作薪炊耳。《聲類》作扊扅，又或作扂。」是知「扊扅」乃柴門之關木。

［三］今日富貴忘我爲：**廖按**：忘我爲，「爲」爲語氣詞，用於句末以表感歎。《莊子・逍遥遊》：「歸休乎君，予無所用天下爲！」

［四］今適富貴忘我爲：**廖按**：適富貴，適，當也。

［五］春黄黎：**廖按**：黄黎，黄黍米。《説文》：「黎，履黏也。從黍，利省聲。利，古文利。作履黏以黍米。」

［六］搤伏雞：**廖按**：搤，《説文》：「捉也。」

［七］五羖皮：**廖按**：羖，《説文》：「夏羊牡曰羖。」牡，《説文》：「畜父也。」即雄性牲畜。羖即公羊。《史記·秦本紀》述百里奚故事稱「五羖羊皮」，百里奚因此號稱「五羖大夫」：「語三日，繆公大説，授之國政，號曰五羖大夫。」

【集評】

唐汝諤曰：此百里奚妻所作。就奚微時所歷而呼之，復追言其初烹雞言别至炊及門關，其貧苦如此，而一旦富貴，輒兩相忘，獨不念昔時夫婦之情乎？亦如《晨風》言「如何如何，忘我實多」矣，此可以觀《秦風》矣。

琴歌二首（鳳兮鳳兮歸故鄉）

【集解】

徐陵曰：司馬相如《琴歌》二首。○司馬相如遊臨邛，富人卓王孫有女文君新寡，竊於壁間窺之。相如鼓琴，歌以挑之曰云云。

郭茂倩曰：《琴歌》二首，漢司馬相如。琴曲歌辭。○《琴集》曰：「司馬相如客臨邛，富人卓王孫有女文君新寡，竊於壁間見之。相如以琴心挑之，爲《琴歌》二章。」按《漢書》相如飲卓氏弄琴，文君竊從户窺，心悦而好之。乃夜亡奔相如，相如與馳歸成都，後俱如臨邛是也。

左克明曰：《求凰操》，漢司馬相如，琴曲歌辭。

馮惟訥曰：司馬相如《琴歌》二首。○司馬相如，字長卿，成都人。以貲爲郎，事孝景帝爲武騎常侍，因病免。後武帝召爲郎。以辭賦得幸，常有消渴病。既免，家居茂陵，史稱其多識博物，蔚爲辭章賦頌之首。○《漢書》曰云云。

梅鼎祚曰：《琴歌》，司馬相如。○《史記》曰：司馬相如與臨邛令王吉相善，往舍都亭臨邛中富人卓王孫，程鄭爲具召之，並召令酒酣，臨邛令前奏琴曰，竊聞長卿好之，願以自娱。相如辭謝，爲鼓一再行，是時卓王孫有女文君新寡，好音，故相如繆與令相重，而以琴心挑之。相如之臨邛，從車騎雍容閑雅甚都，及飲卓氏弄琴，文君竊從户窺之，心悦而好之，恐不得當也。既罷，相如乃使人重賜文君侍者，通殷勤，文君夜亡奔相如。乃與馳歸成都。《藝苑卮言》曰：長卿靡不穠麗工至，《琴歌》淺稚，或一時匆卒，或後人傅益。

朱嘉徵曰：《琴歌》，漢琴曲。○右二章司馬相如辭。○本傳：相如客臨邛云云。

吴兆宜曰：司馬相如。《史記》云云。○《琴歌》二首并序。案，琴曲歌辭。

廖按：逯欽立云，此歌殆兩漢時琴工假託爲之，姑附此俟考。

鳳兮鳳兮歸故鄉，遨遊四海求其凰。[一]時未通遇無所將[二]，何悟今夕升斯堂。

有豔淑女在閨房，室邇人遐毒我腸[三]。何緣交頸爲鴛鴦[四]？胡頡頏兮共翱翔[五]。

皇兮皇兮從我棲[六]，得托孳尾永爲妃[七]。交情通體心和諧，中夜相從知者誰。雙翼俱起翻高飛，無感我心使予悲。

（《玉臺新詠》卷九「司馬相如」。《樂府詩集》卷六十、《古詩紀》卷十二、《古樂苑》卷三一）

【校勘】

「遨遊四海求其凰」，《古樂苑》「凰」作「皇」。

「時未通遇無所將」，《樂府詩集》《古詩紀》《古樂苑》「通遇」作「遇兮」。

「何悟今夕升斯堂」，《古詩紀》《古樂苑》「今夕」後有「兮」字。

「有豔淑女在閨房」，「閨房」原作「此方」，據《樂府詩集》《古詩紀》《古樂苑》改。

「室邇人遐毒我腸」，「毒」原作「獨」，據《樂府詩集》《古詩紀》《古樂苑》改。

「胡頡頏兮共翱翔」，原無此句，據《樂府詩集》《古詩紀》《古樂苑》補。

「皇兮皇兮從我棲」，《樂府詩集》《古詩紀》《古樂苑》二「皇」字均作「鳳」字。

「得托孳尾永爲妃」，「孳」原作「字」，據《樂府詩集》《古詩紀》《古樂苑》改。

「雙翼俱起翻高飛」，「翼」原作「興」，據《樂府詩集》《古詩紀》《古樂苑》改。

「無感我心使予悲」，《樂府詩集》《古詩紀》《古樂苑》「心」作「思」，「予」作「余」。

【集注】

[一]「鳳兮鳳兮歸故鄉，遨遊四海求其凰」二句：**吴兆宜曰**：《爾雅》（《釋鳥》）：「鶠，鳳。其雌凰。」

[二]時未通遇無所將：**廖按**：無所將，《詩經・大雅・烝民》「肅肅王命，仲山甫將之」，毛《傳》：「將，行也。」

[三]「有豔淑女在閨房，室邇人遐毒我腸」二句：**廖按**：室邇人遐，《詩經・鄭風・東門之墠》「其室則邇，其人甚遠」，毛《傳》：「邇，近也。」《詩經・周南・汝墳》「既見君子，不我遐棄」，毛《傳》：「遐，遠也。」

[四]何緣交頸爲鴛鴦：**廖按**：鴛鴦，《詩經・小雅・鴛鴦》「鴛鴦于飛」，毛《傳》：「鴛鴦，匹鳥。」鄭玄《箋》：「匹鳥，言其止則相耦，飛則爲雙，性馴耦也。」

[五]胡頡頏兮共翱翔：**廖按**：頡頏，《詩經・邶風・燕燕》「燕燕于飛，頡之頏之」，毛傳：「飛而上曰頡，飛而下曰頏。」（廖按，陳奐《詩毛氏傳疏》稱原文當爲「飛而上曰頏，飛而下曰頡」，引段玉裁《説文解字注》注「亢」云：「當作飛而下曰頡，飛而上曰頏。轉寫互訛久矣。」）翱翔，《楚辭・離騷》：「鳳皇翼其承旂兮，高翱翔之翼翼。」

［六］皇兮皇兮從我棲：**廖按**：《爾雅·釋鳥》：「鶠，鳳。其雌皇。」

［七］得托孳尾永爲妃：**吴兆宜曰**：《説文》：「妃，匹也。」《爾雅》（《釋詁》）：「媲也，對也。」按，《尚書》（《堯典》「厥民析，鳥獸孳尾」），注：「乳化曰孳，交接曰尾。」

【集評】

陸時雍曰：縱情肆語，絶無檢柙。

朱嘉徵曰：《琴歌》歌「鳳兮」，《風》之變也。傳曰：始合不以正，則昏因之道苦矣。《衛風》棄婦，以鳩之食葚起興，何也？疏云，鳩食葚過多，則醉而傷其性。司馬琴心，亦文君之葚也，此《白頭吟》所爲作。嗟夫，友之比匪，士之失身，可不慎哉。

李因篤曰：二詩頗淺，豈長卿初見文君，未知其才，疑其婦人而示之易解邪。

琴歌（霍將軍渡河操）

【集解】

郭茂倩曰：《琴歌》，漢霍去病。琴曲歌辭。○《古今樂録》曰：「霍將軍去病益封萬五千户，秩禄與大將軍等，於是志得意歡而作歌。」按《琴操》有《霍將軍渡河操》，去病所作也。

馮惟訥曰：霍去病《琴歌》。○霍去病，大將軍衛青姊子也，善騎射，再從大將軍爲票姚校尉，封冠軍侯，後爲票騎將軍，數征匈奴有功，益封萬二千户，爲大司馬。○《古今樂録》曰云云。

孫星衍輯校平津館本《琴操》曰：《霍將軍歌》者，霍去病之所作也。去病爲討寇校尉，爲人少言，勇而有氣。使擊匈奴，斬首二千。復六出，斬首十餘萬級。益封萬五千户侯禄大將軍等。於是志得意歡，乃援琴而歌之曰云云。

四夷既護，諸夏康兮[一]。國家安寧，樂未央兮。載戢干戈，弓矢藏兮。[二]麒麟來臻，鳳凰翔兮。[三]與天相保，永無疆兮。親親百年，各延長兮。（《樂府詩集》卷六十《琴曲歌辭》。《古詩紀》卷十二、《古樂苑》卷三一）

【校勘】

「四夷既護」，《古詩紀》《古樂苑》小注云「『護』一作『獲』」。

「樂未央兮」，《古詩紀》《古樂苑》「未」作「無」，小注云「『無』一作『未』」。

「鳳凰翔兮」，《古樂苑》「凰」作「皇」。

【集注】

[一]「四夷既護，諸夏康兮」二句：**廖按：**四夷，與「中國」相對的四方藩國。《左傳·僖公二十五年》：「德以柔中國，刑以威四夷。」《左傳·文公十八年》「楚大饑，戎伐其西南」，杜預注

「戎，山夷也」，正義曰：「四夷之名，隨方定稱，則曰東夷、西戎、南蠻、北狄。」「夷爲四方總號。」「中國」又稱「諸夏」，《史記・六國年表》：「秦始小國僻遠，諸夏賓之，比於戎翟。」《史記・曆書》：「疇人子弟分散，或在諸夏，或在夷狄。」

［二］「載戢干戈，弓矢藏兮」二句：**廖按**：《詩經・周頌・時邁》「載戢干戈，載櫜弓矢」，毛《傳》：「戢，聚。櫜，韜也。」孔穎達《疏》：「櫜者，弓衣，一名韜，故内弓於衣謂之韜弓。」

［三］「麒麟來臻，鳳凰翔兮」二句：**廖按**：麒麟、鳳凰，盛世之象。《史記・封禪書》：「今鳳皇麒麟不來……而欲封禪，毋乃不可乎？」《史記・孔子世家》：「刳胎殺夭則麒麟不至郊……覆巢毀卵則鳳皇不翔。」

【集評】

朱嘉徵曰：序曰：《琴歌》：歌諸夏康，自矜其伐也。太史公稱驃騎日益貴，如大將軍，而大將軍日益退，微文也，卒夭天年，豈其器有所不足邪。

李因篤曰：柏梁詩，帝及諸王公各一句，大將軍者又代嫖姚，乃得二句，及嫖姚是篇，皆殫於其職，渾雄不可端倪，未易才也。

龜山操

【集解】

朱長文曰：孔子生周之季，逢魯之亂，轍環天下而不遇於世。當定公十四年孔子年五十六由大司寇攝相事，齊人聞而懼，謀間魯以踈孔子，於是盛飾女樂以遺魯君，時季桓子專政，亦不悦孔子之用也，乃受女樂，君臣遊觀，三日不朝。孔子以謂魯君臣之志，荒不在於治，不足與有爲，遂去之它邦。歌曰：「彼婦之口，可以出走；彼婦之謁，可以死敗。蓋優哉游哉，聊以卒歲。」然猶徘徊不忍去，復回望魯國，而龜山蔽之，乃歎曰：「季氏之蔽吾君，猶龜山之蔽魯也。」故作《龜山操》，其辭有云：「手無斧柯，奈龜山何？」斧以喻斷，柯以喻柄，無斷割之柄，則不能去季氏也。

朱熹曰：《昌黎先生集》：「《龜山操》。孔子以季桓子受齊女樂，諫不從，望龜山而作。」龜山，魯山也。詩：「奄有龜蒙。」在太山博縣。韓曰：「古《琴操》云：『予欲望魯兮，龜山蔽之。手無斧柯，奈龜山何？』」

左克明曰：《龜山操》，魯孔子，琴曲歌辭。○《琴操》曰：《龜山操》，孔子所作也。季桓子受齊女樂，孔子欲諫不得，退而望魯龜山，作此曲以喻季氏若龜山之蔽魯也。

楊慎曰：《龜山操》。季桓子受女樂，孔子去魯所作。

馮惟訥曰：《龜山操》。《琴操》曰云云。

唐汝諤曰：《龜山操》，《古樂府》曰云云。

孫星衍輯校平津館本《琴操》曰：《龜山操》者，孔子所作也。齊人饋女樂，季桓子受之，魯君閉門不聽朝。當此之時，季氏專政，上僭天子，下畔大夫，賢聖斥逐，讒邪滿朝，孔子欲諫不得，退而望魯。魯有龜山蔽之。辟季氏於龜山，託勢位於斧柯，季氏專政猶龜山蔽魯也。傷政道之陵遲，閔百姓不得其所，欲誅季氏而力不能。於是援琴而歌云云。

廖按：朱熹引韓曰「古《琴操》云『予欲望魯兮，龜山蔽之，手無斧柯，奈龜山何』」，由此知朱長文《琴史》所云「其辭有云『手無斧柯，奈龜山何』」當來自《琴操》，南宋人所見《琴操》確有《龜山操》一首。按《論語·微子》《史記·孔子世家》均述及季桓子受齊女樂孔子去魯之事，均未提孔子作《龜山操》；時季桓子本人即當執政位，且是季桓子受女樂不聽朝（《論語·微子》「齊人歸女樂，季桓子受之，三日不朝，孔子行」），若孔子自作亦不當有季桓子障避魯君之喻。此操當爲《史記》之後、《琴操》之前漢人所擬作。

予欲望魯兮，龜山蔽之[一]。手無斧柯[二]，奈龜山何？（《朱文公校昌黎先生集》卷之一《琴操十首》。《風雅逸篇》卷五、《古詩紀》卷四、《古樂苑》卷三十、平津館本《琴操》卷上）

【集注】

［一］龜山蔽之：**唐汝諤曰**：龜山，魯山名，在今山東兗州府泗水縣。**廖按**：《詩經·魯頌·閟宮》「奄有龜蒙」，毛《傳》：「龜，山也。蒙，山也。」

［二］手無斧柯：**唐汝諤曰**：柯，斧柄。**廖按**：斧柯，斧及斧柄，伐木砍柴之用。《詩經·豳風·伐柯》「伐柯如何？匪斧不克」，毛《傳》：「柯，斧柄也。」

【集評】

唐汝諤曰：季桓子受齊女樂，孔子欲諫不得，退而作歌，言魯雖在望，龜山蔽之，以比己欲用魯而爲季氏所抑也。至曰手無斧柯，如彼龜山何，則權不在我，亦末如之何耳。其欲强公弱私之意隱然言外矣。

沈德潛曰：所以七日誅少正卯也，故知聖人不尚姑息。

張玉穀曰：上二，恨邪臣之惑君。下二，自傷無力以制之也。通首用比，意直而辭婉。

烈女引

【集解】

朱長文曰：樊姬者，楚莊王之妃也。莊王愛幸，樊姬不敢專席，率衆妾使更侍王，以廣繼嗣之路。一日莊王罷朝而晏，樊姬問其故。王曰：「今旦與賢相語，不知日之晏也。」樊姬曰：「賢相爲誰？」王曰：「虞丘子。」樊姬掩口而笑，王問之。姬曰：「妾幸得執巾櫛侍王，非不欲專貴擅愛也，以爲傷王之義，故所進與妾同位者數人矣，今虞丘子爲相數十年未嘗進一賢。知而不進是不忠也，不知是不知也，安得爲賢？」明日，王以樊姬之言告。虞丘子稽首辭位，而進孫叔敖。孫叔敖相楚，以其君霸。莊王曰：「吾國所以治者，樊姬之力也。」樊姬自以諫行志得，作《烈女引》曰：「忠諫行兮正不邪，衆妾夷兮繼嗣多。」《琴操》雖有此辭，殆未足盡樊姬之意也。嗟乎，樊姬可謂烈女矣。

王謨輯漢魏遺書鈔本《琴操》曰：又有九引。一曰《烈女引》。楚樊妃所作也。

孫星衍輯校平津館本《琴操》曰：《列女引》者，楚莊王妃樊姬之所作也。莊王愛幸樊姬，不敢專席，飾衆妾使更侍王，以廣繼嗣。莊王一日罷朝而晏，樊姬問故，王曰與賢相語。姬問爲誰，曰：「虞丘子。」樊姬曰：「妾幸得侍王，非不欲專貴擅愛也，以爲傷王之義，故所進與王同位者數人矣。今虞丘子爲相，未嘗進一賢，安得爲賢。」明日，王以樊姬語告，虞丘子稽首辭位而進孫叔敖。樊姬自以諫行志得，作《列女引》曰「忠諫行兮正不邪，衆妾夸兮繼嗣多」。

廖按：平津館本《琴操》作《列女引》。然漢魏遺書鈔本《琴操》録《初學記》引《琴操》曰：「一曰《烈女引》。楚樊妃所作也。」「列」亦作「烈」。按，劉向《列女傳》有此故事，但無援琴作歌情節及歌辭。鑒於此，知此歌乃西漢末年之後至《琴操》之前所擬作。朱長文稱「《琴操》雖有此辭，殆未足盡樊姬之意」，應亦是斷此辭爲後人代樊姬所作。

忠諫行兮正不邪[一]，衆妾夷兮繼嗣多[二]。（《琴史》卷二《樊姬》。平津館本《琴操》卷上）

【校勘】

「衆妾夷兮繼嗣多」，平津館本《琴操》「夷」作「夸」。

【集注】

[一] 忠諫行兮正不邪：**廖按**：劉師培云，正與政同，言國政不邪也。

[二] 衆妾夷兮繼嗣多：**廖按**：平津館本《琴操》「夷」作「夸」，原文當爲「夸」。夸，通作「姱」，《楚辭·九歌·東君》「思靈保兮賢姱」，王逸注：「姱，好貌。」

霹靂引

【集解】

朱長文曰：楚商梁者，或曰莊王也，聲之誤以爲商梁耳。《琴操》云：「商梁出遊九皋之澤，覽漸水之臺，張罝罘，周於荆山，臨曲池而漁。疾風賁雹，雷激晝冥，大水四起，霹靂下臻。玄鶴翔其後，白虎吟其前。瞿然而驚，顧謂其僕曰：『今日出遊，豈非常之行耶，何其災變之甚也。』於是商梁歸其室，琴而歌作《霹靂引》。」余以謂苟非人君則何以出畋獵如此之盛，遇風雹如此之懼耶？其云莊王者殆是歟？昔人有云楚莊王無災而懼，此亦近之。其卒句云「國將亡兮喪厥年」，夫畏天之威而惟危亡之憂者，所以不亡也。舊傳莊王有琴名「繞梁」，然則莊王固能琴耶？誤耳。

馮惟訥曰：《霹靂引》。《琴苑要録》曰，《霹靂引》，楚商梁之所作也。商梁出遊九皋之澤，覽漸水之臺，引罘罝，周於荆山，臨曲池而漁。疾風賁雹，雷電奄冥，大水四起，霹靂下臻。瞿然而驚，其僕曰：「孤虛設張，八宿相望，熒惑干角，五星失行，此國之大變也，君其返國矣。」於是商梁返室，援琴歎之。韻聲激發，象霹靂之聲，故曰《霹靂引》。楚商梁者，或云楚莊王也，聲之誤耳。

梅鼎祚曰：《霹靂引》，楚商梁。○謝希逸《琴論》曰：夏禹作《霹靂引》。《樂府解題》曰：楚商梁遊於雷澤，霹靂下，乃援琴而作之，名《霹靂引》。《琴苑要録》曰云云。按前二説互異，據歌辭有亡國喪年之説，與商梁合。

孫星衍輯校平津館本《琴操》曰：《辟歷引》者，楚商梁子所作也。商梁子出遊九皋之澤，覽漸水之臺，張罛置罟，周於荆山，臨曲池而漁。疾風賁雹，雷電奄冥，天火四起，辟歷下臻。玄鶴翔其前，白虎吟其後。懼然而驚，謂其僕曰：「今日出遊，豈非常之行耶，何其災變之甚也。」其僕曰：「孤虛設張，八宿相望，熒惑干角，五星失行，此國之大變也，君其返國矣。」於是商梁子歸其室，乃援琴而歌歎。韻聲激發，象辟歷之聲，故曰《辟歷引》云云。（廖按，原注：「商梁當作莊王，聲之誤也。王有琴名『繞梁』。」）

廖按：遺書鈔本《琴操》録《初學記》引《琴操》曰：「五曰《霹靂引》。楚商梁子所作。商梁子出遊九皋之澤，遇風雷霹靂，畏懼而歸作此引。」又稱《白帖》引《琴操》曰：「楚商梁子出遊九皋之澤，覽漸水之臺，張罛置罟於荆山，臨曲池而漁，遇疾風賈暴雨電，天火四起，霹靂下臻，玄鶴翔其前，白虎吟其後，乃援琴而起，作《霹靂引》。」按今本《白孔六帖》無此文，只有「《霹靂》楚商梁作」一句。然朱長文《琴史》云「楚商梁者，或曰莊王也，聲之誤以爲商梁耳」，並引《琴操》曰「商梁出遊九皋之澤，覽漸水之臺」云云，所引與平津館本《琴操》同，唯「天火」作「大水」等，個别文字有異。且提到「其卒句云：『國將亡兮喪厥年。』」可知北宋人所見《琴操》確載有此《霹靂操》序文及歌辭。馮惟訥所引《琴苑要録》與朱氏《琴史》所引《琴操》同，略有删減。鑒於歌中用詞多有見於漢賦者，該歌曲可斷爲《琴操》之前漢人所代擬。

疾雨盈河，霹靂下臻[一]。洪水浩浩滔厥天[二]，鏗趗隆愧[三]，隱隱闐闐[四]，國將亡兮喪厥年。（《古詩紀》卷四《古逸》第四《琴操》。《古樂苑》卷三十、平津館本《琴操》卷上）

【校勘】

「霹靂下臻」，平津館本《琴操》「霹靂」作「辟歷」。

「鏗鎗隆愧」，《古樂苑》、平津館本《琴操》「鏗」作「鑑」。

【集注】

〔一〕霹靂下臻：**廖按**：《史記·天官書》：「雷電、蝦虹、辟歷、夜明者，陽氣之動者也。」「辟歷」即「霹靂」，《爾雅·釋天》「疾雷爲霆霓」，陸德明《釋文》：「雷之急激者謂霹靂。」

〔二〕洪水浩浩滔厥天：**廖按**：《山海經·海内經》「洪水滔天」，郭璞注：「滔，漫也。」

〔三〕鏗鎗隆愧：**廖按**：劉師培云，《文選·上林賦》云：「鏗鎗闛鞈。」《吴都賦》云：「鐘鼓之鏗耾有殷。」鏗鎗者，猶之鏗鎗鏗耾也。愧爲傀之假字，《説文》：「傀，偉也。」《方言一》：「傀，盛也。」蓋傀與嵬隗魁騩同義，均象高大隆起之形，鏗鎗隆傀均爲狀辟歷之詞，與隱隱闐闐同。按，劉説「鏗鎗」猶之「鏗鎗」，是。《漢書·司馬相如傳》録司馬相如《天子游獵之賦》「金鼓迭起，鏗鎗闛鞈」，顔師古注云：「鏗鎗，金聲也。闛鞈，鼓音也。」

〔四〕隱隱闐闐：**廖按**：隱隱，雷車之聲，《詩經·召南·殷其雷》「殷其雷，在南山之陽」，毛《傳》：「殷，雷聲也。」「殷」通「隱」，《文選·長門賦》：「雷隱隱而響起，聲象君之車音。」闐闐，亦雷車之聲。屈原《九歌》「雷填填兮雨冥冥」，五臣云（《楚辭補注》）：「填填，雷聲。」「填」通「闐」，宋玉《九辯》：「屬雷師之闐闐兮，整理車駕而鼓嚴也。」揚雄《蜀都賦》（《文選》）：「車馬雷駭，轟轟闐闐。」

箕山歌（箕山操）

【集解】

朱長文曰： 許由，堯時隱人也。舊説云，堯嘗遜天下於許由，許由不受，且耻之，逃去，隱於箕山，故傳有《箕山操》。今山上有冢存焉。太史公嘗疑之，謂其不概見於六藝也。雖然，説者傳之尚矣，庸得略耶？古聖人之清者固有不以天下易其樂，楊子謂由無求於世，信矣。凡《琴操》之名于後者，或其自作之，或後人述而歌之耳。

楊慎曰：《箕山歌》。夏侯玄云許由作《箕山歌》。

馮惟訥曰：《箕山歌》。《古今樂録》曰：許由者，古之貞固之士也。堯時爲布衣，以清節約聞於堯。堯乃遣使禪爲天子。由喟然歎曰：「匹夫結志，固如磐石。採山飲河，所以養性，非以貪天下也。」堯既殂落，乃作《箕山》之歌云云。○《博物志》曰，司馬遷云無堯以天下讓許由事。揚雄亦云誇大者爲之。

梅鼎祚曰：《箕山歌》，許由。《古今樂録》曰云云。《博物志》曰云云。

孫星衍輯校平津館本《琴操》曰：《箕山操》，許由作也。許由者，古之貞固之士也。堯時爲布衣，夏則巢居，冬則穴處，飢則仍山而食，渴則仍河而飲。無杯器，常以手捧水而飲之。人見其無器，以一瓢遺之。由操飲畢，以瓢掛樹，風吹樹動，歷歷有聲。由以爲煩擾，遂取損之。以清節聞於堯。堯大其志，乃遣使以符璽禪爲天子。於是許由喟然歎曰：「匹夫結志，固如磐石。采山飲河，所以養性，非以求禄位也。放髮優游，所以安已不懼，非以貪天下也。」使者還，以狀報堯。堯知由不可動，亦已矣。於是許由以使者言爲不善，乃臨河洗耳。樊堅見由方洗耳，問之：「耳有何垢乎？」由曰：「無垢，聞惡語耳。」堅曰：「何等語者？」由曰：「堯聘吾爲天子。」堅曰：「尊位，何爲惡之？」由曰：「吾志在青雲，何乃劣劣爲九洲伍長乎？」於是樊堅方且飲牛，聞其言而去，恥飲於下流。於是許由名布四海。堯既殂落，乃作《箕山》之歌曰云云。許由死，遂葬於箕山。

廖按：朱長文《琴史》云許由「隱於箕山」，「故傳有《箕山操》」；又云「凡琴操之名於後者，或其自作之，或後人述而歌之耳」，玩其語氣，朱氏當見到《琴操》所録《箕山操》序文並歌辭，且疑其非許由本人所作，當爲「後人述而歌之耳」。馮惟訥題《箕山歌》，引《古今樂録》曰云云，所録當本之《琴操》。遺書鈔本《琴操》未題《箕山操》，僅於「又有河間雜歌二十一章」下第一節輯録了出自不同文獻、不同出處援引《琴操》的許由傳説，可作爲《箕山操》的確見於《琴操》的印證。其中提到《文選》應璩《與從弟君苗胄書》注引《琴操》曰：「許由夏則巢居，冬則穴處。飢則仍山而食，渴則仍河而飲。堯大其志，禪爲天子。由曰：『放髮優游，所以安已不懼，非以貪天下也。』」提到《文選》郭璞《遊仙詩》注引《琴操》曰：「由以其言不善，乃臨河而洗其耳。」提到《文選・反招隱詩》注引《琴操》曰：「（許由）云：『吾志在青雲，何乃劣劣爲九州佐長乎？』」又提到《御覽》引《琴操》云：「許由無有杯器，常手掬水。人見由無器，以一瓢遺之。由操飲迄，掛於樹枝，風吹樹飄動，歷歷有聲，由以爲煩擾，遂取捐之。」最後加案語稱「《文選》注及《御覽》引《琴操》文俱不全，全文詳見《古今樂録》」。按，對照《太平御覽》卷五七一所引《古今樂録》與《文選》注、《太平御覽》引《琴操》，知其情節、語句大致相同，《古今樂録》當抄自《琴操》，再聯繫《琴史》提及「歌之」，孫星衍平津館本《琴操》所録當有所本。按，許由辭天下事已見《莊子》《韓非子》《戰國策》及《吕氏春秋》等，乃先秦故事，但洗耳等具體情節及援琴作歌乃出于漢之後演繹及琴人代擬。歌辭中「甘瓜」似暗用《史記》「東陵瓜」之典（詳下），也是入漢後始作的證明。

又按：馮惟訥《古詩紀》題《箕山歌》，朱長文《琴史》、孫星衍輯校本《琴操》均題《箕山操》，今兩題之以便檢索。

登彼箕山兮瞻望天下[一]，山川麗崎，萬物還普。[二]日月運照，靡不記睹。游放其間，何所卻慮[三]。歎彼唐堯，獨自愁苦。勞心九州，憂勤后土。[四]謂予欽明，傳禪易祖。[五]我樂如何，蓋不盼顧。河水流兮緣高山，甘瓜施兮葉綿蠻[六]。高林肅兮相錯連[七]，居此之處傲唐君。（《風雅逸篇》卷一。《古詩紀》卷一、《古樂苑》卷

首、平津館本《琴操》卷下）

【校勘】

「萬物還普」，「還」原作「還」，據《古樂苑》改。

「游放其間」，「放」原作「技」，據《古詩紀》《古樂苑》改。

「憂勤后土」，平津館本《琴操》「后」作「厚」。

「謂予欽明」，平津館本《琴操》「予」作「余」。

「我樂如何」，《古詩紀》《古樂苑》「如何」作「何如」。

「蓋不盼顧」，《古樂苑》「盼」作「眄」；「顧」原作「預」，據《古詩紀》《古樂苑》《琴操》改。

「葉綿蠻」，平津館本《琴操》「葉」訛作「棄」，「綿」作「錦」。

「傲唐君」，《古詩紀》《古樂苑》「唐」作「堯」；平津館本《琴操》「唐君」作「堯□」。

【集注】

［一］登彼箕山兮瞻望天下：**馮惟訥曰**：下，古音虎。**廖按**：箕山，許由隱居處。《呂氏春秋·求人》：「昔者堯朝許由於沛澤之中，曰：『十日出而焦火不息，不亦勞乎？夫子爲天子，而天下已定矣，請屬天下於夫子。』許由辭曰：『爲天下之不治與？而既已治矣。自爲與？啁噍巢於林，不過一枝；偃鼠飲於河，不過滿腹。歸已，君乎！惡用天下？』遂之箕山之下，潁水之陽，耕而食，終身無經天下之色。」

［二］「山川麗崎，萬物還普」二句：**廖按**：逯欽立云，還普，言萬物森著。又按：麗崎，壯麗險峻之貌。《文選·洞簫賦》「徒觀其旁山側兮，則嶇嶔巋崎」，李善注：「嶇嶔巋崎，皆山險峻之貌。」「還普」，類于今語「盡收眼底」。《方言》：「迨、遝，及也。東齊曰迨，關之東西曰遝，或曰及。」《説文》：「迨也。從辵眔聲。」段玉裁注：「《廣韻》：『迨遝，行相及也。』《文賦》：『紛葳蕤以馺遝。』」「目部云，眔，目相及也。是遝亦會意。」

［三］何所卻慮：**廖按**：意爲哪裏需要强行放下憂慮。卻，退，强退。《漢書·東方朔傳》「卻走馬示不復用」，顔師古注：「卻，退也。」《説文》：「卻，節欲也。從卩谷聲。去約切。」段玉裁注：「各本作『節欲也』。誤。今依《玉篇》欲爲卻。又改節爲卩。卩卻者，節制而卻退之也。從卩。谷聲。去約切。古音在五部。俗作卻。」

［四］「勞心九州，憂勤后土」二句：**廖按**：九州，中國之謂。《周禮·秋官·司寇》：「九州之外謂之蕃國。」后土，原爲神名，乃炎帝、祝融之後共工所生。《山海經·海内經》：「炎帝之妻，赤水之子聽訞生炎居，炎居生節並，節並生戲器，戲器生祝融，祝融降處於江水，生共工，共工生后土，后土生噎鳴，噎鳴生歲十有二。」《大荒北經》云：「后土生信，信生夸父。」后土名之起與土地有關，《國語·魯語》云：「共工氏之霸九有也，其子曰后土，能平九土。」遂主下地，爲地官。《楚辭·招魂》「君無下此幽都些」，王逸注云：「幽都，地下后土所治也；地下幽冥，故稱幽都。」《左傳·文公十八年》：「舜臣堯，舉八愷，使主后土」，杜

預注：「后土，地官。禹作司空，平水土，即主地之官。」孔穎達《疏》：「后，訓君也。天稱皇天，故地稱后土。《舜典》云：『伯禹作司空。』《吕刑》云：『禹平水土。』則禹是主地之官，故云『主后土』也。」後來后土又代指大地。《左傳·僖公十五年》：「君履后土而戴皇天，皇天后土實聞君之言。」《漢書·外戚傳》「漢興，因秦之稱號，帝母稱皇太后，祖母稱太皇太后，適稱皇后」，顔師古注：「適讀曰嫡。后亦君也。天曰皇天，地曰后土，故天子之妃，以后爲稱，取象二儀。」此「后土」亦泛指中國，與「九州」同義。

[五]「謂予欽明，傳禪易祖」二句：**廖按：**欽明，恭謹明察。《爾雅·釋詁》：「欽，敬也。」《説文》：「欽，欠皃。從欠金聲。」段玉裁注：「凡氣不足而後欠。欽者，倦而張口之皃也。引伸之，乃欿然如不足謂之欽。……謂虚而能受也」。《尚書·堯典》：「曰若稽古帝堯，曰放勳，欽明文思安安，允恭克讓。」傳禪，讓位。《史記·惠景間侯者年表》「至孝惠帝時，唯獨長沙全，禪五世」，司馬貞《索隱》：「禪者，傳也。」

[六]甘瓜施兮葉綿蠻：**廖按：**劉師培云，緜蠻蓋小蔓密聯之狀，與《詩》「綿蠻黄鳥」之爲小貌者同，爲狀物之詞。《詩·大雅·緜》篇云「緜緜瓜瓞」，《左傳·哀十七年》「緜緜生之瓜」，此以「緜」狀瓜之證。緜蠻猶之緜緜也。下語云「高林肅兮相錯連」，緜蠻與錯連對文，疑「相」乃「柯」字之訛，柯葉亦相對爲文。按，劉氏之説可從。**又按：**甘瓜，當暗用東陵瓜典故。《史記·蕭相國世家》：「召平者，故秦東陵侯。秦破，爲布衣，貧，種瓜於長安城東，

瓜美，故世俗謂之『東陵瓜』。」《藝文類聚》引梁張纘《瓜賦》曰：「昔東陵之甘瓜，美顯名於中古。」東陵瓜又喻隱居，陶淵明《飲酒》「邵生瓜田中，寧似東陵時」。施，《詩經·周南·葛覃》「葛之覃兮，施于中谷」，毛《傳》：「施，移也。」

［七］高林肅兮相錯連：**廖按**：高林，《後漢書·逸民列傳》：「龐公笑曰：『鴻鵠巢於高林之上，暮而得所栖；黿鼉穴於深淵之下，夕而得所宿。夫趣舍行止，亦人之巢穴也。且各得其栖宿而已，天下非所保也。』因釋耕於壟上，而妻子耘於前。」

芑梁妻歌

【集解】

李昉曰：《琴操》：杞梁死，妻援琴救曰：「樂莫樂兮新相知，悲莫悲兮生別離。哀感皇天兮城爲墮。」

馮惟訥曰：《琴歌》，見《水經注》。《列女傳》曰：齊人杞梁殖襲莒戰死，其妻哭於城下，七日而城崩。故《琴操》云，殖死，其妻援琴作歌：「樂莫樂兮新相知，悲莫悲兮生別離。」

梅鼎祚曰：《杞梁妻》，琴曲歌辭。○「樂莫樂兮新相知，悲莫悲兮生別離。」見《水經注》。○《琴操》：「杞梁死，妻援琴歌曰。」「樂莫樂兮新相知，悲莫悲兮生別離。哀感皇天城爲墮。」見

《太平御覽》。

張玉穀曰：《琴曲》，杞梁妻，琴曲歌辭。一作《杞梁妻歎》。○《琴操》：《杞梁妻歎》者，杞殖妻所作也。殖死，妻歎曰：「上則無父，中則無夫，下則無子。外無所依，内無所倚。將何以立吾節？」援琴而鼓之。曲終，遂自投淄水而死。《列女傳》云云。故《琴操》云云（「樂莫樂兮新相知，悲莫悲兮生别離」）。

孫星衍輯校平津館本《琴操》曰：《芑梁妻歌》。《芑梁妻歎》者，齊邑芑梁殖之妻所作也。莊公襲莒，殖戰而死，妻歎曰：「上則無父，中則無夫，下則無子。外無所依，内無所倚。將何以立吾節？豈能更二哉？亦死而已矣。」於是乃援琴而鼓之曰：「樂莫樂兮新相知，悲莫悲兮生别離。哀感皇天城爲之墜。」曲終遂自投淄水而死。

廖按：逯欽立云，齊侯襲莒、杞梁死之事，見《左襄二十三年傳》。然左氏僅謂齊侯歸遇杞梁之妻於郊，使吊之。又《禮記·檀弓》《韓詩外傳》亦只載杞梁妻哭夫事，並無哭城與城崩之説。《列女傳》《説苑》始謂杞梁死，其妻向城哭而城崩。今《琴操》既同此説，叙事亦與《列女傳》雷同，知歌辭之作，必在前漢以後也。又崔豹《古今注》謂《杞梁妻歌》乃杞梁妻妹明月所作，與此當不同。

樂莫樂兮新相知，悲莫悲兮生别離[一]。哀感皇天兮城爲隳[二]。（《太平御覽》

卷第一九二《居處部》二十「城」上。《古詩紀》卷四、《古樂苑》卷三十、平津館本《琴操》卷下）

【校勘】

「哀感皇天兮城爲隳」，《古詩紀》無此句，《古樂苑》無「兮」字，平津館本《琴操》無「兮」字、「隳」作「墜」。

【集注】

［一］「樂莫樂兮新相知，悲莫悲兮生别離」二句：**廖按**：《楚辭·九歌·少司命》：「悲莫悲兮生别離，樂莫樂兮新相知。」《琴操》此歌倒裝《九歌》偏正對句，重心移至「生别離」。

［二］哀感皇天兮城爲隳：**廖按**：隳，毁壞。《史記·孔子世家》「吴伐越，隳會稽」，司馬貞《索隱》：「隳，毁也。」

【集評】

張玉穀曰：下句得上句襯出，更醒，文家所以貴反面透也。感人心脾，不堪多讀。（廖按，張玉穀《古詩賞析》只録出前兩句，故此「下句」乃是指「悲莫悲兮生别離」一句。）

退怨歌

【集解】

歐陽詢曰：《琴操》曰：卞和者，楚野民，得玉獻懷王。懷王使樂正子占之，言玉石。以爲欺謾，斬其一足。懷王死，子平王立，和復獻之。平王又以爲欺，斬其一足。平王死，子立爲荆王，和復欲獻之。恐復見害，乃抱其玉而哭，晝夜不止，涕盡續之以血。荆王遣問之，於是和隨使獻王，王使剖之，中果有玉。乃封和爲陵陽侯。卞和辭不就而去，作退怨之歌曰云云。

朱長文曰：卞和，楚人也。得玉璞，獻之楚王，王使玉工相之，曰「石也」，王以爲謾，刖之。王薨，復以獻，王又使玉工相之，亦曰「石也」，王以爲謾，再刖之。及共王即位，卞和奉璞哭於荆山中，共王聞之，問其故，對曰：「寶玉以爲石，正士以爲謾，此臣所以悲也。」共王命剖璞觀之，果玉也，天下謂之和氏之璧。和既伸其志，於是有《信立追怨》之歌，見於《琴操》。夫爲和之計者，胡不自琢而藏之。蓋以天下之寶希世之珍必爲國器，不忍以爲一己之私也。然抱之它邦何往而不售，雖屢刖其足，猶眷眷於其國，卒判群疑而章至寶，豈非忠厚哉？

馮惟訥曰：《獻玉退怨歌》。《琴操》曰，卞和者，楚野民，得玉璞以獻懷王，王使樂正子占之，言玉石，以爲欺謾，斬其一足。懷王死，子平王立，和復獻之，又以爲欺，斬其一足。平王死，子立爲荆王。欲獻之，恐復見害，乃抱玉而哭，涕盡，繼之以血。荆王使剖之，中果有玉。乃封和爲陵陽侯。辭不受，而作《退怨》之歌。

梅鼎祚曰：《獻玉退怨歌》，楚卞和。《琴操》曰云云。《風雅逸篇》曰：此歌出《琴操》，其叙述和事與正史亦異，果和所作耶？今按平王遠在懷王前，而懷王之子乃頃襄王。《韓非子》曰：楚人和氏得璞玉于楚山之中，奉而獻之武王，武王使玉人相之，玉人曰石也，刖和氏左足；武王薨，成王即位，和又獻之，玉人又曰石也，刖其右足；成王薨，文王即位，和乃抱璞而哭於楚山之下，王使玉人理其璞而得寶焉，遂名曰和氏之璧。當以韓子爲正。今按《史記》，成王在文王后。

孫星衍輯校平津館本《琴操》曰：《信立退怨歌》。卞和者，楚野民，得玉樸以獻懷王，懷王使樂正子占之，言非玉，以爲欺謾，斬其一足。懷王死，子平王立，和復抱其樸而獻之，平王復以爲欺，斬其一足。平王死，子立爲荆王。和復欲獻之，恐復見害，乃抱其玉而哭荆山之中，晝夜不止。泣盡，繼之以血。荆王遣問之，於是和隨使獻王，王使剖之，中果有玉。乃封和爲陵陽侯。和辭不就而去，作《退怨》之歌，曰云云。

廖按：劉師培云，案此以平王爲懷王子，與史不合。《韓非子・和氏篇》作以獻厲王；下言厲王薨，武王即位；又言武王薨，文王即位。《新序・雜事五》同，惟文王作共王。疑所記當以《韓非子》爲確，厲王或即楚蚡冒之謚（《晏子春秋》雜上載晏子語：曾子曰，和氏之璧井里之困也。則晏子以前和璧之名已著，故當以文王時所得爲確）。

又按：《初學記》卷二七：「蔡邕《琴操》曰：卞和者，楚野人，常居山耕種。因得玉璞，以獻于懷王。王以爲欺慢，斬其足。和作歌曰：悠悠沂水，經荆山兮；精氣鬱浹，谷巖巖兮；中有神寶，灼灼明兮；穴山采玉，難爲功兮。」此徑稱「蔡邕《琴操》曰」，可確知該篇歌辭及解題見於蔡邕《琴操》；鑒於解題爲隱栝援引，歌辭僅有山、巖、明、功四韻，或屬於節引。《藝文類聚》卷八三所引《琴操》解題及歌辭即爲全文全歌，孫星衍平津館本《琴操》與之幾近全同，唯「怨」作「寃」，多出「去封立信守休芸」一句，每句增一「兮」字。

悠悠沂水經荆山[一]，精氣鬱浹谷巖中[二]。中有神寶灼明明[三]，穴山采玉難爲功[四]。於何獻之楚先王，遇王闇昧信讒言。[五]斷截兩足離余身[六]，俛仰嗟歎心摧傷。[七]紫之亂朱粉墨同[八]，空山歔欷涕龍鍾[九]。天鑒孔明竟以彰[十]，沂水滂沛流于汶[十一]。進寶得刑足離分，斷者不續豈不怨。（《藝文類聚》卷八三《寶玉部》上「玉」。《古詩紀》卷四、《古樂苑》卷三十、平津館本《琴操》卷下）

【校勘】

「精氣鬱浹谷巖中」，《古詩紀》《古樂苑》「浹」作「洽」，「巖中」作「巖巖」。

「遇王闇昧」，《古詩紀》《古樂苑》、平津館本《琴操》「闇」作「暗」。

「粉墨同」，《古詩紀》《古樂苑》「粉」作「紛」，作「粉」是。

「進寶得刑」，《古詩紀》《古樂苑》「刑」作「刖」，平津館本《琴操》校注云「案：《後漢書·孔融傳》注引『刑』作『刖』」。

「斷者不續豈不怨」，平津館本《琴操》「怨」作「冤」，且於此句前多出「去封立信守休芸」句。

又，平津館本《琴操》於「山」「中」「明」「功」「王」「言」「身」「傷」「同」「鐘」「彰」「汶」「離」「芸」「冤」後均有「兮」字。

【集注】

［一］悠悠沂水經荆山：**聞人倓曰**：《左傳》「大敗夫概王於沂」，（杜預）注：「沂，楚也。」《尚書》（《禹貢》）：至於荆山。**廖按**：劉師培云，沂水在魯，不得經荆山。沂乃沔字之訛也。《説文》云：「沔，沔水也，出武都沮縣東狼谷，東南入江，或曰入夏水（即漢水）。」○逯欽立云，《琴操》本事多沿民間傳説，不斤斤于時地記載，既能謂平王爲楚懷王子，亦可言魯水過荆山，不必作沂沔考訂也。

［二］精氣鬱泱谷巖中：**聞人倓曰**：《周易》（《繫辭上》）：「精氣爲物。」毛萇《詩傳》（《詩經·秦風·晨風》「鬱彼北林」傳）：「鬱，積也。」《正韻》：「洽，和也，合也。」《毛詩》（《小雅·節南山》）：「維石巖巖。」（廖按，《古詩箋》作「精氣鬱洽谷巖巖」。）

［三］中有神寶灼明明：**廖按**：神寶，泛指奇異之寶，珍重之物。東漢蔡邕《漢津賦》（《初學記·地部》）：「維神寶其充盈兮，豈魚龜之足收。」晉魯褒《錢神論》（《藝文類聚·産業

部》）：「不匱象道，故能長久，爲世神寶。」《後漢書・皇后紀》「終乃陵夷大運，淪亡神寶」，李賢注「神寶」：「帝位也。」此指美玉。

〔四〕穴山采玉難爲功：**聞人倓曰**：穴山，猶鑿山。《神仙傳》：「發石采玉。」

〔五〕遇王闇昧信讒言：**聞人倓曰**：《毛詩》（《小雅・小弁》）：「君子信讒。」

〔六〕斷截兩足離余身：**聞人倓曰**：《説文》「刖」本作「跀」，「斷足也」。

〔七〕俛仰嗟歎心摧傷：**廖按**：摧傷，本義爲斷折損傷。《説文》：「摧，擠也。從手崔聲。」「一曰折也。」《藝文類聚》卷十二「帝王部二」引班固《高祖泗水亭碑》：「維以沛公，揚威斬蛇，金精摧傷。」卷八七「果部下」引漢蔡邕《傷故栗賦》：「遇禍賊之災人，嗟夭折以摧傷。」亦用以形容腸斷心傷。《藝文類聚》卷三四「人部」引王粲《寡婦賦》即云：「顧左右兮相憐，意悽愴兮摧傷。」

〔八〕紫之亂朱粉墨同：**聞人倓曰**：言朱紫黑白相亂也。**廖按**：王逸《九思》（《楚辭》）：「朱紫兮雜亂，曾莫兮別諸。」

〔九〕空山歔欷涕龍鍾：**聞人倓曰**：《廣韻》：龍鍾，竹名。《丹鉛録》：似竹摇曳，不自持也。**廖按**：歔欷，《楚辭・離騷》「曾歔欷余鬱邑兮」，王逸《章句》曰：「歔欷，懼貌。或曰：哀泣之聲也。」龍鍾，引申作淚流滿面貌，南北朝王褒《與周弘讓書》（《藝文類聚・人部》）：「援筆攬紙，龍鍾横集。」

[十]天鑒孔明竟以彰：**聞人倓曰**：《毛詩》：祀事孔明。**廖按**：鑒，《詩經·邶風·柏舟》「我心匪鑒」，毛《傳》：「鑒，所以察形也。」《詩經·大雅·文王》「宜鑒於殷」，孔穎達《疏》：「鑒，鏡也。鏡照物，知善惡。」天鑒，明鏡之天。後漢崔德正《大理箴》（《初學記·職官部》）：「天鑒在顯，無細不録；福善禍惡，其效甚速。」傅玄《喜霽賦》（《初學記·天部》）：「悦氛電之潛匿兮，樂天鑒之孔明」。孔明，《詩經·小雅·楚茨》「祀事孔明」，鄭玄《箋》：「孔，甚也。」竟，最終。《説文》：「樂曲盡爲竟。從音從人。」

[十一]沂水滂沛流于汶：**聞人倓曰**：《漢書·司馬相如傳》（「涉豐隆之滂濞」），（顔師古）注：「滂沛（濞），雨水多也。」（廖按，顔師古注：「濞音匹備反。」《史記·司馬相如列傳》「滂濞」作「滂沛」）《山海經》：大江出汶水。**廖按**：劉師培云，沂亦沔之訛。汶水即岷江，故曰沔流於汶，非《禹貢》之汶水也。**又按**：「滂沛」，司馬相如《大人賦》（《史記·司馬相如列傳》）：「貫列缺之倒景兮，涉豐隆之滂沛。」漢武帝《瓠子歌》（《史記·河渠書》）「歸舊川兮神哉沛」，《集解》引臣瓚曰：「水還舊道，則群害消除，神祐滂沛。」

【集評】

王世貞曰：《獻玉退怨歌》謂楚懷王子平王。夫平王，靈王弟也，歷數百年而始至懷王。至乃謂玉人爲樂正子，何其俚也。

歸耕歌

【集解】

朱長文曰：曾參，字子輿。……又有《歸耕》之曲，曰：「往而不返者，年也。不可得而再事者，親也。」見於《琴操》。萬世之下言孝者，必稱子輿美夫。

楊慎曰：《歸耕歌》。《琴操》曰：曾子事孔子十有餘年，晨覺，眷然年衰，養之不備也，于是援琴而歌之曰。

馮惟訥曰：《歸耕操》，二見。《琴操》曰，曾子事孔子，十有餘年。晨覺，眷然念二親年衰，養之不備也，於是援琴而歌之。

梅鼎祚曰：《歸耕操》，曾參。

孫星衍輯校平津館本《琴操》曰：《曾子歸耕》者，曾子之所作也。曾子事孔子十有餘年，晨覺，眷然念二親年衰，養之不備，於是援琴而鼓之曰云云。

廖按：《文選》卷第十五《思玄賦》「嘉曾氏之歸耕兮，慕歷阪之嶔崟」，李善注引《琴操》曰：「歸耕者，曾子之所作也……於是援琴鼓之曰：歔欷歸耕來兮！安所耕歷山盤兮！」明楊慎《風雅逸篇》卷五解題亦引《琴操》曰，所録爲二首，其一引《琴操》爲：「揭來歸耕，歷山盤兮。以晏父母，我心慱兮。」其二引《琴清英》爲：「歔欷歸耕來兮，安所歸耕，歷山盤兮。」與《文選》李善注引《琴操》同。朱長文《琴史》稱曾子《歸耕》之曲有「往而不返者，年也。不可得而再事者，親也」，見於《琴操》，知平津館本《琴操》所録確有所本。**又按**：曾子鼓琴作歌不見先秦文獻記載，當爲《琴操》之前漢人代擬之作。今據楊慎《風雅逸篇》、平津館本《琴操》並録之。

朅來歸耕歷山盤兮[一]，以晏父母我心慱兮[二]。（《風雅逸篇》卷五引《琴操》。《古詩紀》卷四、《古樂苑》卷三十）

歔欷歸耕來兮[三]，安所歸耕歷山盤兮[四]。（《風雅逸篇》卷五引《琴清英》。《古詩紀》卷四、《古樂苑》卷三十）

往而不反者，年也。不可以再事者，親也。歔欷歸耕，來日安所耕？歷山盤兮欽崟[五]。（平津館本《琴操》卷下）

【校勘】

「我心慱兮」，《古詩紀》《古樂苑》「慱」作「博」。

【集解】

[一] 朅來歸耕歷山盤兮：**廖按**：朅來，張衡《思玄賦》（《文選》）「回志朅來從玄謀」，李善注引舊注曰：「朅，去也。」李善注引劉向《七言》曰：「朅來歸耕永自疏。」盤，通「蟠」，盤曲。嵇

康《琴賦》(《文選》)「且其山川形勢,則盤紆隱深」,李善注曰:「盤,曲。紆,屈。」

[二] 以晏父母我心慱兮:**廖按**:晏,《禮記·月令》「以定晏陰之所成」,鄭玄注:「晏,安也。陰稱安。」慱,《詩經·鄶風·素冠》「勞心慱慱兮」,毛《傳》:「慱慱,憂勞也。」

[三] 歔欷歸耕來兮:**廖按**:歔欷,《楚辭·九章·悲回風》「曾歔欷之嗟嗟兮」,王逸注:「歔欷,啼貌。」

[四] 安所歸耕歷山盤兮:**廖按**:安,疑問副詞。《史記·項羽本紀》:「君安與項伯有故?」

[五] 歷山盤兮欽崟:**廖按**:張衡《思玄賦》(《六臣注文選》):「嘉曾氏之《歸耕》兮,慕歷阪之嶔崟。」張銑注:「嶔崟,高皃。」

引聲歌

【集解】

楊慎曰:《引聲歌》。《高士傳》。莊周作。

馮惟訥曰:《引聲歌》。《古今樂録》曰:莊周者齊人也,隱於山嶽,湣王遣使齎金百鎰,聘以相位,周謝使者去,引聲歌曰。

梅鼎祚曰:《引聲歌》,莊周。《古今樂録》曰云云。

孫星衍輯校平津館本《琴操下》曰：《莊周獨處吟》。莊周者，齊人也。明篤學術，多所博達。進見方來，卻睹未發。是時齊湣王好爲兵事，習用干戈。莊周儒士，不合於時。自以不用，行欲避亂，自隱於山岳。後有達莊於湣王，遣使齎金百鎰，聘以相位，周不就。使者曰：「金至寶，相尊官，何辭之爲。」周曰：「君不見夫郊祀之牛，衣之以朱綵，食之以禾粟。非不樂也，及其用時，鼎鑊在前，刀俎列後，當此之時，雖欲還就孤犢，寧可得乎。周所以飢不求食，渴不求飲者，但欲全身遠害耳。」於是重謝，使者不得已而去。復引聲歌曰云云。

廖按：馮惟訥《古詩紀》引自《古今樂録》，平津館本《琴操》所録與之幾近全同，僅「回固」作「固回」，是知《古今樂録》亦引自《琴操》。按，《史記·老子韓非列傳》載有莊周辭相一節：「楚威王聞莊周賢，使使厚幣迎之，許以爲相。莊周笑謂楚使者曰：『千金，重利；卿相，尊位也。子獨不見郊祭之犧牛乎？養食之數歲，衣以文繡，以入大廟。當是之時，雖欲爲孤豚，豈可得乎？子亟去，無汙我。我寧遊戲汙瀆之中自快，無爲有國者所羈，終身不仕，以快吾志焉。』」云聘相者爲楚威王，並未有莊周作歌情節；《琴操》稱聘相者爲齊湣王，具體情節對話亦均有差異，知此歌乃《史記》之後《琴操》之前漢代琴人演繹代擬之作。

天地之道，近在胸臆。呼噏精神，以養九德。[一]渴不求飲，飢不索食。避世俟道，志潔如玉。卿相之位，難可直當。巖巖之石[二]，幽而清涼。枕塊寢處，樂在其

央。[三]寒涼周迴[四]，可以久長。（《風雅逸篇》卷六。《古詩紀》卷二、《古樂苑》卷首、平津館本《琴操》卷下）

【校勘】

「呼噏精神」「呼噏」原作「乎喻」，據《古詩紀》《古樂苑》、平津館本《琴操》改。

「避世候道」，《古詩紀》《古樂苑》、平津館本《琴操》「候」作「守」。

「枕塊寢處」，「塊」原作「理」，據《古詩紀》《古樂苑》、平津館本《琴操》改。

「寒涼周迴」，《古詩紀》《古樂苑》「周迴」作「回固」，小注云「『固』一作『周』」；平津館本《琴操》作「固回」。

「可以久長」，「久長」原作「長久」，據《古詩紀》《古樂苑》、平津館本《琴操》改。

【集注】

[一]「呼噏精神，以養九德」二句：**廖按：**呼噏，呼氣與吸氣，亦專指吐納養生，阮籍《詠懷》（《古詩紀》）三十：「乘雲招松喬，呼噏永矣哉。」九德，《尚書·皋陶謨》：「亦行有九德。」《左傳·昭公二十八年》：「九德不愆，作事無悔。」此泛指道德品行。

[二]巖巖之石：**廖按：**《詩經·小雅·節南山》「節彼南山，維石巖巖」，毛《傳》：「巖巖，積石貌。」

〔三〕「枕塊寢處，樂在其央」二句：**廖按**：枕塊，居處惡劣。《儀禮·喪服》傳曰：「喪服斬衰，居倚廬，寢苫枕塊。」央，《説文》：「央，中央也。從大在冂之内。大，人也。」段注：「央，中也。」

〔四〕寒涼周迴：**廖按**：周迴，循環往復。

獲麟歌

【集解】

郭茂倩曰：《獲麟歌》，魯孔子。雜歌謡辭。○《孔叢子》曰：「叔孫氏之車子鉏商，樵於野而獲麟焉。衆莫之識，以爲不祥，棄之五父之衢。冉有告曰：『麋身而肉角，豈天之妖乎？』夫子曰：『吾將往觀焉。』遂泣曰：『予之於人，猶麟也。麟仁獸出而死，吾道窮矣！』乃歌云。」

馮惟訥曰：《獲麟歌》。《孔叢子》曰云云。

唐汝諤曰：《獲麟歌》。《孔叢子》云云。○夫子傷聖王之不興，麟至之無應，故感而作歌。言昔唐虞之世麟游于苑，鳳儀于庭，今已非其時矣，麟何爲乎來哉，徒足使我心憂耳。歌出《孔叢子》，大都出於僞撰，而吾取其言温粹，猶是孔門之遺聲。

孫星衍輯校平津館本《琴操》曰：魯哀公十四年西狩，薪者獲麟，擊之，傷其左足。將以示孔子，孔子道與相逢。見，俛而泣。抱麟曰：「爾孰爲來哉，孰爲來哉。」反袂拭面，乃歌曰云云。仰視其人，龍顔日月。夫子奉麟之口，須臾吐三卷圖。一爲赤伏，劉季興爲王。二爲周滅，夫子將終。三爲漢制造作《孝經》。夫子還謂子夏曰：「新主將起，其如得麟者。」（《藝文》十）

廖按：郭茂倩《樂府詩集》收録於《雜歌謡辭》，未入《琴曲歌辭》。然《藝文類聚》卷十云：「《琴操》曰：魯哀公十四年，西狩，薪者獲麟，擊之，傷其左足。將以示孔子，孔子道與相逢見，俯而泣。抱麟曰：爾孰爲來哉，孰爲來哉，反袂拭面，仰視其人，龍顔日角。夫子奉麟之口，須臾吐三卷圖，一爲赤伏，劉季興爲王，二爲周滅，夫子將終，三爲漢製造，作《孝經》。夫子還謂子夏曰：新主將起，其人如得麟者。」雖未引歌辭，但既然故事見於《琴操》，必應有相關琴曲歌辭。由此知平津館本《琴操》所述當不虚。**又按**：故事有「劉季興爲王」的圖讖之説，分明産生於漢代。故該歌乃入漢之後、《琴操》之前的代擬之作。

唐虞世兮麟鳳游[一]，今非其時來何求[二]。麟兮麟兮我心憂。（《樂府詩集》卷八三《雜歌謡辭》。《古詩紀》卷一、《古樂苑》卷首、平津館本《琴操》補遺）

【集注】

[一] 唐虞世兮麟鳳游：**唐汝諤曰**：《公羊傳》（《哀公十四年》），麟，「有王者則至」。《左傳》

《春秋》「十有四年，春，西狩獲麟」），杜（預）注：「麟者，仁獸，聖王之嘉瑞也。」《爾雅》《釋獸》：「麐，麕身，牛尾，一角。」**廖按**：劉向《新序・雜事二》：「昔者唐虞崇舉九賢，布之於位，而海内大康，要荒來賓，麟鳳在郊。」

［二］今非其時來何求：**唐汝諤曰**：來一作吾。

【集評】

張玉穀曰：首二，就麟致詰。末語即麟致慨，神韻悠然。首句以鳳陪説，下卻單頂麟來，此古人不拘處。

飯牛歌

【集解】

歐陽詢曰：《琴操》曰：甯戚飯牛車下，叩角而商歌曰云云。齊桓公聞之，舉以爲相。

楊慎曰：《飯牛歌》。齊甯戚。○「南山矸，白石爛，生不遭堯與舜禪，短布單衣適至骭。從昏飯牛薄夜半，長夜漫漫何時旦？」○「滄浪之水白石粲，中有鯉魚長尺半，弊布單衣裁至骭，清朝飯牛至夜半，黄犢上坂且休息，吾將捨汝相齊國。」○《又飯牛歌》。劉向《别録》所載，與諸本不同。○「出東門兮厲石斑，上有松栢清且闌，粗布衣兮緼縷，時不遇兮堯舜主，牛兮努力食細草，大臣在爾側，吾將與爾適楚國。」

馮惟訥曰：《飯牛歌》，三見，一作《南山歌》。《淮南子》曰：甯越欲干齊桓公，困窮無以自達，於是爲商旅，將任車，以商於齊，莫宿於郭門外。桓公郊迎客，夜開門，辟任車，爝火甚衆。越飯牛車下，擊牛角而疾商歌。桓公聞之曰：「異哉！非常人也。」命後車載之。因授以政。○越一作戚。《蜩笑外稿》云：此歌不類春秋時人語，蓋後世所擬者。高誘《吕氏春秋》（注）謂戚所歌乃《詩・碩鼠》之辭，雖未見所據，亦可驗「南山白石」之歌誘初未之見也。然其辭亦激烈足以動人。（按，馮惟訥《古詩紀》所録三首與楊慎《風雅逸篇》同）

唐汝諤曰：《飯牛歌》，三首（廖按，唐汝諤《古詩解》録此首及《風雅逸篇》所録第二、三首）。《淮南子》：甯戚欲干齊桓公……甯戚一作甯越。○三詩雖古而文多七言，亦是後人僞作。

孫星衍輯校平津館本《琴操》曰：甯戚飯牛車下，叩角而商歌曰云云。齊桓公聞之，舉以爲相（《藝文類聚》九四）。

廖按：《吕氏春秋・舉難》：「甯戚飯牛居車下，望桓公而悲，擊牛角疾歌。」高誘注：「歌《碩鼠》也。其詩曰『碩鼠碩鼠，無食我黍。……樂郊樂郊，誰之永號』是也。」畢沅注曰：「孫（星衍）云：《後漢書・馬融傳》注引《説苑》曰『甯戚飯牛于康衢擊車輻而歌《碩鼠》』，與此正合。」（《吕氏春秋新校正》）《史記・魯仲連鄒陽列傳》「甯戚飯牛車下，而桓公任之以國」，南朝宋裴駰《集解》引東漢應劭曰：「齊桓公夜出迎客，而甯戚疾擊其牛角商歌曰：『南山矸，白石爛……』

公召與語，説之，以爲大夫。」《楚辭・離騷》「甯戚之謳歌兮，齊桓聞以該輔」，東漢王逸注稱「甯戚方飯牛，叩角而商歌，桓公聞之」云云，南宋洪興祖補注曰：「《三齊記》載其歌曰：『南山矸，白石爛……』」（按《三齊記》即《三齊略記》，晉伏琛撰，當是載録後漢所傳。）要之，甯戚飯牛之歌先秦至西漢傳爲歌《碩鼠》，高誘注《吕氏春秋》仍依其舊；歌「南山矸」版本見於《琴操》及「應劭曰」。馮惟訥《古詩紀》引《蜩笑外稿》亦疑此歌高誘所未見。逯欽立即云：「《吕氏春秋》《淮南子》皆及甯戚叩角商歌以干齊桓公事，然皆無歌辭。後漢高誘注《吕覽》，以爲即《詩經・碩鼠》篇。至《史記》《淮南子》各注及《三齊略記》《琴操》等始出七言《飯牛歌》，可知皆漢人僞託」。此歌當爲東漢之後、《琴操》之前琴人所擬作。今據《藝文類聚》所引《琴操》録之，歌題本于楊慎《風雅逸篇》所題。

又按： 遺書鈔本《琴操》録《藝文類聚》引《琴操》曰：「甯戚飯牛車下，叩角而商歌曰：『南山矸，白石爛……』齊桓公聞之，舉以爲相。」並加案語云：「案：《樂府》（《樂府詩集》）引此歌辭有三章。其二云：『滄浪之水白石粲，中有鯉魚長尺半，弊布單衣裁至骭，清朝飯牛至夜半，黄犢上阪且休息，吾將舍汝相齊國。』其三云：『出東門兮厲石班，上有松柏青且蘭，麤布衣兮緼縷，時不遇兮堯舜主，牛兮努力食細草，大臣在汝側，吾將與汝適楚國。』附録於此。」按《樂府詩集》於卷八三「雜歌謡辭」録有「《商歌》二首」，題「齊甯戚」，解題稱《淮南子》曰云云（詳上）。所録第一首與遺書鈔本《琴操》全同，第二首即遺書鈔本「其二云」（亦見《藝文類聚》卷四三《樂部》

三，未標出處），但不見「其三云」。此「其三云」見《文選》卷第十八成公綏《嘯賦》「寧子檢手而歎息」李善注引「歌曰」。李善注云：「《淮南子》曰：『……戚飯牛車下，望桓公而悲，擊牛角，而疾商歌曲。』甯戚，衛人。商金聲清，故以爲曲。歌曰：『出東門兮厲石班，上有松柏兮青且蘭。麄布衣兮緼縷，時不遇兮堯舜。牛兮努力食細草。大臣在爾側，吾當與爾適楚國。』」「爾」作「汝」，無「主」字。楊慎《風雅逸篇》録《飯牛歌》三首，第二第三即此「滄浪」「出東門」二首，後者兩「汝」字作「爾」字，題《又飯牛歌》，稱「劉向《别録》所載，與諸本不同」。按，李善注是在引完《淮南子》加注釋語後又引「歌曰」。《吕氏春秋》高誘注稱甯戚所歌爲《碩鼠》（詳上）。要之，世傳甯戚飯牛商歌三首，唯第一首見於《琴操》，餘此二首見於文獻所引「歌曰」，不能判定是否琴歌，也不能判定漢晉何時所作，故僅録出見於《琴操》的第一首，餘則置之不予收録。

南山矸[一]，白石爛[二]，生不逢堯與舜禪[三]，短布單衣裁至骭[四]。從昏飯牛薄夜半，長夜漫漫何時旦[五]？（《藝文類聚》卷九四《獸部》「牛」。《風雅逸篇》卷六、《古詩紀》卷一、《古樂苑》卷首、平津館本《琴操》補遺）

【校勘】

「白石爛」，「爛」原作「礀」，據《風雅逸篇》《古詩紀》《古樂苑》改。

「生不逢堯」,《風雅逸篇》「逢」作「遭」。

「短布單衣裁至骭」,《風雅逸篇》《古詩紀》《古樂苑》「裁」作「適」。

「從昏飯牛薄夜半」,原無此句,據《風雅逸篇》《古詩紀》《古樂苑》補。

【集注】

[一] 南山矸:**楊慎曰:**矸,音岸。**唐汝諤曰:**矸,山有石貌。**聞人倓曰:**《廣韻》,矸,石浄貌。**廖按:**《史記·魯仲連鄒陽列傳》「甯戚飯牛車下」,裴駰《集解》引應劭曰:「甯戚疾擊其牛角商歌曰『南山矸,白石爛,生不遭堯與舜禪。短布單衣適至骭,從昏飯牛薄夜半,長夜曼曼何時旦』。」司馬貞《索隱》曰:「矸音公彈反。矸者,白浄貌也。顧野王又作岸音也。」

[二] 白石爛:**廖按:**《楚辭·九歌·雲中君》「爛昭昭兮未央」,王逸注:「爛,光貌也。」

[三] 生不逢堯與舜禪:**廖按:**謂堯舜禪讓。禪,傳位。《史記·惠景間侯者年表》「至孝惠帝時,唯獨長沙全,禪五世」,司馬貞《索隱》:「禪者,傳也。」

[四] 短布單衣裁至骭:**唐汝諤曰:**骭,脛骨也。衣短不能掩形,言窮之甚。**聞人倓曰:**骭,音幹,叶同矸。《爾雅》(《釋訓「骭瘍爲微」》),(郭璞)注:「骭,腳脛也。」

[五] 長夜漫漫何時旦:**唐汝諤曰:**長夜以比時之昏亂。漫漫,長也。**沈德潛曰:**「長夜」句感慨。

【集評】

唐汝諤曰:此甯戚不得其志而歌以自傷。言南山不改,時事已非,恨己不逢盛時而貧窮徹骨，至飯牛車下。遥想此昏濁之世，果何時而得清明乎。

陸時雍曰：《飯牛歌》《扊扅歌》俱情事語道之，若故聞歌知人，千載以下猶識其爲豪傑之士。

張玉穀曰：首章以思治作主，爲總冒。（廖按，張玉穀《古詩賞析》亦録《飯牛歌》三章，稱「雜歌謡辭」，故稱此章爲首章）首三，以山矸石爛，比起世道衰微、己貧無衣來。慨慕堯舜，真能使詡霸功者爽然自失。後二，方點清現在飯牛，不得休息事。夜何時旦，賦中帶比，撥亂反正之意，隱然言外。

水仙操

【集解】

馮惟訥曰：《水仙操》。《琴苑要録》曰：「《水仙操》，伯牙之所作也。伯牙學琴於成連，三年而成，至於精神寂莫，情之專一，未能得也。成連曰：『吾之學，不能移人之情，吾師有方子春，在東海中。』乃齎糧從之，至蓬萊山，留伯牙曰：『吾將迎吾師。』刺船而去。旬時不返，伯牙心悲，延頸四望，但聞海水汩没，山林窅冥，羣鳥悲號，仰天歎曰：『先生將移我情。』乃援琴而作此歌：『繄洞渭兮流澌濩，舟楫逝兮仙不還，移形素兮蓬萊山，歍欽傷宫仙石還。』」

梅鼎祚曰：《水仙操》，伯牙。《琴苑要録》曰云云。

王謨輯漢魏遺書鈔本《琴操》曰：《水仙操》，伯牙所作也。《類聚》引《琴操》曰：伯牙學琴於成連先生，三年而成。至於精神寂寞，情志專一，尚未能也。成連云：「吾師方子春，今在東海中，能移人情。」乃與伯牙俱往。（《文選》注引此文云：伯牙學琴于成連先生。先生曰：「吾能傳曲，而不能移情。吾師有方子春，善於琴，能移人之情，今在東海上，子能與我同事之乎？」伯牙曰：「夫子有命，敢不敬從？」乃相與至海上，見子春受業焉。）至蓬萊山，留宿伯牙曰：「子居習之，吾將迎吾師。」刺船而去，旬時不返。伯牙延望無人，但聞海水汩没漰澌之聲，山林窅冥群鳥悲號。愴然而歎曰：「先生將移我情！」乃援琴而歌云云。曲終，成連回，刺船迎之而還。伯牙遂爲天下妙矣。

廖按：馮惟訥《古詩紀》所録歌辭本於《琴苑要録》；王謨漢魏遺書鈔輯佚本《琴操》稱「《類聚》引《琴操》」，惜今本《藝文類聚》未見此文。然《初學記》卷十六「樂部下」録《琴操》曰「又有十二操……十一曰《水仙操》，伯牙所作」，知《琴操》确有《水仙操》題名，已提伯牙所作；《文選》嵇康《琴賦》「伶倫比律，田連操張」，李善注云「《琴操》：伯牙學琴於成連先生，先生曰：吾能傳曲而不能移情。吾師有方子春，善於琴，能作人之情，今在東海上，子能與我同事之乎？伯牙曰：夫子有命，敢不敬從。乃相與至海上見子春受業焉」，所引《琴操》所述伯牙學琴故事與遺書鈔本同。據《琴操》所録十二操大都有其辭，不排除《水仙操》確有擬托伯牙所作琴歌之可能。首見《水仙操》歌詞的《琴苑要録》乃彙集宋代所存古琴文獻的明人抄本，其中包括古操十二章，也不排除抄録自《琴操》的可能性。今據王謨漢魏遺書鈔本《琴操》録之。

緊洞渭兮流澌濩[一]，舟楫逝兮仙不還。移形素兮蓬萊山[二]，歍欽傷宫仙不還[三]。（漢魏遺書鈔本《琴操》。《古詩紀》卷四、《古樂苑》卷三十）

【校勘】

「歍欽傷宫仙不還」，《古詩紀》《古樂苑》「不」作「石」。

【集注】

[一]緊洞渭兮流澌濩：**廖按**：緊，此，是。《詩經・小雅・雄雉》「我之懷矣，自詒伊阻」，鄭玄《箋》：「『伊』當作『緊』，緊猶是也。」渭、濩，水流聲。木華《海賦》（《文選》）「濯汫濩渭，蕩雲沃日」，李善注：「濯汫濩渭，衆波之聲。」此句指故事中成連隱去之後「但聞海水汩没崩澌之聲」。

[二]移形素兮蓬萊山：**廖按**：素，白。《詩經・召南・羔羊》「素絲五紽」，毛《傳》：「素，白也。」引申作無形，指故事中成連「刺船而去，旬時不返。伯牙延望無人」。

[三]歍欽傷宫仙不還：**廖按**：歍，通「嗚」，嗚咽。欽，通「吟」，《山海經・西山經》「其音如欽」，

郭璞注：「欽亦吟字假音。」吟，吟歎。宫，水宫，仙宫。

思歸引

【集解】

朱長文曰： 衛女者，嘗作《思歸引》，見於《琴操》，云：「涓涓泉水，流及於淇。有懷於衛，靡日不思。」今《國風》有《泉水》之詩，與此頗同。其序曰：《泉水》，衛女思歸也。嫁於諸侯，父母終思歸寧而不得，故作此詩以自見，即其事也。聖師善其既嫁而能憂其宗國，又以禮格情，故有取焉耳。《琴操》以謂邵國聘之而君薨，其太子欲留之，女不從，遂死。蓋不見毛氏詩耳。《操》與經傳不合者多矣，余不暇悉糾其謬也。

郭茂倩曰： 《思歸引》。○一曰《離拘操》。《琴操》曰：「衛有賢女，邵王聞其賢而請聘之，未至而王薨。太子曰：『吾聞齊桓公得衛姬而霸，今衛女賢，欲留之。』大夫曰：『不可。若賢必不我聽，若聽必不賢，不可取也。』太子遂留之，果不聽。拘於深宫，思歸不得，遂援琴而作歌。曲終，縊而死。」晉石崇《思歸引序》曰：「崇少有大志，晚節更樂放逸。因覽樂篇有《思歸引》，古曲有弦無歌，乃作樂辭。」但思歸河陽别業，與《琴操》異也。《樂府解題》曰：「若梁劉孝威『胡地憑良馬』，備言思歸之狀而已。」按謝希逸《琴論》曰：「箕子作《離拘操》。」不言衛女作，未知孰

是。（廖按，郭茂倩《樂府詩集》該題下首録爲晉石崇《思歸引》）

楊慎曰：《思歸引》，《琴操》。衛女作。

馮惟訥曰：《思歸引》，二見。〇《琴苑要録》曰，《思歸引》者，衛女之所作也。昔衛侯有女，邵王聞其賢，請聘之。未至而王薨，太子欲留之，女不聽，拘於深宫，欲歸不得，援琴而歌，曲終縊而死。〇「涓涓泉水，流及於淇兮。有懷於衛，靡日不思。執節不移兮，行不隮。砎軻何辜兮離厥菑。嗟乎何辜兮離厥菑。」（《琴苑要録》）〇「涓涓淇水」云云。（《風雅逸篇》）

梅鼎祚曰：《思歸引》，衛女。

孫星衍輯校平津館本《琴操》曰：《思歸引》者，衛女之所作也。衛侯有賢女，邵王聞其賢而請聘之，未至而王薨。太子曰：「吾聞齊桓公得衛姬而霸，今衛女賢，欲留。」大夫曰：「不可。若女賢，必不我聽，若聽，必不賢，不可取也。」太子遂留之，果不聽，拘於深宫，思歸不得，心悲憂傷，遂援琴而作歌云云。曲終，縊而死。

廖按：楊慎《風雅逸篇》標注此歌見於《琴操》。《文選》馬融《長笛賦》「故聆曲引者，觀法於節奏，察變於句投」，李善注曰：「引，亦曲也。蔡邕《琴操》曰：《思歸引》者，衛女之所作也。」《文選》石崇《思歸引序》「尋覽樂篇，有《思歸引》」，李善注曰：「《琴操》：《思歸》者，衛女之所作也。欲歸不得，心悲憂傷，援琴而歌，作《思歸引》。」可證漢末蔡邕《琴操》確有《思歸引》及被稱爲衛女所作之歌辭。

又按：《思歸引》始見於蔡邕《琴操》，其序明載衛女不從太子之事，明稱衛女「援琴而作歌」，則《思歸引》琴曲及琴歌確爲《琴操》之前琴人所擬作。平津館本《琴操》、《琴苑要録》《風雅逸篇》均載有歌辭，且大同小異，當爲同一來源。朱長文《琴史》所引《琴操》序文及歌辭亦同，只是惜未全引。《琴苑要録》乃彙集宋代所存古琴文獻的明人抄本，其中包括古操十二章等，前述《岐山操》，遺書鈔本所録歌辭稱援自唐白居易《白帖》引《琴操》，《古詩紀》所引《琴苑要録》歌辭與之全同，因此不排除《琴苑要録》所録有直接抄自《琴操》的可能性。

涓涓淇水，流于淇兮。[一]有懷於衛，靡日不思[二]。執節不移兮，行不詭隨。[三]坎坷何辜兮離厥菑。[四]（《風雅逸篇》卷二。《古詩紀》卷四、《古樂苑》卷三十、平津館本《琴操》卷上）

【校勘】

「涓涓淇水，流于淇兮」，平津館本《琴操》「淇水」作「泉水」，「流于淇」作「流反於淇」。

「離厥菑」，「菑」原作「茨」，據平津館本《琴操》改。

【集注】

［一］「涓涓泉水，流于淇兮」二句：**廖按**：涓涓，潘安仁《射雉賦》（《文選》）「泉涓涓而吐溜」，李

善注用徐爰注：「涓涓，清新之色。」淇，衛水，《詩經·衛風·竹竿》：「籊籊竹竿，以釣於淇。」

［二］「有懷於衛，靡日不思」二句：**廖按**：《詩經·邶風·泉水》「有懷于衛，靡日不思」，鄭玄《箋》：「懷，至。靡，無也。以言我有所至念於衛，我無日不思也。」

［三］「執節不移兮，行不詭隨」二句：**廖按**：節，節操。詭隨，《詩經·大雅·民勞》「無縱詭隨」，毛《傳》：「詭隨，詭人之善、隨人之惡者。」

［四］坎坷何辜兮離厥菑：**廖按**：離，通「罹」，遭遇。《楚辭·九歌·山鬼》「思公子兮徒離憂」，王逸注：「離，罹也。」

歸風送遠操

【集解】

馮惟訥曰：趙飛燕《歸風送遠操》。○趙飛燕，本長安宫人，屬陽阿主家，學歌舞。成帝過主，見而説之，召入爲倢伃，後立爲后。○《西京雜記》曰：趙后有寶琴曰鳳凰，皆以金玉隱起，爲龍鳳螭鸞、古賢列女之象，亦善爲《歸風送遠》之操。

梅鼎祚曰：《歸風送遠操》，漢趙飛燕。《西京雜記》曰云云。《趙飛燕外傳》曰：帝於太液池作千人舟，號合宫之舟，池中起爲瀛洲，榭高四十尺，帝御流波文縠無縫衫，后衣南越所貢雲英紫裙，碧瓊輕綃，廣榭上，后歌舞《歸風送遠》之曲，帝以文犀簪擊玉甌，令后所愛侍郎馮無方吹笙以倚后歌云云。

朱嘉徵曰：《歸風送遠操》，漢，琴曲。○《西京雜記》：趙后善爲《歸風送遠操》。○右《樂苑》載，樂府琴曲闕。趙后飛燕辭。

廖按：郭茂倩《樂府詩集》《琴曲歌辭序》引《琴論》曰：「齊人劉道强能作《單鳧寡鶴》之弄，趙飛燕亦善爲《歸風送遠》之操，皆妙絶當時，見稱後世。」末載《歸風送遠操》歌辭。該歌始見明馮惟訥《古詩紀》卷十二漢二，明梅鼎祚收入《古樂苑》卷三二，于解題引《西京雜記》後，又引《趙飛燕外傳》曰：「廣榭上，后歌舞《歸風送遠》之曲，帝以文犀簪擊玉甌，令后所愛侍郎馮無方吹笙以倚后歌。」後者由「善爲《歸風送遠》之操」，變爲「歌舞《歸風送遠》之曲」。然《外傳》未述及歌辭。按，《趙飛燕外傳》始著録于南宋晁公武《郡齋讀書志》卷九「傳記類」，題漢伶玄子于撰，並稱「茂陵卞理藏之于金縢漆櫃。王莽之亂，劉恭得之，傳於世。晉荀勗校上。」（《四部叢刊》本《昭德先生郡齋讀書志》）其後南宋陳振孫《直齋書録解題》卷七「傳記類」著録題「《飛燕外傳》一卷」，云「稱漢河東都尉伶玄子于撰。自言與揚雄同時，而史無所見。或云僞書也。然通德擁髻等事，文士多用之；而『禍水滅火』一語，司馬公載之《通鑑》矣」。該傳見載于明陶宗儀所編《説郛》卷三二，題漢伶玄，小字注「字子于，潞水人，江東都尉」，「江」當爲「河」之訛。傳末有「伶玄自序云」，文後附有「桓譚云」，有荀勗校書奏，《四庫全書總目》疑其「大抵皆出於依託」，李劍國先生斷其「大約是東漢至晉宋間的作品」，「而從其文字的古雅風格看，似乎出於東漢的可能性更大一些」（《「傳奇之首」〈趙飛燕外傳〉》，《古典文學知識》二〇〇四年第一期）。如果此斷言不虛，則傳中言「歌舞《歸風送遠》之曲」，可能當時已有託名趙飛燕的《歸風送遠操》歌曲之作。該歌梅鼎祚《古樂苑》、朱嘉徵《樂府廣序》列入漢琴曲歌辭，馮惟訥《古詩紀》卷十二漢二、李因篤《漢詩音注》卷二、沈德潛《古詩源》卷二、王士禛輯、聞人倓箋《古詩箋》「七言詩歌行鈔」卷二等亦都載於漢歌詩，姑録之以待考。

涼風起兮天隕霜[一]，懷君子兮渺難望[二]。感予心兮多慨慷[三]。（《古詩紀》卷十二《漢》第二。《古樂苑》卷三一）

【集注】

[一] 涼風起兮天隕霜：**廖按**：風起，劉邦《大風歌》：「大風起兮雲飛揚。」隕，《爾雅·釋詁》：「隕，落也。」《説文》：「隕，自上下也。從𠮠員聲。《易》曰：『有隕自天。』」《左傳·僖公三十三年》：「隕霜不殺草。」

[二] 懷君子兮渺難望：**廖按**：渺，《楚辭·九歌·湘夫人》「帝子降兮北渚，目眇眇兮愁予」，洪

興祖補注曰：「眇眇，微貌。言神之降，望而不見，使我愁也。」渺同眇，遠而模糊之貌。《史記·司馬相如列傳》載司馬相如《大人賦》「紅杳渺以眩湣兮」，裴駰《集解》引《漢書音義》曰：「紅杳渺，眩湣，闇冥無光也。」《漢書》載此句「渺」作「眇」。魏晉後偶有用「渺」者，如宋鮑照《與伍侍郎別詩》（《古詩紀》）：「渺渺淮海逕。」梁沈約《與范述曾論竟陵王賦書》（《初學記》）：「夫渺泛滄流，則不識涯涘。」梁簡文帝《海賦》（《初學記》）：「測之渺而無際，望之杳而綿漠。」

〔三〕感予心兮多慨慷：**廖按**：慨慷，「慷慨」倒文以協韻。左思《雜詩》（《文選》）：「……高志局四海，塊然守空堂。壯齒不恒居，歲暮常慨慷。」慷慨，悲歎。曹植《七哀詩》（《文選》）「上有愁思婦，悲歎有餘哀」，李善注引《古詩十九首·西北有高樓》：「慷慨有餘哀。」

【集評】

朱嘉徵曰：《歸風送遠操》，奏「涼風」之曲，刺鄭聲也。《志》稱孝成時，鄭聲尤甚，慶安世善爲雙鳳離鸞之曲，劉道彊善爲單鳧寡鶴之弄，一時貴寵莫並。《樂書》：鄭衛之曲動而心淫。后不以德升，而以色授，卒絶繼嗣，豈偶然哉。唐武后《如意娘》曲，「看朱成碧」之句，同爲鄭聲，皆尤物也，天之所以禍亂人國者。

李因篤曰：竟似楚騷一段。耽耽與高武爭雄矣。

【附】伍子胥歌

俟罪斯國，志願得兮。庶此太康，皆吾力兮。（《漢魏遺書鈔》本《琴操》）

廖按：遺書鈔本《琴操》曰：「伍員奔吴，過溧陽瀨溪，見一女擊漂於水中，旁有壺漿，乃就乞飯。飯畢，謂女子曰：『掩夫人壺口。』女子知其意，自投瀨溪而死（《御覽》）。子胥歌曰：『俟罪斯國，志願得兮。庶此太康，皆吾力兮。』（《文選》注）」此是合《太平御覽》《文選注》引《琴操》而成文，未題歌題。按，《太平御覽》卷七六一「器物部」引《琴操》曰：「伍員奔吴，過溧陽瀨溪，見一女子擊漂于水中，旁有壺漿，乃就乞飲。飲畢，謂女子曰：『掩夫人壺口。』女子知其意，自投瀨溪而死。」《文選》卷六十載賈誼《吊屈原賦》「恭承嘉惠兮，俟罪長沙」，李善注：「《琴操》：伍子胥歌曰：俟罪斯國，志願得兮。」《文選》卷二十一載南朝宋謝瞻《張子房詩》「延首詠太康」，李善注：「《琴操》：伍子胥歌曰：『庶此太康，皆吾力兮。』」據此，知《琴操》載有伍員奔吴故事，並録有伍子胥「歌曰」歌辭。遺書鈔本《琴操》所録僅爲《文選》分别於卷六十、卷二十一兩處所引，是否全帙、是否相銜不得而知。按，伍子胥故事自先秦至漢代見載於《國語》《左傳》《吕氏春秋》《史記》等多種文獻，直至漢代雜史《越絶書》《吴越春秋》均無伍子胥「歌曰」情節，此當爲東漢之後、《琴操》之前琴人演繹及代擬之作。歌題爲筆者所加。

雜曲歌辭

【集解】

郭茂倩曰：《宋書·樂志》曰：「古者天子聽政，使公卿大夫獻詩，耆艾修之，而後王斟酌焉。」然後被於聲，於是有採詩之官。周室下衰，官失其職。漢魏之世，歌詠雜興，而詩之流乃有八名：曰行，曰引，曰歌，曰謡，曰吟，曰詠，曰怨，曰歎，皆詩人六義之餘也。至其協聲律，播金石，而總謂之曲。若夫均奏之高下，音節之緩急，文辭之多少，則繫乎作者才思之淺深，與其風俗之薄厚。當是時，如司馬相如、曹植之徒，所爲文章，深厚爾雅，猶有古之遺風焉。自晉遷江左，下逮隋唐，德澤寖微，風化不競，去聖逾遠，繁音日滋。豔曲興於南朝，胡音生於北俗。哀淫靡曼之辭，迭作並起，流而忘反，以至陵夷。原其所由，蓋不能制雅樂以相變，大抵多溺於鄭衛，由是新聲熾而雅音廢矣。昔晉平公説新聲，而師曠知公室之將卑。李延年善爲新聲變曲，而聞者莫不感動。其後元帝自度曲，被聲歌，而漢業遂衰。曹妙達等改易新聲，而隋文不能救。嗚呼，新聲之感人如此，是以爲世所貴。雖沿情之作，或出一時，而聲辭淺迫，少復近古。故蕭齊之將亡也，有《伴侣》；高齊之將亡也，有《無愁》；陳之將亡也，有《玉樹後庭花》；隋之將亡也，有《泛龍舟》。所謂煩手淫聲，争新怨衰，此又新聲之弊也。雜曲者，歷代有之。或心志之所存，或情思之所感，或宴游歡樂之所發，或憂愁憤怨之所興，或叙離别悲傷之懷，或言征戰行役之苦，或緣於佛老，或出自夷虜。兼收備載，故總謂之雜曲。自秦漢已來，數千百歲，文人才士，作者非一。干戈之後，喪亂之餘，亡失既多，聲辭不具，故有名存義亡，不見所起，而有古辭可考者，則若《傷歌行》《生别離》《長相思》《棗下何纂纂》之類是也。

廣川王歌二首

【集解】

班固曰：詔曰：「……以惠王孫去爲廣川王。」去即繆王齊太子也……有幸姬王昭平、王地餘，許以爲后。去嘗疾，姬陽成昭信侍視甚謹，更愛之。……後去立昭信爲后；幸姬陶望卿爲脩靡夫人，主繒帛；崔脩成爲明貞夫人，主永巷。昭信復譖望卿……以故益不愛望卿。後與昭信等飲，諸姬皆侍，去爲望卿作歌曰：「背尊章，嫖以忽，謀屈奇，起自絶。行周流，自生患，諒非望，今誰怨！」使美人相和歌之。……望卿走，自投井死。……諸幸於去者，昭信輒譖殺之，凡十四人……昭信欲擅愛，曰：「王使明貞夫人主諸姬，淫亂難禁。請閉諸姬舍門，無令出敖。」使其大婢爲僕射，主永巷，盡封閉諸舍，上籥於后，非大置酒召，不得見。去憐之，爲作歌曰：「愁莫愁，居無聊。心重結，意不舒。内茀鬱，憂哀積。上不見天，生何益！日崔隤，時不再。願棄軀，死無悔。」令昭信聲鼓爲節，以教諸姬歌之。

郭茂倩曰：《廣川王歌》二首，歌辭。雜歌謡辭。○《漢書》曰：「廣川王去，繆王齊太子也。有幸姬王昭平、王地餘，許以爲后，後皆殺之。更立陽城昭信爲后，幸姬陶望卿爲脩靡夫人，主繒帛；崔脩成爲明貞夫人，主永巷。昭信復譖望卿：『疑有姦。』去以故不愛望卿。後與昭信等飲，諸婢皆侍，去爲望卿作歌曰《背尊章》，使美人相和歌之。後昭信譖殺望卿，欲擅愛，曰：『王使明貞夫人主諸姬，淫亂難禁。請閉諸姬舍門，無令出敖。』使其大婢爲僕射，主永巷，盡封閉諸舍，上籥於后，非大置酒召，不得見。去憐之，爲作歌曰《愁莫愁》，令昭信聲鼓爲節，以教諸姬歌之。」按《西京雜記》作廣川王去疾。

馮惟訥曰：廣川王去（繆王齊太子）《歌二首》。《漢書》曰，廣川王去以陽城昭信爲后，幸姬陶望卿爲脩靡夫人云云。按《西京雜記》作廣川王去疾。○《望卿歌》云云。○《脩成歌》云云。

梅鼎祚曰：《歌二首》。漢廣川王去。

唐汝諤曰：《望卿歌》（廖按，唐汝諤《古詩解》只録出第一首，題作《望卿歌》）。《漢書·景十三王傳》云云。

朱嘉徵曰：廣川王歌《望卿》，再歌《脩成》，愛憎之變也。有國者可以前見賢而後見不肖乎？

朱乾曰：按舊説以前章爲《望卿歌》，後章爲《脩成歌》，然據《漢書》後歌詞連諸姬，似不專指脩成，故仍郭氏本總題曰《廣川王歌》。

廖按：《漢書》云「使美人相和歌之」，「令昭信聲鼓爲節」，今據此以樂府詩收入。

背尊章，嫖以忽，[一]謀屈奇，起自絶。[二]行周流，自生患，[三]諒非望，今誰怨！[四]

愁莫愁，居無聊[五]。心重結，意不舒。内茀鬱[六]，憂哀積。上不見天，生何益！日崔隤[七]，時不再。願棄軀，死無悔。

（《漢書》卷五三《景十三王傳》第二三。《樂府詩集》卷八四、《古詩紀》卷十一、《古樂苑》卷三二）

【校勘】

「居無聊」，《樂府詩集》《古詩紀》《古樂苑》「居」作「生」。

「内茀鬱」，《樂府詩集》「茀」作「弗」。

【集注】

[一]「背尊章，嫖以忽」二句：**顏師古曰**：孟康曰：「嫖音匹昭反。」師古曰：「尊章猶言舅姑也。今關中俗婦呼舅(姑)爲鐘。鐘者章聲之轉也。」**唐汝諤曰**：背，違也。嫖忽，輕揚倏遠也。**王先謙曰**：官本注文作「呼舅爲鐘」，引宋祁曰：注文「呼舅」下，當有「姑」字。先謙案，呼舅姑爲鐘，亦非。官本「章聲」作「尊聲」是也。嫖、飄同。**廖按**：尋王先謙之意，「鐘」者當爲「尊」聲之轉，即本是呼舅姑爲「尊」，「尊」聲轉爲「鐘」。如此「背尊章」即是違背舅姑尊長立下的規矩。

[二]「謀屈奇，起自絶」二句：**顏師古曰**：師古曰：「屈奇，奇異也。屈音其勿反。」**唐汝諤曰**：屈，突起也。奇，異也。**王先謙曰**：屈、崛同。**廖按**：崛，奇絶。張衡《西京賦》(《文選》)「隆崛崔崒」，李善注：「崛，特起也。」自絶，《論語・子張》：「子貢曰：『……人雖欲自絶，其何傷於日月乎？』」

[三]「行周流，自生患」二句：**唐汝諤曰**：周流，環轉也。患，害也。**王先謙曰**：行周流，謂孟卿數出入南户。

[四]「諒非望，今誰怨」二句：**顏師古曰**：師古曰：「諒，信也。言昔被愛寵，信非所望，今見罪責，無所怨也。」

［五］居無聊：**顏師古曰**：師古曰：「聊，賴也。」

［六］内茀鬱：**顏師古曰**：師古曰：「茀音拂。」

［七］日崔隤：**顏師古曰**：師古曰：「崔隤猶言蹉跎也。崔音千回反。隤音頹。」

【集評】

唐汝諤曰：此廣川王心疑望卿而作。言違背舅姑而故作輕佻，謀爲佹異，適足以自絶而已。且出入行遊，自生患害，誠思得被寵眷原出望外，則今見罪眚將誰怨也。其卒來昭信之譖而致望卿之死，又何怪乎？

陳祚明曰：「上不見天生何益」，語老而悲。

李因篤曰：睹二歌，似怒望卿而憐脩成。○舒與愁、聊不通，此二句無韻，然漢人間有混用者，如《隴西行》用留字，《陰長生》用求流儔休等字，而此詩則其作俑也。

朱乾曰：《易》之《姤》曰：女壯勿用取女。初六曰：繫於金柅，貞吉，有攸往，見凶，羸豕孚蹢躅。嗚呼，聖人於陰長之時，防微杜漸，至於如此，蓋陰長消陽，女壯弱男，自然之理，制之必於其始，金柅止車之道也，惟九五陽剛中正，有以杞包瓜之象，爲能制伏初陰，若三之剛而不中，曰「臀無膚，其行次且」。居則不安，行則不進，其廣川王之謂矣。

廣陵王歌

【集解】

班固曰：孝武皇帝六男。衛皇后生戾太子，趙婕妤生孝昭帝，王夫人生齊懷王閎，李姬生燕刺王旦、廣陵厲王胥，李夫人生昌邑哀王髆。……昭帝時，胥見上年少無子，有覬欲心。而楚地巫鬼，胥迎女巫李女須，使下神祝詛。……宣帝即位，胥曰：「太子孫何以反得立？」復令女須祝詛如前。……居數月，祝詛事發覺……公卿請誅胥，天子遣廷尉、大鴻臚即訊。……胥既見使者還，置酒顯陽殿，召太子霸及子女董訾、胡生等夜飲，使所幸八子郭昭君、家人子趙左君等鼓瑟歌舞。王自歌曰：「欲久生兮無終，長不樂兮安窮！奉天期兮不得須臾，千里馬兮駐待路。黄泉下兮幽深，人生要死，何爲苦心！何用爲樂心所喜，出入無悰爲樂亟。蒿里召兮郭門閲，死不得取代庸，身自逝。」左右悉更涕泣奏酒，至雞鳴時罷。胥謂太子霸曰：「上遇我厚，今負之甚。我死，骸骨當暴。幸而得葬，薄之，無厚也。」即以綬自絞死。

郭茂倩曰：《廣陵王歌》，歌辭。雜歌謡辭。○《漢書》曰：「廣陵厲王胥，武帝第五子也。昭帝時，胥見帝年少無子，有覬欲心。迎女巫李女須，使下神祝詛。宣帝即位，祝詛事發覺。胥置酒顯陽殿，召太子霸及子女董訾、胡生等夜飲，使所幸八子郭昭君、家人子趙左君等鼓瑟歌舞。王自歌，左右悉涕泣奏酒，至雞鳴時罷。」

馮惟訥曰： 廣陵厲王胥（武帝第五子）《瑟歌》。

梅鼎祚曰：《瑟歌》。漢廣陵王胥。

朱嘉徵曰： 廣陵王《瑟歌》，死而靡悔，宜其亡也。余讀武帝賜三王策書而歎之。旦受玄社，胥受赤社，曰毋作棐德，毋邇宵人，世爲漢蕃輔。誠令二王賓此訓詞，豈有他日之禍哉。余録數詩，以爲藩侯之戒。

廖按：《漢書》曰「使……鼓瑟歌舞」，「王自歌」，今據此以樂府詩收入。

欲久生兮無終，長不樂兮安窮！[一]奉天期兮不得須臾，千里馬兮駐待路。[二]黄泉下兮幽深，人生要死，何爲苦心！[三]何用爲樂心所喜，出入無悰爲樂亟。[四]蒿里召兮郭門閲[五]，死不得取代庸，身自逝。[六]（《漢書》卷六三《武五子傳》第三三。《樂府詩集》卷八五、《古詩紀》卷十一、《古樂苑》卷三二）

【校勘】

「蒿里召兮郭門閲」，《古樂苑》「閲」作「閤」，小注云「閤一作閲」。

【集注】

［一］「欲久生兮無終，長不樂兮安窮」二句：**顔師古曰：** 師古曰：「人所以欲久生者，貴其安豫

無有終極，而我在生，長不歡樂，焉用窮盡年壽也。」**唐汝諤曰**：終，盡也。窮，亦盡也。

[二]「奉天期兮不得須臾，千里馬兮駐待路」二句：**顔師古曰**：張晏曰：「奉天子期，當死，不得復延年。二卿亭驛待以答詔命。」**唐汝諤曰**：天期猶云天子命也。《史記·賈山傳》：願少須臾無死。駐，止馬也。

[三]「黄泉下兮幽深，人生要死，何爲苦心」三句：**顔師古曰**：師古曰：「言人生必當有死，無假勞心懷悲戚。」**唐汝諤曰**：黄泉，謂死歸地下。要，約也。

[四]「何用爲樂心所喜，出入無悰爲樂亟」二句：**顔師古曰**：韋昭曰：「悰亦樂也，音裁宗反。亟，數，亦疾也，謂不久也。言人生以何爲樂，但以心志所喜好耳。今我出入皆無歡怡，不得久長也。喜音許吏反。亟音邱吏反。」

[五]蒿里召兮郭門閲：**顔師古曰**：師古曰：「蒿里，死人里。」**唐汝諤曰**：閎以止扉（廖按，梅鼎祚《古樂苑》「閲」作「閎」，唐汝諤《古詩解》同），即門桀也。**廖按**：郭門閲，《文選·古詩十九首·去者日以疏》「出郭門直視，但見丘與墳」，李善注引《白虎通》曰：「葬于城郭外何，死生異別，終始異居。」

[六]「死不得取代庸，身自逝」二句：**顔師古曰**：師古曰：「言死當自去，不如他徭役得顧庸自代也。逝，合韻音上列反。」**唐汝諤曰**：代庸，顧庸自代也。逝，謂死也。**朱嘉徵曰**：庸，如徭役取代也。

【集評】

唐汝諤曰： 此廣陵王將死，哀歌而作，言人生所以欲久生者，貴其安豫無終極也，若我生長不歡樂，焉用終其年壽乎？即今奉天子期當死，不得少緩須臾，惟有駐馬以待耳。夫人有生必當有死，何用戚戚勞心爲？又言人生以何爲樂，但以心志所喜好耳。今我出入皆無歡悦，樂固不得久長，且蒿里之召不比他徭役得顧庸取代，惟當自去而已。

陸時雍曰： 怔怔欲絶。

李因篤曰：「欲久」二句，只泛泛就人壽不常説，視燕與廣川爲高。

朱乾曰： 懼者生之徒，喜者死之徒，心之所喜豈有終極，可用爲樂哉。此一言喪國敗家亡身有餘矣。齊宣王答孟子曰：吾何快於是，將以求吾所大欲也。求大欲必得大憂，從古如此，自作之孽，安所取代乎。

拊缶歌

【集解】

班固曰： 楊敞，華陰人也。……子忠……忠弟惲……惲母，司馬遷女也……霍氏謀反，惲先聞知，因侍中金安上以聞，召見言狀。霍氏伏誅，惲等五人皆封，惲爲平通侯，遷中郎將。……擢爲諸吏光祿勳，親近用事。……人有上書告長樂非所宜言，事下廷尉。長樂疑惲教人告之，亦上書告惲罪……上不忍加誅，有詔皆免惲、長樂爲庶人。惲既失爵位，家居治産業，起室宅，以財自娱。歲餘，其友人安定太守西河孫會宗……與惲書諫戒之……惲宰相子，少顯朝廷，一朝〔以〕晻昧語言見廢，内懷不服，報會宗書曰：「……臣之得罪，已三年矣。田家作苦，歲時伏臘，亨羊炰羔，斗酒自勞。家本秦也，能爲秦聲。婦，趙女也，雅善鼓瑟。奴婢歌者數人，酒後耳熱，仰天拊缶而呼烏烏。其詩曰：『田彼南山，蕪穢不治，種一頃豆，落而爲萁。人生行樂耳，須富貴何時！』……」……會有日食變，騶馬猥佐成上書告惲「驕奢不悔過，日食之咎，此人所致」。章下廷尉案驗，得所予會宗書，宣帝見而惡之。廷尉當惲大逆無道，要斬。

馮惟訥曰：楊惲《拊缶歌》。○惲，字子幼，宣帝時人，以兄忠任爲郎。霍氏謀反，惲先以聞，封平通侯，遷中郎將。惲居殿中，廉潔無私，然伐其行治，又好發人陰伏，由是多怨，與太僕戴長樂相失。長樂上書告惲罪，免爲庶人，後坐怨望誅。○《漢書》惲答孫會宗書云：田家作苦，歲時伏臘，烹羊炰羔，斗酒自勞。家本秦也，能爲秦聲。婦趙女也，雅善鼓瑟。奴婢歌者數人，酒後耳熱，仰天拊缶而呼烏烏。其歌曰云云。

梅鼎祚曰：《拊缶歌》。漢楊惲。○《漢書》云云。

朱嘉徵曰：《拊缶歌》，郅（廖按，應爲「楊」）惲，漢，歌詩中。○本傳，惲既失爵位，家居治産業，起室宅，友人安定太守孫會宗與惲書，諫戒之，惲内懷不服，答宗書云云。○《古樂苑》載雜歌辭。〇《拊缶》歌「南山」，譏時也。漢法寬大，搢紳以文字取禍，則惲爲之首。夫人臣得罪于上，不退自省過，宜其及也。可爲人臣怨望者戒。

廖按：《漢書》曰「雅善鼓瑟」「仰天拊缶，而呼烏烏。其詩曰」云云，今據此以樂府詩收入。

田彼南山，蕪穢不治，[一]種一頃豆，落而爲萁。[二]人生行樂耳，須富貴何時[三]！（《漢書》卷六六《公孫劉田王楊蔡陳鄭傳》第三六。《古詩紀》卷十二、《古樂苑》卷三二）

【集注】

[一]「田彼南山，蕪穢不治」二句：**顔師古曰**：張晏曰：「山高而在陽，人君之象也；蕪穢不治，言朝廷荒亂也。」**唐汝諤曰**：田謂耕治之也。蕪，荒也。**朱嘉徵曰**：田音甸。治，平聲。

[二]「種一頃豆，落而爲萁」二句：**顔師古曰**：張晏曰：「一頃百畝，以喻百官也。言豆者，貞實之物，當在囷倉，零落在野，喻己見放棄也。萁曲而不直，言朝臣皆諂諛也。」師古曰：「萁，豆莖也，音基。」**唐汝諤曰**：豆，菽也。**朱嘉徵曰**：楚昭王聘孔子，孔子乃歌曰：大道隱兮禮爲萁，賢人竄兮將待時。（廖按，見《孔叢子·記問》，「萁」作「基」）

〔三〕須富貴何時：**顔師古曰**：師古曰：「須，待也。」

【集評】

唐汝諤曰：此楊惲因口語被廢而聊以自遣之辭。言南山任其荒穢，種豆任其凋落，家人生産已一切置之不問，因言人生苟得自樂，富貴奚爲？若必待此而樂，將何時可樂也。據其言放誕不羈，誠非明夷處晦之道。然謂其以蕪穢訕朝廷之荒亂，以萁落喻百官之諂諛，則其論亦近鑿矣。○《容齋隨筆》：「楊惲報孫會宗書初無甚怨怒之語，而廷尉當以大逆無道，蓋宣帝惡其君喪送終之喻耳。」想或然也。

陸時雍曰：憤世語，古甚藴甚。

陳祚明曰：上四句以力田之無年興仕宦之失志，非以蕪穢不治指斥朝廷之亂，然猜主已惡之矣。

李因篤曰：詩固憤甚，漢法則中以深文矣。

沈德潛曰：以力田之無年，比仕宦之失志，未嘗斥朝廷也，然竟緣此得禍，哀哉！

張玉穀曰：上四，比仕宦之不遇明時而失志也。下二，接落正意，筆勢傲岸不羈。

李夫人歌

【集解】

班固曰： 孝武李夫人，本以倡進。……李夫人少而蚤卒，上憐閔焉，圖畫其形於甘泉宮。……上思念李夫人不已，方士齊人少翁言能致其神。乃夜張燈燭，設帷帳，陳酒肉，而令上居他帳，遥望見好女如李夫人之貌，還幄坐而步。又不得就視，上愈益相思悲感，爲作詩曰：「是邪，非邪？立而望之，偏何姍姍其來遲！」令樂府諸音家弦歌之。

郭茂倩曰：《李夫人歌》，漢武帝。歌辭。雜歌謡辭。○《漢書·外戚傳》曰：孝武李夫人，本以倡進。初，武帝愛其兄延年。平陽主因言，延年有女弟，帝乃召見之，實妙麗善舞，由是得幸。夫人少而早卒，帝思念不已。方士齊人少翁言能致其神。乃夜張燈燭，設帷帳，陳酒肉。而令帝居他帳，遥望見好女如李夫人之貌，還幄坐而步。又不得就視，帝愈益相思悲感，爲作詩，令樂府諸音家弦歌之。

馮惟訥曰：《李夫人歌》。《漢書·外戚傳》曰云云。

梅鼎祚曰：《李夫人歌》，漢武帝。

聞人倓曰： 漢武帝《李夫人歌》。漢武帝，諱徹，景帝中子，謚曰武。

廖按：《漢書》曰「令樂府諸音家弦歌之」，今據此以樂府詩收入。

是邪，非邪？[一]立而望之，偏何姗姗其來遲[二]！（《漢書》卷九七《外戚傳》第六七。《樂府詩集》卷八四、《古詩紀》卷十一、《古樂苑》卷三二）

【校勘】

「偏何姗姗其來遲」，《古詩紀》「偏」作「翩」，《古樂苑》小注云「偏，一作『翩』」。

【集注】

[一]「是邪，非邪」二句：**顔師古曰**：師古曰：「言所見之狀定是夫人以否。」

[二]偏何姗姗其來遲：**顔師古曰**：師古曰：「姗姗，行貌，音先安反。」**馮惟訥曰**：姗姗，行步貌。**唐汝諤曰**：偏，傾側也。**聞人倓曰**：《釋文》：翩，輕舉貌。（**廖按**，《古詩箋》「偏」作「翩」）**廖按**：偏，亦可訓「獨」。《詩經·小雅·蓼莪》「我獨何害」，孔穎達《疏》：「言己偏苦。」姗姗，形容從容緩步之態。

【集評】

唐汝諤曰：此武帝思見李夫人而作，言方士所致若恍若惚，其狀定是夫人與否，皆不可知，遠而望之，惟見其姗姗而來，其來又若遲遲而不進，此即可以證方士之妄矣，而帝心猶在疑信間，謂之何哉。

陸時雍曰：「偏何姗姗其來遲」，一語三折，意致嬌嬌。鴻翻鵠落。

李因篤曰：非、之、遲韻。《招魂》《大招》中纚纚數百言，略盡此歌。

張玉穀曰：恍恍惚惚，語帶鬼氣，尤在起四字領得生動。

廖按：逯欽立云，《焦氏筆乘》云：武帝《李夫人歌》：「是邪非邪，立而望之，翩何姍姍其來遲。」「之」與「遲」一韻。許顗《詩話》云：「立而望之偏」，是退之「走馬看來立不正」之所祖也，以「偏」字屬上，不惟與韻不叶，立而望之偏，是何語邪？逯案，焦說是也。又《類聚》此歌引《漢書》，與今本《漢書》絶異，與《搜神記》則同，未悉所據爲何本也。

驪駒歌

【集解】

班固曰：式爲昌邑王師。昭帝崩，昌邑王嗣立，以行淫亂廢，昌邑群臣皆下獄誅……。式繫獄當死，治事使者責問曰：「師何以亡諫書？」式對曰：「……臣以三百五篇諫，是以亡諫書。」使者以聞，亦得減死論……唐生、褚生應博士弟子選，詣博士，摳衣登堂，頌禮甚嚴，試誦説，有法……諸博士驚問何師，對曰事式。皆素聞其賢，共薦式。詔除下爲博士。式徵來，衣博士衣而不冠，曰：「刑餘之人，何宜復充禮官？」既至，止舍中，會諸大夫博士，共持酒肉勞式，皆注意高仰之。博士江公世爲《魯詩》宗，至江公著《孝經説》，心嫉式，謂歌吹諸生曰：「歌《驪駒》。」式曰：「聞之於師：客歌《驪駒》，主人歌《客毋庸歸》。今日諸君爲主人，日尚早，未可也。」

顔師古曰：「歌吹諸生」，如淳曰：「其學官自有此法，酒坐歌吹以相樂也。」「歌《驪駒》」，服虔曰：「逸《詩》篇名也，見《大戴禮》。客欲去歌之。」文穎曰：「其辭云『驪駒在門，僕夫具存；驪駒在路，僕夫整駕』也。」（廖按，今存《大戴禮記》無此篇名及歌辭，當在佚篇中。）

郭茂倩曰：《驪駒歌》，古辭。歌辭。雜歌謡辭。○《漢書·儒林》曰：「王式除爲博士，既至舍中，會諸大夫共持酒肉勞式，皆注意高仰之。博士江公心嫉式，謂歌吹諸生曰：『歌《驪駒》。』式曰：『聞之於師：客歌《驪駒》，主人歌《客毋庸歸》。今日諸君爲主人，日尚早，未可也。』」《驪駒》者，客欲去歌之，故式以爲言也。

左克明曰：此逸詩也。《漢書·儒林傳》云云。

馮惟訥曰：《漢書·儒林傳》王式曰：「客歌《驪駒》，主人歌《客無庸歸》。」《驪駒》者，客欲去歌之也。

唐汝諤曰：《驪駒》，服虔曰云云。《漢書·儒林傳》云云。

廖按：《漢書》曰「謂歌吹諸生曰『歌《驪駒》』」，顔師古注引如淳曰「其學官自有此法，酒坐歌吹以相樂也」，知《驪駒》于漢可于席間由歌吹諸生配樂而歌。今據此以漢樂府詩收入。

驪駒在門，僕夫具存；[一]驪駒在路，僕夫整駕[二]。（《漢書》卷八八《儒林傳》第五十八顔師古注引文穎曰。《樂府詩集》卷八四、《古詩紀》卷九）

【集注】

[一]「驪駒在門，僕夫具存」二句：**唐汝諤曰**：《説文》：「驪，馬深黑色。」又：「馬二歲曰駒。」《詩》（《小雅·出車》）：「召彼僕夫，謂之載矣。」

[二]僕夫整駕：**唐汝諤曰**：駕，駕車也。**廖按**：《説文》：「整，齊也。從攴從束從正，正亦聲。」《詩經·大雅·常武》「整我六師」，鄭玄《箋》：「整齊六軍之衆。」

傷歌行

【集解】

蕭統曰：《傷歌行》。樂府四首，古辭。樂府上。

六臣注曰：《傷歌行》，五言。○向曰：「側調，傷日月代謝，年命遒盡，離絶知友，傷而爲歌。」

郭茂倩曰：《傷歌行》，古辭。雜曲歌辭。○《傷歌行》，側調曲也。古辭傷日月代謝，年命遒盡，絶離知友，傷而作歌也。

徐獻忠曰： 此篇夜中感思之作也。世亂獨處，如長夜之時東西無所之，懷思知友一無所見，徒涕泣沾裳高吟訴天而已。其辭雍雍含蓄，讀之有餘悲焉者也。

馮惟訥曰：《傷歌行》，漢樂府古辭，雜曲歌辭。○《外編》作魏明帝，《文選》《樂府》並作古辭。

唐汝諤曰： 此疑流放之臣歸不得而作此以自傷也。

朱嘉徵曰：《樂府》，古辭。《玉臺新詠》爲魏明帝辭，誤。○《傷歌行》，側調曲也。素月可懷，微風自適，春鳥翻飛，皆足樂也，獨傷心之人，莫不增感，所謂將墜之葉，無假迅薄之飆，傷心之涕，豈待雍門之奏，少陵詩「感時花濺淚，恨别鳥驚心」，是也。

陳祚明曰： 此懷友之作。

吴兆宜曰：《樂府詩》，魏明帝。○《樂府詩》二首。案，雜曲歌辭。首篇《文選》、郭茂倩《樂府》俱作《傷歌行》，古辭，謂《傷歌行》，側調曲也云云。

張玉穀曰： 此思婦之詩。

廖按： 黄節云，《文選》、郭茂倩《樂府詩集》、左克明《古樂府》皆作古辭；《玉臺新詠》作魏明帝辭，誤。○余冠英云，這是寫憂人不寐，似女子詩。

昭昭素明月，暉光燭我牀。憂人不能寐，耿耿夜何長。[一] 微風吹閨闥，羅帷自飄颻。[二]攬衣曳長帶，屣履下高堂。東西安所之，徘徊以彷徨。[三]春鳥翻南飛，翩翩獨翱翔。悲聲命儔匹，哀鳴傷我腸。[四]感物懷所思，泣涕忽霑裳。佇立吐高吟，舒憤訴穹蒼。[五]（《文選》卷二七《樂府》上《樂府四首》。《玉臺新詠》卷二、《樂府詩集》卷六二、《古詩紀》卷十七、《古樂苑》卷三三）

【校勘】

「暉光燭我牀」，《玉臺新詠》《樂府詩集》《古詩紀》《古樂苑》「暉」作「輝」。

「微風吹閨闥」，《玉臺新詠》「吹」作「衝」。

「羅帷自飄颻」，《樂府詩集》《古詩紀》《古樂苑》「颻」作「揚」。

「屣履下高堂」，《玉臺新詠》「屣」作「縱」。

「徘徊以彷徨」，《古詩紀》「徘」作「裴」。

「春鳥翻南飛」，《玉臺新詠》「翻」作「向」，《樂府詩集》《古樂苑》小注云「一作『向』」。

【集注】

[一]「昭昭素明月，暉光燭我牀。憂人不能寐，耿耿夜何長」四句：**六臣注曰**：善曰：「《毛詩》曰，耿耿不寐，如有隱憂。」翰曰：「燭，照也，耿耿，夜深長貌。」**唐汝諤曰**：昭昭，明貌。素，白也。**吴兆宜曰**：《説文》：「昭，日明也。」又光也，著也。（廖按，《説文》：「光，明

也。」)《禮斗威儀》：政升平，則月清而明。**廖按**：耿耿，不安貌。《詩經・邶風・柏舟》：「耿耿不寐，如有隱憂。」

[二]「微風吹閨闥，羅帷自飄颺」二句：**六臣注曰**：善曰：「毛萇《詩傳》曰：闥，内門也。」濟曰：「闥，門也。」**唐汝諤曰**：閨，内室。帷，幕也。揚，颺起也。**吴兆宜曰**：應璩《與侍郎曹長思書》(《文選》)：「悲風起於閨闥。」**廖按**：《説文》：「閨，特立之户，上圜下方，有似圭。從門圭聲。」劉楨《贈五官中郎將》(《文選》)其三：「明燈曜閨中。」居室均可稱「閨」。

[三]「攬衣曳長帶，屣履下高堂。東西安所之，徘徊以彷徨」四句：**六臣注曰**：善曰：「《長門賦》曰，屣履起而彷徨。」濟曰：「安，何也，徘徊彷徨，皆時行不止貌。」**唐汝諤曰**：攬，撮持也。曳，拖也。屣，亦履也。**廖按**：黄節云，揚雄《甘泉賦》(《文選》)：「徒徘徊以彷徨兮，魂眇眇而昏亂。」○余冠英云，屣履，穿鞋而不拔上鞋跟。現代語就是「靸鞋」。之，往也。

[四]「春鳥翻南飛，翩翩獨翱翔。悲聲命儔匹，哀鳴傷我腸」四句：**唐汝諤曰**：翻，振羽而飛也。翱翔，從容而集也。**吴兆宜曰**：《楚辭》(《九懷》)「孰可與兮匹儔」(廖按，《楚辭補注》「孰」作「覽」)，王逸曰，二人曰匹，四人曰儔。**廖按**：余冠英云，命儔匹，呼唤伴侣。

[五]「感物懷所思，泣涕忽霑裳。佇立吐高吟，舒憤訴穹蒼」四句：**六臣注曰**：善曰：「《毛詩》曰，佇立以泣。谷永《與王譚書》曰：抑於家不得舒憤。《毛詩》曰：靡有旅力，以念穹蒼。李巡《爾雅注》曰：仰視天形，穹隆而高，其色蒼蒼，故曰穹蒼。《爾雅》曰：穹蒼，蒼天

也。」**唐汝諤曰**：霑，漬也。古詩：淚下沾衣裳。訴，告也。**廖按**：余冠英云，佇立，久立。穹蒼，指天。天形穹隆，天色青蒼。

【集評】

唐汝諤曰：當明月在户，微風入帷，而夜長不寐，起步空庭，因見飛鳥之南翔而不勝懷想，莫可如何，唯有泣涕霑裳，高吟訴天而已。情詞含蓄，讀之有餘悲焉。

陸時雍曰：坦衷攄寫，微加點綴，曹氏父子優爲之矣。

陳祚明曰：寫夜不能寐，景事宛轉，月來風動，不寐者爲之動心，攬衣曳帶屣履，自牀而起，形容曲盡。「安所之」妙，意殊無聊。

王夫之曰：與《十九首》相爲出入，樂府固不乏此，而昭明一以此律樂府，則鈍置不小。

李因篤曰：「微風」二句寫得悽微入情，即太白詩「羅幃舒卷，似有人開」也。「悲聲」二句，雜用景物入情，總不使所思者一見端緒，故知其思深也。

沈德潛曰：不追琢，不屬對，和平中自有骨力。

張玉穀曰：前十，以明月燭牀，引起夜長難寐；微風飄帷，引起下堂彷徨。寫情帶景，迤邐而來。「春鳥」四句，賦見聞也，然即以自比，春時思匹，借此點清。詩境開展空靈，全賴此處。末四，頂上醒出懷人本旨，即以見在吟詩吐憤收住。

廖按：黄節引吴伯其云：「此篇從古詩《明月何皎皎》翻出，俱是寐而復起，俱以明月作引，俱有徘徊、彷徨字。但彼於户内寫徘徊，於户外寫彷徨，態在出房、入房上；此則徘徊、彷徨，俱在户外，明月燭牀，已寢矣；憂人不寐，復起而離牀也；離牀而闈闥，回望牀之羅帷也；攬衣已至堂矣；屣履已下階矣；東西安之，已立於庭矣，徘徊彷徨乃立庭時之態也。『東西安所之』，莫我知也夫！『舒憤訴穹蒼』，知我其天乎！」

冉冉孤生竹

【集解】

蕭統曰：《冉冉孤生竹》，古詩十九首。雜詩上。

徐陵曰：《古詩八首》。

郭茂倩曰：《冉冉孤生竹》，古辭。雜曲歌辭。

徐獻忠曰：此以孤竹之操比夫君之高節，所以願托以終老，而不二其志也。雅詩正志，爲閨房所重，無愧於《關雎》之風，東漢之美俗也。

馮惟訥曰：《樂府》載此。〇《文心雕龍》曰，《孤竹》一篇，傅毅之辭。

朱嘉徵曰：《樂府》，古辭。〇《冉冉孤生竹》，傷後時也。賢者致身於朝，未見信用，是以傷之。夫君之下交也，心合，不以千里爲遠；心隔，則以山陂爲悠。人情類然，恒苦日月易逝，臣精且銷亡矣。是故貴及時而任之。

陳祚明曰：此望録於君之辭。始登後棄，已不可復冀矣，而望之不已。曰會和直需時耳，然歲月如流，老將至矣，可奈何，則又曰君心苟不忘，終有一日，俟之而已，復何爲哉。不敢有訣絶怨恨語，用意忠厚。

陳沆曰：劉勰謂《孤竹》一篇，傅毅之詞。《後漢書》言，毅少作《迪志詩》，又以顯宗求賢不篤，士多隱處，作《七激》以諷，此詩猶是旨也。

廖按：黄節云，吴伯其曰：「舊注以此爲新婚，非也。細玩其意，酷似《摽有梅》，當是怨遲婚之作。軒車者，逆女之車也；來遲者，以結婚之遠在千里之外也。『思君』云云是倒句；軒車來遲，故思君令人老耳；身固未嘗老，思君致然。言君之來遲，信執高節矣；我亦何爲不持高節哉？」○余冠英云，這詩也是「古詩十九首」之一，寫新婚後久別之怨。《樂府詩集》收入「雜曲歌辭」。

冉冉孤生竹，結根泰山阿。[一]與君爲新婚，兔絲附女蘿。[二]兔絲生有時，夫婦會有宜。千里遠結婚，悠悠隔山陂。[三]思君令人老，軒車來何遲。[四]傷彼蕙蘭花，含英揚光輝。過時而不采，將隨秋草萎。[五]君亮執高節，賤妾亦何爲。[六]（《文選》

卷二九《雜詩》上。《玉臺新詠》卷一、《樂府詩集》卷七四、《古詩紀》卷二十)

【校勘】

「兔絲附女蘿」，《玉臺新詠》《樂府詩集》「兔」作「菟」。下句同。

「千里遠結婚」，《古詩紀》「遠結」作「結遠」。

「君亮執高節」，《樂府詩集》「君亮」作「亮君」。

【集注】

[一]「冉冉孤生竹，結根泰山阿」二句：**六臣注曰：**善曰：「竹結根於山阿，喻婦人託身於君子也。《風賦》曰：緣太山之阿。」翰曰：「冉冉，漸生進皃，此喻婦人貞潔如竹也。結根太山謂心托於夫，如竹生於泰山之深也。阿，曲也。泰山，衆山之尊，夫者婦人之所尊，故以喻之。」**吴兆宜曰：**張衡《南都賦》(《文選》)：「結根竦本。」**聞人倓曰：**《説文》：「冉，毛冉冉也。」徐曰：「弱也。」**朱乾曰：**《述異記》：東海畔孤竹生焉，斬而復生，中爲舟。武王時孤竹人獻筍一株。《荆州圖》：築陽薤山有孤竹，三年而生一筍，筍成代謝長如一。**廖按：**余冠英云，冉冉，柔弱下垂貌。泰山阿，「阿」是曲處。「泰山」一作「太山」。開頭兩句女子以「孤生竹」自比，孤生是説没有兄弟姊妹。結根泰山是説未嫁時在家依父母，像山一樣可以穩穩倚靠(魏明帝《種瓜篇》：「願托不肖軀，有如倚大山。」本此)。

[二]「與君爲新婚，兔絲附女蘿」二句：**六臣注曰：**「兔」，五臣作「菟」。○善曰：「毛萇《詩傳》

曰，女蘿，松蘿也。《毛詩草木疏》曰，今松蘿蔓松而生，而枝正青；兔絲草蔓聯草上，黄赤如金，與松蘿殊異。此古今方俗，名草不同。然是異草，故曰附也。」濟曰：「菟絲女蘿並草有蔓而密，言結婚情如此。」**聞人倓曰：**《毛詩》（《邶風・谷風》）「宴爾新婚。」（廖按，《詩經》「婚」作「昏」）又，「蔦與女蘿，施于松柏」（《詩經・小雅・頍弁》），（毛）《傳》：「女蘿，兔絲，松蘿也。」陸佃（《埤雅》）云：「在木爲女蘿，在草爲兔絲。」**廖按：**黄節云，《爾雅》（《釋草》）：「唐、蒙，女蘿。」女蘿、兔絲，是一物也。《楚辭・九歌》（《山鬼》）「被薜荔兮帶女羅」），王逸注：「女蘿，菟絲也。」（廖按，《楚辭補注》「蘿」「菟」作「羅」「兔」）高誘注《吕氏春秋》《淮南子》亦云：「菟絲一名女蘿。」皆本《爾雅》。後之以爲二物者，謂《神農本草》，松蘿一名女蘿，在木部，菟絲一名菟蘆，在草部；又《廣雅》，女蘿，松蘿也，兔丘，兔絲也；以此爲證。然據《博物志》云「女蘿寄生菟絲，菟絲寄生木上」，則二物以同類相依附也。最得詩義。○余冠英云，菟絲是柔弱的蔓生植物，「女蘿」古人或以爲就是菟絲，或説是松蘿，松蘿也是柔弱植物。這句是説嫁後丈夫不能依靠。女蘿比丈夫，菟絲自比。

〔三〕「兔絲生有時，夫婦會有宜。千里遠結婚，悠悠隔山陂」四句：**六臣注曰：**善曰：「《蒼頡篇》曰，宜，得其所也。《説文》曰，陂，阪也。」向曰：「此意謂結婚之後夫將遠行。陂，水也。」**吴兆宜曰：**《漢（書）・蕭望之傳》：「萬里結婚。」**聞人倓曰：**「生有時」，言不至於遲也。反對「軒車」句。**廖按：**曲瀅生云，《詩・王風》（《黍離》）：「悠悠蒼天，此何人哉。」○

余冠英云，宜，指適當的時間。悠悠，遠也。陂，阪也。上句説離家遠嫁，結婚不容易，下句説婚後又遠別，久別。

[四]「思君令人老，軒車來何遲」二句：**六臣注曰**：銑曰：「夫之車馬來歸何遲也。」**吴兆宜曰**：杜預《左傳注》(《左傳·閔公二年》「衛懿公好鶴，鶴有乘軒者」)：「軒，大夫車。」(孔穎達《疏》引)服虔云：「車有藩曰軒。」**聞人倓曰**：《莊子》(《讓王》)，子貢「軒車不容巷」。**廖按**：曲瀅生云，《説文》曰(「軒，曲輈藩車」)，軒車，曲輈而有藩蔽者。言大夫之車久不見來，令人焦思致容顔易老也。○余冠英云，「軒車」是有遮罩的車。古大夫以上乘「軒車」。這女子的夫婿想是遠宦不歸，使她久盼。

[五]「傷彼蕙蘭花，含英揚光輝。過時而不采，將隨秋草萎」四句：**六臣注曰**：翰曰：「蕙蘭，香草也。英，潤色也。此婦人喻己盛顔之時。」善曰：「楚辭曰，秋草榮其將實，微霜下而夜殞。」良曰：「萎，落也。言蕙蘭過時不采，乃隨秋草落矣；喻夫之不來，恐如此草之衰也。」**吴兆宜曰**：《説文》：「蘭，香草也。」《山海經》(《西山經》)：「天帝之山」，其下多蕙(廖按，原文作「下多菅蕙」)。毛萇《詩傳》(《詩經·鄭風·有女同車》「顔如舜英」傳)：「英，猶華也。」**聞人倓曰**：《爾雅翼》(《釋草》)：「一榦一花而香有餘者蘭，一榦數花而香不足者蕙。」《釋木》(《爾雅》)：「榮而不實者謂之英。」《廣韻》：「萎，蔫也。」**廖按**：黄節云，劉履《選詩補注》：「蕙、蘭，皆香草，以比己之德。含者，初開而未盡發也。既曰『含

英』而又言『揚光輝』者，存於中而見於外也。」〇余冠英云，「蕙蘭」是芳香的花，女子自比。「傷彼」也就是自傷。

[六]「君亮執高節，賤妾亦何爲」二句：**六臣注曰**：善曰：「《爾雅》曰，亮，信也。」濟曰：「言君執貞高之節，其心不移，則賤妾亦何爲憂也。賤妾，婦人之謙卑言。此以傷時。」**吴兆宜曰**：《列女傳》（《母儀傳》）：齊母「乃作詩」，以「砥礪女之心」，高其節。《左傳》（《宣公三年》）：「鄭文公有賤妾曰燕姞。」**聞人倓曰**：言君來雖遲，亮非不執高節者，則賤妾亦何爲而不執高節耶？**廖按**：余冠英云，這是説你一定是「守節情不移」，不至於變心負約的。既如此，我又何必自傷呢？「執高節」是惟恐其不如此，也只得相信他如此。

【集評】

李因篤曰：每讀此，有超然、撫壯、及時之感，而終之曰「君亮執高節，賤妾亦何爲」，可謂發乎情，止乎禮，正與躁進者痛加區別。莘野南陽一結，盡其出處。

陳沆曰：孤竹托根泰山，自植之高也。生有時，會有宜，宜以禮也。陽不倡則陰不和，上不求則士不往，軒車不來，則會好無期。楚辭曰：「恐鵜鴂之先鳴兮，使夫百草爲之不芳。」又曰：「惟草木之零落兮，恐美人之遲暮。」過時不采，將隨草萎之謂也。怨思切矣，而猶曰「君亮執高節」，慎重之，又遲難之耳。然則余之迫不可待，亦何爲哉？

驅車上東門行

【集解】

蕭統曰：《驅車上東門》，古詩十九首。雜詩上。

郭茂倩曰：《驅車上東門行》，古辭。雜曲歌辭。

徐獻忠曰：上東門，即洛陽之東門也。從此入北邙山，皆人之葬埋處。昔人感生死之大分，悲年命之易移，因作此詩。然結束無意義，亦淺之爲見者也。

梅鼎祚曰：此與《冉冉孤生竹》並漢《十九首》中詩。

朱嘉徵曰：《驅車上東門行》，諷時也。所可吊者，如五侯七貴一輩人，其高者好延方士，談老莊，以達人當之，了不異飲酒被服之嘗耳。蓋莫能度者，其跡也，而晏處超然，不離夫飲酒被服，亦嘗不系乎飲酒被服焉。

廖按：余冠英云，這篇反映亂世都市市民的頹廢思想，從漢末到魏晉，這種意境在詩歌裏是最普遍的。這篇是《古詩十九首》之一，《樂府詩集》列入「雜曲歌辭」。所謂「古詩」可能都是樂府歌辭。

又按：該篇首見蕭統《文選》，是《古詩十九首》之一，郭茂倩《樂府詩集》列于《雜曲歌辭》，題爲《驅車上東門行》。兹以《文選》爲底本，又據《樂府詩集》題爲《驅車上東門行》。

驅車上東門，遥望郭北墓。[一]白楊何蕭蕭，松柏夾廣路。下有陳死人，杳杳即長暮。[二]潛寐黄泉下，千載永不寤。[三]浩浩陰陽移，年命如朝露。[四]人生忽如寄，壽無金石固。[五]萬歲更相送，賢聖莫能度。[六]服食求神仙，多爲藥所誤。不如飲美酒，被服紈與素。[七]（《文選》卷二九《雜詩》上《古詩十九首》。《樂府詩集》卷六十一、《古詩紀》卷二十）

【校勘】

「賢聖莫能度」，《古詩紀》「賢聖」作「聖賢」。

【集注】

［一］「驅車上東門，遥望郭北墓」二句：**六臣注曰**：善曰：「阮嗣宗《詠懷》詩曰：步出上東門。《河南郡圖經》曰：東有三門，最北頭曰上東門。應劭《風俗通》曰：葬於郭北。北首，求諸幽之道也。」濟曰：「上東門，東都門名。」**朱嘉徵曰**：郭北，即北芒。**聞人倓曰**：《續漢書·百官志》：洛陽城十二門，一曰上東門。《水經注》：「穀水又東，屈南，逕建春門石橋下，即上東門也。」**朱乾曰**：上東門，洛陽之東門，一曰「上升門」，晉曰建陽門。**廖按**：黄節云，吴伯其曰：「上東乃長安東門之名。李斯牽黄犬逐狡兔即此。蓋西都人詩。郭北，西都之北郭，非東都之北邙也。」案，伯其説非也。《史記·李斯傳》云：「出上蔡東門。」考

李斯，楚上蔡人。東門者，上蔡之東門，非長安東門也。《漢書》（《賈誼傳》）賈誼疏曰：「擇良日，立諸子洛陽上東門之外。」此明言洛陽上東門。朱蘭坡曰：「長安東面三門見《水經注》，無上東門之名。蓋洛陽北門外有邙山，聚墓多在焉。」則此即謂北邙山之墓矣。○余冠英云，上東門，洛陽東面最近北的城門。郭北墓，指洛陽城北的北邙山，許多王侯卿相的墳在那裏。

[二]「白楊何蕭蕭，松柏夾廣路。下有陳死人，杳杳即長暮」四句：**六臣注曰**：善曰：「《白虎通》曰：庶人無墳，樹以楊柳。《楚辭》曰：風颯颯兮木蕭蕭。仲長子《昌言》曰：古之葬者，松柏梧桐，以識其墳也。《莊子》曰：人而無人道，是之謂陳人也。郭象曰：陳，久也。《楚辭》曰：去白日之昭昭，襲長夜之悠悠。」向曰：「杳杳，幽暗也。即，就也。長暮，謂墓中長暗也。」**聞人倓曰**：《東都賦》（《文選》）：「披三條之廣路。」**廖按**：余冠英云，陳死人，久死的人。杳杳，昏暗幽静也。即，就也。「即長暮」等於説「就奄昏」（見前《雁門太守行》）。

[三]「潛寐黄泉下，千載永不寤」二句：**六臣注曰**：善曰：「服虔《左氏傳》注曰：天玄地黄，泉在地中，故言黄泉。」銑曰：「寤，覺也。」**廖按**：余冠英云，潛，深藏也。寤，醒覺也。

[四]「浩浩陰陽移，年命如朝露」二句：**六臣注曰**：善曰：「《神農本草》曰：春夏爲陽，秋冬爲陰。《莊子》曰：陰陽四時運行。《漢書》：李陵謂蘇武曰，人生如朝露。」翰曰：「浩浩，流

皃。陰陽流轉，人命如朝露之易乾。」**廖按**：余冠英云，陰陽移，指四時變化。

［五］「人生忽如寄，壽無金石固」二句：**六臣注曰**：善曰：「《老萊子》曰：人生於天地之間，寄也。寄者固歸。」良曰：「忽忽不知所終，皆如寄住於時。固，堅也。」**廖按**：曲瀅生云，《韓子》（《非韓》）曰：「雖以金石相弊，則兼天下之日未也。」〇余冠英云，忽如寄，是説人活在世上，時間極短，好像只是暫時寄居。忽，急遽貌。

［六］「萬歲更相送，賢聖莫能度」二句：**六臣注曰**：濟曰：「萬歲謂自古也，自古於今而生者送死更遞爲之，雖賢聖不能度越此分也。」**聞人倓曰**：《玉篇》：度與渡通，過也。**廖按**：余冠英云，萬歲更相送，是説若干萬年以來，若干萬年以後，一代送一代，更遞相送，永無了時。度，越過也。

［七］「服食求神仙，多爲藥所誤。不如飲美酒，被服紈與素」四句：**六臣注曰**：善曰：「《范子》曰：白紈素出齊。」向曰：「服藥失性反害生也。紈羅素帛也。」**聞人倓曰**：劉向《列仙傳》，服食養真。史記，神農氏嘗百草，始有醫藥。（廖按，《淮南子・修務訓》：「神農乃始教民播種五穀……嘗百草之滋味。」）**廖按**：余冠英云，服食，是吃丹方，古代有些人相信有一種藥可以使人長生。秦始皇、漢武帝時代的「不死藥」都是自然的植物或礦物，東漢就有了合煉而成的丹藥。

【集評】

陳祚明曰：此詩感慨激切甚矣，然通篇不露正意一字，蓋其意所願，據要路，樹功名，光旂常，頌竹帛，而度不可得；年命甚促，今生已矣；轉念此，其勿復念此者，正不能不念也。夫飲酒被紈素，果遂足樂乎，與「極宴娛心意」「榮名以爲寶」同一旨，妙在全不出正意，故佳；愈淋漓，愈含蓄。○遂多名言，所謂名言者只是理至，「浩浩陰陽移」以下諸句是也。

李因篤曰：「萬歲更相送」，真語非奇語。○季鷹有言「使我有身後名，不如生前一杯酒」，與此正同。繼之曰被服紈素，則趨愈卑而志愈苦矣。予謂正自《唐風·山樞》篇化出。「萬歲更相送，賢聖莫能度」，賢聖不可爲也。「服食求神仙，多爲藥所誤」，神仙不可爲也。舍飲酒何之乎？○即青青陵陌篇意，此首乃暢言之，彼主于縱遊，此主于燕坐，然詞旨亦苦矣。

陳沆曰：《文選·詠懷詩》注引《河南郡圖經》云：東有三門，最北頭曰上東門。故李善謂詞兼東都，非西漢之詩是也。其意蓋疾没世而名不稱，而無一語正言其意。故一推之聖賢莫能度，再推之神仙不可求，三推之酒食聊快意。夫既知命如朝露、壽無金石固矣，則美酒紈素果足樂乎，蓋言放意達觀、無復念此，其勿復念此者，正不能不念也。正言若反。

廖按：黄節云，張瓜田曰：「《唐風》(《詩經·山有樞》)云：『子有衣裳，弗曳弗婁，宛其死矣，他人是愉』。『子有酒食，何不日鼓瑟？宛其死矣，他人入室。』依此而言，不如飲美酒、被紈素之爲得也。」

羽林郎

【集解】

徐陵曰： 辛延年《羽林郎》詩一首。

郭茂倩曰： 《羽林郎》，後漢辛延年。雜曲歌辭。○《漢書》曰：「武帝太初元年，初置建章營騎，後更名羽林騎，屬光禄勳。又取從軍死事之子孫，養羽林官，教以五兵，號羽林孤兒。」顏師古曰：「羽林，宿衛之官，言其如羽之疾，如林之多。一説羽所以爲主者羽翼也。」《後漢書·百官志》曰：「羽林郎，掌宿衛侍從，常選漢陽、隴西、安定、北地、上郡、西河六郡良家補之。」《地理志》曰「漢興，六郡良家子選給羽林」（《漢書》）是也。又有《胡姬年十五》，亦出於此。

徐獻忠曰： 此漢世事道之君子不肯事二姓者所作也。辭似東漢人語。

唐汝諤曰： 此疑忠臣不欲仕二姓而世有逼而臣之者，故托爲貞婦以自明，與張司業《節婦吟》相似。言彼方倚托權勢調笑胡姬，乃姬則色固傾城，妝猶絶世，彼金吾雖殷勤備至，銜感殊深，而男兒之垂愛以利，女子之鍾情以義，新故之際決不以貴賤而移，故雖蒙來意之綢繆，而終不敢妄自許也。其節操之堅凜凜可知矣。

朱嘉徵曰： 《羽林郎》歌「霍家奴」，刺權倖也。《詩》云「漢之廣矣，不可方思」（按，見《周南·漢廣》，下句爲「不可泳思」），士守其志，謝權門之辟，似與羅敷同節。

吴兆宜曰：《漢書》云云。顔師古曰云云。《後漢書・百官志》曰云云。《地理志》曰云云。

按：東漢雜曲歌辭。

朱乾曰：按後漢和帝永元元年以竇憲爲大將軍，竇氏兄弟驕縱，而執金吾景尤甚，奴客緹騎强奪人財貨，篡取罪人妻，略婦女，商賈閉塞如避寇讎。此詩疑爲竇景而作，托往事以諷今也。○乾按，漢以南北二軍相制，南軍衛尉主之，掌宫城門内之兵；北軍中尉主之，掌京城門内之兵。武帝增置期門羽林以屬南軍，增置八校以屬北軍，更名中尉爲執金吾。……題曰「羽林郎」，本屬南軍，而詩云「金吾子」，則知當時南北軍制俱壞，而北軍之害尤甚也。

廖按：聞一多云，辛延年後漢人，而詩言霍家姝馮子都，該記往事以諷今也。朱秬堂疑爲竇景而作，則未見其必然。○余冠英云，本篇作者辛延年的身世不詳，《玉臺新詠》列在班婕妤之前，以詩的風格論，應屬東漢。東漢和帝時竇憲做大將軍，兄弟驕横，尤其是執金吾竇景，他手下的人常常强奪民間的婦女財物，官吏不敢干涉，商賈像怕强盜似的躲避他們。這詩似乎是爲竇景做的，假託西漢事，不過爲了説話方便。

昔有霍家奴，姓馮名子都。[一] 依倚將軍勢，調笑酒家胡。[二] 胡姬年十五，春日獨當壚。[三] 長裾連理帶，廣袖合歡襦。[四] 頭上藍田玉，耳後大秦珠。[五] 兩鬟何窈窕，一世良所無。[六] 一鬟五百萬，兩鬟千萬餘。[七]

【校勘】

「昔有霍家奴」，《樂府詩集》「奴」作「姝」。

「兩鬢何窈窕」，《樂府詩集》「窈」作「窕」。

【集注】

［一］「昔有霍家奴，姓馮名子都」二句：**唐汝諤曰**：《漢書·霍光傳》：初，光愛幸監奴馮子都，常與計事，及顯（霍光妻）寡居，與子都亂。帝自在民間聞知霍氏尊盛，光薨，上始躬親朝政，悉易所親信許、史子弟。禹（霍光子）爲大司馬，稱病，故長史任宣謂曰：「大將軍時何可復行！持國權柄，殺生在手中。……百官以下但事馮子都、王子方耳。」晉灼注：「漢語東閭氏亡，顯以婢代立，素與馮殷奸。」師古注：「殷者，子都名。」**吴兆宜曰**：奴，一作「姝」，非。**廖按**：黄節云，近人丁福保《全漢三國晉南北朝詩緒言》謂：「古時士之美者亦曰姝，如《鄘風·干旄》之詩『彼姝者子』是。」案，《毛傳》（《詩經·鄘風·干旄》「彼姝者子」傳）：「姝，順貌。」彼姝指賢者。子都何人，乃以干旄之賢者比之乎？《漢書·霍光傳》云：「霍氏奴入御史府，欲蹋大夫門。」又曰：「光愛幸監奴馮子都。」又曰：「使蒼頭奴上朝謁，莫敢譴者。」是霍氏諸奴明具《漢書》；如馮子都王子先等，服虔曰：「皆光奴。」以此證之，當爲「奴」字。○聞一多云，案丁説是也。傅玄《董逃行·歷九秋篇》曰：「男兒墮地稱姝。」《漢書·霍光傳》曰「光愛幸監奴馮子都」，蓋彌子瑕之流，故曰霍家姝也。

[二]「依倚將軍勢，調笑酒家胡」二句：**唐汝諤曰**：依，憑，倚，藉也。調猶嘲也，謂以言相調也。酒家胡，未詳，疑即以胡姬名之。**吴兆宜曰**：《漢(書)·宣元六王傳》：「上少依倚許氏。」《後漢書·廉范傳》：「依倚大將軍竇憲。」《説文》：「依，倚也。」謝靈運詩(《文選·擬魏太子鄴中集詩八首》)「調笑輒酬答」，蓋本此。《漢書·霍光傳》：後元二年，上以光爲大司馬大將軍，受遺詔輔少主。**張玉穀曰**：酒家胡，酒家之胡姬也。**聞人倓曰**：調，嘲笑也。**廖按**：黄節云，顧炎武《日知録》：「《史記·匈奴傳》：『晉北有林胡樓煩之戎，燕北有東胡山戎。』蓋必時人因此名戎爲胡，而下文遂云『築長城以拒胡』。是以國之人而概北方之種也。」節案，兩漢稱胡者不止北方之種。《後漢書·馬援傳》：「伏波類西域賈胡，到一處輒止。」是西域諸種亦稱胡。此言酒家胡，蓋即所謂賈胡也。○余冠英云，酒家胡，酒家「胡」女也。當時稱西北外族都叫「胡」。

[三]「胡姬年十五，春日獨當壚」二句：**唐汝諤曰**：《史記·司馬相如傳》：「相如酤酒，令文君當壚。」師古注(《漢書·司馬相如傳》「買酒舍，乃令文君當盧」注)：「賣酒之處，累土爲壚，以居酒甕，四邊隆起，形如鍛壚，故名。」**廖按**：聞一多云，當，守值也。○余冠英云，「當壚」就是賣酒。

[四]「長裾連理帶，廣袖合歡襦」二句：**唐汝諤曰**：裾，衣後裾也。《鄒陽傳》(《漢書·賈鄒枚路傳》)：「飾固陋之心，則何王之門不可曳長裾乎？」袖，袂也。《韓非子》(《五蠹》)：「長

袖善舞。」襦，短衣也。**吴兆宜曰**：謝氏《詩源》：李夫人著繡襦，作合歡。廣袖，見《鄉嬛記》。按，《説文》：「帶，紳也。」《荀子》（《儒效篇》）：「逢衣淺帶。」又《釋名》（《釋衣服》）：「（襦）耎也，言温耎也。」**聞人倓曰**：《釋器》（《爾雅》）：「衱謂之裾。」《晉中興徵祥記》：連理，仁木也。或異枝而合，或兩樹而合。《釋名》（《釋衣服》）：「袖，由也，手所由出入也。」**廖按**：聞一多云，《方言》「衱謂之褗」，（郭璞）注曰：「即衣領也。」戴震《疏證》曰：「衱、袷古通。」《禮記·玉藻》（鄭玄）注曰：「袷，曲領也。」《深衣》（《禮記》）（鄭玄）注曰：「袷，交領也。」《怨歌行》曰：「裁爲合歡扇。」古詩（《文選·古詩十九首·客從遠方來》）曰：「裁爲合歡被。」○余冠英云，裾，衣的前襟。

［五］「頭上藍田玉，耳後大秦珠」二句：**唐汝諤曰**：藍田，京兆地名，《三秦記》：有川方三十里，其水出玉。瓊珍具也，圓澤爲珠。大秦，西夷國名。**吴兆宜曰**：《長安志》：藍田山，在長安縣東南三十里，其山産玉，亦名玉山。《南越志》：木難，金赤鳥沫所成璧色珠也，大秦國珍之。**聞人倓曰**：《京兆記》：藍田出美玉如藍，故曰藍田。魚豢《魏略》，大秦國出明珠、夜光珠、真白珠。**廖按**：黄節云，《范子》計然曰：「玉英出藍田。」《後漢書·西域傳》：「大秦土多金銀奇寶，有夜光璧、明月珠。」○聞一多云，珠在耳後，則是簪兩環之垂珠，非耳璫也。《後漢書·輿服志》曰：「簪以瑇瑁爲擿，長一尺，端爲華勝，下有白珠。」○余冠英云，藍田，山名，山出美玉，又名玉山，在陝西藍田縣東。大秦珠，大秦是國名，即羅

馬帝國。

［六］「兩鬟何窈窕，一世良所無」二句：**唐汝諤曰**：鬟，屈髮爲髻也。**吴兆宜曰**：《說文》：「鬟，總髮也。」《韻會》：屈爲鬟。《方言》：秦晉之間，美貌謂之娥，美狀爲窕，美色爲豔，美心爲窈。**聞人倓曰**：古婦人首飾，琢玉爲兩環。**廖按**：黄節云，鬟同環。賈誼《新書》「大禹鬟河而導之九牧」，注：「區回曲義，同環。」環，婦人首飾，琢玉爲之。」○聞一多云，《玉篇》曰：「鬟，髻鬟。」○余冠英云，兩鬟，將頭髮屈繞如環，挽成髻，叫做「鬟」。古時年輕女子挽兩鬟或三鬟。

［七］「一鬟五百萬，兩鬟千萬餘」二句：**唐汝諤曰**：疑髮上繁以珠玉珍寶，語具價值如此。**沈德潛曰**：須知不是論鬟。**聞人倓曰**：論價近俗，故就鬟言，不欲輕言胡姬也。**廖按**：黄節云，《漢書・食貨志》：「黄金重一斤直錢萬。」曰「千萬餘」，謂錢也。當黄金千斤。○聞一多云，此極言鬟上首飾之珍貴，即上文之藍田玉，大秦珠也。

不意金吾子，娉婷過我廬。［一］銀鞍何昱爚，翠蓋空峙躕。［二］就我求清酒，絲繩提玉壺。就我求珍肴，金盤膾鯉魚。［三］貽我青銅鏡，結我紅羅裾。不惜紅羅裂，何論輕賤軀！［四］男兒愛後婦，女子重前夫。人生有新故，貴賤不相踰。［五］多謝金吾子，私愛徒區區。［六］（《玉臺新詠》卷一。《樂府詩集》卷六三、《古詩紀》卷十四、《古

樂苑》卷三二）

【校勘】

「銀鞍何昱爚」，《樂府詩集》《古詩紀》《古樂苑》「昱」作「煜」。

「翠蓋空跱躇」，《樂府詩集》《古詩紀》《古樂苑》「跱躇」作「踟躕」。

「金盤膾鯉魚」，《樂府詩集》《古詩紀》《古樂苑》「膾」作「鱠」。

【集注】

［一］「不意金吾子，娉婷過我廬」二句：**唐汝諤曰**：《漢書·百官志》（《百官公卿表》）「執金吾」，（顏師古注引應劭）注：「執金革以禦非常。」《古今注》：金吾，鳥名，主辟不祥。天子出行，職主先導，故執此鳥之象，因以名官。娉婷，美好貌。**吴兆宜曰**：杜氏《通典》：秦有中尉，掌徼循京師。漢武帝太初元年，更名執金吾，緹騎二百人，持戟五百二十人，輿服導從，光生滿路，群寮之種，斯最壯矣。《東觀漢記》：光武初適新野，聞陰后美，心悦之。後至長安，見執金吾車騎甚盛，因歎曰：仕宦當作執金吾，娶妻當得陰麗華。《山堂肆考》：婉容曰娉，和色曰婷。**廖按**：聞一多云，程大昌《演繁露》曰：「揚子雲《金吾箴》曰：『吾臣司金，敢告執璜。』崔豹《古今注》曰：『金吾，棒也，以銅爲之，黄金塗兩頭，謂之金吾也。』案今三衙大將立殿陛下所執杖子者，銀釦兩末，而掌職之呼員僚者，每朝，不笏而杖，其制略與之同。軍伍間呼其杖爲封杖，豈古金吾遺制耶？」案「金吾」本「禁禦」聲之

訛轉，後以爲中尉所執棒名，因稱中尉爲執金吾，馮子都霍氏之家奴，不得官執金吾。此云金吾子者，蓋當時通稱豪貴之美名。光武云「仕宦當至執金吾」，亦以其有權勢，爲人所欣慕也。《集韻》曰：「姘婷，一曰女態舒徐也。」娉婷，與姘婷聲義近。○余冠英云，金吾，即執金吾，官名，統帥禁軍的一部，擔任京城的巡防任務。馮子都的身份並不是執金吾，而胡姬稱他爲「金吾子」，正和解放前老百姓稱反動軍隊的士兵爲「老總」、軍官爲「大人」相似。

[二]「銀鞍何昱爚，翠蓋空峙𡺳」二句：**唐汝諤曰**：鞍，馬鞍也，以銀飾之。煜爚（唐汝諤《古詩解》「昱」作「煜」），光明貌。摯虞《思遊賦》（《晉書》）：「要華電之煜爚。」《西都賦》（《文選》）：「張鳳蓋，建華旗。」《宋書》，漢制乘翠蓋黃裏。踟躕，行不進也。**吴兆宜曰**：《永昌記》：文帝秦王金銀鞍，加翠毛之飾（廖按，《太平御覽》卷三五八引作「哀牢王出入射獵，騎馬，金銀鞍勒，加翠毛之飾」）。《説文》：「煜，耀也。」爚，火飛也。《後漢書·輿服志》（劉昭）注「羽蓋華蚤」：「薛綜曰：『樹翠羽爲蓋，如雲龍矣。金作華形，莖皆低曲。』」**聞人倓曰**：《淮南子》（《原道訓》）：「馳要褭，建翠蓋。」**廖按**：余冠英云，翠蓋，車蓋用翠鳥的羽毛做裝飾。「翠蓋踟躕」（廖按，余冠英《樂府詩選》「峙𡺳」作「踟躕」）是説車到門前踟躕不進，和《陌上桑》「五馬踟躕」意思相同。

[三]「就我求清酒，絲繩提玉壺。就我求珍肴，金盤膾鯉魚」四句：**唐汝諤曰**：《詩》（《大雅·

韓奕》：「清酒百壺。」珍，貴也。肴，豆實也。《詩》（《小雅·頍弁》）：「爾殽既嘉。」鑷而切之爲膾。《詩》（《小雅·六月》）：「炰鱉膾鯉。」**吴兆宜曰**：桓子《新論》（《閔友》）：神農始繩絲爲弦。《秦子》：玉壺必求其以盛。又按，《小爾雅》（《廣器》）：「絛，索也。大者謂之索，小者謂之繩。」晉潘岳《橘賦》：「照耀千金盤。」《洛陽伽藍記》（《太平御覽·鱗介部》引）：「京師語曰：『伊洛鯉魴，貴于牛羊。』」意義並同。《白帖》（《白孔六帖》）：顧彦先曰：「銅盤之湅，知萬里之寒。」**聞人倓曰**：《禮記》（《玉藻》）「天子玉藻」，（孔穎達）疏：「藻謂雜采之絲繩，以貫於玉者也。」《東觀漢記》：楊賜拜太常，詔賜玉壺、革帶、金錯鈎佩。《玉篇》：「肴，俎實也。」**廖按**：余冠英云，膾鯉魚，細切鯉魚肉爲丸。

[四]「貽我青銅鏡，結我紅羅裾。不惜紅羅裂，何論輕賤軀」四句：**唐汝諤曰**：張籍詩（《白頭吟》）：「揚州青銅作明鏡。」羅，帛之美者。**吴兆宜曰**：《洞冥記》（《初學記》引）：望蟾閣上有青銅鏡，照見魑魅，百鬼不敢隱形。班婕妤《自傷賦》（《漢書·外戚傳》）：「感帷裳兮發紅羅，紛綷縩兮紈素聲。」**張玉穀曰**：言其勢可畏，若不惜此紅羅之裂者，輕賤之軀幾難保矣。**廖按**：余冠英云，貽，贈送也。送青銅鏡意在購買愛情，就是上文所説的「調笑」。「不惜」兩句是説對於霍家奴的贈鏡結裾，既不惜絶裾抗拒，如進一步侵犯身體，當然更會自己尊重，還用説嗎。

[五]「男兒愛後婦，女子重前夫。人生有新故，貴賤不相踰」四句：**吴兆宜曰**：《漢書》（《張耳

陳餘傳》張耳傳(「女聽，爲請決，嫁之」)注：「師古曰：『請決絶于前夫而嫁于耳。』」**廖按**：余冠英云，適，越也。「胡姬」申明拒絶的理由，一是不負故夫，二是不嫁貴人；後一層表示出階級敵意。

[六]「多謝金吾子，私愛徒區區」二句：**唐汝諤曰**：金吾，侍衛之官，即羽林也。區區，小貌。李陵書，「區區之心，竊慕此爾。」**聞人倓曰**：《廣雅》：「區區，愛也。」**廖按**：聞一多云，《廣雅·釋訓》曰：「拳拳，區區，款款，愛也。」拳、區、款，皆一聲之轉。《文選·古詩》(《古詩十九首·孟冬寒氣至》)曰：「一心抱區區。」○余冠英云，多謝，等於説鄭重告訴。末二句意在向衆人宣告，不只是對馮説話，而是對所有的「金吾子」説話。

【集評】

胡應麟曰：「昔有霍家奴」，整而條，麗而典，五言之賦也……渾樸自然，無一字造作，誠爲古今絶唱。

陳祚明曰：此自是樂府驕麗之調，持旨甚正，有裨風化。○樂府寫事須華縟，言情須婉轉，華縟易得癡，定須作致。前段華縟，中著「兩鬟」四句縹緲流逸，大佳。

王夫之曰：(不)由前之漫瀾，不知章末之歸宿，是以激昂人意，更深於七札。杜陵《麗人行》亦規橅於此，而以捎打已早，反俾人逢迎夙而意淺。文筆之差，繫於忍力也。如是不忍則不力，不力亦莫能忍。

李因篤曰：「奴」字是子都之案。「依倚」句，定大將軍之案。「不意」至「就我」句，有次第。結句不惟絶之，且括盡上文無數情事。○皎皎高節，卻以豔詩傳之，與十九首語氣正同。其實寫處，止末段數語耳。此法惟漢人擅長，想像風流，偏於閑處設色，欲竟驅《孔雀東南飛》矣。

沈德潛曰：騈儷之辭，歸宿卻極貞正。風之變而不失其正者也。

張玉穀曰：通首皆就胡姬之拒羽林郎著筆，故起四從對面説來，透後作提，似順實逆。「胡姬」十句，接寫胡姬年少當壚，服飾儀容之美。而寫儀容處，只舉鬟以例其餘，又就鬟細細估價，癡甚趣甚。「不意」四句，遥接起處來，以「不意」二字引入，下皆就胡姬意中摹寫矣。「銀鞍」「翠蓋」，補筆爲倚勢者鋪張，而著筆不多，又與上段煩簡變换。「就我」四句，調笑引端，寫出靦覥可笑。「貽我」四句，調笑實跡，寫出干犯可慮。後六，以胡姬拒絶之辭作收。「女子重前夫」，主句也，卻以「男兒愛後婦」對面剔出。惟知新不易故，豈以貴賤逾盟？申説何等決裂，而「多謝」「區區」，辭氣仍歸和婉。倚勢者終無如何矣，更不繳清，盡而不盡。○與《陌上桑》同一義嚴詞麗，而運局迥殊，所宜參閲。

董嬌嬈

【集解】

徐陵曰：宋子侯《董嬌嬈》詩一首。

郭茂倩曰：《董嬌饒》，後漢宋子侯。雜曲歌辭。

唐汝諤曰：《董嬌嬈》。○此遊於洛陽者見美人之如花而賦其事以爲比，言路旁桃李方披拂於春風之中，花葉低昂，正堪賞玩，何此採桑之女竟以一折傷其枝而使之飄落至此乎？因歎秋霜甫零，芳香隨歇，一榮一瘁，時若轉環，人生顔色之盛衰，何以異此。倘盛年一去，不復可追，而懽情永斷，其愁思之結可奈何？於是且酌酒自寬而思日相鼓瑟以爲樂也。

朱嘉徵曰：《董嬌嬈》，士不遇時，追慕盛世也。東都閔時之作。

吴兆宜曰：嬈，一作饒。按：東漢雜曲歌辭。《集韻》：嬌嬈，妍媚貌。杜詩「佳人屢出董嬌饒」，蓋本此。

沈德潛曰：大意以花落比盛年之易逝也。婀娜其姿，無窮摇曳。

張玉穀曰：《樂府解題》無明解，亦實不可解。豈「董」字乃「懂」字之譌？曉嬌嬈者，勿懵懂於及時行樂乎？

朱乾曰：董嬌饒，人名。

廖按：黄節云，近人丁福保《全漢三國晉六朝詩·緒言》曰：「考《玉臺》《藝文》《樂府》諸書皆作『饒』，無作『姚』者（廖按，「姚」當爲「嬈」，下同），即以唐人詩證之亦然。元稹詩：『爲古嬌饒分。』李商隱詩：『鳳蝶强嬌饒。』温庭筠詩：『昔年於此見嬌饒。』杜甫詩：『佳人屢出董嬌饒。』自宋毛晃增注《禮部韻略》，誤改杜詩董嬌『饒』爲董嬌『姚』，而『饒』字幾廢矣。」○余冠英云，這詩以花擬人，設爲問答，是樂府詩特有的奇境，也就是從民歌來的風調。作者後漢人，身世不詳。

洛陽城東路，桃李生路傍。花花自相對，葉葉自相當。[一]春風東北起，花葉正低昂。[二]不知誰家子，提籠行采桑。纖手折其枝，花落何飄颺。[三]請謝彼姝子：「何爲見損傷？」[四]「高秋八九月，白露變爲霜。終年會飄墮，安得久馨香。」[五]「秋時自零落，春月復芬芳。何時盛年去，懽愛永相忘。」[六]吾欲竟此曲，此曲愁人腸。歸來酌美酒，挾瑟上高堂。[七]（《玉臺新詠》卷一。《樂府詩集》卷七三、《古詩紀》卷十四、《古樂苑》卷三二）

【集注】

[一]「洛陽城東路，桃李生路傍。花花自相對，葉葉自相當」四句：**唐汝諤曰**：洛陽，古成周地，居洛水之北，故曰洛陽，在今河南府。《詩》（《召南·何彼襛矣》）：「何彼襛矣，華如桃李。」**吴兆宜曰**：《一統志》：洛陽，成周之地，漢爲郡。**聞人倓曰**：《史記》（《李將軍列傳》）：「桃李不言，下自成蹊。」

[二]「春風東北起，花葉正低昂」二句：**唐汝諤曰**：低昂，亦偏反之意。**吴兆宜曰**：《吕氏春

秋》：東北曰融風。（廖按，《呂氏春秋・有始》：「何謂八風？東北曰炎風……」《説文》：「風，八風也。……東北曰融風。」是以「炎風」作「融風」。）蔡邕《琴賦》（《藝文類聚・樂部》）：「感激兹歌，一低一昂。」**聞人倓曰**：張衡賦（《文選・思玄賦》）：「修劍揭以低昂。」

〔三〕「不知誰家子，提籠行采桑。纖手折其枝，花落何飄颺」四句：**唐汝諤曰**：籠，竹器，以盛桑葉。《説文》：「桑，蠶所食葉木。」纖，尖好貌。《詩》（《魏風・葛屨》）：「摻摻女手。」「摻」與「纖」同。折枝謂折桃李之枝也。飄颺，飛舉也。**吴兆宜曰**：誰家子，《正字通》：女子亦稱子。《説文》：「纖，細也。」《爾雅》（《釋天》）：「回風爲飄。」《説文》：「颺，風所飛揚。」**聞人倓曰**：《射雉賦》注（《文選》「眄箱籠以揭驕」李善注引徐爰）：籠，竹器，圓而疏者也。（廖按，徐爰注原文爲：「凡竹器，箱方而密，籠圓而疏。」）**廖按**：余冠英云，子，女子也。下文「姝子」猶言「好姑娘」。颺，飛揚也。

〔四〕「請謝彼姝子，何爲見損傷」二句：**唐汝諤曰**：謝，猶告也。姝，美也。《詩》（《鄘風・干旄》）：「彼姝者子。」**漢詩説曰**：請謝二句是問詞。**聞人倓曰**：《漢書・陳餘傳》注（「有廝養卒謝其舍曰」顔師古注引晉灼）：「以辭相告曰謝。」**廖按**：余冠英云，請謝，就是請問。「何爲見損傷」是花向女子發問。

〔五〕「高秋八九月，白露變爲霜。終年會飄墮，安得久馨香」四句：**唐汝諤曰**：《詩》（《秦風・蒹葭》）：「白露爲霜。」墮，墜也。馨，亦香也。**漢詩説曰**：「高秋八九月」四句是姝子答語。**吴兆宜曰**：飄墮，《廣韻》：「墮，徒果切，落也。」**廖按**：余冠英云，四句是女子答，言秋天一來你反正要受損傷的，現在小小的損傷又何足道？

〔六〕「秋時自零落，春月復芬芳。何時盛年去，懽愛永相忘」四句：**梅鼎祚曰**：愛，一作「好」。**漢詩説曰**：「秋時自零落」四句又是答姝子之詞。**吴兆宜曰**：《淮南子》（《説山訓》），一葉落而知天下之秋（廖按，《淮南子》原文爲「見一葉落，而知歲之將暮」）。《莊子》（《庚桑楚》）：「春氣發而百草生。」崔瑗《座右銘》（《文選》）：「久久自芬芳。」司馬相如《美人賦》（《古文苑》）：「芳香芬烈。」蘇武《答李陵詩》（《古文苑》）：「盛年行已衰。」《莊子》（《大宗師》）：「魚相忘於江湖。」**聞人倓曰**：李善《洛神賦注》（《文選》）「怨盛年之莫當」注）：「盛年謂少壯之時也。」**廖按**：余冠英云，「時」字應從《藝文類聚》作「如」。「秋時」四句是花答女子，言拿我的命運和你的比較，花落還能重開，不像你盛年一去，就不再被人喜愛了。

〔七〕「吾欲竟此曲，此曲愁人腸。歸來酌美酒，挾瑟上高堂」四句：**吴兆宜曰**：《吴地記》（《北堂書鈔·酒食部》引）：「若下出美酒。」**廖按**：曲瀅生云，清調曲《相逢行》：「小婦無所作，挾瑟上高堂。」

【集評】

陸時雍曰：「洛陽城東路，桃李生路傍。花花自相對，葉葉自相當」，此是漢人豔語。

朱嘉徵曰：起調從繁華時轉出悲調，作《五噫歌》一輩人。開建安風骨，爲曹子建所宗。

陳祚明曰：此是樂府常調而筆甚飄逸，六朝《西州曲》乃從此出。〇「花花」「葉葉」古人襲用甚多，不如此篇之妙，下文承此二語作幾許摇曳。〇此詩轉筆甚快，從花花葉葉入春風是一層，跟花葉來折枝是二層，去葉承花請謝是三層，高秋是四層，秋時是五層，何時是六層。本意甚尋常，不過以人老比花落耳，乃作爾許層次，阿娜變宕，不可方物。

王夫之曰：斂者固斂，縱者莫非斂勢。知斂縱者，乃可與言樂理。

李因篤曰：「請謝」二句，代花語，妙妙。「何時」二句，寫至此，盛顔不及春花遠矣，讀之太息。「吾欲竟此曲」下，篇中正意在此。〇詞旨淵渺，幾使人隨其中，而不測所用心，要是遣懷導飲之曲也。〇總是借春花好女，言歡日無多，勸之取樂及時，若謂實貴姝子，是囈語出夢人矣。

漢詩説曰：正意全在「吾欲竟此曲」數語，見懽日無多，勸之及時行樂耳。

張玉穀曰：詩意只歎花落尚可更開，盛年歡愛難再，勸人及時行樂也。前路幻出幾層問答，入後點醒，無窮姿致。首六，直就洛陽桃李花葉對當，從風低昂，寫景之中，逗出盛年歡愛影子。「不知」四句，遞入采桑。折枝花落，又爲盛年一去，歡愛相忘再作一影。「請謝」二句，詰彼姝辭。詰其損花，即是惜其盛年將去。以花比人，至此一頓，然尚未説破。「高秋」四句，彼姝答辭。只説春去秋來，花須終墮，若不喻其意者，筆勢一曲。「秋時」四句，又是答彼姝之辭。方就花落復芬，翻出年去愛忘之感，全詩旨意在此。後四，將花與彼姝盡情推開，只就自己破愁行樂，寫一樣子，餘味曲包。

朱乾曰：詩本一篇，而中含問答，竟似兩體。「高秋八九月」一接節簇之妙，町畦化盡，此法惟漢詩有之，漢以後詩人不知也。此與《豔歌白鵠行》作法同，若魏文《折楊柳行》竟合《西山》《彭祖》兩篇爲一篇，上下自成唱和體，亦猶此。蓋大曲有豔有趨，合而成章，此當截「何爲見損傷」以上爲豔，「吾欲竟此曲」以下爲趨，其有一詩未竟，則合以他詩，而聲調始足，他可類推。

同聲歌

【集解】

徐陵曰：張衡《同聲歌》一首。

郭茂倩曰：《同聲歌》，後漢張衡。雜曲歌辭。○《樂府解題》曰：「《同聲歌》，漢張衡所作也。言婦人自謂幸得充閨房，願勉供婦職，不離君子。思爲莞簟，在下以蔽匡牀，衾裯，在上以護霜露。繾綣枕席，没齒不忘焉。以喻臣子之事君也。」晉傅玄《何當行》曰：「同聲自相應，同心自相知。」言結交相合，其義亦同也。

徐獻忠曰：此以婦人得充閨房，喻臣子之事君也。願勉供婦職不離君子，即汲黯出入禁闥之心。思爲筦簟在下以蔽匡床，衾裯在上以護霜露，即臣鄰左右之義。又願爲素女天姥以致保傅之忠，無所不涓竭者也。

馮惟訥曰：張衡《同聲歌》。○衡，字平子，南陽西鄂人。安帝時徵拜爲郎中，再遷太史令。順帝陽嘉中遷侍中。宦官懼其毁己，共讒之，出爲河間王相。三年，上書乞骸骨，徵拜尚書，卒。

唐汝諤曰：張平子初爲侍中，後卒外補，此疑追叙其事而有願出入禁闥之思，故託爲婦人之詞如此。言初承事君子得侍閨房，翼翼小心勉供婦職，既欲蔽之於下，又欲護之於上，多方親媚，蓋有左右臣鄰之義焉。又言禀素女之儀而奉天老之教，則固惓惓保傅之忠也。追惟此時情好甚洽，没齒難忘，其感君之舊恩意可想見於言外。

朱嘉徵曰：《同聲歌》，諷上也。當時宦寺擅權，君子惓惓忠愛，惟願出入禁闥，效保傅之忠焉。一曰，陶公《閑情賦》出此。

吴兆宜曰：《後漢書》曰：張衡字平子，南陽西鄂人，少善屬文。安帝徵拜郎中，出爲河間相。乞骸骨，徵拜尚書，卒。○《樂府解題》云云。

廖按：《周易·乾·文言》云：「九五曰『飛龍在天，利見大人』，何謂也？子曰：『同聲相應，同氣相求。水流濕，火就燥，雲從龍，風從虎，聖人作而萬物睹，本乎天者親上，本乎地者親下，則各從其類也。』」「同聲相應，同氣相求」，或爲歌題所取義。

邂逅承際會，得充君後房。[一]情好新交接，恐慄若探湯。[二]不才勉自竭，賤妾職所當。[三]綢繆主中饋，奉禮助蒸嘗。[四]思爲莞蒻席，在下蔽匡牀。[五]願爲羅衾幬，在上衛風霜。[六]洒掃清枕席，鞮芬以狄香。[七]重户結金扃，高下華鐙光。[八]衣解巾粉御，列圖陳枕張。[九]素女爲我師，儀態盈萬方。衆夫所希見，天老教軒皇。[十]樂莫斯夜樂，没齒焉可忘。[十一]（《玉臺新詠》卷一。《樂府詩集》卷七六、《古詩紀》卷十三、《古樂苑》卷三二）

【校勘】

「恐慄若探湯」，「慄」原作「暻」，據《樂府詩集》《古詩紀》《古樂苑》改。

「奉禮助蒸嘗」，《古詩紀》「蒸」作「烝」。

「思爲莞蒻席」，「莞」原作「苑」，據《樂府詩集》《古樂苑》改。《古樂苑》小注云「一作『願思爲莞席』」。

「鞮芬以狄香」，《古詩紀》《古樂苑》小注云「『狄』一作『秋』」。

「高下華鐙光」，《樂府詩集》《古詩紀》《古樂苑》「鐙」作「燈」。

「衆夫所希見」，《古樂苑》小注云「『夫』一作『大』」。

【集注】

[一]「邂逅承際會，得充君後房」二句：**唐汝諤曰**：邂逅，相遇之意。際，交會之間。充，備也。《史記》（《魏其武安侯列傳》）：武安侯爲丞相，「後房婦女以百數」。**吴兆宜曰**：會，一作

「遇」。《東觀漢記》：太史官曰：「栗駿蓬轉，因遇際會。」**聞人倓曰**：《毛詩》（《鄭風・野有蔓草》）：「邂逅相遇。」

[二]「情好新交接，恐慄若探湯」二句：**唐汝諤曰**：恐慄，懼也。探，探取之也。《論語》（《季氏篇》）：「見不善如探湯。」**吴兆宜曰**：交，一作「相」。宋玉《神女賦》：「精交接以來往兮。」**聞人倓曰**：《史記・禮書》：情好珍善，爲之琢磨圭璧，以通其意。**廖按**：《説文》：「湯，熱水也。」手觸熱水則自然回縮，喻指承歡出乎望外，不免疑懼小心。

[三]「不才勉自竭，賤妾職所當」二句：**吴兆宜曰**：職，一作織。《左傳》（《文公七年》）：「不才吾唯子之怨。」**聞人倓曰**：《左傳》（《成公三年》）：「臣不才，不勝其任。」**廖按**：竭，盡。竭盡全力。《楚辭・九章・惜誦》「竭忠誠以事君兮」，王逸注：「竭，盡。……言己竭盡忠信，以事於君。」

[四]「綢繆主中饋，奉禮助蒸嘗」二句：**唐汝諤曰**：綢繆，猶纏綿也。《詩》（《唐風・綢繆》）：「綢繆束薪。」《易》（《家人》六二）「無攸遂，在中饋」（程氏）注：「婦人居中而主饋者也。」《詩》（《小雅・天保》）「是用享孝」「禴祠烝嘗」注（毛《傳》），冬曰蒸，秋曰嘗。（廖按，毛《傳》原文爲：「春曰祠，夏曰禴，秋曰嘗，冬曰烝。」）**吴兆宜曰**：《漢（書）・張敞傳》「内飾則結綢繆」（顔師古注引）文穎曰：「謂衣衷結束綢繆也。」

[五]「思爲莞蒻席，在下蔽匡牀」二句：**唐汝諤曰**：莞，草似蘭。蒻，蒲也。皆可爲席。《淮南

子》（《主術訓》）：「匡牀蒻席，非不寧」，（高誘）注：「匡，安也。」**吴兆宜曰**：《莊子》（《齊物論》）：「與王同匡牀，食芻豢。」按，《周禮》（《春官宗伯》）：「諸侯祭祀，席蒲筵繢純，加莞席。」《尚書》（《顧命》）「厎席」「豐席」，（鄭玄）注：「厎，蒻苹。」「豐，莞。」又按，《説文》：「蒻，蒲子也。可以爲薦。」（廖按，《説文》「薦」作「平席」，段玉裁注引王肅曰：「纖蒻，苹席也。」又，《説文》：「荐，薦，蓆也。」）《拾遺記》：穆王時，西王母來，敷黄莞之薦。**聞人倓曰**：《毛詩》（《小雅·斯干》）「下莞上簟」（鄭玄）《箋》：「小蒲之席也。」《莊子》（《齊物論》）：「麗之姬，艾封人之子也。晉國之始得之也，涕淚沾襟，及其至於王所，同匡牀，食芻豢，而後悔其泣也。」

［六］「願爲羅衾幬，在上衛風霜」二句：**唐汝諤曰**：衾，大被也。「《爾雅》曰：『幬謂之帳。』注曰：『江東呼單帳也。』」（徐鍇《説文解字繫傳》）《詩》（《召南·小星》）：「抱衾與裯。」**吴兆宜曰**：鄭玄《毛詩箋》（《召南·小星》「抱衾與裯」箋）：「幬，牀帳也。」《北堂書鈔》：《楚辭》云「蒻阿拂壁羅幬張」，注（《楚辭·招魂》「蒻阿拂壁，羅幬張些」王逸《章句》）：「曲隅復施羅幬，輕且涼也。」《墨子》（《辭過》）：「聖王作，爲宫室」，「邊足以圉風寒，上足以待雪霜雨露」。《説文》：「衛，宿衛也。」

［七］「洒掃清枕席，鞮芬以狄香」二句：**楊慎曰**：鞮，履也。狄香，外國之香也。謂以香薰履也。近刻《玉臺新詠》及《樂府詩集》改「狄香」作「秋者」，大謬。**吴兆宜曰**：按，芬，一作

「芳」。狄，一作「秋」，非。《正字通》引《說文》云，鞮，革履也。胡人履連脛，謂之絡緹。緹鞻，四夷樂人草履也。**聞人倓曰**：《毛詩》（《大雅·抑》）：「洒掃庭内。」**廖按**：黄節云，以狄香，猶《豔歌行》古辭所謂「薰用蘇合香」也。漢重外國香，樂府所謂「迷迭」「艾蒳」及「都梁」皆是也。〇逯欽立云，吴騫《拜經樓詩話》引《蟲獲軒筆記》云：平子《同聲歌》「洒掃清枕席，鞮芬以狄香」，《王制》「西方曰狄」。古詩中所謂「迷迭」「兜納」諸香，大都出於西域，故曰鞮芬狄香。鞮芬即狄香，重言之者，古人常有此文法。逯案，鞮芬、狄香，重言之説甚是。

［八］「重户結金扃，高下華鐙光」二句：**唐汝諤曰**：扃，關也。門扇上鐶鈕。《武帝内傳》：帝燃九華九擎之燈。《楚辭》（《招魂》）：「蘭膏明燭，華鐙錯些。」鐙與燈同。**吴兆宜曰**：《説文》：「扃，外閉之關也。」《左傳》（《宣公十五年》）：「諺曰：『高下在心。』」**聞人倓曰**：《玉篇》，扃，户耳也。《西京雜記》，元夕燃九華燈于南山，照見百里。

［九］「衣解巾粉御，列圖陳枕張」二句：**唐汝諤曰**：解，脱也。御，進御也。列圖，列圖書於寢室也。**漢詩説曰**：巾粉御，楊升庵作「巾粉卸」，近是。列圖，列秘戲圖也。**吴兆宜曰**：《史記》（《滑稽列傳》）：淳于髡曰：「羅襦襟解，微聞薌澤。」《左傳》（《僖公二十二年》）：「寡君之使婢子侍執巾櫛。」《博物志》：燒鉛成粉，今傅面者用之。《廣韻》：御，理也，侍也，進也，使也。《漢書》：元帝宫人既多，乃令畫工圖之，欲有呼者，輒披圖召焉。宋玉

《諷賦》：横自陳兮君之旁。《廣韻》：「張，施也。」**聞人倓曰**：《七辨》（《藝文類聚·雜文部》「後漢張衡《七辨》曰」）：「假明蘭燈，指圖觀列。」

［十］「素女爲我師，儀態盈萬方。衆夫所希見，天老教軒皇」四句：**唐汝諤曰**：《史記·武帝紀》（《孝武本紀》）：「泰帝使素女鼓五十弦瑟，悲」，「破爲二十五弦」。古詩（《藝文類聚·鳥部》「漢李陵詩曰」）：「安知鳳凰德，貴其來見希。」《韓詩外傳》：黄帝未見鳳凰，乃召天老而問之，對曰，夫鳳首戴德，頸揭義，背負仁，心入信，翼挾禮，足履文，尾系武，延頸奮翼，五色備舉，見則天下大安。**漢詩説曰**：儀態盈萬方，言變態多也。**吴兆宜曰**：張華《博物志》，《白雪》，是天帝使素女鼓五弦琴曲名，以其辭高，人和遂寡。《聖賢群輔録》引《論語摘輔象》云，黄帝七輔，其一曰天老帝王。《世説》：黄帝以風后配上台，天老配中台，五聖配下台。**聞人倓曰**：葛洪曰，黄帝論導養而質玄素二女。《竹書紀年》：黄帝五十年，天霧晝昏。帝問天老，天老曰：「天有嚴教以賜帝，帝勿犯也。」天乃甚雨，得圖書焉。**廖按**：黄節云，張衡《七辯》（《藝文類聚·雜文部》）曰「假明蘭燈，指圖觀列，蟬綿宜愧，夭紹紆折，此女色之麗也」，蓋即所言列圖陳枕，儀態萬方也。方，法也。《漢書·藝文志》「房中」八家，有《天老雜子陰道》二十五卷，《黄帝三王養陽方》二十卷。「列圖」以下，蓋即《漢志》所言「房中」也。《玉房秘訣》：黄帝問素女、玄女、采女陰陽之事，皆黄帝養陽方遺説也。○逯欽立云，吴騫《拜經樓詩話》引《蟲獲軒筆記》云「素女爲我師，儀態刑萬

方。衆夫所希見，天姥教軒皇」，刑今本作「盈」，姥今本作「老」，皆非。《抱朴子》：黄帝論導養而質玄素二女，徐孝穆文，優遊俯仰，極素女之經天；升降盈虛，盡軒皇之圖藝，與此意同。逯案，謂盈舊作「刑」，老舊作「姥」，不知根據何本。惟天老、天姥本同。

〔十二〕「樂莫斯夜樂，没齒焉可忘」二句：**廖按**：没齒，人老齒落；謂終老。《論語・憲問》：「（或）問管仲。（孔子）曰：『人也。奪伯氏駢邑三百，飯疏食。没齒無怨言。』」邢昺疏：「没齒，謂終没齒年也。」

【集評】

朱嘉徵曰：徐禎卿曰，張平子《同聲》，亦合《關雎》，仲宣《從軍》，得之二雅。蘇子之愛景光，少卿之崇明德，規善之辭也。甄后致頌於延年，劉妻取譬于唾井，繾綣之詞也。漢魏古意猶存，風雅何讓。

陳祚明曰：宛轉華贍，此比陳力之情，服勞無方。

李因篤曰：直賦其事，然身分自高，與豔曲不同，而聲情正復婉惻。

漢詩説曰：寫私褻事極温麗，男女歡態皆如畫出。古人筆力必寫到真處，方足與《秘辛》《飛燕外傳》並工。今人作無題詩不能直寫真處，而但以豆蔻、丁香、簾釘、燭釦等字對待稱工，堪發一噱。

朱乾曰：或以閨房燕昵之情比擬事君，得毋近褻乎？曰世衰則淫昵起於房闈，世盛則觀型兆於釐降，《易》言地道也，妻道也，臣道也，夫愛其内助，婦愛其刑家，夫唱婦隨然後家道成焉，后非賢不乂，賢非后不食，君令臣行，然後邦國治焉。故以順爲正者，妾婦之道，而未嘗不匡救其失；犯顔敢諫者，人臣之義，而未嘗不將順其美。然則君臣夫婦，其義一也。自稱朕不聞聲，而臣子視君如神明，無復唱和之情；自「豔妻煽方處」，而丈夫視妻爲尤物，無復箴規之義。於是有以閨房燕昵之私擬君臣之魚水爲近褻者，此皆小人之腹也。自古聖主賢臣同聲相應，樂莫過斯，比於琴瑟之和，豈爲過哉。

聞人倓曰：王阮亭先生《詩話》：《同聲歌》，或解云「『列圖陳枕張』，列秘戲圖也。『儀態盈萬方』，言變態多也」，「古人筆力必寫到真處，方足與《秘辛》《飛燕傳》並工」。言不雅馴，薦紳弗道。按，楊慎《丹鉛録》改「御」字爲「卸」，「陳」字爲「衾」，徐陵書「軒皇圖藝」亦改作「圖勢」，宛轉遷就，以成其説，殊未可訓。

定情詩

【集解】

徐陵曰：繁欽《定情詩》一首。

郭茂倩曰：《定情詩》，後漢繁欽。雜曲歌辭。〇《樂府解題》曰：「《定情詩》，漢繁欽所作也。言婦人不能以禮，從人而自相悦媚。乃解衣服玩好致之，以結綢繆之志，若臂環致拳拳，指環致殷懃，耳珠致區區，香囊致扣扣，跳脱致契闊，佩玉結恩情，自以爲志而期於山隅、山陽、山西、山北。終而不答，乃自傷悔焉。」

唐汝諤曰：《定情篇》。《樂府解題》云云。《魏志》：繁欽，字休伯，潁川人。文才機辯，長於書記，又善爲詩賦，爲丞相主簿，建安二十三年卒。○此詩言婦人欲從其所私以結桑中之契，而多方致贈，屢期不來，雖背其前日之約，而猶不勝繾綣之思，蓋感其昔之誠意款款，知其必不我欺，故中心戀戀，他無可往從，自傷其欲之不遂而淚下如絲也。夫以妄從人而合不以正，其見棄宜矣。雖有褰裳之願，如無抱柱之信何？

朱嘉徵曰：《定情詩》，專目上也。臣心壹矣，終不見答於其君焉。

我出東門遊，邂逅承清塵。[一]思君即幽房，侍寢執衣巾。[二]時無桑中契，迫此路側人。[三]我既媚君姿，君亦悦我顔。[四]何以致拳拳？綰臂雙金環。[五]何以致殷勤？約指一雙銀。[六]何以致區區？耳中雙明珠。[七]何以致叩叩？香囊繫肘後。[八]何以致契闊？繞腕雙跳脱。[九]何以結恩情？佩玉綴羅纓。[十]何以結中心？素縷連雙針。[十一]何以結相於？金薄畫搔頭。[十二]何以慰別離？耳後瑇瑁釵。[十三]何以答歡

悦？紈素三條裙。[十四]何以結愁悲？白絹雙中衣。[十五]

【校勘】

「我既媚君姿」，「既」原作「即」，據《古詩紀》《古樂苑》改。

「何以致殷勤」，《樂府詩集》《古樂苑》「殷勤」作「慇懃」。

「佩玉綴羅纓」，《樂府詩集》《古樂苑》「佩」作「珮」，《古詩紀》「佩」作「美」。

「素縷連雙針」，《古詩紀》「針」作「鍼」。

「何以結相於」，《古詩紀》《古樂苑》小注云「於一作投」。

「耳後瑇瑁釵」，《樂府詩集》「瑇」作「玳」。

「紈素三條裙」，《樂府詩集》《古詩紀》《古樂苑》「裙」作「裾」。

【集注】

[一]「我出東門遊，邂逅承清塵」二句：**唐汝諤曰**：《詩》（《鄭風・出其東門》）：「出其東門。」古詩（《東門行》）：「出東門不顧。」邂逅，不期而遇也。《詩》（《鄭風・野有蔓草》）：「邂逅相遇，適我願兮。」《司馬相如傳》（《漢書》）：「犯屬車之清塵。」**吴兆宜曰**：《楚辭》（《遠遊》）：「聞赤松之清塵。」**廖按**：黄節云，《詩・陳風》（《東門之枌》）「東門之枌」，毛《傳》曰：「國之交會，男女之所聚。」《鄭風》（《東門之墠》）「東門之墠」，毛《傳》曰：「東門，城東門也」，「男女之際，近而易則如東門之墠」。據此，則陳鄭東門，皆男女相聚之地。

〔二〕「思君即幽房，侍寢執衣巾」二句：**唐汝諤曰：**幽房，隱處之室也。侍，從也。寢，卧也。《後漢書》（《列女傳》）：桓少君曰：「大人以先生修德守學，故使賤妾侍執巾櫛。」**吴兆宜曰：**曹植《仲雍哀詞》（《藝文類聚・人部》）：「幽房閑宇。」《帝王世紀》：顓頊母女樞。瑶光之星，感女樞于幽房之宫。《左傳》（《襄公二十一年》）：「使往視寢。」**聞人倓曰：**《禮記》（《内則》）：「盥卒授巾。」

〔三〕「時無桑中契，迫此路側人」二句：**唐汝諤曰：**《毛詩序》（《詩經・鄘風・桑中》）：「《桑中》，刺奔也。」《詩》（《鄘風・桑中》）：「期我乎桑中。」迫，逼也。路側，路傍也。**吴兆宜曰：**《列女傳》（《節義傳》）：魯秋胡子見路旁有美婦人方採桑，秋胡子悦之，下車以金予之。**聞人倓曰：**《左傳》（《成公二年》）：「夫子有桑中之喜，宜其竊妻以逃者也。」**廖按：**曲瀅生云，《西京雜記》：魯人秋胡，娶妻三月而游宦，三年休還家。其婦採桑于郊，胡至郊而不識其妻也，見而悦之，乃遺黄金一鎰。妻曰：妾有夫，遊宦不返。幽閨獨處，三年於茲，未有被辱如今日也。采不顧。胡慚而退，至家，問家人妻何在。曰行採桑於郊未返。既還，乃向所挑之婦也。夫妻並慚，妻赴沂水而死。

〔四〕「我既媚君姿，君亦悦我顔」二句：**唐汝諤曰：**媚，愛，姿，態也。顔，容色也。**廖按：**黄節云，《詩毛傳》（《大雅・思齊》「思媚周姜，京室之婦」傳）：「媚，愛也。」

〔五〕「何以致拳拳？綰臂雙金環」二句：**唐汝諤曰：**拳拳，厚意也。綰，繫也。雙，偶也。肉好均謂之環。以金爲環，取其環轉。**吳兆宜曰**：《五經要義》，生子月辰，則以金環退之，當御者著於左手，既御者著於右手。王粲《閑居賦》（《北堂書鈔·服飾部》引）：「願爲環以約腕。」《續搜神記》（《北堂書鈔·服飾部》引），襄陽徐陽病死，忽崛然而起，將婦臂上金環脱去。行貨，便放令還。**聞人倓曰**：《後漢書》（《皇后紀》），「夫至孝之行，安親爲上」，「而欲先營外封，違慈母之拳拳乎」？**廖按**：黄節云，《廣雅》（《釋訓》）：「拳拳，愛也。」《説文》：「釧，臂鐶也。」

〔六〕「何以致殷勤？約指一雙銀」二句：**唐汝諤曰**：約指，即今人所呼戒指，指上飾也。以銀爲之。**吳兆宜曰**：司馬遷《報任安書》（《文選》）：「未嘗銜杯酒，接殷勤之餘歡。」《漢舊儀》（《北堂書鈔·服飾部》引）：「宫人御幸，賜銀環，令書得環數計歲月。」**聞人倓曰**：約指，指環也。劉筠詩（《西昆酬唱集·前檻十二韻》）「約指不勝銀」，用此。

〔七〕「何以致區區？耳中雙明珠」二句：**唐汝諤曰**：區區，微意也。李斯上書，垂明月之珠。**吳兆宜曰**：劉楨《魯都賦》（《藝文類聚·居處部》引）：「珥明月之珠璫。」**聞人倓曰**：《後漢（書）·輿服志》，「簪珥」，「耳璫垂珠」。**廖按**：黄節云，《漢書》（《楚元王傳》「豈爲區區之禮哉」），（顔師古）注：「師古曰：『區區，謂小也。』」《風俗通》（《北堂書鈔·服飾部》引）：「耳珠曰璫。」

〔八〕「何以致叩叩？香囊系肘後」二句：**唐汝諤曰**：叩，問也。叩叩，亦綢繆意。囊，袋也，所以盛香也。肘，臂節。《後魏書》，周顗曰，今年殺諸賊奴，取金印如斗大，系肘後。**吴兆宜曰**：《晉書》，謝玄少好佩紫羅香囊。考此詩則漢魏時已有之。案，《廣韻》，叩，與「扣」同，擊也。又《論語疏》（《論語·子罕》「我叩其兩端而竭焉」，邢昺疏）：「叩，發動也。」《爾雅》（《釋器》）「婦人之褘謂之縭。縭，緌也」，（鄭玄）注：「即今之香纓也。」**聞人倓曰**：古詩，四角垂香囊。肘，手腕動脈處。**廖按**：黄節云，《廣雅·釋訓》曰：「叩叩，誠也。」

［九］「何以致契闊？繞腕雙跳脱」二句：**唐汝諤曰**：契闊，深意也。繞，纏也。腕，手腕。跳脱，臂飾也。萼緑華贈羊權金玉跳脱各一枚。**吴兆宜曰**：《真誥》，萼緑華以晉升平二年一月十日夜降羊權家，贈權以詩一篇，並致火澣布手巾一條，金玉跳脱各一枚。又，安妃有斷粟金跳脱。殷芸《小説》：金跳脱爲臂飾，即今釧也。**聞人倓曰**：《後漢書》（《獨行列傳》）范冉傳：「行路倉卒，非陳契闊之所。」《全唐詩話》：文宗問宰臣：「古詩云：『輕衫襯跳脱。』跳脱是何物？宰臣未對。上曰：『即今之腕釧也。』」**廖按**：黄節云，《毛詩》（《邶風·擊鼓》）：「死生契闊。」《字彙》云：「釧，古謂之跳脱。金條旋轉數匝，浮貫臂間，古男女同用，今惟女飾用之。」〇曲瀅生云，《野客叢談》引《盧氏新記》曰：唐文宗一日問宰臣古詩「輕衫襯條脱」云云。安妃有金條脱，是臂飾也。

［十］「何以結恩情？佩玉綴羅纓」**唐汝諤曰**：綴，聯也。纓，冠系也。**吴兆宜曰**：《釋名》：佩，倍也，言其非一物，有倍貳也。有珠有玉。漢樂府，佇立望西河，泣下沾羅纓。**聞人倓**

曰：《釋名》（《釋首飾》）：「纓，頸也。自上而下繫於頸也。」《左傳》（《僖公二十八年》）：「楚子玉自爲瓊弁玉纓。」按，以玉綴纓，象恩情之結。**廖按**：黄節云，《禮（記）・内則》「婦事舅姑，衿纓，綦屨」，鄭（玄）注：「衿猶結也。婦人有衿纓，示有繫屬也。」《爾雅・釋器》云「佩衿謂之褑」，郭（璞）注：「佩玉之帶上鉤。」

［十一］「何以結中心？素縷連雙針」二句：**唐汝諤曰**：《詩》（《小雅・隰桑》）：「中心藏之。」縷，線也。《説文》：「鍼所以縫也。」**吴景旭曰**：昔有姜氏，與鄰人文胄通殷勤。文胄以百鍊水晶鍼一函遺姜氏，姜氏啟履箱，取連理線貫雙鍼，結同心花以答之。見謝氏《詩源》。**廖按**：黄節云，「何以結中心」謂佩衿也。

［十二］「何以結相於？金薄畫搔頭」二句：**唐汝諤曰**：於，往也，深相結納，相往來也。搔，括也。搔頭，今之抓頭也。**吴兆宜曰**：孔融《與韋甫休書》（《藝文類聚・治政部》引）：「與足下岸幘廣坐，舉杯相於。」《鄴中記》：金薄，薄打純金如蟬翼。《西京雜記》：「武帝過李夫人，就取玉簪搔頭，自此後宫搔頭皆用玉。」**聞人倓曰**：《荆楚歲時記》：正月七日，剪綵爲人，或鏤金薄爲人，以貼屏風，亦戴之頭鬢。**廖按**：曲瀅生云，畫，鏤也。

［十三］「何以慰別離？耳後瑇瑁釵」二句：**唐汝諤曰**：瑇瑁，龜屬。《異物志》：瑇瑁生南海，背上有鱗，鱗大如扇，有文章，將作器則煮其鱗如柔皮。釵，婦人笄也。**吴兆宜曰**：《後漢（書）・輿服志》：「簪以瑇瑁爲擿，長一尺，端爲華勝，上爲鳳凰爵，以翡翠爲毛羽，下有白

珠，垂黃金鑷。左右一簪横之，以安藟結。」《史記》（《春申君列傳》）：趙平原君使人于楚，欲誇楚，爲玳瑁簪。《西域傳贊》（《漢書》）「明珠、文甲」，（顔師古注引）如淳注：「文甲，即玳瑁也。」**聞人倓曰**：《續漢書・輿服志》「貴人助蠶」，戴玳瑁釵（廖按，原文爲「墨玳瑁，又加簪珥」）。

[十四]「何以答歡悦？紈素三條裙」二句：**唐汝諤曰**：紈素，細絹，即縑也。**吴兆宜曰**：裙，案，宋作「裾」。《晉東宫舊事》，皇太子納妃，有丹紗碧紋雙裙。蓋魏晉俗尚如此。束皙《近遊賦》（《藝文類聚・居處部》引）：「裙爲素條之殺。」案：揚雄《方言》，「陳魏之間」謂「裙」爲「帔」，「繞衿謂之裙」。**聞人倓曰**：《漢書・元帝紀》注，紈素爲冬服。**廖按**：黄節云，《釋名》（《釋衣服》）：「裙，下裳也。裙，群也；聯接群幅也。緝下，横縫緝其下也。」三，舉其多也。蓋即聯結群幅之條也。

[十五]「何以結愁悲？白絹雙中衣」二句：**唐汝諤曰**：中衣，裏衣也。**吴兆宜曰**：《漢（書）》（《萬石衛直周張傳》）萬石君傳：「取親中帬廁牏，身自澣洒。」（顔師古注）：「師古曰：『中帬，若今言中衣也。』」司馬相如《美人賦》（《古文苑》），女乃弛其上服，表其中衣。**聞人倓曰**：《禮記》（《郊特牲》）：「繡黻丹朱中衣，大夫之僭禮也。」**廖按**：黄節云，《釋名》（《釋衣服》）：「中衣，言在小衣之外大衣之中也。」

與我期何所？乃期東山隅。日旰兮不至，谷風吹我襦。遠望無所見，涕泣起峙屩。[一]與我期何所？乃期山南陽。日中兮不來，凱風吹我裳。逍遥莫誰覩，望君愁我腸。[二]與我期何所？乃期西山側。日夕兮不來，躑躅長歎息。遠望涼風至，俯仰正衣服。[三]與我期何所？乃期山北岑。日暮兮不來，淒風吹我衿。[四]望君不能坐，悲苦愁我心。愛身以何爲，惜我華色時。中情既款款，然後剋密期。[五]褰衣躡茂草，謂君不我欺。厠此醜陋質，徙倚無所之。自傷失所欲，淚下如連絲。[六]（《玉臺新詠》卷一。《樂府詩集》卷七六、《古詩紀》卷二七、《古樂苑》卷三二）

【校勘】

「日旰兮不至」，《古詩紀》「至」作「來」。

「涕泣起峙屩」，《樂府詩集》《古詩紀》《古樂苑》「峙屩」作「踟躕」。

「凱風吹我裳」，《樂府詩集》《古詩紀》《古樂苑》「凱」作「飄」。

「淒風吹我衿」，《古詩紀》「衿」作「襟」。「褰衣躡茂草」，《樂府詩集》「茂」作「花」。

【集注】

[一]「與我期何所，乃期東山隅。日旰兮不至，谷風吹我襦。遠望無所見，涕泣起峙屩」六句：

唐汝諤曰：隅，角也。旰，日晚也。《左傳》（《昭公十二年》）：「日旰君勤。」東風謂之谷風。《詩》（《邶風・谷風》）：「習習谷風。」襦，短衣也。踟躕（廖按，唐汝諤《古詩解》「峙𡺳」作「踟躕」），行不進也。《詩》（《邶風・静女》）：「愛而不見，搔首踟躕。」**吴兆宜曰：**《廣韻》，期，信也，限也，會也，要也。**聞人倓曰：**《漢書・張湯傳》：「日旰，天子忘食。」**廖按：**孫月沐提出「日旰」當爲「日旴」之誤抄，「旴」爲日始出貌。高亨《周易古經今注》「旴豫」條下曰：「《釋文》：旴，……姚作旴，云『日始出』。引詩曰：『旴日始旦。』」旴正字作旭。《説文》：「旭，日旦出貌。」《詩・匏有苦葉》：「旭日始旦。」如此，「日旴」與下文之「日中」「日夕」「日暮」才是一天内的順序時間。（見《〈定情詩〉中的「旰」應爲「旴」》，《文學遺産》一九八四年第二期。）

［二］「與我期何所？乃期山南陽。日中兮不來，凱風吹我裳。逍遥莫誰覩，望君愁我腸」六句：**唐汝諤曰：**山南曰朝陽，山西曰夕陽。《詩》（《召南・殷其靁》）：「殷其雷，在南山之陽。」《易》（《豐・象》）：「日中則昃。」《詩》（《小雅・蓼莪》）：「飄風發發。」回風謂之飄（廖按，唐汝諤《古詩解》「凱風」作「飄風」）。裳，下衣也。逍遥，遊息也。《詩》（《鄭風・清人》）：「河上乎逍遥。」**吴兆宜曰：**《爾雅》（《釋山》）：「山東曰朝陽」，「山西曰夕陽」。《爾雅》（《釋天》）：「南風謂之凱風。」

［三］「與我期何所？乃期西山側。日夕兮不來，躑躅長歎息。遠望涼風至，俯仰正衣服」六句：**唐汝諤曰：**躑躅，住足也。《禮記》（《月令》）：孟秋之月涼風至。**吴兆宜曰：**《廣韻》：

「側，旁側也。」《莊子》（《在宥》）：其疾也，俯仰之間。《爾雅》（《釋天》）：「北風謂之涼風。」

［四］「與我期何所？乃期山北岑。日暮兮不來，淒風吹我衿」四句：**唐汝諤曰**：山小而高曰岑。淒，寒也。《詩》（《邶風·緑衣》）：「淒其以風。」衿，衣領。**吴兆宜曰**：《尚書中候》：齊桓公封禪，謂管仲曰：「寡人日暮，仲父年艾。」《呂氏春秋》（《有始》）：「西南曰淒風。」《廣韻》：「衿，衣小帶也。」**聞人倓曰**：《呂氏春秋》（《有始》）：風有八等：炎風，滔風，薰風，巨風，淒風，飂風，厲風，寒風。

［五］「愛身以何爲，惜我華色時。中情既款款，然後剋密期」四句：**唐汝諤曰**：華，光華也。杜欽傳（《漢書·杜周傳》）：「必鄉舉求窈窕，不問華色。」款款，誠也。剋期，約定期日也。**吴兆宜曰**：《詩序》（《詩經·衛風·氓》毛詩序）：「華落色衰，復相棄背。」《後漢·隗囂傳》：帝報以手書曰：「將軍操執款款，扶傾救危。」《後漢·鍾意傳》：解徒桎梏，與剋期俱至。《爾雅》：密，静也。**聞人倓曰**：陳琳檄：萬里克期。**廖按**：黄節云，克，必也。期，約也。密期，猶密約也。

［六］「褰衣躡茂草，謂君不我欺。厠此醜陋質，徙倚無所之。自傷失所欲，淚下如連絲」六句：**唐汝諤曰**：褰，扯衣也。躡，履也。《詩》（《小雅·小弁》）：「鞫爲茂草。」厠，雜也。醜，惡也。徙倚，遷移倚立也。楚詞（《楚辭·遠遊》）：「步徙倚而遥思。」之，往也。《禮（記）》

《仲尼燕居》)：倀倀其無所之(廖按，原文爲：「倀倀乎其何之」)。**吴兆宜曰**：《釋名》《釋宫室》)：厠，雜也，言人雜厠其上也。衣，一作裳。茂，一作花。《廣韻》：襃，襃衣也。張叔《及論》(《文選·代君子有所思》「絲淚毀金骨」李善注引)：「煩冤俯仰，淚如絲兮。」(廖按，據《文選考異》，「張叔《及論》」當爲「張升《反論》」)**聞人倓曰**：《廣韻》，厠，間也，次也。

【集評】

胡應麟曰：繁欽《定情》，氣骨稍弱陳思，而整贍都雅，宛篤有情。《同聲》之後，此作爲最。

朱嘉徵曰：鍾惺曰，《四愁》章分四解，此一章中藏四段，又連用十一何以，章法奇變。

朱乾曰：《衛·氓》在被棄之後，此詩在負約之初，其爲愧悔則一耳。《氓》詩曰，「老使我怨」，可傷也；此詩曰「厠此醜陋質，徙倚無所之」，尤可惜也。一不自檢，遂不勝自失之悔，情之蕩可懼哉。定情者約之以禮，而不自失也。若喬知之《定情篇》，乃是婦人要結之詞，非此定情正義。

陳沆曰：繁主簿有《詠蕙篇》云：「蕙草生北山，托身失所依。植根陰崖側，夙夜懼危頹。寒泉浸我根，淒風常徘徊。三光照八極，獨不蒙餘暉。葩葉永彫悴，凝露不暇晞。百草皆含榮，已獨失時資。比我英芳發，鶗鴂鳴已哀」。夫休伯在魏，書翰見優，賓僚燕好，未爲不遇，何哀苦若此哉？觀魏文《與吴質書》歷數存没諸人，不及主簿，得毋情好不終，騷怨斯作乎？彼甄后結髮，尚致塞糠；子建連枝，猶泣煮釜；繁與二丁、德祖，俱擯七子之列，知此定情之作，必匪無病之呻。始合終睽，彼涼我厚，君臣朋友，千載同情。淵明《閑情》之賦，此導其前修；平子《四愁》之章，此中其嗣響。昧斯比興，遂等閨情，輒復舉隅，以當論世。

焦仲卿妻

【集解】

徐陵曰： 無名人《古詩爲焦仲卿妻作并序》。○漢末建安中，廬江府小吏焦仲卿妻劉氏，爲仲卿母所遣，自誓不嫁。其家逼之，乃没水而死。仲卿聞之，亦自縊于庭樹。時傷之，爲詩云爾。

郭茂倩曰：《焦仲卿妻》，古辭。雜曲歌辭。○《焦仲卿妻》，不知誰氏之所作也。其序曰：「漢末建安中，廬江府小吏焦仲卿妻劉氏，爲仲卿母所遣，自誓不嫁。其家逼之，乃没水而死。仲卿聞之，亦自縊於庭樹。時人傷之而爲此辭也。」

馮惟訥曰：《古詩爲焦仲卿妻作》。

梅鼎祚曰：《焦仲卿妻作》。一云《古詩爲焦仲卿妻作》。

朱嘉徵曰：《孔雀東南飛》，義守節也。

吴兆宜曰： 無名人《古詩爲焦仲卿妻作并序》。人，一作氏。案：雜曲歌辭。《樂府》題曰《焦仲卿妻》，古辭。謂《焦仲卿妻》，不知誰氏之所作也。○「漢末建安中……時傷之，爲詩云爾。」時，一作「人」。

李因篤曰： 序簡，自是漢人。

張玉穀曰： 無名氏《焦仲卿妻》，雜曲歌辭。一作《古詩爲焦仲卿妻作》，一作《廬江小吏行》。

朱乾曰：《寰宇記》：合肥有小吏港。建安中，廬江小吏焦仲卿妻劉氏爲姑所出，自誓不嫁，其家逼之，乃投水死，仲卿聞之，亦自縊，時人憐之，後爲名。

廖按： 黄節云，北宋本蔡質《漢儀》曰：「河南府掾出考案與從事同。」府吏猶府掾之流也。○梁啓超云，劉克莊《後村詩話》疑這詩非漢人作品。他説漢人没有這種長篇叙事詩，應爲六朝人擬作。我從前也覺此説新奇，頗表同意。但仔細研究，六朝人總不會有此樸拙筆墨。原序説焦仲卿是建安時人，若此詩作于建安末年，便與魏的黄初緊相銜接，那時候如蔡琰的《悲憤詩》、曹植的《贈白馬王彪》詩，都是篇幅很長，然則《孔雀東南飛》也有在那時代成立的可能性。我們還是不翻舊案的好。○聞一多云，漢廬江郡初治在今安徽廬江縣西一百二十里，漢末徙治今安徽潛山縣。府小吏，太守府中小吏也。○蕭滌非云，漢末無名氏之傑作《焦仲卿妻》，一曰《孔雀東南飛》。其作者雖失名，然要必出於文人之手，如辛延年、宋子侯之流，則絶無可疑。《孔雀東南飛》之産生，其必具之條件有二：一爲文人樂府之盛行，一爲五言詩體之成熟，序云建安中，蓋適當其時。此本絶作，如謂建安時代不能産生，則縱推而下之以至於六朝隋唐明清，亦無能産生也。

又按：該詩首見《玉臺新詠》，題爲《古詩爲焦仲卿妻作并序》。《樂府詩集》列于「雜曲歌辭」，稱「古辭」，題爲《焦仲卿妻》。兹以《玉臺新詠》爲底本録之，據《樂府詩集》題爲《焦仲卿妻》。

孔雀東南飛，五里一徘徊。[一]「十三能織素，十四學裁衣。十五彈箜篌，十六誦詩書。[二]十七爲君婦，心中常苦悲。君既爲府吏，守節情不移。[三]賤妾留空房，相見常日稀。[四]雞鳴入機織，夜夜不得息。三日斷五疋，大人故嫌遲。[五]非爲織作遲，君家婦難爲。妾不堪驅使，徒留無所施。便可白公姥，及時相遣歸。」[六]

【校勘】

「五里一徘徊」，《古詩紀》「徘」作「裴」。

「大人故嫌遲」，《古詩紀》小注云「『大人』一作『丈人』」。

【集注】

[一]「孔雀東南飛，五里一徘徊」二句：**唐汝諤曰：**《博物志》：孔雀尾有金翠，出罽賓國。《南

越志》：孔雀不必合匹，以音影相接便孕。徘徊，便旋也，行不進之貌。**陳祚明曰**：「五里一徘徊」，用《豔歌何嘗行》語，興彼此顧戀之情。**吴兆宜曰**：《古豔歌》：「孔雀東飛，苦寒無衣。」《漢書》（《西南夷兩粤朝鮮傳》）：尉佗獻文帝「孔雀二雙」。楊孝元《交州異物志》：孔雀，人拍其尾則舞。**李因篤曰**：發端得《國風》興體。雎鳩以興后妃之至德，孔雀以興蘭芝之大節。**張玉穀曰**：東南飛，謂東與南分飛也。**廖按**：黄節云，司馬相如《長門賦》（《文選》）：「孔雀集而相存兮。」樂府古辭《豔歌何嘗行》：「六里一徘徊。」◯聞一多云，《豔歌何嘗行》曰：「飛來雙白鵠，乃從西北來……五里一反顧，六里一徘徊。」又曰：「妻卒被病，行不能相隨。……吾欲銜汝去，口噤不能開，吾欲負汝去，毛羽何摧頹！」魏文帝《臨高臺》（《藝文類聚·樂部》引）曰：「鵠欲南遊，雌不能隨。我欲躬銜汝，口噤不能開。我欲負之，毛衣摧頹。五里一顧，六里徘徊。」僞蘇武詩（《文選·詩四首》）曰：「黄鵠一遠别，千里顧徘徊。」《襄陽樂》（《樂府詩集》）曰：「黄鵠參天飛，中道鬱徘徊。」以上大旨皆言夫婦離别之苦，本篇「母題」與之同類，故亦藉以起興，惟易鵠爲孔雀耳。◯余冠英云，孔雀，鳥名，鶉雞類，原産印度。古樂府言夫婦離别者，往往以雙鳥起興，《豔歌何嘗行》「飛來雙白鵠」云云，是本篇起頭兩句的來源。◯王運熙云，孔雀是指布匹上的花飾。隋丁六娘《十索曲》（《樂府詩集》）云：「裙裁孔雀羅，紅緑相參對。」可見古代布匹上以孔雀爲花飾。梁簡文帝《詠中婦織流黄》（《藝文類聚·産業部》引）詩云：「浮雲西北起，孔雀東南飛。」這里借用了兩句古詩成句來描寫流黄上面的花飾。蘭芝的故事，不論《孔雀東南飛》或者《古豔歌》（廖按，謂《古豔歌》「孔雀東飛」篇），都從她善於織布叙起，那末從布匹上的花飾起興，從孔雀説到織布，原是很合理的手法。○王汝弼云，有的得出「孔雀是指布匹上的花飾」的論斷。素的本義是白色絹，無紋飾。（廖按，此處所云是「十三能織素」，下文稱「十七爲君婦，心中常苦悲。……雞鳴入機織，夜夜不得息。三日斷五疋，大人故嫌遲」，不得仍以「織素」目之）

[二]「十三能織素，十四學裁衣。十五彈箜篌，十六誦詩書」四句：**唐汝諤曰**：治絲曰織。《説文》：「素，白緻繒也。」裁，制衣也。鼓爪曰彈。箜篌，樂器，一名坎侯。**吴兆宜曰**：王充《論衡》（《譏日篇》）：「裁衣有書，書有吉凶，凶日裁衣則有禍，吉日則有福。」《釋名》（《釋樂器》）：箜篌，「師廷所作靡靡之樂」，「後出桑間濮上之地，蓋空國之侯所存也。師涓爲晉平公鼓焉」。《風俗通》：箜篌，一名坎篌。武帝祀太山太乙后土，令樂人侯調依琴作坎侯，言其坎坎應節也，侯以姓冠章也。或曰「箜侯」，取其空中。**廖按**：黄節云，《小爾雅》，縞之粗者曰素。○聞一多云，《急就篇》顔注曰：「素謂絹之精白者。」唐蔣貽恭《詠傴背子詩》曰：「若教倚嚮閑窗下，恰似箜篌不著弦。」據此，則箜篌形制與西樂之harp（豎琴）一類。日本所稱箜篌者，一曰百清琴，其直奏者，或即出此。○余冠英云，箜篌，從西方傳來的樂器，體曲而長，二十三弦。奏彈的時候，抱在懷中，兩手撥弦。

［三］「十七爲君婦，心中常苦悲。君既爲府吏，守節情不移」四句：**唐汝諤曰**：吏，府史之屬。古詩，君亮執高節，賤妾亦何爲。**吴兆宜曰**：《古豔歌》：「爲君作妻，中心惻悲。」《左傳》（《成公十五年》）：子臧曰：「聖達節，次守節，下不失節」。**李因篤曰**：「守節」一句狀出府吏質樸。守節言其碌碌趨府，不爲新婦移情也。**張玉穀曰**：守節情不移，言守當官之節，不爲夫婦之情所移也。**聞人倓曰**：《淮南子》（《主術訓》）：「府吏守法，君子制義。」**廖按**：聞一多云，「十七爲君婦，心中常苦悲」，爲別離時多也。

［四］「賤妾留空房，相見常日稀」二句：**唐汝諤曰**：古詩（《文選·古詩十九首·青青河畔草》）：「空牀難獨守。」稀，疏也。**吴兆宜曰**：秦嘉詩（《玉臺新詠·贈婦詩三首》）：「獨坐空房中。」

［五］「雞鳴入機織，夜夜不得息。三日斷五疋，大人故嫌遲」四句：**唐汝諤曰**：《禮（記）》（《内則》）：「雞初鳴，咸盥漱。」機，織具也。息，止也。斷，分段也。布帛曰疋。**陳祚明曰**：雞鳴織何早，夜不息何遲，三日五疋何速，甚言無可出理。**吴兆宜曰**：《古豔歌》：「夜夜織作，不得下機。」古歌詞《白帝子歌》（《古詩紀》）曰：「璇宫夜静當軒織。」《吕氏春秋》（《情欲》）：「孫叔敖日夜不息。」《古豔歌》：「三日載疋，尚言吾遲。」《漢·淮陽王欽傳》：「王遇大人益解。」（顔師古注）：「師古曰：『大人，愽自稱其母也。』」《東軒筆録》謂范滂白母大人云云。大人之名，蓋父母通稱，不獨父也。此詩則婦亦稱舅姑。蓋大人云者，極尊稱

耳。凡尊敬者，俱可稱也。**聞人倓曰**：《後漢・范滂傳》：滂白母曰：「惟大人割不可忍之恩。」**廖按**：黄節云，《漢書・食貨志》：「四丈爲匹。」

[六]「便可白公姥，及時相遺歸」二句：**唐汝諤曰**：白，告也。姥，女老之稱也。**陳祚明曰**：大抵此女性真摯然亦剛，唯性剛始能輕生，遺歸乃其自請，不堪受丈人淩虐耳。**吴兆宜曰**：《爾雅》，婦謂舅曰公（廖按，《爾雅・釋親》云「婦稱夫之父曰舅」）。賈誼策（《漢書・賈誼傳》「誼數上疏陳政事」）：「與公併倨。」（廖按，顏師古注：「言婦抱子而哺之，乃與其舅併倨，無禮之甚也。」）《廣韻》：姥，莫補切，老母也。又《琅琊王歌辭》（《樂府詩集》）：「公死姥更嫁。」蓋古語相同。**聞人倓曰**：《集韻》：關中呼夫之父曰女公，或省作公。按，姥與母通。**李因篤曰**：覷下阿母云「吾意久懷忿，汝豈得自由」，則公姑之遺蘭芝，徵色發聲，非一日矣，蘭芝知其勢不能挽回，始向府吏言之。詩人叙事，先後互見耳，鍾伯敬乃云新婦不合先自求去，真强作解事也。**廖按**：聞一多云，《玉篇》曰：「白，告語也。」《一切經音義》一三引《字書》曰：「媽，母也，今以女老者爲姥也。」○余冠英云，公姥，劉氏稱仲卿的父母，現代説法就是「公公婆婆」。細看全詩，仲卿實在没有父親，這裏因「姥」而連言「公」。「公姥」是偏義複辭。○關於「公姥」，樊維綱提出此處是劉蘭芝在丈夫面前，下文「勤心養公姥」是在小姑面前，不得稱公婆，「公姥」應是「父母」（在此是偏義）之稱。《廣雅・釋親》：「公，父也。」見《古詩〈焦仲卿妻〉詞語解釋》，《昆明師範學院學報》一九八二

年第四期。

【集評】

陳祚明曰：不道兩人家世，竟入十三織素等語，突然而來，章法甚異。蓋長篇既極淋漓，最忌沓拖，此處寫家世，歿後寫兩家得聞各各懊悵追悔，便是太盡，太盡反無味，故突起突住，留不盡之意，方妙。○十三織素等語是稱揚此女，一氣下接「十七」二句便是此女口中語，過接無痕，《陌上桑》「青絲爲籠係」二句亦是此法。○悲情在後，先寫相見日稀一段，與本意絶不相屬，閒情點綴極佳，亦即伏下文「吾今且赴府」意在内。

李因篤曰：「君婦」「府吏」，皆直遂入，語語寫出本色。

府吏得聞之，堂上啓阿母：〔一〕「兒已薄禄相，幸復得此婦。〔二〕結髮同枕席，黄泉共爲友。〔三〕共事二三年，始爾未爲久。女行無偏斜，何意致不厚？」〔四〕阿母謂府吏：「何乃太區區！此婦無禮節，舉動自專由。吾意久懷忿，汝豈得自由！〔五〕東家有賢女，自名秦羅敷。可憐體無比，阿母爲汝求。便可速遣之，遣之慎莫留！」〔六〕府吏長跪答，伏惟啓阿母：「今若遣此婦，終老不復取！」〔七〕阿母得聞之，搥牀便大怒：「小子無所畏，何敢助婦語！吾已失恩義，會不相從許！」〔八〕

【校勘】

「共事二三年」，《古詩紀》《古樂苑》「二三」作「三二」。

「遣之慎莫留」，《樂府詩集》《古詩紀》「之」作「去」。

「府吏長跪答」，《樂府詩集》《古詩紀》《古樂苑》「答」作「告」。

「搥牀便大怒」，《樂府詩集》《古詩紀》《古樂苑》「搥」作「槌」。

【集注】

［一］「府吏得聞之，堂上啓阿母」二句：**吴兆宜曰**：李陵詩（《文選·三良詩》李善注引）：「慈母去中堂。」《史記》（《扁鵲倉公列傳》）：「故濟北王阿母，自言足熱而懣。」蔡琰《悲憤詩》（《後漢書·列女傳》）：「阿母常仁惻，今何更不慈？」《雲麓漫抄》：古人多言「阿」字，如秦皇阿房宫、漢武阿嬌金屋。晉尤甚，阿戎、阿連等語極多。唐人號武后爲阿武婆，婦人無名第，以姓加「阿」字。**廖按**：聞一多云，「上堂」各本作「堂上」，誤倒，下文「上堂謝阿母」，「上堂拜阿母」，可證（廖按，聞一多《樂府詩箋》「堂上」作「上堂」）。啓猶白也。《釋名·釋書契》曰：「笏，忽也，君有教命，及所啓白，則書其上，備忽忘也。」《世説新語·假譎篇》曰：「文度欣然而啓藍田云。」

［二］「兒已薄禄相，幸復得此婦」二句：**唐汝諤曰**：禄，福也。言相原福薄。**吴兆宜曰**：已，一作「以」。王符《潛夫論》（《相列》）：「骨法爲禄相表，氣色爲吉凶候，部位爲年時。」《焦氏

易林》：「禄命苦薄。」**聞人倓曰**：「薄禄相」，言禄命、骨相俱薄也。**廖按**：聞一多云，《論衡・命義篇》曰：「人有命有禄……命者貧富貴賤也，禄者盛衰興廢也。」《太平廣記》一四一引《續異記》曰：「汝極無禄相，汝家尋當破敗，當奈何！」○余冠英云，古人迷信相術，從相術見出一個人的貧富貴賤叫做「禄相」，禄相薄就是説致富貴的可能性少。

［三］「結髮同枕席，黄泉共爲友」二句：**唐汝諤曰**：古詩：「結髮爲夫婦。」黄泉，地中之泉。**吴兆宜曰**：宋玉《高唐賦》（《文選》）：「願薦枕席。」《左傳》（《隱公元年》）：「不及黄泉，無相見也。」**李因篤曰**：「結髮」二句，後面無數情事已括於此。**廖按**：余冠英云，結髮，指男女初成年時。

［四］「共事二三年，始爾未爲久。女行無偏斜，何意致不厚」四句：**唐汝諤曰**：偏，頗也。斜，不正也。不厚謂待之薄也。**吴兆宜曰**：孔安國《洪範傳》，正直，不偏斜也。（廖按，《尚書・洪範》：「無偏無陂，遵王之義。」「無反無側，王道正直。」）**聞人倓曰**：致不厚，致母之不厚也。**廖按**：聞一多云，《太平廣記》三二二引《述異記》曰：「義乃上牀謂婦曰：『與卿共事雖淺，然情相重。』」意，料也。厚，猶愛也。致不厚，致母之不愛也。○余冠英云，「何意」句是説誰想到使得母親不喜歡。

［五］「何乃太區區！此婦無禮節，舉動自專由」五句：**唐汝諤曰**：區區，小貌。專，擅也。由，任己意也。**吴兆宜曰**：《史記・藺相如傳》：「禮節甚倨。」《列女

傳》(《母儀傳》)：「魯之母師者，魯九子之寡母也。召諸婦曰：『婦人有三從之義，而無專制之行。』」**聞人倓曰**：《說苑》(《建本》)：「《管子》稱『倉廩實，知禮節』。」《玉篇》：忿，恨也，怒也。**廖按**：聞一多云，區區猶慤慤，愚也。

[六]「東家有賢女，自名秦羅敷。可憐體無比，阿母爲汝求。便可速遣之，遣之慎莫留」六句：**唐汝諤曰**：古樂府，秦氏有女，自名爲羅敷。借言其美也。憐，愛也。求，求婚也。遣，逐也。**吴兆宜曰**：漢《鞞舞歌》(《宋書·樂志》)五曲，一曰《關東有賢女》。曹植《精微篇》(《宋書·樂志》)：「關東有賢女。」義同。宋玉《登徒子好色賦》(《文選》)：「臣里之美者莫若臣東家之子。」《漢·石奮傳》：「恭謹，舉無與比。」**張玉穀曰**：自名秦羅敷，自比於秦羅敷也。**廖按**：聞一多云，體猶貌體也。《論衡·骨相篇》曰「貌體佼好」，《漢武故事》「體常壯悦」，即貌體壯悦。

[七]「府吏長跪答，伏惟啓阿母。今若遣此婦，終老不復取」四句：**唐汝諤曰**：跪，跽也。啓，告也。取，娶也。**吴兆宜曰**：枚乘詩(《文選·古詩十九首·涉江采芙蓉》)：「憂傷以終老。」

[八]「阿母得聞之，搥牀便大怒：小子無所畏，何敢助婦語！吾已失恩義，會不相從許」六句：**唐汝諤曰**：槌，擊也。**吴兆宜曰**：《南史·恩倖傳》：王洪軌與趙越常、徐僧亮、萬靈會共語，皆攘袂捶牀。《通俗文》：牀三尺五爲榻板，獨坐曰枰，八尺曰牀。《漢·蘇武傳》：

「武罵律曰：『女爲人臣子，不顧恩義。』」聞人倓曰：《集韻》：槌，擊也。廖按：聞一多云，會不，會猶必也。○余冠英云，牀，坐具，小的只容一人坐，比板凳稍寬。年老或尊貴者坐在牀上。

【集評】

陳祚明曰：「府吏得聞」下寫對答語極肖，府吏甚恭敬，阿母甚決絶。○「長跪」「伏惟」口吻儼然。○「槌牀」「大怒」形聲如睹。

府吏默無聲，再拜還入户。舉言謂新婦，哽咽不能語：〔一〕「我自不驅卿，逼迫有阿母。卿但暫還家，吾今且報府。〔二〕不久當歸還，還必相迎取。以此下心意，慎勿違吾語。」〔三〕新婦謂府吏：「勿復重紛紜！往昔初陽歲，謝家來貴門。〔四〕奉事循公姥，進止敢自專？晝夜勤作息，伶俜縈苦辛。〔五〕謂言無罪過，供養卒大恩。仍更被驅遣，何言復來還？〔六〕妾有繡腰襦，葳蕤自生光。紅羅複斗帳，四角垂香囊。〔七〕箱簾六七十，緑碧青絲繩。物物各自異，種種在其中。〔八〕人賤物亦鄙，不足迎後人。留待作遺施，於今無會因。〔九〕時時爲安慰，久久莫相忘。」

【校勘】

「仍更被驅遣」，《古樂苑》「遣」作「逐」。

「留待作遺施」，《古詩紀》《古樂苑》「遺」作「遣」。

【集注】

[一]「府吏默無聲，再拜還入户。舉言謂新婦，哽咽不能語」四句：**唐汝諤曰**：哽咽，悲塞也。**陳祚明曰**：「默無聲」「不能語」寫府吏狀可憐。**吴兆宜曰**：《戰國策》(《宋衛策》)：「衛人迎新婦。」《論衡》(《效力篇》)：「哽咽不能下。」蔡邕《爲陳留縣上孝子狀》(《全後漢文》)：「舅偃誘勸，哽咽益甚。」**廖按**：聞一多云，舉言猶稱道。俗謂婦曰新婦。《世説新語・規箴篇》曰：「昔夫人臨終，以小郎囑新婦，不以新婦囑小郎。」《賢媛篇》曰：「新婦神色卑下。」○余冠英云，「舉言」猶發言。「新婦」猶言媳婦，非專指新嫁娘。哽咽，是悲極時氣結不能發聲。

[二]「我自不驅卿，逼迫有阿母。卿但暫還家，吾今且報府」四句：**吴兆宜曰**：晉束皙《近游賦》(《藝文類聚・居處部》引)：「婦皆卿夫，子呼父字。」此詩則漢末稱謂，夫亦互卿其婦。《廣韻》：迫，逼也，近也，急也，附也。陸機《謝平原内史表》(《文選》)：「慮有逼迫。」蓋本此。**張玉穀曰**：報府，報命於府也。**聞人倓曰**：報府，《禮記》(《少儀》「毋報往」)，鄭玄注：「報，讀爲赴。」**廖按**：聞一多云，《禮記・少儀篇》「毋報往」，鄭注曰：「報讀爲赴疾之

赴。」案此「報」字亦讀爲赴，下文「吾今且赴府」，正作赴。明茅氏刊本《玉臺新詠》此亦作赴，則疑以意改。○余冠英云，卿，稱謂之辭，君呼臣或地位平等的人互相稱呼都可以用「卿」。「報」讀爲「赴」，「赴府」是説往廬江太守署辦公。

［三］「不久當歸還，還必相迎取。以此下心意，慎勿違吾語」四句：**唐汝諤曰**：下，降意也。**吴兆宜曰**：心意，景差《大招》（《楚辭》）：「逞志究欲，心意安只。」《淮南子》（《覽冥訓》）：「心意之論，不足以定是非。」古詩（《文選·古詩十九首·青青陵上柏》）：「極宴娱心意。」後漢李尤《鞠成銘》：「端心平意。」**聞人倓曰**：以此下心意，言將有後圖，聊復容忍也。**廖按**：聞一多云，「下心意」猶今言安心。○余冠英云，「還必」句，取，同娶。下心意，猶今言「低心下氣」。「以此」句就是説爲了這個你就受此委屈算了。○樊維綱提出「『下心意』即『下意』，是一個動賓短語，有用心思、出主意的意思，乃漢以來常用語，『心』是爲足句而加的。鄭玄《六藝論》：『如有不同，則下己意。』『下己意』即拿出自己的主意」。見《古詩〈焦仲卿妻〉詞語解釋》，《杭州師院學報》一九八四年第一期。

［四］「勿復重紛紜！往昔初陽歲，謝家來貴門」三句：**唐汝諤曰**：紛紜，意不定也。初陽，春初也。謝，辭也。**吴兆宜曰**：張衡《思玄賦》（《文選》）：「美紛紜以從風。」《詩》（《小雅·采薇》）「歲亦陽止」，（鄭玄）箋：「十月爲陽。時坤用事，嫌于無陽，故以名此月爲陽。」《（古）樂苑·讀曲歌》曰：「初陽正二月。」《鸚鵡賦》（《文選》）：「女辭家而適人。」《吴都賦》（《文

選》）：「高門鼎貴。」**聞人倓曰**：「勿復」句，言不必復爲迎取之説也。《説文》：「謝，辭也。」**廖按**：聞一多云，初陽歲疑謂春日，《豳風·七月篇》（《詩經》）曰：「春日載陽。」自古多以春日爲嫁娶正候，《白虎通·嫁娶篇》曰：「嫁娶必以春何？春者，天地交通，萬物始生，陰陽交接之時也。」

［五］「奉事循公姥，進止敢自專。晝夜勤作息，伶俜縈苦辛」四句：**唐汝諤曰**：循，依也。敢自專，言不敢也。伶俜，行不出貌。縈，縈繞也。**吴兆宜曰**：《洛神賦》（《文選》）曰：「進止難期。」《莊子》（《讓王》）：善卷曰：余日出而作，日入而息。《尸子》：晝勤而夜息，天之道也。李陵《贈蘇武詩》（《藝文類聚·人部》引）：「遠處天一隔，苦困獨伶仃。」李密《陳情表》（《文選》）云：「零丁孤苦。」**聞人倓曰**：伶俜，《集韻》，伶俜，行不正。**廖按**：聞一多云，奉，行也。循，順也。息，生息也，「作息」謂操作生息之事。《一切經音義》一引《三蒼》曰：「伶俜猶聯翩也。」〇余冠英云，作息，作也。這也是偏義複辭，「勤作息」是説勤於操作。伶俜，猶「聯翩」，不絶也。

［六］「謂言無罪過，供養卒大恩。仍更被驅遣，何言復來還」四句：**陳祚明曰**：此處言相迎新婦不信，下文車中言相迎新婦始信，甚有理。**吴兆宜曰**：《漢（書）·外戚傳》：「孝成班婕妤恐久見危，求供養太后長信宫。」**張玉穀曰**：「謂言」二句，謂可供養，而卒能報公姥之大恩。**聞人倓曰**：「供養」句，言供養公姥而得終受其恩也。**廖按**：余冠英云，「供養」句是

說奉事婆婆，始終受她的恩遇。

［七］「妾有繡腰襦，葳蕤自生光。紅羅複斗帳，四角垂香囊」四句：**唐汝諤曰**：襦，短衣。葳蕤，盛而下垂貌。羅，文羅。複，重衣也。斗帳，帳之小者。角，隅也。囊，袋也。**吴兆宜曰**：《史記·封禪書》：「紛綸葳蕤。」案，東方朔《七諫》(《楚辭》)「上葳蕤而防露兮」，(王逸)注：「(葳蕤)盛貌。」又：《述異記》：葳蕤草，一名麗草，又呼爲女草。《西都賦》(《文選》)：「紅羅颯纚。」《釋名》(《釋牀帳》)：「小帳曰斗，形如覆斗。」**聞人倓曰**：《釋名》(《釋衣服》)：「腰襦，形如襦，其腰上翹，下齊腰也。」(廖按，原文「腰」作「要」。)《楚辭》(《離騷》)：「又欲充夫佩幃。」(《楚辭·離騷》「蘇糞壤以充幃兮」，王逸)注：「幃，謂之縢；(縢)香囊也。」**廖按**：聞一多云，《相逢行》曰：「道上自生光。」「複」疑當爲「覆」，字之誤也。《元和郡縣志》：「海康縣多牛，項上有骨，大如覆斗。」繁欽《定情詩》曰：「香囊系肘後。」徐陵《雜曲》(《樂府詩集》)曰：「流蘇錦帳掛香囊。」〇余冠英云，腰襦，短襖的一種，下齊腰部。葳蕤，草名，根長多鬚，像纓索下垂，作爲形容辭就是「草木垂貌」或「羽貌」，這裏形容繡腰襦上的金縷。有人疑「複」字是「覆」字之誤，但古人實有複帳。吴均詩(《玉臺新詠·秦王卷衣》)云：「初芳熏複帳。」《清商曲辭·長樂佳》(《玉臺新詠》)：「紅羅複斗帳，四角垂朱璫。」本篇此句「複」字不誤。香囊，盛香料的袋子，古稱「幃」。

［八］「箱簾六七十，緑碧青絲繩。物物各自異，種種在其中」四句：**唐汝諤曰**：箱，篋；簾，箔

也。**吴兆宜曰**：《廣韻》：「箱，籠也。」《釋名》（《釋牀帳》）：「嗛，廉也，自障蔽爲廉恥也。」**張玉穀曰**：繩，箔上流蘇也。**聞人倓曰**：《射雉賦》（《文選》「眄箱籠以揭驕」）（李善注用徐爰）注：「箱，竹器方而密者也。」（廖按，徐爰注原文爲：「凡竹器，箱方而密。」）《釋名》（《釋言語》）：「廉，斂也。」**廖按**：聞一多云，簾讀爲斂，字一作匳，又作槺。《説文》：「斂，鏡斂也。」《華嚴經音義》上引《珠叢》曰「凡宬物小器皆謂之匳」。《一切經音義》一四引《小學篇》斂亦作槺。繩所以束箱斂以爲固者，《莊子·胠篋》「將爲胠篋探囊發匱之盜而爲守備，則必攝緘縢固扃鐍」，成疏曰：「縢，繩也。」○余冠英云，青絲繩，大約箱匳上有套，口用絲繩結起。

［九］「人賤物亦鄙，不足迎後人。留待作遺施，於今無會因」四句：**張玉穀曰**：「留待」句，言留遺於此，待異日施捨於人也。**廖按**：聞一多云，《廣雅·釋詁》三曰：「施，予也。」《類聚》前二句作「鄙賤雖可薄，猶中迎後人」，謂遺施于新人也。○余冠英云，「後人」指府吏將來再娶的新娘，這是説我的東西都不好，用來給未來的新娘用是不配的。遺是贈送，施是施與，言這些東西給新娘用是不配，但可以送給别人。

【集評】

李因篤曰：府吏謂新婦一段，俱臻自然，少一語不得，多一語不得，移一語不得。○「人賤」四句，惋惻，如聞其聲，千載下猶不忍讀，措詞之雅，直匹《國風》，悱惻深厚，至矣至矣。四句明是探府吏語，正以迎後人要之共死，惜府吏未悟也。

雞鳴外欲曙，新婦起嚴妝。著我繡裌裙，事事四五通。〔一〕足下躡絲履，頭上瑇瑁光。腰若流紈素，耳著明月璫。〔二〕指如削葱根，口如含朱丹。纖纖作細步，精妙世無雙。〔三〕上堂拜阿母，母聽去不止。〔四〕「昔作女兒時，生小出野里，本自無教訓，兼媿貴家子。〔五〕受母錢帛多，不堪母驅使。今日還家去，念母勞家裏。」〔六〕卻與小姑別，淚落連珠子。〔七〕「新婦初來時，小姑始扶牀。今日被驅遣，小姑如我長。〔八〕勤心養公姥，好自相扶將。初七及下九，嬉戲莫相忘。」〔九〕出門登車去，涕落百餘行。

【校勘】

「頭上瑇瑁光」，《樂府詩集》《古詩紀》《古樂苑》「瑇」作「玳」。

「口如含朱丹」，《古詩紀》《古樂苑》「朱」作「珠」。

「上堂拜阿母」，《樂府詩集》「拜」作「謝」，《古詩紀》小注云「『拜』一作『謝』」，《古樂苑》篇末小注云「前『拜阿母』一作『謝阿母』」。

「母聽去不止」，《古詩紀》《古樂苑》作「阿母怒不止」。

「兼媿貴家子」，《樂府詩集》《古詩紀》《古樂苑》「媿」作「愧」。

「新婦初來時，小姑始扶牀。今日被驅遣，小姑如我長」，《樂府詩集》作「新婦初來時，小姑如我長」，缺中間「小姑始扶牀。今日被驅遣」二句；《古樂苑》「遣」作「逐」。

【集注】

［一］「雞鳴外欲曙，新婦起嚴妝。著我繡裌裙，事事四五通」四句：**唐汝諤曰**：曙，曉也。妝，飾也。著，服之也。裌，衣無絮也。裙，下裳也。**吴兆宜曰**：宋玉《神女賦》（《文選》）：「惆悵垂涕，求之至曙。」《魏志·魏帝紀》：主簿楊修便自嚴裝。《幽州馬客吟歌辭》（《樂府詩集》）：「女著綵裌裙。」《飛燕外傳》：合德衣故短繡裙。《漢書·王莽傳》：「事事謙退。」**李因篤曰**：「事事四五通」句，乃要其終言之，見自初妝以至妝成，每加一衣一飾，皆著後復脱，脱而接著，必四五更之，數數遲延，以捱晷刻也。遲回輾轉一句寫盡。著畢則新婦去矣，故事事四五更之，借此稍延數刻也。**張玉穀曰**：裌，夾衣也。事事，猶件件也。通，猶套也。**聞人倓曰**：嚴，莊嚴也。《廣韻》：裌同袷。《史記·匈奴（列）傳》：「服繡袷綺衣。」《急就篇》注：「衣裳施裏曰袷。」《釋名》：「裙，下裳也。」又：「裙，裏衣也。古服裙不居外，皆有衣籠也。」**廖按**：聞一多云，《後漢書·清河王慶傳》曰：「每朝謁陵廟，常夜分嚴裝待明。」《方術·韓説傳》曰：「其晦日必食，乞百官嚴裝。」通，猶遍也。李子德曰「婦人衣飾將畢，然後著裙」云云。案只一裙而言「事事四五通」，義不可通，以上必有脱句，李氏以爲要終言之，終近牽强。○余冠英云，曙，天曉。嚴妝，整妝。裌，和褌相對，有

裏面兩層的裙爲裌裙。「著我」兩句似當移在「耳著明月璫」句下。「事事」分明不只一事，指躡履、戴簪、著衣、施璫、穿裙五件事而言。如論次序，下牀先著鞋，然後梳頭，換衣，戴耳璫，最後著裙，較爲合理。每事四五通，或是心煩意亂，一遍兩遍不能妥貼，或言其極意裝束，一遍兩遍不能滿意。

［二］「足下躡絲履，頭上瑇瑁光。腰若流紈素，耳著明月璫」四句：**唐汝諤曰：**躡，履也。玳瑁，用以飾首。紈素，帛之美者。璫，充耳珠也。**吴兆宜曰：**若，一作「著」。《西京雜記》，家君作彈棊以獻成帝，帝大悦，賜青羔裘、紫絲履，服以朝覲。《神仙傳》：胡母班爲泰山府君齎書詣河伯，河伯貽其青絲履，甚精巧。《釋名》（《釋首飾》）：「穿耳施珠曰璫。」**張玉穀曰：**流紈素，言腰束素帛，甚流動也。**聞人倓曰：**《西京雜記》：慶安世年十五，爲成帝侍郎，長著輕絲履。《異物志》：玳瑁如鼊，生南海，大者如籧篨。背上有鱗，鱗大如扇，有文章。將作器，則煮其鱗如柔皮。漢《鐃歌》：「雙珠玳瑁簪。」《後漢書·楊秉傳》：「僕妾盈紈素。」李斯書（《史記·李斯列傳》）：「垂明月之珠。」《後漢（書）·輿服志》：「簪珥，耳璫垂珠。」**廖按：**聞一多云，《説文》曰：「紈，素也。」《神女賦》（廖按，應爲《文選·登徒子好色賦》）曰：「腰如束素。」《洛神賦》（《文選》）曰：「腰如約素。」《陌上桑》曰：「耳中明月珠。」○余冠英云，「若」字似誤，或是「著」字。「流」是説紈素的光像水流動。「璫」是飾物，這裏是説用明月珠做耳璫。

[三]「指如削葱根，口如含朱丹。纖纖作細步，精妙世無雙」四句：**唐汝諤曰**：葱，葷菜，削葱根，指白而尖也。含珠丹，唇紅如含珠也。纖纖，細也。**吴兆宜曰**：《雜事秘辛》，瑩指去掌四寸，肖十竹萌削也。與此義同。唐白居易詩「十指削春葱」，蓋本此。宋玉《神女賦》（《文選》）：「朱唇的其若丹。」《雜事秘辛》，故大將軍乘氏侯商女瑩，瑩從中閤細步到寢。張衡《定情賦》（《藝文類聚·人部》引）：「冠朋匹而無雙。」**張玉穀曰**：含丹朱，如丹之紅而珠光也。**聞人倓曰**：《後漢書》（《西域傳》），大秦國有「珊瑚、琥珀、琉璃、琅玕、朱丹、青碧」。**廖按**：聞一多云，《説文》曰：「削，一曰析也。」一説削讀爲掣，《考工記·輪人》（《周禮》）「掣爾而纖」，鄭（玄）注曰：「掣，纖殺小貌也。」根讀爲莖。○余冠英云，削葱根，削讀爲掣，纖細而尖的樣子，葱根指葱白，言其白嫩。朱丹，一種紅色的寶石。「口如含朱丹」是説嘴唇紅得好看。

[四]「上堂拜阿母，母聽去不止」二句：**陳祚明曰**：「上堂」一段阿母盛怒，起下段與小姑纏綿不舍，知獨阿母難事。**李因篤曰**：寫别阿母直而含諷，故決去不得留也。**廖按**：聞一多云，謝，辭也。聽去不止，聽其自去，不留止也。

[五]「昔作女兒時，生小出野里，本自無教訓，兼媿貴家子」四句：**吴兆宜曰**：《廣韻》：野，田野也。曹植《白馬篇》（《文選》）：「少小去鄉邑。」義同。《左傳》（《襄公三年》）：「弗能教訓」。**張玉穀曰**：兼愧貴家子，言愧爲貴家子婦也。

〔六〕「受母錢帛多，不堪母驅使。今日還家去，念母勞家裏」四句：**廖按**：聞一多云，錢帛謂聘禮。○余冠英云，不堪，言不能勝任。

〔七〕「卻與小姑別，淚落連珠子」二句：**唐汝諤曰**：夫之姊妹爲姑。連珠，淚落如珠也。**吴兆宜曰**：《正字通》引《六書故》云：外婦人之尊者皆曰姑。又婦謂夫之女妹曰小姑。《論衡》（廖按，應爲《顔氏家訓·書證》）引《道經》云：「合口誦經聲璅璅，眼中淚出珠子碟。」吴質《思慕詩》（《古詩紀》）：「淚下如連珠。」**聞人倓曰**：《博物志》：鮫人水居，出寓人家賣綃。臨去從主人索器，泣而出珠滿盤以與主人。**廖按**：余冠英云，卻，退也。

〔八〕「新婦初來時，小姑始扶牀。今日被驅遣，小姑如我長」四句：**廖按**：曲瀅生云，《玉臺新詠》「新婦初來時」下有「小姑始扶床，今日被驅遣」二句，丁福保謂此四句係後人雜揉唐顧況詩而成，顧況詩云「及至見君歸，君歸妾已老」，則撫牀之小姑何怪如我。此詩前言「其事二三年，始爾未爲久」，則何得三年未周長成遽如許耶，自是後人自顧況詩妄增入耳。○聞一多云，「新婦初來時」云云，四句似後人所添，宋刻《玉臺新詠》《樂府詩集》但删去二三兩句，仍嫌語意突兀。○余冠英云，「新婦初來時，小姑如我長」，言二三年前小姑已將長成，現在更大了，可以代我侍奉公姥了（這兩句語意稍嫌突兀，一本在兩句之間又有「小姑始扶牀，今日被驅遣」兩句，文義較完足，但二三年間由扶牀而長成，未免太快，於事理又不合。或本篇本無這四句，是後人所添。四句皆見於唐顧況《棄婦行》）○逯欽立云，

「新婦初來時」下，《詩紀》有「小姑始扶牀，今日被驅遣」二句，此後人所妄增。《草堂詩箋》三十五引此詩尚直作「新婦初來時，小姑如我長」，且始扶牀之小姑，三二年後亦不能與蘭芝等長。

［九］「勤心養公姥，好自相扶將。初七及下九，嬉戲莫相忘」四句：**唐汝諤曰**：將，扶持也。初七、下九，想休息之日也。嬉戲，遨遊也。**吴兆宜曰**：《漢（書）·外戚傳》：「女逃匿，扶將出拜。」《樂府》（《樂府詩集·江陵樂》）：「相將蹋百草。」《西京雜記》：戚夫人侍兒賈佩蘭，後出爲扶風人段儒妻。説在宫内時，見戚夫人至七月七日臨百子池作于闐樂。樂畢，以五色縷相羈，謂爲相連愛。《採蘭雜誌》：九爲陽數。古人以二十九日爲上九，初九日爲中九，十九日爲下九。每月下九，置酒爲婦女之歡，名曰陽會。蓋女子陰也，待陽以成。故女子于是夜爲藏鉤諸戲，以待月明，有忘寢達曙者。見《嫏嬛記》。**張玉穀曰**：扶將，扶持而將息也。初七下九未詳，或七夕九日也。**廖按**：聞一多云，《荆楚歲時記》曰：「七月七日，是夕家人婦女陳瓜果於庭中以乞巧，有喜子網於瓜上，則以爲符應。」○余冠英云，初七，指陰曆七月七日，婦女在這天晚上供祭織女，乞巧。下九，古人以二十九日爲上九，初九日爲中九，十九日爲下九。婦女在每月下九有聚樂會，叫做「陽會」。

【集評】

陳祚明曰：「雞鳴外欲曙」間寫天時，作致，與末「是日牛馬嘶」遥相映帶。臨當欲去，極寫此女華豔，正是此女臨當欲去，極意裝令華豔如此，何忍出之。嚴妝嚴字，「事事四五通」句，所謂極意裝束也。○「足下」四句皆寫服飾，「腰若」一句獨寫容貌，法變，語亦甚活，紈素亦服飾耳，而腰若流之，便畫出輕軀洋洋衣與翩幡，所謂活也，凡填綴華麗，語須活，排比語須變，方不癡重，如此四句「足下」「頭上」對，而「頭上」句用一「光」字，「耳著」句與「足下」句差類，而以配「腰若」句，四句乃無一語相似。如此長篇，偏能細細著意，令妙至此。○別小姑一段悲愴淋漓，人情至極處也，「初七」「下九」應是節序，或七夕重九也。

李因篤曰：婦人衣飾將畢，然後著裙，「著我繡裌裙」，則妝成將出矣。○「足下」至「精妙」句，此處忽贊新婦一段，位置妙不可言。○別小姑一段，居然「二南」矣。劉氏之獲罪阿母，未必不中于小姑。相別數言，極其婉妙，細細尋繹，則其中有怨焉。

府吏馬在前，新婦車在後，隱隱何甸甸，俱會大道口。[一]下馬入車中，低頭共耳語：「誓不相隔卿，且暫還家去，吾今且赴府。不久當還歸，誓天不相負。」[二]新婦謂府吏：「感君區區懷。君既若見録，不久望君來。[三]君當作磐石，妾當作蒲葦。蒲葦紉如絲，磐石無轉移。[四]我有親父兄，性行暴如雷。恐不任我意，逆以煎我懷。」[五]舉手長勞勞，二情同依依。[六]

【校勘】

「君當作磐石」，《古詩紀》「磐」作「盤」。

「磐石無轉移」，《古詩紀》《古樂苑》「磐」作「盤」。

【集注】

[一]「府吏馬在前，新婦車在後，隱隱何甸甸，俱會大道口」四句：**唐汝諤曰**：隱隱，車聲，甸甸，盛也。**吴兆宜曰**：崔駰《東巡頌》（《初學記·禮部》引）：「隱隱轔轔。」《倉頡篇》：輷，衆車聲也。輷、軸通。**廖按**：聞一多云，《廣雅·釋訓》曰：「轞轞，聲也。」隱轞同。《玉篇》曰：「輷，車聲也。」甸輷同。一説輷爲輷之訛，輷即轟之别體。《易林·泰之謙》「翁翁輷輷」，宋本輷作輷，《文選·魏都賦》注引《倉頡篇》曰：「輷輷，衆車聲也，呼萌切。今爲輷字，音田。」此並輷輷相亂之證。「隱」本讀如「很」，隱輷雙聲連語，長言之曰隱隱輷輷。何，語助，今字作「啊」。《雞鳴》「熲熲何煌煌」，句法與此同。

[二]「低頭共耳語：誓不相隔卿，且暫還家去，吾今且赴府。不久當還歸，誓天不相負」六句：**唐汝諤曰**：誓，約誓也。**陳祚明曰**：不久相迎即用前語，正見府吏反覆丁寧，當不啻十通百通。新婦於此始信。**吴兆宜曰**：《焦氏易林》：「低頭北去。」《褚先生集》（《史記·外戚世家》「褚先生曰」）：尹夫人「於是乃低頭俛而泣」。《漢（書）·灌嬰傳》「灌賢方與程不識耳語」，（顔師古注）：「師古曰：附耳小語也。」《左傳》（《襄公二十五年》）：「晏子仰天歎

曰，嬰不唯忠于君利社稷者是與，有如上帝。」

[三]「感君區區懷。君既若見録，不久望君來」三句：**吴兆宜曰**：孔安國《尚書注》（《尚書・蔡仲之命》「降霍叔于庶人，三年不齒」傳）：「三年之後，乃齒録之。」《漢（書）・馮奉世傳》：「上以先帝時事，不復録。」《廣韻》：「録，採録也。」**聞人倓曰**：《公羊傳》注：録，取也（廖按，何休《公羊傳解詁》云：「但有極美可以訓世，有極惡可以戒俗者，取之；若不可爲法者，皆棄而不録。」是爲「録，取也」之義）。**廖按**：聞一多云，《禮記・檀弓下》篇曰：「愛之斯録之矣。」《集韻》曰：「録，記也。」〇余冠英云，區區，猶「拳拳」「款款」，忠愛也。録，收留。

[四]「君當作磐石，妾當作蒲葦。蒲葦紉如絲，磐石無轉移」四句：**唐汝諤曰**：磐，大石。蒲，水草。葦，葭也。以線貫針爲紉。**吴兆宜曰**：案：《漢（書）・景十三王傳》：「爲磐石宗。」古詩（《文選・古詩十九首・明月皎夜光》）：「良無磐石固。」曹植有《磐石篇》（《樂府詩集》）。《易・説卦》「震，爲萑葦」，（孔穎達）疏：「萑葦，竹之類也。」《説文》：「蒲，水草。」「葦，大葭也。」屈原《離騷》（《楚辭》）「紉秋蘭以爲佩」，王逸曰：「紉，索也。」《歲時記》：正旦懸索葦。宋玉《風賦》，離散轉移。**張玉穀曰**：紉，索也。言蒲葦可以紉之如絲，續之不絶也。**聞人倓曰**：《漢書・文帝紀》：「所謂磐石之宗也。」按，磐石言其固也。《唐韻》：蒲，水草。《集韻》：「紉合絲爲繩。」**廖按**：聞一多云，《淮南子・氾論篇》曰：

「時屈時伸，卑弱柔如蒲葦。」紉讀如韌，《説文》曰：「韌，柔而固也。」

[五]「我有親父兄，性行暴如雷。恐不任我意，逆以煎我懷」四句：**唐汝諤曰：**《史記·韓安國傳》：「雖有親父，安知其不爲虎；雖有親兄，安知其不爲狼。」**吴兆宜曰：**《莊子》（《人間世》）：「山木，自寇也；膏火，自煎也。」《淮南子》（《繆稱訓》）：膏以明自煎。（廖按，原文爲：「膏燭以明自鑠。」）王逸《九思》（《楚辭》）：「我心兮煎熬。」**廖按：**聞一多云，《莊子·寓言篇》曰：「親父不爲其子媒，親父譽之，不若非其父者也。」《吕氏春秋·安死篇》曰：「此孝子忠臣親父交友之大患。」《上留田行》曰：「似類親父子。」親父兄謂同父之兄，猶今言胞兄。○余冠英云，「父兄」是偏義複辭，因兄而連帶提到父，劉氏有兄無父。

[六]「舉手長勞勞，二情同依依」二句：**唐汝諤曰：**勞勞，相慰勞也。依依，不忍舍也。**吴兆宜曰：**《水經注》：緱氏原，《開山圖》謂之緱氏山也。王子晉控鶴斯阜，靈王望而不得近，舉手謝而去。《説文》：「擡，拜，舉手下手也。」蘇武詩（《文選·詩四首》）：「思心常依依。」《西平樂》（《樂府詩集》）：「我情與歡情，二情感蒼天。」**張玉穀曰：**勞勞，謂中心勞勞也。**聞人倓曰：**《列仙傳》：舉手謝時人而去。曹丕《與吴質書》注：「勞，謂憂心也。」**廖按：**聞一多云，臨别慰勉曰勞勞。李白《勞勞亭詩》曰：「天下傷心處，勞勞送客亭。」

【集評】

陳祚明曰：馬前車後如畫，下馬入車叙得閒暇細肖，「隱隱」「甸甸」字有生致。○磐石蒲葦入樂府比語作致，亦伏下文語。○親父兄四句伏下意法密。○無「舉手勞勞」二語，文情不可已，此虛處寫神也。

李因篤曰：「低頭共耳語」云云，此段府吏語，與初謂新婦意同，所重在誓不相隔卿，誓天不相負，爲深于前文也。正如《莊子》説鵬大於鯤，只用一「背」字，此只用二「誓」字，而前段見其宛爾，是段見其凛然矣。○「新婦謂府吏」一段，使後人爲之，先入此段，乃云君當作磐石云矣。竟佳妙。○「我有親父兄」云云，新婦之行已判一死相謝，然初並不許以留，至此則漸易其語，若云感君之情，將忍辱待之，而日不久望君來，繼之以父兄之暴，恐所懷見剪，則逆知有變，而不輕露「死」字，必俟府吏先言之，何等用心。○「舉手長勞勞，二情同依依」，叙二句，大章法。

入門上家堂，進退無顔儀。阿母大拊掌：「不圖子自歸！[一]十三教汝織，十四能裁衣，十五彈箜篌，十六知禮儀，十七遣汝嫁，謂言無誓違。汝今無罪過，不迎而自歸？」[二]「蘭芝慚阿母，兒實無罪過。」阿母大悲摧。[三]

【校勘】

「汝今無罪過」，《古詩紀》《古樂苑》「無」作「何」。

【集注】

［一］「入門上家堂，進退無顔儀。阿母大拊掌：不圖子自歸」四句：**唐汝諤曰：**顔，顔色。儀，

威儀也。拊，拍也。圖，度也。**吳兆宜曰**：《白虎通》（《大宋重修廣韻》引）：「堂之爲言明也，所以明禮義也。」《説文》：「拊，揗也。」又擊也，拍也。《尚書注》（蔡沈《書經集傳》）：「重擊曰擊，輕擊曰拊。」**聞人倓曰**：拊掌，謂笑也。此亦《毛詩》（《衛風・氓》）「咥其笑矣」之意也。**廖按**：聞一多云，拊掌而笑，譏之也。○余冠英云，拊掌，拍手也，通常是歡樂的表示，這裏是表驚駭。《漢書・蕭望之傳》「天子聞之，驚拊手曰……」，也是以「拊手」表驚駭。

[二]「十三教汝織，十四能裁衣，十五彈箜篌，十六知禮儀，十七遣汝嫁，謂言無誓違。汝今無罪過，不迎而自歸」八句：**張玉穀曰**：無誓違，無決絶去夫家也。**聞人倓曰**：無誓違，《玉篇》：誓，命也。**廖按**：黄節云，紀容舒《玉臺新詠考異》曰：「『誓違』二字義不可連，疑是『僣違』之訛。『僣』，古『愆』字。《詩》：『不愆於儀。』《禮・緇衣》篇引之作僣。」節案，《説文》：「誓，約束也。」《孟子》（《滕文公下》）：「女子之嫁也，母命之，曰：『往之女家，必敬必戒，無違夫子。』以順爲正者，妾婦之道也。」「無誓違」謂無違約束也。當是用《孟子》義。○聞一多云，紀容舒曰「誓違二字」云云，案紀説是也，今據正。「汝今」句，今猶若也。《論衡・感虚篇》曰：「湯之致旱，以過乎？是不與天地同德也。今不以過致旱乎？自責禱謝，亦無益也。」今不以過致旱，即若不以過致旱。○余冠英云，「違」也是過失。「汝今」兩句是説你若無過失，怎會被夫家逐出呢？有些本子將「無」改「何」，無根據。

［三］「蘭芝慚阿母，兒實無罪過。阿母大悲摧」三句：**唐汝諤曰**：蘭芝，婦名。摧，沮也。**陳祚明曰**：蘭芝唯對一語，此時實無可言。**吴兆宜曰**：摧，疑作「慛」。《廣韻》：摧，折也，阻也。又：慛，傷也。憂也。**聞人倓曰**：蘭芝，仲卿妻名。**廖按**：聞一多云，《廣雅·釋詁》一曰：「慛，憂也。」慛摧通。

【集評】

陳祚明曰：「進退無顏儀」極肖，「大拊掌」極肖。此段述母語且恨且憐，終有愛女意，此所以不堅逼令改適也。○重「十三」云云一段映帶作致，是作者用章法處，安頓此處恰好，令人不覺，語亦稍變，故佳。

李因篤曰：「十三」數句，此段重一遍，然在阿母口中，故妙。○「兒實無罪過」，此處簡得妙。○「蘭芝慚阿母」云云，蘭芝自解無罪，只一句；阿母大悲摧，若稍多則情理俱傷矣。略所必略也，然此句卻斷斷少不得，蓋婦人被遣，乃大不幸，非此將有不可言者矣。

還家十餘日，縣令遣媒來。云有第三郎，窈窕世無雙。年始十八九，便言多令才。［一］阿母謂阿女：「汝可去應之。」阿女含淚答：「蘭芝初還時，府吏見丁寧，結誓不別離。今日違情義，恐此事非奇。自可斷來信，徐徐更謂之。」［二］阿母白媒人：

「貧賤有此女，始適還家門，不堪吏人婦，豈合令郎君？幸可廣問訊，不得便相許。」[三]媒人去數日，尋遣丞請還。説「有蘭家女，承籍有宦官」。[四]云「有第五郎，嬌逸未有婚，遣丞爲媒人，主簿通語言。」直説「太守家，有此令郎君。既欲結大義，故遣來貴門」。[五]阿母謝媒人：「女子先有誓，老姥豈敢言？」[六]

【校勘】

「阿女含淚答」，《樂府詩集》「含」作「銜」。

「説有蘭家女」，《樂府詩集》「説」作「誰」。

【集注】

[一]「還家十餘日，縣令遣媒來。云有第三郎，窈窕世無雙。年始十八九，便言多令才」六句：

唐汝諤曰：《説文》：「媒，謀也，謀合二姓也。」窈窕，美好貌。令，善也。**吴兆宜曰**：杜氏《通典》：縣邑之長曰宰，曰尹，曰令，曰大夫，其職一也。《戰國策》（《燕策》）：蘇代對燕王曰：「周地賤媒，爲其兩譽也，之男家曰『女美』，之女家曰『男富』。」《周禮·地官》：「媒氏掌萬民之判。」《漢（書）·韓信傳》：「至如信，國士無雙。」**張玉穀曰**：便言，善於言語。令才，美才也。**聞人倓曰**：《釋訓》（《爾雅》）：「便便，辯也。」

[二]「阿女含淚答：蘭芝初還時，府吏見丁寧，結誓不別離。今日違情義，恐此事非奇。自可斷

來信，徐徐更謂之」八句：**唐汝諤曰**：丁寧，囑咐也。違，背也。斷，絶也。**陳祚明曰**：「恐此事非奇」言暫遣復迎，人家多有此，不足爲奇；「斷來信」是謝絶媒人；「徐徐更謂之」言再與府吏言也。**李因篤曰**：「違情義」，説得真，已絶之矣，下又緩以二語，用安父兄也。**吴兆宜曰**：《漢（書）·谷永傳》「以丁寧陛下」，（顔師古注）：「師古曰：『丁寧，謂再三告示也。』」《異苑》：吴興桑乞妻死，更娶，白日見其死婦語云：「君先結誓，云何負言？」《漢（書）·循吏傳》：「匈臆約結，固亡奇也。」王逸《九思》（《楚辭》）：「秉玉英兮結誓。」晉皇甫謐《答辛曠書》：情義款篤。**張玉穀曰**：「今日違」二句，言今日遣歸，雖違情義，然迎婦之事，容亦有之，而非爲奇也。斷來信，謂回絶今來之媒。更謂之，再通信於府吏也。**廖按**：黄節云，紀容舒曰：「『恐此事非奇』『奇』字義不可通，疑爲『宜』字之訛。」○聞一多云，古音「奇」「佳」相近，奇事猶佳事也。《説文》曰：「偉，奇也。」《莊子·大宗師篇》「偉哉夫造物者」，注曰：「偉，美也。」是奇猶美，美亦佳也。古書言奇遇、奇計、奇樹，義皆即佳耳。信，使也，楊彪妻袁氏《答曹公卞夫人書》曰：「輒付往信。」杜摯《贈毌丘儉詩》曰：「信來給一丸。」○蕭滌非云，「奇」讀如奇偶之奇，違情義謂違誓言，承上結誓句來。猶云今日忽違誓更嫁，恐此非我一人之事。蘭芝自不欲更嫁，故渾其詞以爲推脱地耳。更謂之，猶今人言「我們慢慢再説罷」，皆一時延宕之詞。○余冠英云，「非奇」和後來的「不妙」意思差不多。徐徐更謂之，「之」指出嫁這件事，這句譯成白話就是「慢慢再談它」。

[三]「貧賤有此女，始適還家門，不堪吏人婦，豈合令郎君？幸可廣問訊，不得便相許」六句：**陳祚明曰**：阿母語中亦有欲許意，寫得含蓄，「不得便相許」，姑稍俟耳。**吴兆宜曰**：應璩《與滿公琰書》：外嘉郎君謙下之德。張晏《漢書》：訊者，三日復問，知之與前詞同不也（廖按，此語不見《漢書》顔師古注引張晏曰，見南朝宋裴駰《史記集解》引張晏曰。《文選》李善注引稱「張晏《漢書》」，「前詞」均作「前辭」）。杜預《左傳注》（《昭公二年》「使子皮承宜僚以劍而訊之」注）：「訊，問也。」**張玉穀曰**：「始適」句，言適人未久，而近還家也。**廖按**：黄節云，廣，曠也。始還不得一問便許，欲其稍曠時日也。〇聞一多云，適，嫁也。

[四]「媒人去數日，尋遣丞請還。説有蘭家女，承籍有宦官」四句：**唐汝諤曰**：尋，俄也。丞，縣倅也。籍宦謂仕宦之家也。**陳祚明曰**：説有蘭家女，「蘭」字或是「劉」字訛。**吴兆宜曰**：蘭家女，序云劉氏，此云蘭家未詳，或字之訛也。《史記·蒙恬（列）傳》：「除其宦籍。」《漢紀注》：籍者，爲二尺竹牒，記其年及名字物色，懸之宫門，相應乃得入也。《晉（書）·武十三王傳》：桓玄承籍門資，素有豪氣。《漢（書）·張延壽傳》：「驕逸悖理。」桓譚《新論》（《全後漢文》輯）：「昔楚靈王驕逸輕下。」**張玉穀曰**：「尋遣丞」句，言太守俄復遣縣丞重來説親也，而口氣則似蒙上「縣令遣媒」句來，勿混。蘭家女，意謂劉家之女蘭芝也。然恐「蘭」字乃「劉」字之訛。**聞人倓曰**：縣令因事而遣丞請于太守也。「説有蘭家

女，承籍有宦官」，丞還而述太守之説如此。又按，《史記·蕭何世家》「先走丞相府收圖籍，以是具知天下户口」，則所謂籍者，户籍也。「承籍有宦官」，言繼承先人户籍，世有宦學涖官之人也。**廖按**：黄節云，紀容舒《玉臺新詠考異》曰：「『請還』二字未詳。又序云劉氏，此云『蘭家』，或字之誤也。此二句文義不屬，『説有』『云有』亦複，疑此句下脱一句，不特字句有訛也。」○聞一多云，案如紀聞二人説，文意仍未明。余友許駿齊先生疑「説有蘭家女」二句當在下文「阿母」句下，似較二説爲勝。案此説於詞理較順，然疑「承籍有宦官」下當再有二句，文意乃足。蓋傳寫脱之。○蕭滌非云，尋遣丞請還云者，謂不久太守復遣丞爲媒人請婚而復至劉家也。「説有」以下，爲丞對蘭芝母轉述太守及主簿之詞，非對縣令，故下緊接以阿母媒人云云，文理固甚清晰。特上縣令遣媒來，用明述，此太守遣丞爲媒，卻用補叙，致生疑竇耳。○余冠英云，丞，指縣丞。「媒人去數日」是回復縣令後離去。「遣丞」是縣令遣。「請」是因事請命于太守。「還」是丞還縣。承籍：承繼先人的籍貫。這兩句是縣丞建議縣令另向蘭家求婚，説蘭家是官宦人家，和劉氏不同。

［五］「云有第五郎，嬌逸未有婚，遣丞爲媒人，主簿通語言。直説太守家，有此令郎君。既欲結大義，故遣來貴門」八句：**唐汝諤曰**：丞之下即主簿，主掌簿書。《通典》：郡守，秦官，漢景帝中更名郡守爲太守。郎君，猶言公子也。**吴兆宜曰**：杜氏《通典》：郡丞，秦置之以佐守。漢因而不改。**張玉穀曰**：説有、云有，皆太守告媒語也。「直説」四句，乃丞簿述太

守之言。**聞人倓曰：**《漢官儀》：主簿掌縣之簿書，凡民租之版、出納之會、符檄之要、獄訟之成，總而治之，以贊令治。《漢書百官表》：郡守，秦官，掌治其郡，秩二千石。景帝更名太守。**廖按：**余冠英云，嬌逸，美也。「云」下四句是縣丞告縣令，已受太守委託爲他的五少爺向劉家請婚。這委託是經府裏的主簿傳達的。再下四句便是到劉家説媒的話。

〔六〕「阿母謝媒人：女子先有誓，老姥豈敢言」三句：**陳祚明曰：**「老姥豈敢言」，固欲令阿兄言也。**廖按：**余冠英云，姥，老婦也。

【集評】

陳祚明曰：縣令太守以次益高，寫作兩次遣媒，見此女志堅，阿母愛深，突入阿兄心煩如出意外。

李因篤曰：「直説」下得好，明是威臨之，亦見前縣令郎猶托詞也。

阿兄得聞之，悵然心中煩，舉言謂阿妹：「作計何不量！〔一〕先嫁得府吏，後嫁得郎君，否泰如天地，足以榮汝身。不嫁義即體，其住欲何云？」〔二〕蘭芝仰頭答：「理實如兄言，謝家事夫婿，中道還兄門，處分適兄意，那得自任專？雖與府吏要，渠會永無緣。登即相許和，便可作婚姻。」〔三〕媒人下牀去，諾諾復爾爾。還部白府君：「下官奉使命，言談大有緣。」[四]府君得聞之，心中大歡喜。視曆復開書，便利此月内，六合正相應。[五]「良吉三十日，今已二十七，卿可去成婚。」[六]

【校勘】

「不嫁義即體，其住欲何云」，《樂府詩集》《古詩紀》《古樂苑》「即」作「郎」；《古詩紀》「住」作「往」。

【集注】

[一]「阿兄得聞之，悵然心中煩，舉言謂阿妹：作計何不量」四句：**唐汝諤曰**：量，度也。**吴兆宜曰**：趙岐《孟子注》(《滕文公上》「夷子憮然」注)：「憮然，猶悵然也。」《廣韻》：「煩，勞也。」晉左思《贈妹九嬪悼離詩》(《藝文類聚·人部》引)云：「峨峨令妹。」案，此詩可訂漢晉稱謂之不同。桓譚《新論》(《全後漢文》輯)：「不自量年少新進。」晉羊祜《與從弟書》(《藝文類聚·人部》引)：「是以不量所能。」**廖按**：余冠英云，作計何不量，是説決定主意爲何不先考慮。

[二]「先嫁得府吏，後嫁得郎君，否泰如天地，足以榮汝身。不嫁義即體，其住欲何云」六句：**唐汝諤曰**：否，閉塞也。泰，亨通也。否泰正相反。《易》卦，天地否，地天泰。**吴兆宜曰**：《列女傳》(《貞順傳》)：梁寡高行者，梁之寡婦，早寡，不嫁。梁王使相聘之，高行

曰：「妾聞婦人之義，一往不改，以全貞信之節」。棄義而從利，無以爲人。「乃援鏡操刀以割其鼻」。王高其節，號曰「高行」。《列子·黄帝篇》：「漚鳥之至者百，住而不止。」住，止也，立也，居也。**張玉穀曰**：欲何云，將何説也。**廖按**：黄節云，《易》：「天地交，泰」（《泰·象》）；「天地不交，否」（《否·象》）。否謂先嫁也，泰謂後嫁也。「不嫁義即體」，義謂卦義，體謂卦體也。《詩·衛風》（《氓》）「爾卜爾筮，體無咎言」，毛《傳》：「體，兆卦之體。」此言不可榮以禄者，否也；由否而泰，可以榮身。若不嫁，則卦義即兆所謂「無往不復」者何云也。此並用泰六五「帝乙歸妹」義。○聞一多云，否謂先嫁，泰謂後嫁，其相去之遠不啻天地也。榮身謂後嫁。○余冠英云，義即，「即」是誤字，應從「義郎」。阿兄力勸蘭芝出嫁，故意給太守的兒子這種美稱。其住，「住」當作「往」，「其往欲何云」是説過此以往打算怎麼樣呢？

[三]「蘭芝仰頭答：理實如兄言，謝家事夫婿，中道還兄門，處分適兄意，那得自任專？雖與府吏要，渠會永無緣。登即相許和，便可作婚姻」十句。**吴兆宜曰**：《説文》：仰，舉也。《戰國策》（《東周策》）「則東周之民可令一仰」），（鮑彪）注：「有望於上則仰。」後漢李尤《平城門銘》（《太平御覽·居處部》引）：「平門督司，午位處中。」《漢（書）·匡衡傳》：「上有自專之士。」要，約也。《正字通》：俗語謂他人爲渠儂。**張玉穀曰**：登即，猶當即。許和，謂許與和好也。**聞人倓曰**：《博雅》：要，約也。按，渠謂府吏。《周禮》（《地官司徒》）「使各

登其鄉之衆寡」)，(鄭玄)注：「登，成也；成猶定也。」《禮記·昏義》疏：「婿曰婚，妻曰姻。」「婿以昏時而來，女因之而去。」**廖按**：黄節云，「理實如兄言」謂阿兄所言易理也。○聞一多云，適猶順也。《魏志·管輅傳》曰：「水火之難，登時之驗。」登時即當時。和，應也。

[四]「媒人下牀去，諾諾復爾爾。還部白府君：下官奉使命，言談大有緣」五句：**唐汝諤曰**：諾，許諾也。爾，語終辭。爾爾，猶言如是也。部，屬也。白，復也。部民稱其主曰府君。**吴兆宜曰**：《廣雅》(《釋詁》)：「諾，應也。」鄭玄《禮記注》(《檀弓上》「毋從從爾」注)：「爾，語助也。」還部，《漢書》：「王陽爲益州刺史行部。」《廣韻》：「部，部伍，又部曲也。」沈約《宋書》：郡縣爲封國者，内史並于國主稱臣，去任便止。世祖孝建中，始改此制爲下官，此蓋漢末同列稱謂也。《韓非子》(《外儲説左上》)：上之無度量，言談之士皆棘刺之説也。**張玉穀曰**：下牀，謂所坐胡牀。還部，猶還其衙署也。**聞人倓曰**：《説文》：「牀，安身之坐者。」《戰國策》(廖按，應爲《史記·商君列傳》)：「千人之諾諾。」按，爾，亦應辭也。**廖按**：聞一多云，諾諾，爾爾，應聲也。府君即太守。

[五]「視曆復開書，便利此月内，六合正相應」三句：**唐汝諤曰**：曆，曆日也。**陳祚明曰**：視曆開書，寫府君鄭重其事，亦見期促。**吴兆宜曰**：《吕氏春秋》(《勿躬》)：「容成作曆。」蔡邕《曆數議》(《後漢書·律曆志》「議郎蔡邕議」)：「案曆法，黄帝、顓頊、夏、殷、周、魯，凡六

家。」**張玉穀曰**：六合，吉星名。去成婚，言去講成姻婚也。**聞人倓曰**：《南齊書·禮志》五行説，十二辰爲六合，月建與日辰合也。**廖按**：余冠英云，視曆復開書，是説翻查曆書。《隋書·經籍志》有《六合婚嫁曆》，大約古時以此爲合婚之用。

［六］「良吉三十日，今已二十七，卿可去成婚」三句：**唐汝諤曰**：良吉，謂日吉時良也。**廖按**：有文章釋「良吉三十日」云，據《史記·日者列傳》「可以推測自漢孝武帝起始推行五行家的曆法」。「一九九三年六月於湖北荆州沙市關沮區周家臺三十號秦墓出土了一批簡牘，其中『戎曆日』就屬於五行家推測日之吉凶曆書的片段」，簡文稱「入月二日、六日……廿六日、卅日小徹……凡小徹之日，利以行作，爲好事。娶婦、嫁女，吉」。（金寶《〈爲焦仲卿妻作〉中時稱與日稱的歷史文化探微》，《沈陽農業大學學報（社會科學版）》二〇一七年第五期。）

【集評】

陳祚明曰：「悵然心中煩」五字神情畢露，亦因先伏性行暴如雷，章法妙，故此處不煩辭費。「否泰如天地」，寫小人慕勢語極肖，抑知此女胸中大不然；然正以否泰如天地，而此女不動心，此所以極難得。「義郎」字反形府吏不義。〇此女不特性剛，亦甚明智。見阿兄作此語，情知不可挽回，故更不作謝卻語；至下文移榻裁衣，亦更不作不欲狀。使人不疑，始得斷然引決，勿令覺而防我即難。遂意此直情事如此，不謂作者能曲曲寫出，但覽者或反不解耳。〇「中道還兄門」，妙，既在兄家，安得不從兄命，女子依人不能自主，良可悲。○不作一語以謝卻者，以此兄非言可回也。○「仰頭答」生致肖。○府吏、蘭芝、二母、阿兄，此皆篇中不可少之人，代言曲肖亦已佳，中雜媒人語亦復宛似，媒人向蘭芝家言尚是不可少之語，又雜以白府君語，閒處生姿，甚妙，「下官」云云十字何其生動。「諾諾復爾爾」語亦有致。

李因篤曰： 府吏是府吏語，新婦是新婦語，而阿母是兩阿母語，媒是媒語，阿兄是阿兄語，直于風雅之中見太史公。○「仰頭答」，慘於含之口泪矣。故作滿意之語，其死決矣。○「言談大有緣」，檃括上文，實居功之詞也。

交語速裝束，駱驛如浮雲。青雀白鵠舫，四角龍子幡。婀娜隨風轉，金車玉作輪。[一]躑躅青驄馬，流蘇金鏤鞍。齎錢三百萬，皆用青絲穿，[二]雜綵三百疋，交廣市鮭珍。從人四五百，鬱鬱登郡門。[三]阿母謂阿女：「適得府君書，明日來迎汝。何不作衣裳？莫令事不舉！」[四]阿女默無聲，手巾掩口啼，淚落便如瀉。[五]移我琉璃榻，出置前窗下。左手持刀尺，右手執綾羅。朝成繡袷裙，晚成單羅衫。[六]晻晻日欲暝，愁思出門啼。[七]

【校勘】

「駱驛如浮雲」，《樂府詩集》《古詩紀》《古樂苑》「駱驛」作「絡繹」。

「流蘇金鏤鞍」，《古詩紀》《古樂苑》「鏤」作「縷」。

「交廣市鮭珍」，《古詩紀》小注云「『廣』一作『用』」《古樂苑》篇末小注云「『交廣』一作『交用』」。

「移我琉璃塌」，《樂府詩集》「琉璃塌」作「瑠璃榻」，《古詩紀》《古樂苑》「塌」作「榻」。

【集注】

［一］「交語速裝束，駱驛如浮雲。青雀白鵠舫，四角龍子幡。婀娜隨風轉，金車玉作輪」六句：**唐汝諤曰**：絡繹，謂使命之來連絡不絶也。並兩船曰舫。青雀白鵠皆舟名。幡謂旗幟之下垂者。婀娜，弱態也。車上飾以金玉，極言其美也。**吴兆宜曰**：《蜀志・龐統傳》：並使裝束。張衡賦（《文選・南都賦》）「駱驛繽紛」，（李善）注：「往來衆多貌。」《穆天子傳》「天子乘鳥舟龍舟卒浮於大沼」，（郭璞）注：「舟皆以龍鳥爲形制，今吴之青雀舫，此其遺制者。」《西京雜記》：太液池中有鳴鶴、容與、清廣、采菱等舟。《襄陽樂》（《樂府詩集》）：「四角龍子幡，環環當江柱。」《宋書・臧質傳》：「六平乘並施龍子幡。」考此詩，其制蓋起於漢也。《莊子》：鶴不浴而白。（廖按，《莊子・天運》原文爲「夫鵠不日浴而白」）自然也。《説文》：「舫，方舟也。」**聞人倓曰**：梁元帝《船名詩》（《初學記・器物部》引）云：「池

邊白鵠舞，林深青雀歸。」《史記・吳太伯世家》（「文身斷髮」），（裴駰《集解》引應劭）注：文身象龍子（按，原文爲「文其身，以象龍子」）。《釋名》：「旛，幡也。其貌幡幡也。」《廣韻》：「婀娜，美貌。」金車，見《易》。（廖按，《周易・困》九四：「來徐徐，困于金車。」）《周禮》（《冬官考工記》）：「輪人爲輪。」《拾遺記》：周穆王巡行天下，馭黃金碧玉之車。**張玉穀曰**：交語速裝束，言太守遣人交相傳語，急速裝束行聘諸事也。隨風轉，似頂上「龍子幡」來，然作車輪之轉爲妥。**廖按**：聞一多云，《方言》九（「或謂之艗艏」），（郭璞）注曰：「鷁，鳥名也，今江東貴人船前作青雀，是其像也。」○余冠英云，「龍子幡」，旗幟名，掛在船艙四角。

[二]「躑躅青驄馬，流蘇金鏤鞍。齎錢三百萬，皆用青絲穿」四句：**唐汝諤曰**：驄，馬鬣。綵繡錯雜而下垂謂之流蘇。縷（廖按，唐汝諤《古詩解》「鏤」作「縷」），線也。鞍，馬鞍。齎，裝送也。**吳兆宜曰**：《説文》：「驄，馬青白雜色也。」晉摯虞《決疑要注》（《北堂書鈔・服飾部》引）：「天子帳，流蘇爲飾。」案，《西京雜記》：「武帝時，身毒國獻白光琉璃鞍」，「自是長安始盛飾鞍馬」，「或加以鈴鑷，飾以流蘇」。左思《吳都賦》「張組帳，設流蘇」注，流蘇者，五色羽飾帷而垂之也。（廖按，《文選・吳都賦》「張組幃，構流蘇」，李善引薛綜注曰：「流蘇，謂翦繒彩垂于雕文之樓也。」）《吳都賦》「駙承華之蒲梢，飛流蘇之騷殺」，李善注曰：「後宮蒲梢汗血之馬。流蘇，五采毛雜之，以爲馬飾而垂之。」）**聞人倓曰**：《鹽鐵論》，

「古者」「繩鞚、革鞮、皮薦而已」，其後代以「革鞍」「鐵鑣」而不飾。其後乃有鏤衢鞍、紫茸題、高橋鞍，或有金銀翠毛之飾。《漢書·武帝紀》「初算緡錢」，（顔師古注引李斐）注：「緡，絲也，以貫錢也。」**廖按**：余冠英云，齎，猶付也。

［三］「雜綵三百疋，交廣市鮭珍。從人四五百，鬱鬱登郡門」四句：**唐汝諤曰**：綵，繒繒也。布帛四丈爲疋。鮭珍，未詳。從，謂隨行之人。鬱鬱，盛也。**李因篤曰**：盛寫迎親一段，見母兄之所以動心，而蘭芝必死府吏，真爲難及。**吴兆宜曰**：《廣韻》：「綵，綾綵也。」廣，亦作「用」。《説文》：「市，買賣之所也。」《讀書通》：「鮭，通作膎，《説文》：膎，脯也。徐曰：古謂脯之屬爲膎，因通謂儲蓄食味爲膎。」鄭康成《周禮》（《天官冢宰》）「膳夫」注：「今時美物曰珍。」《山海經》（《北山經》）「敦薨之山」，「其中多赤鮭」。（郭璞）注：「今名鯸鮐爲鮭魚，音圭。」魚名。《後漢書》（《光武帝紀》）：「氣佳哉！鬱鬱葱葱然。」**張玉穀曰**：交、廣，地名。鮭，音鞋，吴人謂魚菜之總名。此言鮭珍，足珍重之魚菜也。登郡門，齊集府門伺候也。**聞人倓曰**：雜綵，《玉篇》：五彩備。《廣韻》：「綾彩。」《集韻》：「繒也。」《一統志》：廣東古百越地，漢置交州部刺史，舉察南海等郡。**廖按**：黄節云，《漢書·地理志》：蒼梧郡，武帝元鼎六年開，莽曰新廣。屬交州。《論衡》（《言毒篇》）：鮭肝死人。（廖按，原文爲「故人食鮭肝而死」）案即今河豚也。《禮（記）·王制》「八十常珍」，注：珍味也。（廖按，孔穎達《疏》原文爲「珍謂常食之皆珍奇美食」）登郡門，紀容舒曰（《玉臺新

詠考異》）：「『登』字疑當作『發』。」〇聞一多云，《吴志》黄武五年分交州置廣州。又《士燮傳》曰：黄武五年燮卒，權以交址縣遠，乃分合浦以北爲廣州，交址以南爲交州。《文選·吴都賦》（「王鮪鯸鮐」），李善引劉（淵林）注曰：「鯸鮐魚，狀如科斗，大者尺餘，腹下白，背上青黑有黄文。性有毒，蒸煮，餤之，肥美。豫章人珍之。」案即今河豚。河豚味美，一名鮭魚，故以鮭爲美饌之稱。《後漢書·（顯宗孝）明帝紀》（「公卿饌珍」），（李賢）注曰：「珍謂肴羞之屬。」一説《世説新語》曰：「庾杲之清貧，每食三韭。任昉戲之曰：誰謂庾郎貧，每食鮭菜，常有二十七種。」〇余冠英云，舊説「交廣」指交州和廣州，廬江去交廣重洋萬里，未免誇張太過。而且據《吴志》，黄武五年（西元二二六）才分交州置廣州。這時民間還不會將「交」「廣」並稱。這句詩似可讀成上一下四句，「交」同教，「廣市鮭珍」就是廣泛購買鮭珍。〇逯欽立云，「廣」作「用」者是。錢與雜彩皆是貨幣，故下言「交用」也。作「廣」者，後人不諳幣制故妄改。

［四］「阿母謂阿女：適得府君書，明日來迎汝。何不作衣裳？莫令事不舉」五句：**陳祚明曰**：阿母此際乃言，其辭緩，其情實急，如稍作不欲狀便加意防之矣。**吴兆宜曰**：《廣韻》：「舉，擎也。又立也。」**廖按**：余冠英云，不舉，猶不辦。

［五］「阿女默無聲，手巾掩口啼，淚落便如瀉」三句：**唐汝諤曰**：瀉，傾也。**吴兆宜曰**：《漢名臣奏》（《太平御覽·服用部》引）：王莽斥出，太后憐之，伏泣失色，太后親自以手巾拭淚。

記》(《內則》)「盥卒授巾」,(鄭玄)注:「巾以帨手。」

李因篤曰: 府吏默無聲,知其不遺,阿女默無聲,知其必死,此大章法。**聞人倓曰:** 《禮

[六]「移我琉璃榻,出置前窗下。左手持刀尺,右手執綾羅。朝成繡裌裙,晚成單羅衫」六句:

唐汝諤曰: 榻,牀狹而長。(廖按,唐汝諤《古詩解》「塌」作「榻」)**吴兆宜曰:** 《南州異物志》(《太平御覽·珍寶部》引):「琉璃本質是石,欲作器以自然灰冶之。」古辭《子夜歌》(《樂府詩集》):「約眉出前窗。」案:《漢書》(《西域傳》):武帝時,使人入海市琉璃(廖按,原文爲:「罽賓……出……珠璣、珊瑚、虎魄、璧流離……自武帝始通罽賓。」「使人入海求蓬萊、方丈、瀛洲」見於《郊祀志》),師古注:今俗所用,皆消冶石汁加以衆藥灌而爲之。《説文》:「塌,牀也。」《玉篇》:「牀狹而長謂之塌。」張衡《髑髏賦》:飛鋒耀景,秉持刀尺(廖按,見《文選》郭泰機《答傅咸》李善注引,「秉持刀尺」作「秉刀持尺」)。木華《海賦》(《文選》)「綾羅被光於螺蚌之節」,(李善)注:「螺蚌之節,光若綾羅也。」《六書故》:今以單衣爲衫。**李因篤曰:** 前著繡裌裙,「事事四五通」,著之遲,見其不欲著;此「朝成繡裌裙,晚成單羅衫」,成之速,見其不欲成,各有其妙。○劉氏自誓必死,所作鬼衣耳,故成之極速也。**聞人倓曰:** 《釋名》:「綾,凌也。其文望之如冰凌之理也。」單羅衫,《釋名》:「衫,芟也。衫末無袖端也。」**廖按:** 聞一多云,《初學記》二五引《通俗文》曰:「牀三尺五曰榻,板獨坐曰枰。」案牀榻枰三名亦可通稱。《廣雅·釋器》曰:「榻,枰也。」《一切

經音義》四引《埤蒼》曰：「枰，榻也，謂獨坐板牀也。」《水經·湘水注》曰：「賈誼宅有一腳石牀，才容一人坐，云誼宿所坐牀。」此亦枰而稱牀者。上文「槌牀便大怒」「媒人下牀去」之牀，並此文之榻，實皆獨坐之枰。○余冠英云，琉璃榻，「榻」是坐具，上嵌琉璃。琉璃有自然的和人工的兩種，自然的今名「青金石」，人爲的即指琺瑯與琉璃。

［七］「晻晻日欲瞑，愁思出門啼」二句：**唐汝諤曰**：晻晻，將瞑貌。**吴兆宜曰**：《楚辭》《九嘆》：「日晻晻而下頹。」《説文》：「晻，不明也。」王逸《楚辭注》（《九章·涉江》「齊吴榜以擊汰」注）：「（或曰：齊悲歌）悲歌，言愁思也。」**聞人倓曰**：晻晻，日無光也。**廖按**：余冠英云，瞑，暮也。

【集評】

陳祚明曰：「交語」一段刻意鋪張，使觀者眩目奪心，且富麗如此，而此女不爲易念，方可見志之堅也。○幡寫四角，寫風轉，車寫金玉，馬寫躑躅，錢寫穿從，人寫鬱鬱，語必作致生動。○寫此女慧心，故即辦嫁衣，然逗「默無聲」三句，不没其情。○「移榻」六句排比生動。○「默無聲」極肖，無窮情緒在内，與上文府吏默無聲遥遥相映。○「手巾掩口啼」語雋。

府吏聞此變，因求假暫歸。未至二三里，摧藏馬悲哀。［一］新婦識馬聲，躡履相逢迎，悵然遥相望，知是故人來。舉手拍馬鞍，嗟歎使心傷。［二］「自君别我後，人事不可量。果不如先願，又非君所詳。我有親父母，逼迫兼弟兄，以我應他人，君還何所望！」[三]府吏謂新婦：「賀卿得高遷！磐石方且厚，可以卒千年。[四]蒲葦一時紉，便作旦夕間。卿當日勝貴，吾獨向黃泉。」[五]新婦謂府吏：「何意出此言！同是被逼迫，君爾妾亦然。黃泉下相見，勿違今日言！」[六]執手分道去，各各還家門。生人作死別，恨恨那可論！念與世間辭，千萬不復全。[七]

【校勘】

「磐石方且厚」，《古樂苑》「磐」作「盤」；「且」原作「可」，據《樂府詩集》《古詩紀》《古樂苑》改。

「黃泉下相見」，「下」原作「不」，據《樂府詩集》《古詩紀》《古樂苑》改。

【集注】

[一]「府吏聞此變，因求假暫歸。未至二三里，摧藏馬悲哀」四句：**唐汝諤曰**：求假，求給假也。摧，挫，藏，匿也。**李因篤曰**：「摧藏」二字得其神理，摧之欲其速至也，藏之欲其無鳴也，然反以摧藏而致馬聲，自然之理。**吴兆宜曰**：《初學記》（《政理部》）：「休假亦曰休沐。漢律：吏五日得一休沐，言休息以洗沐也。」《琴操》（《藝文類聚·人部》引）：王昭君歌曰：「離宫絶曠，身體摧藏。」**張玉穀曰**：聞此變，謂重與太守結親之變故也。藏，古通

臓。摧藏，謂摧傷其腑臓也。**聞人倓曰**：摧藏，《嘯賦》（《文選》，「悲傷摧藏」），（李善）注：「摧藏，自抑挫之貌。」**廖按**：聞一多云，摧藏，疑即衰愴之轉。○余冠英云，摧藏，或是「悽愴」之轉。一説藏同臓，猶言摧挫肝腸。

［二］「新婦識馬聲，躡履相逢迎，悵然遥相望，知是故人來。舉手拍馬鞍，嗟歎使心傷」六句：**唐汝諤曰**：躡，蹈也。**陳祚明曰**：死生契闊在此際一面，故於未面之先，寫兩情感通，累累多語，此不覺出門，彼不覺來歸，門未至而馬先嘶，人未見而聲已識，精誠會合，真有金石可通天地不隔者，神至之筆也。○舉手拍鞍極肖。**吴兆宜曰**：《戰國策》（《燕策》），田光造，燕太子「跪而逢迎，卻行爲道」。王粲《登樓賦》（《文選》）：「憑軒檻以遥望兮。」《説文》：「拍，拊也。」**李因篤曰**：府吏所乘馬，新婦習見之，故識其聲，然亦是新婦度府吏聞變必來，側耳待之久矣，故遥聆其聲而識之，而父母與兄則不聞也。

［三］「自君别我後，人事不可量。果不如先願，又非君所詳。我有親父母，逼迫兼弟兄。以我應他人，君還何所望」八句：**陳祚明曰**：人事不可量，三語三意。蓋前此府吏但知己不負婦，而此女已料逆煎我懷，兩人意中各殊，今相迎之約不可復遂，此人事不可量，一也；阿兄煎迫，果不如先願，非女所料，二也；府吏初不相負，而女家忽有變，又非君所詳，出府吏意外，三也。**李因篤曰**：此處對府吏一段，尚不肯露死意。「以我應他人」，正與「不足迎後人」對説。**廖按**：聞一多云，量，料也。親父母謂生父生母。《淮南子·齊俗訓》曰：「親

母爲其子治扢秃而血流至耳，見者以爲愛也。」○余冠英云，這裏「父母」是複辭用偏義，蘭芝婚姻由兄作主，似無父。下句「弟兄」也是偏義複辭，因兄而連言弟。

[四]「府吏謂新婦：賀卿得高遷！磐石方且厚，可以卒千年」四句：**唐汝諤曰：**遷，升也。**吴兆宜曰：**史遊《急就章》「綸組縌笈以高遷」，（顔師古）注：「秩命不同，則彩質各異，故云以高遷。」**張玉轂曰：**高遷，謂得高門而遷徙之也。

[五]「蒲葦一時紉，便作旦夕間。卿當日勝貴，吾獨向黄泉」四句：**唐汝諤曰：**向黄泉謂死歸地下。《左傳》（《隱公元年》）：「不及黄泉，無相見也。」**李因篤曰：**「吾獨向黄泉」，新婦反説一段，止欲得此一句。**吴兆宜曰：**《晉（書）・郗超傳》：「風流勝貴，莫不崇敬。」**張玉轂曰：**一時紉，意謂柔弱任人轉弄，不自主也。日勝貴，日勝一日而貴也。**廖按：**聞一多云，《素問・逆調論》（「獨勝而止」）王（冰次）注曰：「勝者盛也。」是「勝貴」猶言貴盛。

[六]「何意出此言！同是被逼迫，君爾妾亦然。黄泉下相見，勿違今日言」五句：**吴兆宜曰：**意，一作「以」。**廖按：**聞一多云，爾，如是也。又按：蘭芝此言是因仲卿前言「吾獨向黄泉」而起，故蘭芝與之相約黄泉下相見。

[七]「執手分道去，各各還家門。生人作死别，恨恨那可論。念與世間辭，千萬不復全」六句：**唐汝諤曰：**「千萬」句，人的處世，千萬不齊，鮮有能全美者。**陳祚明曰：**「生人作死别」四語結上啓下，亦是文情不可已，故於虚處寫神，與「勞勞」二句同。**吴兆宜曰：**生人，一作

「人生」。《魏氏春秋》(《初學記·職官部》引):「故事,御史中丞與洛陽令相遇,則分路而行。」李因篤曰:又叙六句,與前「勞勞」二句,爲大章法。廖按:余冠英云,「千萬」表示堅決,言無論如何不再想保全了。

【集評】

陳祚明曰:府吏語亦大惡,反詰數語,此時人情必有之論,映前作章法妙。○凡長篇不可不頻頻照應,不則散漫,篇中如十三織素云云、吾今赴府云云、磐石蒲葦云云及雞鳴之於牛馬嘶、前後兩「默無聲」,皆是照應法,然用之渾然,初無形跡,故佳,乃神化於法度者。

李因篤曰:「新婦謂府吏」一段,斷二句,又要二句,情理俱完。

府吏還家去,上堂拜阿母:「今日大風寒,寒風摧樹木,嚴霜結庭蘭。[一]兒今日冥冥,令母在後單。故作不良計,勿復怨鬼神!命如南山石,四體康且直。」[二]阿母得聞之,零淚應聲落:「汝是大家子,仕宦於臺閣。慎勿爲婦死,貴賤情何薄?東家有賢女,窈窕豔城郭。阿母爲汝求,便復在旦夕。」[三]府吏再拜還,長歎空房中,作計乃爾立,轉頭向户裏,漸見愁煎迫。[四]

【集注】

［一］「今日大風寒，寒風摧樹木，嚴霜結庭蘭」三句：**唐汝諤曰**：摧，折也。**吴兆宜曰**：曹植《閒居賦》（《文選》李善注沈約《游沈道士館》「解帶臨清風」引）：「泝寒風而開衿。」宋玉《九辨》（《楚辭》）：「冬又申之以嚴霜。」**廖按**：《世説新語·言語》：「謝太傅問諸子侄：『子弟亦何預人事，而正欲使其佳？』諸人莫有言者，車騎答曰：『譬如芝蘭玉樹，欲其生於階庭耳。』」

［二］「兒今日冥冥，令母在後單。故作不良計，勿復怨鬼神。命如南山石，四體康且直」六句：**唐汝諤曰**：冥冥，昏暗也。單，孤單也。**李因篤曰**：「故作」二句，二語怨深，其死決矣。「命如」句，此句見其非命。「四體」句，此句見其非病。**吴兆宜曰**：張奂《遺令》（《太平御覽·禮儀部》引《續漢書》曰）：「地底冥冥，長無曉期。」《正字通》：「單，複之對也，孤也。」陶潛《挽歌》（《太平御覽·禮儀部》引）：「死去何所道？托體同山阿。」與此義同。**張玉穀曰**：冥冥，言將死而冥冥也。故作不良計，謂母自作此不良之計也。「命如」句，以山石不動，喻已死而僵直也。**聞人倓曰**：不良計，謂將死也。怨鬼神，猶言怨天也。「命如」二句，謂死也。母前不敢直言，故隱約其辭。**廖按**：聞一多云，日冥冥，日暮也。命，壽命也。《小雅·天保篇》（《詩經》）曰：「如南山之壽，不騫不崩。」康，强也。此自訣時祝母康健之詞。〇余冠英云，日冥冥句，府吏説自己現在要像日之冥冥，就是説要了結生命了。

「故」，故意也。這兩句是説我自己故意尋此短見，不關鬼神的事。命，令也。「命如」二句是説將使自己的四體安泰而僵直，如南山之石。

〔三〕「汝是大家子，仕宦於臺閣。慎勿爲婦死，貴賤情何薄。東家有賢女，窈窕豔城郭。阿母爲汝求，便復在旦夕」八句：**唐汝諤曰**：豔，色美也。**吴兆宜曰**：《鶡冠子》（《文選》李善注陸機《文賦》「形不可逐，響難爲繫」引）：「影之隨形，響之應聲。」宋何光遠《鑑誡録》：漢魏以來，官中之尊美之呼曰大家子。《論衡》：「仕宦無常遇。」（《逢遇篇》）又：「使至臺閣之下。」（《須頌篇》）季歷《哀慕歌》（《太平御覽·樂部》引《古今樂録》）：「臺閣既除。」《廣韻》：「良，賢也，善也。」《説文》：「城，以盛民也。」城者，成也，一成而不可毁也。鯀造之。內曰城，外曰郭。**張玉穀曰**：「貴賤」句，言己貴婦賤，情何必不薄也。**聞人倓曰**：賤，指此婦無禮節而言。阿母言貴其所宜賤，此情何太偷薄乎？「賤」字對下句「賢」字看便明。**廖按**：黄節云，「貴」謂大家子、宦臺閣也；「賤」謂婦也。貴賤相懸，遣婦不爲薄也；情何薄，言何薄之有也。〇聞一多云，《後漢書·仲長統傳》「事歸臺閣」，（李賢）注曰：「臺閣謂尚書也。」《通典》曰：「漢初尚書雖有曹名，不以爲號，總謂之尚書臺。」按此指仲卿之先世。豔城郭，謂豔於全城全郭之人。〇余冠英云，「仕宦」句，是預擬之辭，言你本是大家子弟，有所憑藉，將來還要進尚書臺做官呢，可别爲女人輕生。「貴」指仲卿，言其本是「大家子」，又將「仕宦於臺閣」。「賤」指劉蘭芝，言其「生小出野里」。既然貴賤相懸，將她驅遺，還不應該麼，這哪算薄情呢？豔城郭，是説全城全郭數她最豔。○安國梁提出「貴賤情何薄」可釋爲：「你把賤人看得那麼重，卻對生你、養你的我如此薄情！」（見《〈焦仲卿妻〉「貴賤情何薄」注釋評議》，《語文知識》二〇〇二年第十一期。）

〔四〕「作計乃爾立。轉頭向户裏，漸見愁煎迫」三句：**吳兆宜曰**：《世説》：魏文帝令陳思王七步成詩，曰：「萁在釜底然，豆在釜中泣，本是同根生，相煎何太急！」**張玉穀曰**：「作計」句，言算計如何立法而自經也。**廖按**：黄節云，「乃爾」者，作計已決之貌。「立」謂起立，欲行其自經之計，又轉頭向户，不遂行也。○余冠英云，「乃爾」，如此也，這句是説就這樣立定了主意——決定自殺的方法，下文轉頭向户裏，是顧念阿母。

【集評】

陳祚明曰：蘭芝不白母而府吏白母者，女之於母、子之於母情固不同。女從夫者也，又恐母防之，且母有兄在可死也；子之於母，妻孰於母重，且子死母何依，能無白乎？同死者情也，彼此不負，女以死償，安得不以死報。白母者性也，使此時母即悔而迎女，猶可兩俱無死也；然度母終不肯迎女，死終不可以已，故白母之言亦有異者。兒今冥冥四語，明言之矣；今日風寒，命如山石，又不甚了了，亦恐母覺而防我也。○府吏白母而母不防者，女之去久矣，他日不死而今日何爲獨死，不過謂此怨懟之言，未必實耳，故漫以東家女答之，且用相慰；然府吏白母不言女將改適，不言女亦欲死，蓋度母之性必不肯改而迎女，而徒露真情，則防我不得死故也。○蘭芝有太守郎實事也，此尋一東家羅敷當之；蘭芝有太守郎，又用令郎君相掩，映作兩層；此前言東家羅敷，後言東家賢女，亦作兩層當之。章法作意處，以虛對實，以賓映主，甚妙。○府吏之死爲報蘭芝，必在後，至性激切者蘭芝也。今將言蘭芝之死，反將府吏空房愁歎、作計徘徊一種情事敘在前，甚妙。

其日牛馬嘶，新婦入青廬。菴菴黄昏後，寂寂人定初。〔一〕「我命絶今日，魂去尸長留。」攬裙脱絲履，舉身赴清池。〔二〕府吏聞此事，心知長別離。徘徊庭樹下，自掛東南枝。〔三〕兩家求合葬，合葬華山傍。〔四〕東西植松柏，左右種梧桐。枝枝相覆蓋，葉葉相交通。中有雙飛鳥，自名爲鴛鴦，仰頭相向鳴，夜夜達五更。〔五〕行人駐足聽，寡婦起彷徨。多謝後世人，戒之慎勿忘！〔六〕（《玉臺新詠》卷一。《樂府詩集》卷七三、《古詩紀》卷十七、《古樂苑》卷三二）

【校勘】

〔一〕「菴菴黄昏後」，《古詩紀》《古樂苑》「菴菴」作「奄奄」。

〔二〕「徘徊庭樹下」，《古詩紀》《古樂苑》「庭」作「顧」。

【集注】

[一]「其日牛馬嘶，新婦入青廬。菴菴黄昏後，寂寂人定初」四句：**唐汝諤曰**：嘶，馬鳴也。青廬，廬舍也。菴菴，光暗淡也。日入三刻爲昏，黄昏謂初昏也。寂寂，無人聲也。**李因篤曰**：「其日」句，寫其凶危，至牛馬爲嘶，而父母冥然何也。**吴兆宜曰**：《正字通》：嘶，聲長而殺也。凡馬鳴、蟬鳴，聲多嘶。又悲者聲亦嘶。《酉陽雜俎》：北朝婚禮，用青布幔爲屋，在門内外，謂之青廬。于此交拜迎新婦。《北史・齊幼主紀》：御馬將合牝牡，則設青廬，具牢饌，而親觀之。《淮南子》(《天文訓》)：「至於虞淵，是謂黄昏。」(《漢書・揚雄傳》「外則正南極海，邪界虞淵」)，(顔師古注引)應劭曰：「虞淵，日所入也。」《後漢(書)・來歙傳》：「歙自書表曰：『臣夜人定後，爲何人所賊。』」屈原《九章(抽思)》(《楚辭》)：「昔君與我成言兮，曰黄昏以爲期。」**張玉穀曰**：入青廬，自外歸來也。**廖按**：黄節云，紀容舒(《玉臺新詠考異》)曰，「菴菴前作晻晻。案，《廣韻》：『晻，烏感切。晻靄，暗也。』而左思《蜀都賦》『蔚所盛，茂八荒而菴靄焉』，正作菴字，李善亦音烏感切。然則二字本通，非訛異也」。○聞一多云，《世説新語・假譎篇》：「魏武少時，嘗與袁紹好爲游俠，觀人新婚，因潛入主人園中，夜叫呼云『有偷兒賊』，青廬中人皆出觀。魏武乃入，抽刃劫新婦，與紹還。」按一名百子帳。《演繁露》曰：「唐人昏禮多用百子帳。……大抵如今尖頂圓亭子，而用青氈通冒四隅上下，便於移置耳。」「《左傳・昭五年》杜注曰：「人定爲輿，黄昏

爲隸。」

[二]「我命絶今日，魂去尸長留。攬裙脱絲履，舉身赴清池」四句：**唐汝諤曰**：人死爲游魂，尸即死者之形也。攬，撮持也。裙，下衣。**陳祚明曰**：「我命」二句，至到語；「魂去屍長留」，語奇。攬裙，脱履，舉身，寫得活如親見之。**吴兆宜曰**：絲，一作「素」。《漢(書)·息夫躬傳》：「自恐遭害，著絶命辭。」司馬相如《子虚賦》(《文選》)：「游于清池。」**聞人倓曰**：《漢書·賈誼傳》：「今民賣僮者，爲之繡衣絲履。」**廖按**：聞一多云，我，新婦也。赴讀爲仆。

[三]「府吏聞此事，心知長别離。徘徊庭樹下，自掛東南枝」四句：**唐汝諤曰**：徘徊，顧望也。掛，懸也。**李因篤曰**：相要以死，必府吏先言之，而府吏之踐言，則在新婦後，情理俱盡。殉情一段有急弦促柱不能成聲之妙，非簡也。敘其相殉，只合如此，更多一語不得，多則呆筆鈍腕了無足觀矣。**吴兆宜曰**：《史記》(《田單列傳》)：燕入齊，令王蠋爲將。蠋「遂經其頸於樹枝，自奮絶脰而死」。**張玉穀曰**：聞此事，聞其婦已死也。

[四]「兩家求合葬，合葬華山傍」二句：**唐汝諤曰**：華，西嶽名。**陳祚明曰**：兩家聞二人之死，倉皇悲慟，各懷悔恨，必有一番情事，然再寫則沓拖，故直言求合葬，文勢緊峭，乃知通篇之縷縷無一閒語也。前此不寫兩家家世，不重其家世也；後此不寫兩家倉皇，不重其倉皇也；最無謂語，而可以寫神者，謂之不閒；若不可少，而不關篇中意者，謂之閒，於此可

悟裁剪法。**吴兆宜曰**：《爾雅》(《釋山》)：「華山爲西嶽。」《古今樂録》：宋少帝時，南徐一士子從華山畿往雲陽。見客舍有女子年十八九，悦之，無因，遂感心疾。女聞感之，因脱蔽膝，令母密置其席下卧之。少日見蔽膝，遂吞食而死。葬時車載從華山度。至女門，女出歌曰：「華山畿，君既爲儂死，獨活爲誰施？歡若見憐時，棺木爲儂開。」棺應聲開，女投入棺。乃合葬，呼曰神女冢。考西岳華山相去廬江甚遠，合葬事當從《古今樂録》南徐華山畿爲是。**聞人倓曰**：《一統志》：華山在華陰縣南。**廖按**：聞一多云，華山蓋廬山郡小山名，今不可考。○余冠英云，一説今安徽省舒城縣南二十五里有華蓋山，也許就是本詩的華山。

［五］「東西植松柏，左右種梧桐。枝枝相覆蓋，葉葉相交通。中有雙飛鳥，自名爲鴛鴦，仰頭相向鳴，夜夜達五更」八句：**唐汝諤曰**：鴛鴦，匹鳥。《古今注》：雄雌未嘗相離，人得其一，一思而死。刻漏至五更始歇。**吴兆宜曰**：古歌(《平陵東》)：「平陵東，松柏桐，不知何人劫義公？」宋玉《高唐賦》(《文選》)：「葩葉覆蓋。」《白虎通》(《嫁娶》)：「天地交通。」《論衡》(廖按，當爲《顔氏家訓・書證》)：「或問，一夜何故五更？更何所訓？答曰：漢魏以來，謂爲甲夜、乙夜、丙夜、丁夜、戊夜。又云鼓，一鼓、二鼓、三鼓、四鼓、五鼓。亦云一更、二更、三更、四更、五更，皆以五爲節。《西都賦》云：『衛以嚴更之署。』所以爾者，假令正月建寅，斗柄夕則指寅，曉則指午矣，自寅至午，凡歷五辰。冬夏之月，雖復長短參差，然

辰間遼闊，盈不過六，縮不至四，進退常在五者之間。更，歷也，經也。故曰五更爾。」**聞人倓曰**：自名爲鴛鴦，按，鳥多自呼其名。**廖按**：聞一多云，仲長統《昌言》曰：「古之葬者，松柏梧桐以識墳也。」「中有」二句，此蓋謂鴛鴦爲二人精魂所化。《太平廣記》三八引《述異記》曰：「吴黄龍年中，吴都海鹽有陸東美，妻朱氏亦有容止，夫妻相重，寸步不相離，時人號爲比肩人。夫婦云，皆比翼，恐不能佳也。後妻死，東美不食求死，家人哀之，乃合葬。未一歲，冢上生梓樹，同根，二身相抱而合成一樹，每有雙鴻常宿於上。孫權聞之嗟歎，封其里曰比肩墓，又曰雙梓。」案此事流傳之地域與時間，並與本篇略同，故母題亦有相似處。**又按**：此段情節似受韓憑夫婦故事影響。《搜神記》：「宋康王舍人韓憑娶妻何氏，美，康王奪之。憑怨，王囚之，論爲城旦。妻密遺憑書，繆其辭曰：『其雨淫淫，河大水深，日出當心。』既而王得其書，以示左右，左右莫解其意。臣蘇賀對曰：『其雨淫淫，言愁且思也。河大水深，不得往來也。日出當心，心有死志也。』俄而憑乃自殺。其妻乃陰腐其衣，王與之登臺，妻遂自投臺，左右攬之，衣不中手而死。遺書於帶曰：『王利其生，妾利其死，願以尸骨賜憑合葬。』王怒，弗聽，使里人埋之，冢相望也。王曰：『爾夫婦相愛不已，若能使冢合，則吾弗阻也。』宿昔之間，便有大梓木，生於二冢之端，旬日而大盈抱，屈體相就，根交於下，枝錯於上。又有鴛鴦，雌雄各一，恒棲樹上，晨夕不去，交頸悲鳴，音聲感人。宋人哀之，遂號其木曰『相思樹』。」按，有韓朋故事殘簡可證此故事西漢已有流傳，

詳見裘錫圭《漢簡中所見韓朋故事的新資料》(《復旦學報》一九九九年第三期)

[六]「行人駐足聽,寡婦起彷徨。多謝後世人,戒之慎勿忘」四句: **唐汝諤曰**: 駐,住足也。彷徨,猶徘徊也。**陳祚明曰**: 「寡婦起彷徨」,閒情趣甚。**吴兆宜曰**: 起,一作「赴」。《漢書》(《趙尹韓張兩王傳》): 門卒謂韓延壽曰: 「明府久駐未出。」《廣韻》: 「駐,止馬也。」《南都賦》(《文選》): 「寡婦悲吟。」《列女傳》(《貞順傳》): 魯陶嬰妾歌曰: 「寡婦念此,泣下數行。」《文選·寡婦賦》(「安仁序其寡孤之意」)(李善)注: 「少而無夫曰寡。」**李因篤曰**: 「寡婦起彷徨」,廉頑立懦,直寫出功效來。○不必有其事,不可無其理。**廖按**: 余冠英云,多謝,多多告訴。是歌者之辭。

【集評】

陳祚明曰: 「牛馬嘶」如《詩》云「牛羊下來」。○古字「菴」與「闇」通。「菴菴」「寂寂」字活,方知上文不作謝卻語,不作不欲狀,此女用心甚深。○徘徊顧樹,亦活。(廖按,陳祚明《采菽堂古詩選》作「徘徊顧樹下」。)○末段淋漓宛轉; 賦中之亂,使人情不可堪,如此大篇,非得淋漓宛轉,語勢不可住。「枝枝」「葉葉」語,用在此處甚切。

【總集評】

謝榛曰: 《孔雀東南飛》一句興起,餘皆賦也。其古樸無文,使不用妝奩服飾等物,但直敘到底,殊非樂府本色。如云「妾有繡腰襦,葳蕤自生光,紅羅複斗帳,四角垂香囊」,「香廉六七十，緑碧青絲繩，物物各自異，種種在其中」，又云「交語速裝表，絡繹如浮雲，青雀白鵠舫，四角龍子旛」，「婀娜隨風轉，金車玉作輪，躑躅青驄馬，流蘇金鏤鞍」，「齎錢三百萬，皆用青絲穿。雜彩三百匹，交廣市鮭珍」，此皆似不緊要，有則方見古人作手，所謂没緊要處便是緊要處也。

王世貞曰：《孔雀東南飛》質而不俚，亂而能整，叙事如畫，叙情若訴，長篇之聖也。

胡應麟曰：五言之贍，極于《焦仲卿》。○古詩短體如《十九首》，長篇如《孔雀東南飛》，皆不假雕琢，工極天然。百代而下，當無繼者。○《孔雀東南飛》，質而不俚，詳而有體，五言之史也。……渾樸自然，無一字造作，誠爲古今絶唱。

唐汝諤曰：首叙婦之賢能而竟不得於姑，見所遭之不幸。次叙府吏之憨直而至觸怒於母，反以爲婦而重婦之罪，明遣歸之有因。次叙夫婦初别情多繾綣而時出決絶之言，識者已知其數之不偶。特其别姑與小姑詞，極謙和而情皆諄切，自不見有可棄之道耳。次叙夫婦路别而低回耳語，誓不相違，則已逆料其終之不得如所願矣。及遣歸之後而求婚者踵接於門，至其母勸之其兄强之，而即知前約之終負，並歎府吏之無緣，則其以死自誓，有不待晻晻欲瞑時而始決矣。及聞變之後而夫婦永訣，追數前言，如怨如訴，游魂有盡，含恨無終，一别長瞑，令人悲咽。卒之婦爲夫死，夫爲婦亡，生不同衾，死猶同穴，其得合葬華山之側而節義並垂千古，其榮名豈有既哉。初以孔雀爲比，疑取不匹之義，而終云徘徊顧樹下，自掛東南枝，若相應云。

陸時雍曰：《焦仲卿》詩有數病。大略繁絮不能舉要，病一；粗醜不能出詞，病二；頽頓不能整格，病三。尤可舉者，詞情之訛謬也，如云「妾不堪驅使，徒留無所施，便可白公姥，及時相遣歸」，此是何人所道？觀上言「非爲織作遲，君家婦難爲」，斯言似出婦口，則非矣。當縣令遣媒來也，「阿女含淚答，蘭芝初還時，府吏見丁寧，結誓不别離，今日違情義，恐此事非奇，自可斷來信，徐徐更謂之」，而其母之謝媒亦曰「女子先有誓，老姥豈敢言」，則知女之有志而母未之强也。及其兄悵然，蘭芝既能死誓，何不更申前説大義拒之，而云「蘭芝仰頭答，理實如兄言，處分適兄意，那得自任專」。意當時情事，斷不如是，詩之不能宛叙備陳亦明矣。至於府君訂婚，阿母戒曰，婦之爲計，當有深裁，或密語以寄情，或留物以示意。不則慷慨激烈，指膚發以自將；不則紆鬱悲思遺飲食於不事。乃云「左手持刀尺，右手執綾羅，朝成繡裌裙，晚成單羅衫」，其亦何情作此也。「晻晻日欲暝，愁思出門啼」。府吏聞此變，因求假暫歸。未至二三里，摧藏馬悲哀。新婦識馬聲，躡履相逢迎」，當是時，婦何意而出門，夫何緣而偶值，詩之未能當情又明矣。其後府吏與母永訣，回身入房，此時不知幾爲徘徊，幾爲惋憤，而詩之情色，甚是草草，此其不能從容攄寫又甚矣。或曰：詩虚境也，安得與紀事同論？夫虚實異致，其要於常情則一也。漢樂府《孤兒行》，事至瑣矣，而言之甚詳。傅玄《秦女休行》其事甚奇而寫之不失尺寸，夫情生於文，文生於情，未有事離而情合者也。○《焦仲卿妻作》絶不爾雅，抑更繁絮，謂世之傳奇可。

朱嘉徵曰：周詩，亂風不廢《敝笱》，淫國首列《柏舟》，此志也夫。語云，棄婦不唾井，其風厚，其辭温，是詩有焉。○《巵言》：古詩質而不俚，亂而能整，長篇之聖。○長篇詩，著筆在虚處閒處，復叙補叙處，風興無端，都作蜃樓海市觀。杜拾遺《北征》、「杜陵」諸篇效之，李白好爲長句，似不及也。

陳祚明曰：長篇淋漓古致，華采縱横所不俟言，佳處在歷述十許人口中語，各各肖其聲情，神化之筆也。○以理論之，此女情深矣，而禮義未至。婦之於姑，義無可絶，不以相遇之厚薄動也。觀此母非不愛子，豈故嫌婦，承順之閒，必有未當者，織作之勤乃粗迹耳。先意承志事姑自有方，何可便以勞苦爲足，母不先遣而悍然請去，過矣。吾甚悲女之貞烈，有此至情，而未聞孝道也。曰「生小出野里」，曰「汝是大家子」，詳女歸十餘日而便許它人，則其家爲小家可知。哀哉，此女不生於大家，而不聞孝道之微也。府吏良謹愿然，不能喻婦以事姑，而但求母以留婦，不能慰母之心，而但知徇婦之愛，至於彼以死償，則此不得不以死報，後此之死，死於此女，既亡之後，誠無可如何也，抑前此刑于之化，猶有未盡乎。論詩本不宜言理，然此有係於風化，故偶及之，作者但言女自請遣，直筆自見矣。

李因篤曰：此古今第一大篇，亦第一絶作，如對大羹玄酒，又如臨宗廟百官，叙事敷詞，俱臻神品。○曲盡人情，而無刻畫之痕，篇法、句法、字法，慘澹經營，然非有意爲照應者，至矣至矣，惟老杜《北征》得其神理，他不足擬也。可以怨，可以興，可以群，可以觀，諸美備具。○最妙處出繡襦、别小姑、媒人議昏、太守迎婦，偏於閒處着色，《北征》「山果」「曉妝」數段，正祖此篇。○篇中有詳有略，總非可以常法求也。○高古樸淡，亦復夭矯離奇。

漢詩説曰：「孔雀東南飛，五里一裴徊」，只兩句便截斷；「十三能織素」便陡接，是古人法。〇此詩乃言情之文，非寫義夫節婦也。後人作節烈詩，輒擬其體，更益以綱常名教等語，遂惡俗不可耐。觀府吏見新婦時，新婦云「自君別我後」云云，若在他人，新婦一見府吏，便作必死語，不應作爾爾語也。且「朝成」二句，亦不應爾爾矣。蓋情到婉轉纏綿，不言節義，而節義自見，直寫節義，便傖父面目。〇此詩處處作兩層，所以愈曲愈妙。自「府吏得聞之」至「遣去慎莫留」，爲阿母欲遣新婦，第一層；自「府吏長跪告」至「會不相從許」爲必遣，第二層。自「府吏默無聲」至「慎勿違吾語」爲留新婦第一層，新婦不許以至出門至誓天不相負爲留婦第二層。婦始許之、婦還家阿母怒爲第一層，阿母悲爲第二層。縣令遣媒、新婦不許爲第一層，太守郎君議昏、阿兄逼迫、新婦許之爲第二層。府吏復會、新婦言逼迫不獲已爲第一層，兩人誓死爲第二層。府吏還家、阿母勸其勿死爲第一層，聞婦死乃死是第二層。〇新婦議郎君昏時云「府吏聞此變」，新婦死時云「府吏聞此事」，「變」在意外，「事」在意中。〇此詩多閒處着筆，入情入理，如「新婦初來時，小姑始扶牀」八句，何等閒逸，何等情至，而爲婦之久與奉姑之有禮、其小姑之不無讒言、新婦之怨而不怒，於此可見。「新婦起嚴妝」一段不寫在初嫁時，而寫在被遣後，見新婦容止之姣豔，衣飾之光麗，府吏情何能割。「青雀白鵠舫」一段不寫在府吏定婦時而寫在郎君定婦時，見新婦不以豪華動其心，終與府吏結磐石之誓，爲至情也。

沈德潛曰：共一千七百八十五字，古今第一首長詩也。淋淋漓漓，反反覆覆，雜述十數人口中語，而各肖其聲音面目，豈非化工之筆？○長篇詩若平平敘去，恐無色澤，中間須點染華縟，五色陸離，使讀者心目俱炫，如篇中新婦出門時「妾有繡羅襦」一段，太守擇日後，「青雀白鵠舫」一段是也。○作詩貴剪裁。入手若敘兩家家世，末段若敘兩家如何悲慟，豈不冗漫拖沓？故竟以一二語了之，極長詩中具有剪裁也。○别小姑一段，悲愴之中，復極温厚，風人之旨，固應爾耳。唐人作《棄婦》篇，直用其語云：「憶我初來時，小姑始扶牀，今别小姑去，小姑如我長。」下忽接二語云：「回頭語小姑，莫嫁如兄夫。」輕薄無餘味矣，故君子立言有則。○「否泰如天地」一語，小人但慕富貴，不顧禮義，實有此口吻。蒲葦磐石，即以新婦語誚之，樂府中每多此種章法。

張玉穀曰：古來長詩，此爲第一，而讀去不覺其長者，結構嚴密也。○首二句，以孔雀分飛徘徊，比起兩人情事。章法與末段配，爲一截。○「十三」二十句，直就新婦謂府吏語説起，更不略述兩人家世，省閑文，擒題主也。○「東家」四句，插得突然，藉此平添波折，且並爲後文女家求婚踵至，先作一引。○「雞鳴」十二句，被遣歸家，有何情緒作此嚴妝，呈其美態，亦謂男子之情，或移於色，特借是再爲臨行固結府吏之地。新婦苦衷，作者曲爲寫出，第云華贍，淺矣論文。○「卻與」十句，更極悽楚，蓋新婦性傲，既不肯於母前乞留，藉與小姑惜别纏綿，終冀母心之一轉也。○自「府吏馬在前」至「二情同依依」爲一截，敘夫妻在途盟約，舉後逼嫁同死情事，無不隱隱逗起。長篇必得此中腰關鍵，方不懈弛。○「阿兄」十句，入阿兄盡力一逼，勢利起見，語語喪心，作者其惡之甚也。「蘭芝」十句，此時蘭芝竟不與兄一辯，具有深心。蓋未仰頭答時，其俯首沉思已久，太守上官，屬吏勢難與抗，阿兄戾性，大義更難與争，胸中判定一死，索性坦然順之，不露圭角，爲後得以偷出，再會府吏地也。蘭芝機警，正賴此神到之筆達之。於此不能索解，負蘭芝，並負作者矣。○「府吏」十一句，本是新婦先死，卻先叙府吏將死别母一段。蓋兩人之死，母實禍魁，此處必須繳醒，且先叙明，以下兩人之死方可簇在一處，章法緊湊也。○「府吏」十七句，正叙兩人同死。然「府吏」五句，方叙府吏覓死，其辭未竟，卻突入「其日」八句新婦絶命之事，然後「府吏」四句遥接前文，叙完府吏之死。能使兩地兩人兩事，精神團結，而寫情寫景，仍復面面分明。筆法之奇，於斯歎絶。其中「大風寒」三句，「牛馬嘶」一句，似屬點綴閒文，然正以天時物類無不感動，顯出兩人一片精誠，無得認爲浪筆。○如此長篇，收束豈容草草，因即借合葬，就樹木之連理，引起鴛鴦雙鳴之感人，爲兩人同心甘死留一印證，且恰與篇首孔雀遥配作章法。而作者之傷感，惟末二語一點，卻又在逼之死者一邊着筆。戒逼之死者，正所以傷死者也，兜裹無遺。○長詩無剪裁則傷繁重，無藴藉則傷平直，無呼應則傷懈弛，無點綴則傷枯淡，此詩須看其錯綜諸法，無美不臻處。○男家無公，乃云公姥；女家無父，乃云父母；共事二三年，而云新婦初來，姑始扶牀，今被驅遣，姑如我長；府吏小役，而云仕宦於臺閣，皆是詩人故露滲漏處，勿泥可也。

朱乾曰：仲卿不能積誠以回其母，以致殺身陷親，其情可傷，而其罪亦不小，若劉氏者，從一而終，可謂能守義矣。

廖按： 曲瀅生云，魏泰《臨漢隱居詩話》曰：古樂府中《木蘭詩》《焦仲卿詩》皆有高致。

又按： 梁啓超云，此詩與《婦病》《孤兒》兩行，同爲樂府中寫實的作品，但其中有大不同的一點，《婦病》《孤兒》純屬「街陌謡謳」——質而言之，純是不會做詩的人做的。《孔雀東南飛》卻是會做詩的人做的。所以那兩首一句一字都是實在狀況，這一首就不免有些緣飾造作的話。篇中「妾有繡腰襦」一段，「著我繡袷裙」一段，「青雀白鵠舫」一段，後來評家極力讚美，説他筆力排奡，爲全篇生色。這些話我也相對的承認，因爲全首一千多字都屬談話體，太乾燥了，以文章技術論，不能不有幾段鋪叙之筆瑰麗之辭。但可惜這類鋪叙，和寫實的體裁已起了衝突了。因爲所鋪叙的富貴氣太重，和「小吏」家門不稱。又如「新婦初來時，小姑始扶牀；今日被驅遣，小姑如我長」，分明和上文「共事二三年，始爾未爲久」兩句衝突。小姑哪裏會長得這樣快呢。又如「東家有賢女，自名秦羅敷」，分明是借用《日出東南隅》那首詩的典故，怎麼「東方千騎夫壻上頭」的羅敷還會在閨中待字，又恰是廬江小吏的「東家」呢？凡此之類，都是經不起反駁的。文人憑他相象力所及，隨意揮灑，原是可以的，笨伯吹毛挑剔，固是「癡人前説不得夢」。但這詩既是寫實，此類語句，終不能不説是自亂其例。總之這首詩是詩人之詩，不免爲技術而犧牲事實，我們不必爲諱。

又按： 蕭滌非云，所謂神，所謂聖，總不外情理二字，無情則理無所寄，然理失則情亦違！

此詩之感人，即在合乎理而得乎情事之真。例如「低頭共耳語」數句，與上「舉言謂新婦」數句，雖大體相同，然情有深淺，語有緩急，文有繁略，不但不可互易，抑亦各各不能增減。蓋前後境地不同，心情自異也。又如「卻與小姑别，淚落連珠子」，要知上堂拜阿母時，便已有了此淚，然向阿母落，則爲不近情理，爲不合蘭芝個性。曰「阿女含淚答」，含淚得是。曰「蘭芝仰頭答」，仰頭得是。前答對母，是初次危機，故猶存希冀之心。後答對兄，是再度逼迫，已心知無望，故態度亦轉入於決絶倔强，此等處，正所謂叙事如畫者。

又按：余冠英云，這詩最初見於《玉臺新詠》，由口傳到寫定，中間難免經文人修飾，但保存着的民歌特色還是很多，語言也還是通俗的。從詩前小序知道，詩裏所叙的事就是漢末的實事，這詩大約就是當時的作品。焦仲卿、劉蘭芝以一死反抗了兩家的家長，焦母和劉兄。這詩以同情的態度寫出他倆，暴露了禮教吃人的罪惡，成爲攻擊傳統倫理的有力作品。漢末社會劇烈動摇，人民的思想信仰也起了大變化，在這時候産生這樣的反抗傳統倫理的作品是很自然的。

又按：王汝弼云，悲劇的本事應當是這樣：已有妻室的廬江太守因見下級屬吏焦仲卿妻劉蘭芝年輕貌美，欲娶爲妾；但礙于自己是仲卿的上司，直接下手，恐遭仲卿反對，幕僚非議。於是施展陰謀手段，利用焦氏婆媳感情固有裂痕，賄買焦母，擴大焦家内部矛盾，結果蘭芝被遣。郡太守掠奪屬吏焦仲卿妻是真，而對僚佐揚言爲子求婚是假。只要掌握了這一基本線索，則對門第懸殊問題，情節安排過於巧合而近於生硬的種種疑難問題，都可以迎刃而解。

又按： 徐仁甫云，《古詩爲焦仲卿妻作》凡三百五十三句，一千七百六十五字，爲古今第一首長詩，即爲古今第一大曲，則其前當有豔，後當有亂，可想而知。○考《宋書·樂志》，《豔歌何嘗行》一曰《飛鵠行》，其詞曰……《古詩爲焦仲卿妻作》其首當曰：「孔雀東南飛，乃從西北來。其雌忽然病，不能飛相隨。吾欲銜汝去，口噤不能開；吾欲負汝去，毛羽何摧頹。四里一反顧，五里一徘徊。」詩人借孔雀不能銜負其雌，以喻男子不能庇護其妻，以作全詩引子，使人感覺焦仲卿與孔雀何其相似乃爾。日久傳鈔，對於此詩豔詞，只鈔首尾兩句，而省略其中八句，遂存「孔雀東南飛，五里一徘徊」，而仍不失作者原意。○察《搜神記》卷十一云：「宋康王舍人韓憑……遂號其木曰相思樹。南人謂此禽即韓憑夫婦之精魂。」據此，則本詩云「中有雙飛鳥，自名爲鴛鴦，仰頭相向鳴，夜夜達五更」，顯係借用韓憑夫婦之精魂，以言焦仲卿與劉蘭芝既死亦成鴛鴦，哀鳴不已也。（廖按，有韓朋故事殘簡可證韓憑故事西漢已有流傳，見前注）上文又曰「東西植松柏，左右種梧桐。枝枝相覆蓋，葉葉相交通」，亦根交於下、枝錯於上之意。言植物動物皆成對對雙雙，以誡後世之人。然而焦氏夫婦之冢上又未必真正如此，則其爲亂辭可知。末云「多謝後世人，誡之慎勿忘」，其爲全詩總結之詞更明。

又按： 趙敏俐云：「《焦仲卿妻》在漢樂府里是一個很特殊的現象。它不屬於相和歌辭……説明它不可能像相和歌辭、特别是像大曲那樣有相應的配樂表演。同時它又有着明顯的歌唱文學的痕跡。」並引顧頡剛語及清人吴喬語斷此爲「一人彈唱」之作：「顧頡剛説：『納蘭性德《渌水亭雜識》（卷四）説《焦仲卿妻》，又是樂府中之别體。意者如後世之《數落山坡羊》，一人彈唱者乎？這句話很可信。我們看《焦仲卿妻》一詩中，如「物物各自異，種種在其中」，如「纖纖作細步，精妙世無雙」，和「云有第三郎，窈窕世無雙」，其辭氣均與現在的大鼓書和彈詞相同。而縣君先來，太守繼至，視曆開書，吉日就在三天之内，以及聘物車馬的盛況，亦富於唱詞中的故事性。末云「多謝後世人，戒之慎勿忘」，這種唱罷時對於聽衆的丁寧的口氣，與今大鼓書中《單刀赴會》的結尾説「這就是五月十三聖賢爺單刀會，留下了仁義二字萬古傳」，《吕蒙正教書》的結尾説「明公聽了這個段，凡事要忍心莫要高」是很相像的。』（顧頡剛《論詩經所録全爲樂歌》，《古史辨》，上海古籍出版社一九八二年版，第三册第六四〇頁）」「按，清人吴喬《答萬季埜詩問》也有相類的看法：『問：《焦仲卿妻》在樂府中，又與餘篇不同，何也？答曰：意者此篇如董解元《西廂》、今之《數落山坡羊》，乃一人彈唱之詞，無可考矣。』」（見《漢代樂府制度與歌詩研究》，商務印書館二〇〇九年。）

東飛伯勞歌

【集解】　徐陵曰：《歌辭二首》。

郭茂倩曰：《東飛伯勞歌》，古辭。雜曲歌辭。

徐獻忠曰：伯勞，惡鳥。鳥類恐爲所食，多惡而避之。故伯勞東飛則燕必西飛也。豔女年方十五六，窈窕可憐；我非惡人，不必如燕之避伯勞。天上黄姑、織女，尚有會逢之期，而況人間兒女子乎？若盛年一去，則如春殘花落，徒使人憐惜而已。此輕薄少年調笑之辭，而命題亦雅，往往爲人傳誦。

吴兆宜曰：《歌辭二首》。按：雜曲歌辭。茂倩《樂府》作《東飛伯勞歌》古辭一首。又作梁武帝。（廖按，中華書局本《樂府詩集》注：《英華》卷二〇六作「梁武帝」。）

廖按：《玉臺新詠》卷九《歌辭二首》，其一見於《樂府詩集》卷六十八《雜曲歌辭》，作「古辭」，題爲《東飛伯勞歌》。兹據此以漢代樂府收録。

東飛伯勞西飛燕，黄姑織女時相見。[一] 誰家女兒對門居，開華發色照里閭。[二] 南窗北牖挂明光，羅幃綺帳脂粉香[三]。女兒年幾十五六，窈窕無雙顏如玉[四]。三春已暮花從風，空留可憐與誰同。（《玉臺新詠》卷九《歌辭二首》其一。《樂府詩集》卷六八、《古詩紀》卷五三、《古樂苑》卷三八）

【校勘】

「誰家女兒對門居」，《古詩紀》《古樂苑》「女兒」作「兒女」。

「開華發色照里閭」，《樂府詩集》《古詩紀》《古樂苑》「華」作「顔」，「色」作「豔」。

「南窗北牖挂明光」，《樂府詩集》《古詩紀》《古樂苑》「挂」作「桂」；《古詩紀》《古樂苑》「明」作「月」，《古詩紀》小注云《藝文》作「桂明」。

「空留可憐與誰同」，《樂府詩集》《古詩紀》《古樂苑》「與誰」作「誰與」。

【集注】

［一］「東飛伯勞西飛燕，黄姑織女時相見」二句：**吴景旭曰**：張平子《天象賦》「河鼓集軍，以嘈雜嚻」，張茂先、李淳風等注云：河鼓三星在牽牛星北，主軍鼓，蓋天子三軍之象。《淮南子》所謂烏鵲填河成橋而渡織女，俗傳七夕牛女相過者，此也。《海録碎事》云：楚人呼牽牛星爲擔姑。《爾雅》云：「何鼓謂之牽牛。」何，荷也，亦擔義。《荆楚歲時記》云：河鼓、黄姑，牽牛也，皆語之轉。**吴兆宜曰**：《潘子真詩話》：古樂府「東飛伯勞西飛燕，黄姑織女時相見」，予初不曉黄姑爲何等語，因讀杜公瞻所注宗懔撰《歲時記》，乃知黄姑即河鼓也。亦猶桑落之語，轉呼爲索郎也。案，諸家引用，多云黄姑阿母。**朱乾曰**：《爾雅》(《釋鳥》)：「鶪，伯勞也。」《禮(記)·月令》：仲夏之月鶪始鳴。《易通卦驗》云：博勞夏至應陽而鳴，冬至而止，故帝少皞以爲司至之官。按此與元稹説不同。「東飛伯勞西飛燕，黄姑織女時相見」，是三春已暮時也，功名之士藏器於身，有過時之傷焉。元稹《决絶詞》云「春風撩亂伯勞語」，又云「織女别黄姑，一年一度暫相見」。

［二］「誰家女兒對門居，開華發色照里閭」二句：**吴兆宜曰**：《南都賦》（廖按，應爲《文選·西都賦》）：「蘭茝發色。」《說文》：「閭，里門也。」

［三］「南窗北牖挂明光，羅幃綺帳脂粉香」二句：**吴兆宜曰**：《續漢書》，陳蕃諫桓帝云：「宫女數千，脂粉之耗，不可勝數。」

［四］窈窕無雙顔如玉：**吴兆宜曰**：無名氏古詩：「窈窕世無雙。」

古絶句四首

【集解】

徐陵曰：《古絶句》四首。

馮惟訥曰：《古絶句》四首。無名氏。漢第十。

梅鼎祚曰：《古絶句》四首。雜曲歌辭（漢並無名氏）。

朱嘉徵曰：《古歌絶句》。雜曲歌辭。漢風。（廖按，朱嘉徵《樂府廣序》録《古歌絶句》二曲，其一爲此《古絶句》四首之第一首，其二爲《古歌》「高田種小麥」）○「藁砧今何在……」右載《樂苑》。○序曰：《古歌》歌「藁砧」，思婦之辭也。吴聲西曲，並自此曲開之。亦唐人閨怨之祖。○此格爲風人詩，取陳詩以觀民風，示不顯言之意。

吴兆宜曰：《古絶句》四首。按，雜曲歌辭。又齊云：此卷甚佳，四首更古雅。○「藁砧今何在……」嚴羽《滄浪詩話》：「此僻辭隱語也。」

張玉穀曰：《古絶句》四首，選二。○雜曲歌辭。○「藁砧今何在……」葛常之《詩話》：「古辭。藁砧，趺也。山上有山，出也。大刀頭，刀上有鐶也。破鏡，言半月當還也。」按，藁砧，今之打柴石，古人名趺，借指夫也。刀上有鐶，借作還歸之意。○二詩皆思婦之詞，此首數歸期也。通體用隱語，古趣盎然。後代《子夜》《讀曲》等歌，皆由此出。○「兔絲從長風……」此首表相思也。兩句比例，一句折落，一句點題。意極醒豁，而仍未説盡，故佳。

廖按：逯欽立云，六朝人有斷句體，尚無絶句名目。四首蓋後人附入《玉臺》者。○童明倫云，詩中寫一位閨中思婦對行役在外的丈夫的思念盼歸之情（廖按，此謂第一首「藁砧今何在……」）。見《漢魏六朝詩鑒賞辭典》，上海辭書出版社二〇一六年，下引同。

又按：此歌《玉臺新詠》稱「古絶句」；《古樂苑》列「雜曲歌辭」（漢並無名氏），所附《衍録》卷二稱「論雜體則有……藁砧（古樂府藁砧今何在山上復有山何當大刀頭破鏡飛上天僻辭隱語也）」稱「古樂府」；朱嘉徵《樂府廣序》稱「古歌」，列爲「漢風·雜曲歌辭」。今據此以漢樂府詩收入。

藁砧今何在？山上復有山。[一]何當大刀頭？破鏡飛上天。[二]

日暮秋雲陰，江水清且深。何用通音信？蓮花瑇瑁簪。菟絲從長風，根莖無斷絶。[三]無情尚不離，有情安可別。南山一桂樹，上有雙鴛鴦。千年長交頸，歡愛不相忘。

（《玉臺新詠》卷十。《古詩紀》卷二十、《古樂苑》卷三三）

【校勘】

「蓮花瑇瑁簪」，《古詩紀》《古樂苑》「瑇」作「玳」。

「歡愛不相忘」，《古詩紀》《古樂苑》「愛」作「慶」，當爲形近而訛。

【集注】

[一]「藁砧今何在，山上復有山」二句：**梅鼎祚曰**：藁砧，砆也，謂夫也。山上有山，出也。**漢詩說曰**：「藁砧」舊解作「夫」字，義似未妥。疑「藁」艸也，「砧」石也，合成「若」字。猶言若今何在，如「黄絹幼婦」體也。李碩夫曰「若」字從「右」，按李説極核，然此詩是古人游戲之文，非典則之文。「出」字從「草」亦不從二「山」。**吴兆宜曰**：許顗《彦周詩話》：「『藁砧今何在』，言夫也；『山上復有山』，言出也。」**廖按**：童明倫云，藁砧是農村常用的鍘草工具。藁指稻草，砧指墊在下面的砧板。有藁有砧，卻没有提及鍘草刀——鈇。鈇與夫字諧音，隱寓丈夫不在之義。「今何在」含有丈夫「昔曾在」的對照意義。

［二］「何當大刀頭，破鏡飛上天」二句：**陳祚明曰：**偶作新體緣此，遂有六朝樂府小曲，然此以竟不可解，故成其古。**李因篤曰：**此千古虎迷之祖。**梅鼎祚曰：**大刀頭，環也。破鏡，言半月當還也。**吴兆宜曰：**許顗《彦周詩話》：「『何當大刀頭，破鏡飛上天』，言半月當還也。」**廖按：**童明倫云，丈夫此行乃是佩刀出征。更由刀頭的「環」，引出期待丈夫還歸的聯想。《漢書·李陵傳》中記漢使任立政曾以手扶刀環示意李陵還歸，可見漢代早有這一隱喻。

［三］「菟絲從長風，根莖無斷絶」二句：**吴兆宜曰：**周處《風土記》：仲夏長風扇暑。注：此節東南常有風，俗名黄雀長風。廖按：菟絲，又作「兔絲」，《淮南子·説山訓》「千年之松，下有茯苓，上有兔絲」，高誘注：「一名女蘿也。」「根莖無斷絶」，以風吹不斷女蘿之根，引出下句「無情尚不離」，「無情」謂無知無識之「女蘿」。

九曲歌

【集解】

歐陽詢曰：後漢李尤《九曲歌》曰：「年歲晚暮時已斜，安得力士翻日車。」

馮惟訥曰：李尤《九曲歌》，漢第三。○李尤字伯仁，廣漢雒人也。少以文章顯，和帝時拜蘭臺令史，後爲諫議大夫，遷樂安相。

梅鼎祚曰：《九曲歌》，漢李尤。雜曲歌辭。

朱嘉徵曰：《九曲歌》，雜曲歌辭。漢風。○《樂苑》古辭，見《歷代吟譜》。梅氏《詩乘》，李尤辭。○《九曲歌》歌「年歲」，悲時去而功業不立也。

廖按：此歌見於唐歐陽詢《藝文類聚》卷一「天部上」，稱「後漢李尤《九曲歌》」。明馮惟訥《古樂苑》卷三十二收録于「雜曲歌辭」，朱嘉徵《樂府廣序》列爲「漢風·雜曲歌辭」。今據此以漢樂府詩收入。

年歲晚暮時已斜〔一〕，安得力士翻日車〔二〕。（《藝文類聚》卷一「天部」上。《古詩紀》卷十三、《古樂苑》卷三二）

【集注】

〔一〕年歲晚暮時已斜：**廖按：**《楚辭·離騷》「日忽忽其將暮」，王逸注：「時將欲暮，年歲且盡，言己衰老也。」斜，本指一日之中日偏西，日將暮，引申爲年歲過半。

〔二〕安得力士翻日車：**廖按：**日車，《楚辭·離騷》：「吾令羲和弭節兮，望崦嵫而勿迫」，王逸注：「羲和，日御也。弭，按也。按節，徐步也。崦嵫，日所入山也，下有蒙水，水中有虞淵。迫，附也。言我恐日暮年老，道德不施，欲令日御按節徐行，望日所入之山，且勿附近，冀及盛時遇賢君也。」「翻日車」與「彌節勿迫」意近，均指希望時間停留，「翻日車」更激進一層。

【集評】

馮惟訥曰：「年歲」二句，以下闕。

朱嘉徵曰：略似《易水》歌調，然其思遠其聲長，可百折而不斷。

李因篤曰：奇想奇文。

古五雜組詩

【集解】

歐陽詢曰：《古五雜組詩》曰：「五雜組，岡頭草。往復還，車馬道。不獲已，人將老。」

馮惟訥曰：《古五雜組詩》。無名氏。漢第十。

梅鼎祚曰：《古五雜組詩》，古辭。漢並無名氏。雜曲歌辭。

朱嘉徵曰：《古五雜組詩》。雜曲歌辭。漢風。○《樂苑》，古辭，見《歷代吟譜》。○《五雜組》，悲行役也。

廖按：此歌見於《藝文類聚》卷五十六「雜文部」二，稱「古五雜組詩曰」云云。馮惟訥《古詩紀》收入「漢」第十「無名氏」之作。《古樂苑》收入卷三三「雜曲歌辭」「漢並無名氏」類，稱「古辭」。今據此以漢樂府詩收入。

五雜組，岡頭草。[一]往復還，車馬道。不獲已，人將老。[二]（《藝文類聚》卷五六「雜文部」二。《古詩紀》卷二十、《古樂苑》卷三三）

【集注】

[一]「五雜組，岡頭草」二句：**廖按：**五雜組，五種雜色之物聯在一起。《詩經·周南·卷耳》「陟彼高岡，我馬玄黄」，毛《傳》：「山脊曰岡。」《爾雅·釋山》：「山脊，岡。」此二句言山岡上雜草叢生。

[二]「不獲已，人將老」二句：**廖按：**獲，得。已，止，停下來。《爾雅·釋詁》：「輟，已也。」

【集評】

朱嘉徵曰：三言風神宛宕，勢極開闔，大異六代新聲。

李因篤曰：初見以爲無難，比擬其體，則百思不能及也。

廖按：「往復還，車馬道」，馬致遠《天浄沙·秋思》「古道西風瘦馬」近是。

古豔歌（行行隨道）

【集解】

歐陽詢曰：《古豔歌》曰：「南山石嵬嵬……」又歌曰：「行行隨道，經歷山陂。馬啖柏葉，人啖柏脂。不可常飽，聊可遏饑。」

馮惟訥曰：古詩一首，漢第十。○行行隨道，經歷山陂。馬啖柏葉，人啖柏脂。不可長飽，聊可遏饑。

梅鼎祚曰：《古豔歌》（《詩紀》題云「古詩」，收漢），雜曲歌辭，不屬諸調，且世代莫詳，亦無名氏。

朱嘉徵曰：《古豔歌》，雜曲歌辭。漢風。○右載《樂苑》。○《古豔歌》歌「行行隨道」，志遁世也。樂道而忘飢焉。隨道不擇地而隱矣。

廖按：此歌見於《藝文類聚》卷八十八「木部」上，先稱「《古豔歌》曰：南山石嵬嵬……」，接着稱「又歌曰：行行隨道……」。今據《藝文類聚》稱「古豔歌」、馮惟訥《古詩紀》列爲漢詩、朱嘉徵《樂府廣序》列「漢風・雜曲歌辭」，以漢樂府詩收入。又，漢樂府詩中題「古豔歌」者有多首，兹特於題後附首句以爲區别。

行行隨道，經歷山陂[一]。馬啖柏葉，人啖柏脂[二]。不可常飽，聊可遏饑[三]。

（《藝文類聚》卷八八「木部」上。《古詩紀》卷二十、《古樂苑》卷五十）

【校勘】

「不可常飽」，《古詩紀》《古樂苑》「常」作「長」。

【集注】

[一] 經歷山陂：**廖按**：陂，《説文》：「阪也。從𨸏皮聲。」「坡者曰阪。」

[二] 人啖柏脂：**廖按**：脂，動植物油脂。啖脂謂食植物果實。

[三] 聊可遏飢：**廖按**：遏，《説文》：「微止也。」

歌（緩歌）

【集解】

李昉曰：張衡《歌》曰：「浩浩陽春發，楊柳何依依。百鳥自南歸，翶翔萃我枝。」

梅鼎祚曰：《歌》，漢張衡。雜曲歌辭。○見《太平御覽》。《文心雕龍》曰：「張衡《怨篇》清曲可味，仙詩《緩歌》雅有新聲。」此或仙詩《緩歌》之遺句耶？

朱嘉徵曰：《緩歌》，雜曲歌辭。漢風。○載《樂苑》。《太平御覽》，張衡辭。劉勰作「仙詩

《緩歌》」。○《緩歌》歌「浩浩」，思樂盛治也。王者政教明，多士豫附。

廖按：此歌見《太平御覽》卷二十「時序部」五「春」下，稱「張衡歌曰」。梅鼎祚《古樂苑》載于「雜曲歌辭」，題爲《歌》，又附注引《文心雕龍》云云，疑此「或仙詩《緩歌》之遺句」。朱嘉徵因題《緩歌》。今據此以漢樂府詩收入。又，本篇梅鼎祚《古樂苑》題爲《歌》，又疑其爲「仙詩《緩歌》之遺句」，朱嘉徵《樂府廣序》題爲《緩歌》，今兩題之以便檢索。

浩浩陽春發，楊柳何依依。[一]百鳥自南歸，翱翔萃我枝[二]。（《太平御覽》卷二十「時序部」五。《古樂苑》卷三二）

【**集注**】

[一]「浩浩陽春發，楊柳何依依」二句：**廖按**：浩浩，本義謂洪水盛大，《尚書・堯典》：「湯湯洪水方割，蕩蕩懷山襄陵，浩浩滔天。」引申爲廣闊宏大，《詩經・小雅・雨無正》「浩浩昊天」，孔穎達《疏》：「浩浩然廣大之昊天。」

[二]翱翔萃我枝：**梅鼎祚曰**：萃，一作「集」。**廖按**：萃，聚集。《詩經・陳風・墓門》「墓門有梅，有鴞萃止」，毛《傳》：「萃，集也。」《周易・萃》「萃，亨」，王弼注：「聚乃通也。」孔穎達《疏》：「萃，聚也，聚集之義也。」

【集評】

朱嘉徵曰： 謝康樂《緩歌行》「飛仙結靈友，淩空萃丹丘」，似權輿於此。夫物感春氣，仙會靈族，興義一也，並爲諷時之作。

古豔歌（孔雀東飛）

【集解】

李昉曰：《古豔歌》曰：「孔雀東飛，苦寒無衣。爲君作妻，中心惻悲。夜夜織作，不得下機，三日載疋，尚言吾遲。」

梅鼎祚曰：《古豔歌》，雜曲歌辭。不屬諸調，且世代莫詳，亦無名氏。

漢詩説曰：《焦仲卿妻詩》載在漢詩，按其詩意實本此爲起興，後人入魏詩，蓋非。

廖按： 逯欽立云，《古詩爲焦仲卿作》即繼承此歌。又按：此歌見於《太平御覽》卷八二六「資産部」六，列在相和歌辭《長安有狹斜行》「大婦織綺羅，中婦織流黄。小婦無所爲，挾琴上高堂。大人且徐徐，調弦遽未央」六句之前，稱「《古豔歌》曰」。今據此以漢樂府詩收入。又，漢樂府詩中題「古豔歌」者有多首，兹特於題後附首句以爲區别。

孔雀東飛，苦寒無衣。[一]爲君作妻，中心惻悲。夜夜織作，不得下機。三日載疋[二]，尚言吾遲。（《太平御覽》卷八二六「資産部」六。《古樂苑》卷五十）

【集注】

[一]「孔雀東飛，苦寒無衣」二句：**廖按**：孔雀，《山海經·海内經》「南方……有孔鳥」，郭璞注：「孔雀也。」《爾雅翼》：「孔雀生南海，尾凡七年而後成，長六七尺，展開如車輪，金翠斐然。」《太平御覽·羽族部》引《續漢書》曰：「西域條支國出孔雀。」又引《西京雜記》曰：「魯恭王好鬬鴨、雁，養孔雀。」《太平御覽·居處部》引《異苑》曰：「濟（檀道濟）將發舟，所養孔雀來銜其衣，驅去復至，如此數焉。」東飛，《藝文類聚·居處部》引劉歆《甘泉宮賦》：「翡翠孔雀，飛而翺翔。」《太平御覽·羽族部》引《華陽國志》曰：「雲南郡出孔雀，常以二月來翔，月餘而去。」「東飛」之「東」，未詳，孔雀非候鳥，其飛當與季節、「苦寒」無關。或泛稱飛翔，猶「東飛伯勞西飛燕」（《東飛伯勞歌》）、「青雀西飛，別鵠東翔」（《太平御覽·羽族部》引糜玄詩）。「孔雀東飛」與「苦寒無衣」關聯未詳。「無衣」可引出下文「織作」。按，王運熙提出「孔雀是指布匹上的花飾」（見前《焦仲卿妻》第一節注），其中所引梁簡文帝《詠中婦織流黃》全詩爲「翻花滿階砌，愁人獨上機。浮雲西北起，孔雀東南飛。調絲時繞腕，易鑷乍牽衣。鳴梭逐動釧，紅妝映落暉」，「浮雲」兩句確可視爲對布匹花飾的描繪。此解

可備一說。

〔二〕三日載疋：廖按：疋同匹。《漢書·食貨志》：「四丈爲匹。」

古豔歌（煢煢白兔）

【集解】

李昉曰：《古豔歌》曰云云。

馮惟訥曰：竇玄妻《古怨歌》。漢第四。〇竇玄狀貌絶異，天子使出其妻，妻以公主。妻悲怨，寄書及歌與玄。時人憐而傳之。亦名《豔歌》。〇《藝文類聚》載玄妻別玄書一首云：「棄妻斥女，敬白竇生，卑賤鄙陋，不如貴人。妾日以遠，彼日以親，何所控訴，仰呼蒼旻。悲哉竇生，衣不厭新，人不厭故，悲不可忍，怨不可去，彼獨何人，而居斯處。」

梅鼎祚曰：《古怨歌》，竇玄妻。〇按玄妻與玄書有云「衣不厭新，人不厭故」。

唐汝諤曰：《古怨歌》。竇玄妻無故被棄而歌以志怨。言己中心有違，蹙蹙靡騁，有如兔之東走西顧，若煢煢無所歸，因歎故衣誠可易新，新人自不如故，以深致怨於竇生之薄也。

朱嘉徵曰：《古怨歌》，竇玄妻。歌詩中。漢。〇《古怨歌》，歌「煢煢」，棄婦之辭，志諷也。屈平所謂悲莫悲兮生別離。故君舊友，同此淒絶。

廖按：此歌見於《太平御覽》卷六八九「服章部」六及卷九百七「獸部」十九，均稱「古豔歌」曰，後者列于《楚辭·天問》後、樂府歌詩「白兔搗成蝦蟆丸」前。《藝文類聚》卷三十「人部」十四載有竇玄夫妻故事云：「後漢竇玄，形貌絶異，天子以公主妻之，舊妻與玄書别曰：『棄妻斥女，敬白竇生：卑賤鄙陋，不如貴人，妾日已遠，彼日已親，何所告訴，仰呼蒼天，悲哉竇生，衣不厭新，人不厭故，悲不可忍，怨不自去，彼獨何人，而居我處。』」其中有「衣不厭新，人不厭故」二句，與此歌「衣不如新，人不如故」極似。《古詩紀》漢第四載此歌，題竇玄妻《古怨歌》，解題稱「時人憐而傳之」。亦名《豔歌》」。朱嘉徵《樂府廣序》本之。按，依《藝文類聚》所録，故事及歌當爲漢代樂人所述所歌，即《詩紀》所云「時人憐而傳之」。今據《御覽》稱「古豔歌」，以漢樂府詩收入。又，漢樂府詩中題「古豔歌」者有多首，兹特於題後附首句以爲區别。

煢煢白兔，東走西顧。[一]衣不如新，人不如故[二]。（《太平御覽》卷六八九「服章部」六及卷九百七「獸部」一九。《古詩紀》卷十四、《古樂苑》卷三二）

【集注】

[一]「煢煢白兔，東走西顧」二句：**唐汝諤曰**：煢煢，無所依之貌。《抱朴子》：兔滿五百歲則色白。東走西顧，亦徘徊顧望莫識所從之意。**廖按**：走，《説文》「趨也」，段玉裁注：「《釋

名》曰：「徐行曰步，疾行曰趨，疾趨曰走。」走即今所謂奔跑。《木蘭詩》：「雙兔傍地走。」顧，《詩經·檜風·匪風》「顧瞻周道」，鄭玄《箋》：「回首曰顧。」《説文》：「顧，還視也。」

[二] 人不如故：**廖按**：故，故舊。此謂舊人，亦即謂前妻。

【集評】

張玉穀曰：白兔東走西顧，喻己之被出而終戀故人也，卻再入衣不如新反面一托，然後折醒彼之亦當念故人來，淩空指點，筆活而局峭。

樂府

【集解】

李昉曰：《樂府》歌曰云云。

郭茂倩曰：《樂府》，古辭。雜曲歌辭。

朱嘉徵曰：《樂府》歌「行胡從何方」，示譏。王者勤遠略，故譏爾。行胡，漢屬國都尉之屬也，言乎貴異物不貴用物也。

朱乾曰：以其失其題無所附麗，故郭氏統曰《樂府》，而編諸雜曲。

行胡從何方，列國持何來。[一]氍毹㲪㲪五味香，迷迭艾蒳及都梁。[二]（《太平御覽》卷九八二「香部」二、《樂府詩集》卷七七、《古詩紀》卷十七、《古樂苑》卷三三）

【校勘】

「行胡從何方」，「方」原作「來」，據《樂府詩集》《古詩紀》《古樂苑》改。

「氍毹㲪㲪五味香」，原少「毹㲪」二字，據《樂府詩集》《古詩紀》《古樂苑》補；《樂府詩集》《古詩紀》《古樂苑》「味」作「木」，《古樂苑》小注云「『五木』，《御覽》作『五味』」。

「迷迭艾蒳及都梁」，「迭」原作「送」，「蒳」原作「納」，據《樂府詩集》《古詩紀》《古樂苑》改。

【集注】

[一]「行胡從何方，列國持何來」二句：**漢詩説曰**：首二字謂西域入貢之人。**沈德潛曰**：首二句指入貢之人言。本用隔韻，而第二句以「來」字間之，首句用韻，次句不入韻也。**廖按**：黄節云，行胡，猶賈胡也。來，古通「將」。○徐仁甫云，「行胡」猶「行國」，遊牧無定居者。行國，見《史記·大宛列傳》。古詩《上山采蘼蕪》「將縑來比素」，《藝文類聚·閨情部》作「持縑將比素」，是將猶持，來猶將。《詩·召南·鵲巢》「百兩將之」，《邶風·燕燕》「之子于歸，遠於將之」，將訓送。列國持何將，謂列國持何物以送中國，即問以何物入貢也。後人不解「將」字，而易爲來，遂失韻矣。

〔二〕「氍毹㲪毲五木香，迷迭艾蒳及都梁」二句：**吴景旭曰**：王直方《詩話》云：按《廣志》，都梁香出交廣，形如藿香，迷迭出西域，魏文帝有《迷迭賦》。按《史記》：武帝元朔二年，封長沙定王子遂爲都梁侯。《水經注》云：都梁縣有小山，山有渟水，其中悉生蘭草，緑葉紫莖，芳風藻川，蘭馨遠馥，俗呼蘭爲都梁，山因以號，縣受名焉。《荆州記》：蘭草名都梁香，形如藿香。**聞人倓曰**：《風俗通》：織毛褥謂之氍毹。《後漢（書）·西域傳》「天竺國「有細布、好毾㲪」，（李賢）注：「（《埤蒼》曰）『毛席也。』」亦作㲪毲。」《珠囊隱訣》：青木香爲五香，亦云五木，以其一株五根，一莖五花，一枝五葉，一莖五節，故云。《名香譜》：迷迭香出西域，焚之去邪。按，魏文帝、曹操皆有《迷迭香賦》。《廣志》：艾蒳香出西國，似細艾，又松樹皮緑衣亦名艾蒳。可以合諸香燒之，能聚其煙，青白不散。**朱乾曰**：陸深《春風堂隨筆》：松柏百年有白衣如粉，《本草》謂之艾蒳香。**廖按**：黄節云，㲪當作毾。《説文》：「氍毹、毾㲪，皆氈緂之屬。」蓋方言也。《太平御覽》引《通俗文》云：「織毛褥謂之氍毹，細者謂之毾㲪。」五「木」香疑當爲五「味」香。

古妍歌

【集解】

李昉曰：古詩曰……又曰：「青青陵中草，傾葉晞朝日。陽春被惠澤，枝葉可攬結。草木爲恩感，況人含氣血！」

馮惟訥曰：《豔歌》。又謂之《妍歌》。辭曰：……又：「青青陵中草，傾葉晞朝日。陽春被惠澤，枝葉可攬結。」皆《妍歌》之遺句。

朱嘉徵曰：《古妍歌》（廖按，朱嘉徵《樂府廣序》無「草木爲恩感，況人含氣血」二句）。雜曲歌辭。漢風。〇《妍歌》歌「青青」，美上下交而治興焉。陵草晞陽，下之誠也，陽春下被，上之惠也。歌有盛世之思歟？

廖按：此歌見於《太平御覽》卷九九四「百卉部」一「草」目，稱「古詩曰」。《樂府廣序》本於馮惟訥《古詩紀》《豔歌》注稱「妍歌」，録之題爲《古妍歌》。今據《御覽》稱「古」、《樂府廣序》列爲「漢風・雜曲歌辭」，收入漢樂府詩，本於《樂府廣序》題爲《古妍歌》。

青青陵中草，傾葉晞朝日。[一]陽春被惠澤，枝葉可攬結。[二]草木爲恩感，況人含氣血[三]。（《太平御覽》卷九九四「百卉部」一。《古詩紀》卷十七、《古樂苑》卷三三）

【校勘】

「枝葉可攬結」，《古樂苑》「攬」作「纜」。

「草木爲恩感，況人含氣血」，《古詩紀》《古樂苑》無此二句。

【集注】

［一］「青青陵中草，傾葉晞朝日」二句：**廖按**：青青，草木翠緑色。《文選·古詩十九首·青青河畔草》：「青青河畔草，鬱鬱園中柳。」陵，大土山。《詩經·小雅·天保》「如山如阜，如岡如陵」，毛《傳》：「大阜曰陵。」《廣雅》：「無石曰阜。」傾，傾斜，趨向。《説文》：「傾，仄也。從人從頃，頃亦聲。」葵花向日而傾，稱向日葵，又稱傾葵，明梁辰魚《浣紗記·論俠》：「思欲報寸草之心，申傾葵之意。」晞，《詩經·小雅·湛露》「湛湛露斯，匪陽不晞」，毛《傳》：「陽，日也。晞，乾也。」《長歌行》：「青青園中葵，朝露待日晞。」「傾葉」句謂青草緑葉迎向太陽，露水爲晞。

［二］「陽春被惠澤，枝葉可攬結」二句：**廖按**：被，罩蓋，覆蓋，《楚辭·招魂》「皋蘭被徑兮斯路漸」，王逸注：「被，覆也。」攬結，枝葉生長茂盛，已可牽援編結。

［三］況人含氣血：**廖按**：含氣血，人體内包含氣和血。此謂人是血肉之軀，當有情有感。

【集評】

朱嘉徵曰：讀《小雅》「豐草」「苕華」二什，氣象相去幾許。

古歌(田中菟絲)

田中菟絲，何嘗可絡。〔一〕道邊燕麥〔二〕，何常可獲。(《太平御覽》卷九九四「百卉部」一。《古詩紀》卷一五四、《古樂苑》《衍録》卷四)

【集解】

李昉曰：《古歌》曰：「田中菟絲，何嘗可絡？道邊燕麥，何常可獲？」

馮惟訥曰：別集，雜解。古歌曰：「田中兔絲，何嘗可絡；道邊燕麥，何嘗可獲。」皆見於《太平御覽》。(《容齋三筆》)

梅鼎祚曰：雜曲歌辭。古歌曰：「田中兔絲，何嘗可絡；道邊燕麥，何嘗可獲。」皆見於《太平御覽》。(《容齋三筆》)

朱嘉徵曰：《古歌》。雜曲歌辭。漢風。○載楊慎《逸編》。○《古歌》歌「田中」，逸詩也。

廖按：此歌見於《太平御覽》卷九九四「百卉部」一，稱「古歌曰」。今據《御覽》稱「古歌」、《樂府廣序》列爲「漢風・雜曲歌辭」，以漢樂府詩收入。又，漢樂府詩中題「古歌」者有多首，茲特於題後附首句以爲區別。

【校勘】

「田中菟絲」，《古詩紀》《古樂苑》「菟」作「兔」。

「何常可獲」，《古詩紀》《古樂苑》「常」作「嘗」。

【集注】

［一］「田中菟絲，何嘗可絡」二句：**廖按**：「菟絲」又作「兔絲」，《淮南子·説山訓》「千年之松，下有茯苓，上有兔絲」，高誘注：「一名女蘿也。」《文選》江淹《古離別》「兔絲及水萍，所寄終不移」，李善注引《爾雅》：「女蘿，兔絲也。」《楚辭·九歌·山鬼》「被薜荔兮帶女羅」，王逸注：「女羅，兔絲也。言山鬼仿佛若人，見於山之阿，被薜荔之衣，以兔絲爲帶也。薜荔、兔絲，皆無根，緣物而生。」「羅，一作蘿。」絡，《説文》：「絮也。一曰麻未漚也。」段玉裁注：「《揚雄傳》曰，綿絡天地。以絮喻也。」「《陳風》曰：『東門之池。可以漚麻』，傳曰：『漚，柔也。』箋云：『于池中柔麻，使可緝績作衣服。』按未漚者曰絡，猶生絲之未湅也。」

［二］道邊燕麥：**廖按**：《爾雅·釋草》「蘥，雀麥」，郭璞注曰：「即燕麥也。」郝懿行《義疏》：「蘇恭《本草注》云：『所在有之，生故墟野林下，苗葉似小麥而弱，其實似穬麥而細。一名杜姥草，一名牛星草。』」

【集評】

朱嘉徵曰：天下事，虛美不實者多矣，上之聽斷貴詳焉，有國家者，重宜三復。

廖按：《魏書》列傳第五十四李崇上表：「今國子雖有學官之名，而無教授之實，何異兔絲燕麥、南箕北斗哉！」《資治通鑑·梁紀四》述之，稱「揚州刺史李崇上表」云云。胡三省注曰：「言兔絲有絲之名而不可以織，燕麥有麥之名而不可以食。古歌曰：『田中兔絲，如何可絡！道邊燕麥，何嘗可獲！』……皆謂有名無實也。」

蛺蝶行

【集解】

郭茂倩曰：《蛺蝶行》，古辭。雜曲歌辭。

唐汝諤曰：此疑刺輕薄少年以遨遊取禍也。言蝶遊東園，自謂得意，乃適與燕逢，爲燕所迫，遂飛入深宫，纏繫不能自脱，苦可知矣。況燕雀群飛，銜哺而去，衆雛争食，命在刹那，悲夫，彼世之遊蕩子，修飾容儀，矜誇無所畏忌，一旦蹈刑辟，落陷阱，垂首喪氣，其去蛺蝶豈遠哉。詩人極其形容，其諷刺之意深矣。

朱嘉徵曰：雜曲首《蛺蝶行》，達人不嬰世機也。物出於機，復入於機，詩以悲之。

漢詩説曰：蓋警詩也。

蛺蝶之遨遊東園[一]，奈何卒逢三月養子燕，接我苜蓿間。[二]持之我入紫深宮中[三]，行纏之傅欂櫨間。[四]雀來燕[五]，燕子見銜哺來，摇頭鼓翼，何軒奴軒。[六]

（《樂府詩集》卷六一《雜曲歌辭》。《古詩紀》卷十七、《古樂苑》卷三三）

【校勘】

「蛺蝶之遨遊東園」，「蛺」各本作「蜨」，中華書局本《樂府詩集》據《初學記》卷三〇改。

「持之我入紫深宮中」，《古詩紀》「持」作「披」，《古樂苑》小注云「『持』一作『披』」。

【集注】

[一]蛺蝶之遨遊東園：**唐汝諤曰**：蝶，《説文》本作蜨，即蛺蜨也。**廖按**：黄節云，《説文》蝶本作蜨，蛺蜨也。俗作蝶。《竹書紀年》，黄帝軒轅氏：「洛水之上有鳳凰集。不食生蟲，不履生草，或止帝之東園。」〇余冠英云，蜨，就是「蝶」。

[二]「奈何卒逢三月養子燕，接我苜蓿間」二句：**唐汝諤曰**：卒，忽，逢，遇也。三月燕方乳哺，故云養子燕也。苜蓿，草名。《爾雅翼》：似灰藋，今謂之鶴頂草，秋後結實，黑房，纍纍如穄，俗謂之木粟，其米可爲飯。**廖按**：黄節云，卒，猝也。《禮·月令》(「是月也，玄鳥至」)鄭(玄)注：「燕以施生時來，巢人堂宇而孚乳。」「養子燕」謂孚乳之燕也。《漢書·西域傳》，罽賓國有苜蓿，大宛馬嗜苜蓿，武帝得其馬，漢使采苜蓿種歸，天子益種離宮别館旁。

「接」猶《曲禮》（《禮記》）「堂上接武」之接。鄭（玄）注：「謂跡相接躡之也。」○余冠英云，卒，讀爲「猝」。養子燕，正在哺雛的燕兒。苜蓿，豆科植物，俗稱「金花菜」。

〔三〕持之我入紫深宫中：**唐汝諤曰**：持，猶逐也。**朱嘉徵曰**：《説文》：「旁持曰披。」開也。（廖按，朱嘉徵《樂府廣序》「持」作「披」。）**朱乾曰**：持，迫也。**廖按**：黄節云，「持」猶《史記·項羽本紀》「楚漢相持未決」之持；謂燕躡我而我與之相持苜蓿間，於是入深宫中避之也。○逯欽立云，「持之我入紫深宫中」句有倒誤，當作「持之我入此深宫中」，或作「持（之）我入紫深宫中」。○余冠英云，持我入紫深宫中（廖按，余冠英《樂府詩選》「持之」句作「持我入紫深宫中」），「之」作表聲字；此前「蜨蝶之」、此後「行纏之」兩「之」字亦作表聲字），「紫宫」是帝王的居處，這句應該作「持我深入紫宫中」。但也許不是誤倒而是當時有那樣的文法，《安世房中歌》有「乘玄四龍」一句，不作「乘四玄龍」，和這裏正相類。

〔四〕行纏之傅欂櫨間：**唐汝諤曰**：纏，繞也。傅，著也。欂，壁柱，櫨，柱上柎也。草木之蒂爲柎，此櫨象之，即今之斗也。《漢書·王莽傳》：爲銅欂櫨。**朱乾曰**：「行」字屬下，「纏之」二字爲句。**廖按**：黄節云，《漢書·揚雄傳》（「行睨陔下與彭城」）（顔師古）注：「師古曰：『行，且也。』」「傅」猶《春秋》僖十四年《左傳》「毛將安傅」之傅，謂麗著也。司馬相如《長門賦》「施瑰木之欂櫨」，李善注引《説文》曰：「欂櫨，柱上枅也。」○余冠英云，「纏」是圍繞，「傅」是迫近或附著。欂櫨，或單稱「櫨」，又名「枅」，又叫「斗拱」，是柱上斗形的方木，上承屋櫟。

［五］雀來燕：**唐汝諤曰**：雀來燕，烏招其群也。**漢詩説曰**：「雀來燕」語不可解。按趙整諫歌：「不見雀來入燕室，但見浮雲蔽白日。」蓋此曲先謂燕啄蝶，而不知巢中子爲雀所據，猶晏然安之。**朱乾曰**：舊説多爲「雀」字所誤，雀善踴躍，故云「雀躍」「雀踴」，《戰國策》（《楚策》）「雀立不轉」，（鮑彪）注：「雀立，踴也。」言燕見蝶傅構櫨間，雀躍而來，於是燕子見銜哺而鼓舞争食之也。《前秦録・趙整傳》：慕容垂夫人段氏得幸於堅，堅與之同輦，游於後庭，整作歌以諷之云，「不見雀來入燕室，但見浮雲蔽白日」，則解作燕雀之雀，自晉時已然矣，然於義終不可通也。**廖按**：余冠英云，雀來燕，未詳。或以「雀來燕燕」爲一句。**又按**：《烏生》曰：「唶！我一丸即發中烏身」，「唶！我黄鵠摩天極高飛」。「唶」爲感歎詞。「雀」與「唶」音近，或亦可借爲嘆詞。

［六］「燕子見銜哺來，摇頭鼓翼，何軒奴軒」三句：**唐汝諤曰**：銜，口含之也。哺，口飼也。軒，昂起也。奴，猶那也。何軒奴軒，衆雛争食鼓躍之狀。**朱嘉徵曰**：奴軒，餘聲。傅，讀附。**廖按**：黄節云，《莊子》（《在宥》）：「鴻蒙方將拊髀雀躍而遊。」軒，昂首也。奴、何，切音爲那，「何軒奴軒」即那軒那軒也。那，多貌。言衆雛皆昂首争食也。《漢詩説》曰云云。李子德《漢詩評》（廖按，即李因篤《漢詩音注》）曰云云。節按，《漢詩》兩説皆誤以雀爲又一物，然於詩意無關。不知「雀來」猶雀躍、雀立也。趙整歌亦猶鵲巢鳩居之意，不必是用此

詩。○曲瀅生云，《楚辭·遠遊》「鸞鳥軒翥而翔飛」，王逸注，奮翼舞也。何軒奴軒，蓋訝燕昂首起舞之紛也。○余冠英云，軒軒（廖按，余冠英《樂府詩選》「何軒」句作「何軒（奴）軒」，「奴」作表聲字），高舉貌，又是舞貌。雛燕見老燕銜着蝴蝶來喂，都昂頭聳身，又鼓動翅兒，像在舞。本篇三個「之」字，無關文義，似乎都是表聲的字。《鐃歌》和《舞曲》裏聲辭雜寫的例子最多，有些重出次數較多，而且往往無關文義的字，可以斷爲表聲的字，「之」字是其中之一。本篇除「之」字外，最後一句的「奴」字也可能是聲。這詩是漢樂府裏句讀難定的篇什之一，但如將這幾個表聲字剔出，就明白多了。

【集評】

朱嘉徵曰：蝶忘機以游於世，自以爲樂矣，而世患相仍焉。燕從旁而欲披之，又繞而逐之，雀復起而仍燕之後，不增一羅織乎，雀來燕，言呼其群也，以喻貪人敗類，第知自肥以肥其子孫，而摇頭鼓翼之態，適足爲達人所笑。莊生之賦《逍遥游》，蓋忘機者能出於機也。一曰，刺輕薄少年，以遨遊取禍者非。

陳祚明曰：不甚可讀，以諧聲故。大抵燕捕蝶飛且逃，穿草入屋以逃，狀甚飄渺。入「雀來」字，或謂燕畏雀争巢，不能顧蝶，無以哺子。「摇頭鼓翼」狀小燕索食，頗活。

李因篤曰：通篇就蜨蝶自言，妙妙。○蝶爲燕攫，傅於欂櫨，而雀乃欲從旁取之，又慮爲燕所制，故未來蝶側，先翱翔于燕前也。雀來燕，不曰燕旁燕前，而但云來燕爾，時雀燕耽耽相視，惟蝶傍觀，爲能得其情也，寫來神妙。末又帶出燕子待哺急情，總在蝶眼中，傳其阿堵，不可思議。○石生云，「雀來燕」句，漢人神手，後無問津者。

朱乾曰：孤臣孽子操心危，慮患深，故達禍機之伏從未有不于安樂得之，蜨蝶之遊東園，又何異燕之巢於幕上。○古人皆先有詩而後標題以爲識，「三百篇」皆如此，「古詩十九首」亦此例也，即如《蜨蝶行》，古詞寓意自遠，意不在蜨蝶也，擬古者明乎此，即不詠蜨蝶而未嘗非蜨蝶之意，不知者乃沾沾以詠物爲工，愈工愈細，而古意愈遠，則是《關雎》詠鳩、《鵲巢》詠鵲也。尚可言詩乎？梁李鏡遠詩云「菱舟追或易，風池渡更難」，何嘗有《蜨蝶行》意哉。

廖按：余冠英云，這詩寫蝴蝶被燕子捉去喂小燕，從蝶的眼裏看燕的行動，用蝶的口吻來敘述它。非常生動別致。民間文藝的題材和表現手法，常常出於文人的意料之外，這不過是一個例罷了。○徐仁甫云，三個「之」字，皆系重文作「＝」之誤。本辭原文當作：「蜨蝶蜨蝶，遨遊東園，接我苜蓿間。持持我入紫深宮中，行纏纏傅欂櫨間。」又，弈棋謂不能相害爲持。「持持」，謂燕與蜨蝶相持不下，《國語·越語》（「夫國家之事有持盈」）韋（昭）注云：「持，守也。」此處訓守亦通。

悲歌行

【集解】

郭茂倩曰：《悲歌行》，古辭。雜曲歌辭。

徐獻忠曰：《悲歌》。○此羈旅之人世亂不能歸，回視故鄉則又喪亂無人，徒有塚墓纍纍，而無室家可栖，徒爾悲歌遠望，腸回如車輪而已。但此題立名不雅，不如「悲哉行」之題也。

唐汝諤曰：此羈旅思歸之詞。言人苟當泣不敢泣，當歸不得歸，惟有悲歌遠望聊可自解。而吾遠望故鄉惟見蒼煙鬱鬱，荒冢纍纍，非但無家可歸，亦且無船可渡，口欲言而腸已結，中如車輪之回轉而已。其悲咽可勝道哉。

朱嘉徵曰：《悲歌》，不得志于時之所作也。聲若可傳，雖痛不悲，此無聲之哀也。

張玉穀曰：此客子思歸之詩。

朱乾曰：或邦國喪亂，流寓他邦，或負罪離憂，竄身絶域，故詞極悽楚而無可悲恨，李陵似之。

悲歌可以當泣，遠望可以當歸。[一]思念故鄉，鬱鬱纍纍。[二]欲歸家無人，欲渡河無船，心思不能言，腸中車輪轉。[三]（《樂府詩集》卷六二《雜曲歌辭》。《古詩紀》卷十七、《古樂苑》卷三三）

【集注】

[一]「悲歌可以當泣，遠望可以當歸」二句：**唐汝諤曰**：當，主也，抵也。**廖按**：余冠英云，當，

代也。即「晚食以當肉，安步以當車」的當，正因爲「遠望」當不了歸，「可以」才見出沉痛。○徐仁甫云，此兩句形式相同，意義實别。「遠望可以當歸」，事實上，遠望並不可以當歸。《古八變歌》曰「故鄉不可見，長望始此回」，遠望何嘗可以當歸哉？觀此詩下文曰「思念故鄉，鬱鬱纍纍（指墳墓）」，「思心不能言，腸中車輪轉」，則遠望並未當歸可知。「可」古與「何」通。《石鼓文》「買魚隹可」，「隹可」與「維何」同。「遠望可以當歸」，謂遠望何以當歸？此詩以悲歌之可以當泣，反襯遠望之不可以當歸。修辭手段，有如此者。

〔二〕「思念故鄉，鬱鬱纍纍」二句：**唐汝諤曰**：《後漢書》（《光武帝紀》）：「氣佳哉，鬱鬱葱葱。」《梁甫吟》：「里中有三墳，纍纍正相似。」**廖按**：黄節云，《楚辭・九章》（《抽思》）：「心鬱鬱之憂思兮，獨永歎乎增傷。」○曲瀅生云，《文選・六臣注》，李周翰曰：壘壘，山重貌。○蕭滌非云，鬱鬱纍纍，謂墳墓也。○余冠英云，鬱鬱纍纍，都是重重積纍之貌，這裏指懷鄉的情緒。

〔三〕「欲歸家無人，欲渡河無船，心思不能言，腸中車輪轉」四句：**廖按**：余冠英云，「思」，悲也，難言的悲感回環在心裏，好像車輪滚來滚去。這是極好的比喻，不但「轉」字關合得自然，同時能傳達痛楚之感給讀者。**又按**：司馬遷《報任安書》（《漢書・司馬遷傳》）：「腸一日而九回。」

【集評】

王世貞曰：古樂府：「悲歌可以當泣，遠望可以當歸。」二語妙絶。

陸時雍曰:「悲歌可以當泣,遠望可以當歸」,情至處無復餘情,此漢人苦構,騷人任意攄寫,無此造作。然二語實奇而奥。

陳祚明曰:情意曲盡。起二句旅客至情。「不能言」乃真愁也;「車輪轉」寫愁腸,極肖,措想甚奇。「欲歸」二語健。

王夫之曰:突拔忼壯,而無霸氣,以曹孟德樂府衡之,正閏自分,況後人哉?總無所述,唯完題二字(廖按,王夫之《古詩評選》題爲《悲歌》)。

李因篤曰:「悲歌」二句,「當」字妙,可以當不可以當也,看下接可自明。

沈德潛曰:起最矯健,李太白時或有之。

張玉穀曰:首二,憑空突喝而起,在通章爲得逆勢。而以「悲歌」置「遠望」之前,又是逆中之逆。不曰「聊以」,而曰「可以」,造句亦奇。中四,頂次句作解,惟不能歸,所以遠望。末二,頂起句作收,惟其欲泣,所以悲歌。

李調元曰:《悲歌行》,客子懷故鄉之作也。妙在起句「悲歌可以當泣」,人至傷心極處,不能泣而思以歌當之,較泣愈痛矣。此爲加一倍法。

朱乾曰:古韻平上通,尤妙在轉字用側韻收也。

廖按:梁啓超云,歌辭一句一字都有鬱鬱累累氣象,樂府中無上妙品。

前緩聲歌

【集解】

郭茂倩曰：《前緩聲歌》，古辭。雜曲歌辭。○晉陸機《前緩聲歌》曰：「游仙聚靈族，高會曾城阿。」言將前慕仙游，冀命長緩，故流聲於歌曲也。宋謝惠連又有《後緩聲歌》，大略戒居高位而爲讒諂所蔽，與前歌之意異矣。按緩聲本謂歌聲之緩，非言命也。又有《緩歌行》，亦出於此。

徐獻忠曰：《緩聲歌》亦《緩歌行》之流調也。如瑟調取其聲之紓緩，以是祝君之長壽。

唐汝諤曰：此疑人心離散不復朝王而詩以勸諷之，言水陸異宜勢多不便，世豈無力不從心，欲前輒阻者，然吾諒其心非必頑然如木石荆株也，其亟欲覆蓋於天，與人同耳。當復思水向東流，魚從西上，無大無小，皆當朝王，但有朝者繼續而來，如長笛之續短笛，則同聲相應，永戴吾君於千萬世矣。與《詩》「誰將西歸，懷之好音」同意。

朱嘉徵曰：《前緩聲歌》，諷諫之詩。緩其聲以諷人之思也。夫進退無嘗勢，順逆亦無嘗形，或忽於其小，不及見其大，順而觀其往，豈能逆而識其來。唐郭鄖詩「人間後事悲前事」是也，惟君子思之。當復思之，庶幾無失耳。

朱乾曰：郭氏曰，緩聲本爲歌聲之緩，非言命也。又有《緩歌行》，亦出於此。王楙曰，半之者清聲也，倍之者緩聲也。然則緩聲者其用律之倍聲者歟。長笛長律也，短笛短律也，長笛續短笛，是爲緩聲。

水中之馬必有陸地之船，但有意氣，不能自前。〔一〕心非木石，荆根株數，得覆蓋天，當復思。〔二〕東流之水必有西上之魚，不在大小，但有朝於復來。〔三〕長笛續短笛，欲今皇帝陛下三千萬。〔四〕（《樂府詩集》卷六五《雜曲歌辭》。《古詩紀》卷十七、《古樂苑》卷三三）

【校勘】

「得覆蓋天」，《古詩紀》「覆」作「復」。

【集注】

〔一〕「水中之馬必有陸地之船，但有意氣，不能自前」三句：**唐汝諤曰**：高平曰陸。陸地行舟，勢所難也。**漢詩説曰**：馬在水中船在陸地，處非其所，雖有意氣而不能前行也。**朱乾曰**：曹真駃馬謂之驚帆，孫權小舸稱爲馳馬船，是亦水馬陸之喻也。**廖按**：黄節云，《莊子》（《天運》）：「夫水行莫如用舟，而陸行莫如用車。以舟之可行于水也，而求推之于陸，則没世不行」，「彼未知夫無方之傳，應物而不窮者也」。「故禮義法度者，應時而變者也」。

此篇實本斯義。舊謂事勢之窮，猶以馬行水，以舟行陸，雖有意氣而不可使之行。前，猶行也。大事勢至於不能行，當用吾心以思之。

［二］「心非木石，荆根株數，得覆蓋天，當復思」四句：**唐汝諤曰**：荆，木名。《爾雅翼》：凡木心圓，荆心方。株，木根也，入土曰根，在土上曰株。數，疾也。蓋，覆也。**漢詩説曰**：心非木石，言心非無知也。木有根株，時至亦復遮天也。又進而思也。**朱乾曰**：「心非木石荆根株數」八字爲句。鮑照《行路難》（《樂府詩集》）詩：「心非木石豈無感。」《莊子》（《人間世》）云：「宋有荆氏者宜楸、柏、桑」，櫟社之樹其大蔽牛，商丘之木隱芘千乘。數，類也。**廖按**：黄節云，心非木石，各有知也；就令無知，如木荆雖生於地，而根株密者其勢得覆蓋乎天，況人之有知乎？故窮則當思其變。《孟子》（《梁惠王上》）（「數罟不入洿池」）趙岐注：「數罟，密網也。密細之網。」數音促。

［三］「東流之水必有西上之魚，不在大小，但有朝於復來」三句：**唐汝諤曰**：朝謂朝王也。**朱嘉徵曰**：於，往也。**漢詩説曰**：水皆東流，魚獨西上，大謂水，小謂魚，但有事君嚮闕之心，自能通也。**廖按**：黄節云，水東流也，而魚則有西上者。夫魚挾於東流，可謂窮矣；然力能西之，則由窮而知變矣。是故事不在大小，小之如馬也、船也、水也、魚也，並有窮而思變之道，大如天下、國家，可不思變乎？是以當剥極之時，必有來復之日，蓋窮則變、變則通也。《詩》（《衛風・氓》）：「夙興夜寐，靡有朝矣。」有朝，猶有日也。於，語助也。《易》

《復》）：「反復其道，七日來復，利有攸往。」鄭玄注（《周易集解》引）：「復，反也，還也。」建戌之月以陽氣既盡，建亥之月純陰用事，至建子之月陽氣始生也，故曰來復。復來，猶來復也。

［四］「長笛續短笛，欲令皇帝陛下三千萬」二句：**唐汝諤曰**：《説文》：「笛，七孔篇也。」馬融《笛賦》（《文選》）：「近世雙笛從羌起。」始皇自謂與三皇五帝合德，故稱皇帝。蔡邕《獨斷》（《文選》李善注李陵《答蘇武書》「子卿足下」引）：「群臣與至尊言不敢指斥」，「故呼在陛下者而告之」。**漢詩説曰**：長笛言樂，後乃頌禱之詞。

【集評】

陸時雍曰：「水中之馬，必有陸地之船」，語奇而幻。水中馬陸地船，世所不有，情所不無，自是興情特甚。

朱嘉徵曰：「水中之馬，必有陸地之船」，不能自前之比；「東流之水，必有西上之魚」，順逆不嘗之比；荊弱植而有蓋天之勢，安得略於所忽哉。凡天下事變糾紛，人情錯逆，大抵類此。

陳祚明曰：奇語，不甚可通，大抵亦思仕，水馬陸船，前路頓絶，愁心湧起，彌天不已，水東魚西，逆流可上，雖時事相違，進。末乃樂府祝頌常語。長笛續短笛，亦趣。

李因篤曰：第一段逆説，第二段順説，總以抒其憤思，命曰「緩聲」，當爲笛曲而末則離調，用致祝於君也。○所謂離調致祝，如南曲之有合歌。

朱乾曰：詩有脱落誤字，驟讀難曉，細玩之其義精矣。前後分兩解，末二句是離聲。言民心可畏，譸張爲幻，不難欺天。上以詐御，下必以詐應，水中之馬陸地之船，無而爲有，所謂上下相蒙也，小民但有義氣不能自前耳，而其心則九重之上弗能察也。上以誠求，下必以誠應，東流之水，西上之魚，惟動丕應徯志，所謂上下相向也。不在水之大小，此來則彼朝，誰能御之。祈天永命，莫大于得民心，民心得則天意從焉矣，故末句以頌禱之詞終之。

枯魚過河泣

【集解】

郭茂倩曰：《枯魚過河泣》，古辭。雜曲歌辭。

徐獻忠曰：此失路之人悔及平生，以戒其交知之意。命題亦古。

唐汝諤曰：此人遭害而悔之無及，故作此辭以戒後人，托言枯魚雖遠想江河之游已不復可再，因欲作書魴鱮，使得預爲之慎焉。其悔恨深矣。

朱嘉徵曰：《枯魚過河泣》，悔過之詩也。古人知進退存亡而不失其正，只争先著耳，作書魴鱮，使豫爲慎焉。

張玉穀曰：此罹禍者規友之詩。

李調元曰：《枯魚過河泣》，命題甚奇。魚已枯，何能泣？人將此渡河，而悔前之不慎，又安得不泣也？夫涉世末流，而此身尚在，猶可及也。……世間之事，受累一番，便爲他日受用根本。作書寄魴鱮，前車覆，後車戒，皆此意也。

廖按：余冠英云，這詩以魚擬人，似是遭遇禍患者警告夥伴的詩。○聞一多在《説魚》中稱此「是失戀的哀歌」，並引《子夜歌》「常慮有貳意，歡今果不齊。枯魚就濁水，長與清流乖」爲證。○有文章由此進一步稱此是棄婦詩，詳見葉修成等《〈枯魚過河泣〉爲棄婦詩考》（《社會科學論壇》二〇〇七年第七期下）。

枯魚過河泣，何時悔復及。[一]作書與魴鱮，相教慎出入。[二]（《樂府詩集》卷七四《雜曲歌辭》。《古詩紀》卷十七、《古樂苑》卷三三）

【集注】

[一]「枯魚過河泣，何時悔復及」二句：**唐汝諤曰：**《家語》：枯魚銜索，幾何不蠹。《莊子》：風之過河也有損焉。**張玉穀曰：**言雖悔之，何時可復及也。**聞人倓曰：**按，何時悔復及，言並無悔之無及之一日也。**廖按：**黄節云，《詩》：「啜其泣矣，何嗟及矣！」「何時」句，謂不慎出入，至爲人所得，已無及悔之時也。○余冠英云，枯魚，猶乾魚。何時悔復及，言追

悔不及。○徐仁甫云，復猶能也。《古詩十九首》（《迢迢牽牛星》）「相去復幾許」，蕭子雲《東郊望春酬王建安雋晚遊》作「相去能幾許」，可見復猶能也。「何時悔復及」，謂何時悔能及，即悔及無時，悔之已晚也。○有文章釋「枯魚」當爲「楛魚」，即爲矢所射中之魚，詳見陳松青《〈漢樂府・枯魚過河泣〉解》（《民俗研究》二〇〇〇年第二期）。

〔二〕「作書與魴鱮，相教慎出入」二句：**唐汝諤曰**：魴鱮，二魚名。《詩》（《齊風・敝笱》）：「敝笱在梁，其魚魴鱮。」**聞人倓曰**：陸璣《（毛詩）草木（鳥獸）蟲魚疏》：魴魚「廣而薄，肥恬而少力，細鱗，魚之美者」，「鱮似魴厚而頭大，魚之不美者」。**廖按**：黄節云，《詩》（《齊風・敝笱》「其魚魴鱮」），毛《傳》：「魴、鱮，大魚。」鄭《箋》：「鱮，似魴而弱鱗。」○余冠英云，魴鱮，就是「鯿」和「鰱」。

【集評】

陳祚明曰：似是溺人必笑癘憐王也，作書甚新。語云，悔之何及。今已矣，並無悔之不及之一日矣。

王夫之曰：無限。

李因篤曰：枯魚何泣，然非枯魚，則何知泣也，寫得生動。○「過河」字用得妙，「作書」更奇想。

沈德潛曰：漢人每有此種奇想。

張玉穀曰：出入不謹，後悔無及，卻現枯魚身而爲説法，大奇大奇。

廖按：梁啓超云，絶似一首絶句，但音節還近古，或是晚漢作品。○聞一多云，《易林·謙之明夷》曰，「鰌蝦去海，藏於枯里，街巷偪隘，不得自在，南北無極，渴餒成疾」（《無妄之小畜》略同），亦假魚以喻人。漢人常有此奇想。○余冠英云，枯魚作書，的確是奇想，漢樂府裏所有寓言體的歌辭無不表現極活潑的想象力。

古咄唶歌

【集解】

郭茂倩曰：《古咄唶歌》曰：「棗下何攢攢，榮華各有時。棗欲初赤時，人從四邊來。棗適今日賜，誰當仰視之。」潘安仁《笙賦》曰：「詠園桃之夭夭，歌棗下之纂纂。歌曰：棗下纂纂，朱實離離。宛其死矣，化爲枯枝。」纂纂，棗花也。棗之纂纂盛貌，實之離離將衰，言榮謝之各有時也。（廖按，郭茂倩《樂府詩集》《古咄唶歌》未正載，見於「雜曲歌辭」梁簡文帝《棗下之纂纂》解題。）

徐獻忠曰：纂纂，言棗花之盛也。言棗初赤時，人來競趨之，誰當仰視其花時乎？人之未遇，混混塵土中人，無重之者。及其功名成就，炙手可熱之時，始相附托以資其勢利，以見浮世淺薄之情，適足以來翟公謝客之書也。

馮惟訥曰：《古咄唶歌》，漢樂府古辭，雜曲歌辭，拾遺。

梅鼎祚曰：《古咄唶歌》，古辭，雜曲歌辭（漢並無名氏）。

朱嘉徵曰：人之立業，貴乎秉時，《咄喈歌》，爲歌「棗下何纂纂」，夫物候以之榮落，至人以之行藏，大哉時義乎。隋王承基（王胄）詩「柳黄知節變，草緑識春歸」，是善觀時者。

陳祚明曰：翟公署門之意，寫人情可慨。

廖按：余冠英云，咄唶，歎聲。○宋毓珂撰文指出，《史記》信陵君傳《正義》引《聲類》：唶，大呼也。《玉篇》：咄，叱也。咄唶乃叱怒聲。益知詩不作于盛時。《本事詩》載唐開元末李適之罷相，爲詩云：「避賢初罷相，樂盛且嫌杯；爲問門前客，今朝幾個來？」與此詩意同。見《讀余冠英先生〈樂府詩選〉注》（該文初載一九五四年七月八日《光明日報·文學遺産》第十二期，後收入《樂府詩研究論文集》，作家出版社一九五七年版）。

棗下何攢攢，榮華各有時。[一] 棗欲初赤時，人從四邊來。棗適今日賜，誰當仰視之。[二]（《樂府詩集》卷七四《雜曲歌辭》。《古詩紀》卷十七、《古樂苑》卷三三）

【校勘】

「棗下何攢攢」，《古樂苑》「攢攢」作「纂纂」。

【集注】

［一］「棗下何攢攢，榮華各有時」二句：**朱乾曰**：簒簒，棗花也（廖按，朱乾《樂府正義》作「棗下何簒簒」）。**廖按**：聞一多云，攢攢，聚貌。潘岳《笙賦》（《文選》）「歌棗下之簒簒」，作「簒」同。

［二］「棗適今日賜，誰當仰視之」二句：**陳祚明曰**：「賜」字定誤。**李因篤曰**：「賜」字疑。**廖按**：聞一多云，《方言三》曰：「物空盡者曰鍉。鍉，賜也，鍉賜櫟澌皆盡也。」《史記·李斯（列）傳》「吾願賜志廣欲」，潘岳《西征賦》（《文選》）「若循環之無賜」，並訓「盡」。○余冠英云，適，猶若也，假設之辭。賜，盡也。當，猶尚也，如今語之「還」。○宋毓珂撰文指出，適古讀如敵，適者正也。正值其時則謂之適，正當其事亦謂之適。「『棗適』云云，言棗正值今日盡，誰復仰視之也。」見《讀余冠英先生〈樂府詩選〉注》（該文初載一九五四年七月八日《光明日報·文學遺産》第十二期，後收入《樂府詩研究論文集》，作家出版社一九五七年版）。

【集評】

漢詩説曰：此榮瘁之故咄唶而變，與《世説》「咄嗟便辦」意同。此等詩與「江南可采蓮」「里中有啼兒」「晨行梓道中」，如海中島嶼，荒昧高古；又如千尺孤桐，並無附枝。孟東野常希心此種而力有未逮，亦時代爲之耶？

朱乾曰：潘安仁《笙賦歌》曰：「棗下纂纂，朱實離離，宛其死矣，化爲枯枝。人生不能行樂，死何以虚謚爲。」

武溪深行

【集解】

郭茂倩曰：《武溪深行》，後漢馬援。雜曲歌辭。○一曰《武陵深行》。崔豹《古今注》曰：「《武溪深》，馬援南征之所作也。援門生爰寄生善吹笛，援作歌，令寄生吹笛以和之。名曰《武溪深》。」

馮惟訥曰：馬援《武溪深行》。○援，字文淵，扶風茂陵人。爲漢伏波將軍。征交趾，緣海而進，隨山刊道千餘里。十八年，軍至始平之，封新息侯。後征武溪蠻，卒於軍。○崔豹《古今注》云云。

朱嘉徵曰：《武溪深行》，美南征也。

陳祚明曰：《武溪深》，馬援南征之所作。援門生爰寄生善吹笛，援作歌以和之。

朱乾曰：武溪，武陵溪也，一曰《武陵深行》。《武陵記》曰：武山高可萬仞，山半有盤瓠石窟，中有一石狗形，云是盤瓠之遺像，山有水出謂之武溪，在縣之西。《水經注》：沅水出牂牁郡且蘭縣，去武陵界分五溪，謂雄溪、樠溪、酉溪、潕溪、辰溪，皆槃瓠子孫所居，謂之五溪蠻也。夾漈列之「神仙門」，是未嘗見伏波原詞而誤桃源事也。〇《通鑑》：武陵蠻寇臨沅，馬援請行，帝愍其老，未許。援曰：臣尚能被甲上馬。帝令試之，援據鞍顧盼以示可用。帝笑曰：矍鑠哉是翁。遂遣率中郎將馬武、耿舒等將四萬餘人征武陵。

廖按：黃節云，《後漢書・馬援傳》：建武二十四年，武威將軍劉尚擊武陵五溪蠻夷，深入，軍没，援因復請行。將十二郡募士及弛刑四萬餘人征五溪。三月，進營壺頭。賊乘高守隘，水疾，船不得上。會暑甚，士卒多疫死，援亦中病，遂困，乃穿岸爲室，以避炎氣。賊每升險鼓噪，援輒曳足以觀之，左右哀其壯意，莫不爲之流涕。此詩蓋作于其時也。《水經注》「武陵有五溪」云云，在今辰州界。《武陵記》云：「壺頭山邊有窟，即援所穿室也。室内有蛇如百斛船大，云是援之餘靈也。」

滔滔武溪一何深[一]，鳥飛不度，獸不敢臨。嗟哉武溪兮多毒淫！[二]（《樂府詩集》卷七四《雜曲歌辭》。《古詩紀》卷十三、《古樂苑》卷三二）

【校勘】

「獸不敢臨」，《古詩紀》小注云「『敢』，《古今注》作『能』」；《古樂苑》「敢」作「能」，小注云

「『能』一作『敢』」。

「嗟哉武溪兮多毒淫」，《古詩紀》無「兮」字，小注云「《古今注》有『兮』字」；《古樂苑》小注云「一無『兮』字」。

【集注】

［一］滔滔武溪一何深：**唐汝諤曰**：滔滔，水大貌。《詩》：江漢滔滔。《善歌録》：武溪水源出武山，東南流注於沅。《一統志》：武溪在湖廣辰州府盧溪縣。《韓非子》：董閼于行石邑山中，澗深峭如牆，問其旁左右曰：「癡聾狂悖之人嘗有入此者乎？」對曰：「無有。」「牛馬犬彘嘗有入此者乎？」對曰：「無有。」董閼于太息曰：「使吾法之無赦，猶入澗之必死也，則人莫之敢犯也。」**聞人倓曰**：《水經注》：武陵有五溪，謂雄溪、樠溪、酉溪、潕溪、辰溪。

［二］嗟哉武溪兮多毒淫：**廖按**：毒淫，指瘴氣浸淫。董仲舒《雨雹對》（《古文苑》）：「霧不塞望，浸淫被泊而已；雪不封條，淩殄毒害而已。」

【集評】

唐汝諤曰：馬文淵濯征蠻服，深入南中，而極言武溪之深煙瘴之毒，雖飛走之偷所不敢到，而彼甘蹈不測，其卒標功銅柱有以也。大丈夫不能萬里封侯而老死牖下，幾不免爲文淵笑矣。

陸時雍曰：語直而文，歌絶於漢。

朱嘉徵曰：伏波立功萬里，厥維艱哉。伏波將軍，于更始之際，遊群雄間，雅負鑒略，一言而定二祖優劣；及其暮年，尚不恥馬革裹屍，何其壯往；及訓飭子弟，又率如萬石君家法。卒以薏苡興謗，盛名之下，人所難處也。

陳祚明曰：序荒裔瘴毒如睹。

李因篤曰：如是而止，不言其功。

朱乾曰：武溪毒淫，得其人不足用，得其地不足耕。其不服則修文德以來之，遣使持節喻以漢之威德，宜不煩兵而折也。今驅中國之民於必死之地，前年將軍劉尚一軍盡没矣，不聞下哀痛之詔，又驅四萬餘人以餧之，殆於壺頭，士多疫死，援亦病卒，帝於此舉亦不仁哉；卒聽梁松構陷，收援印綬，妻帑惶懼，君臣之義不終。嗚呼，以伏波之忠，又以光武之明，猶尚如此，自古君臣相保蓋若是難乎。嗚呼，毒淫在朝廷左右而不知，遑問萬里之外哉。

廖按：梁啓超云，馬援爲光武功臣，然極長於文學。觀本傳所録各信劄可見。此歌雖不見正史，想當不僞。寥寥數句，抵得太白一篇《蜀道難》。

雞鳴歌

【集解】

郭茂倩曰：《雞鳴歌》。歌辭。雜歌謡辭。○《樂府廣題》曰：「漢有雞鳴衛士，主雞唱宮外。舊儀，宮中與臺並不得畜雞。晝漏盡，夜漏起，中黄門持五夜，甲夜畢傳乙，乙夜畢傳丙，丙夜畢傳丁，丁夜畢傳戊，戊夜，是爲五更。未明三刻雞鳴，衛士起唱。」《漢書》曰：「高祖圍項羽垓下，羽是夜聞漢軍四面皆楚歌。」應劭曰：「楚歌者，雞鳴歌也。」《晉太康地記》曰：「後漢固始、鯛陽、公安、細陽四縣衛士習此曲，於闕下歌之，今《雞鳴歌》是也。然則此歌蓋漢歌也。」按《周禮》雞人「掌大祭祀，夜嘑旦以嘂百官」，則所起亦遠矣。

馮惟訥曰：《樂府廣題》曰云云。《晉太康地記》曰云云。

吴景旭曰：徐陵《烏棲曲》：「惟憎無賴汝南雞，天河未落猶争啼。」《野客叢書》引李賀詩「雄雞一聲天下白」、温飛卿詩「碧樹一聲天下曉」，謂出於古之《雞鳴歌》「汝南晨雞登壇唤，月没星稀天下旦」，據此則直謂是雞鳴矣。《漢舊儀》云：汝南出長鳴雞。余竊以爲皆謬也。按漢時於汝南取能《雞鳴歌》之人耳。《樂府廣題》云云。《漢書》云云。應劭注云云。

朱嘉徵曰：沈建《樂府廣題》云云。此歌蓋漢歌也。○《雞鳴歌》：歌「東方」，勤政也。○蓋楚歌傳五夜，漢《雞鳴》仿此而起，令衛士歌之。

聞人倓曰：隋無名氏《雞鳴歌》。

朱乾曰：按詩有《雞鳴》，《周禮·雞人》「夜呼旦以嘂百官」，古者后夫人入御于君，雞初鳴，太師奏《雞鳴》於階下，夫人鳴玉佩于房中，告去也。然則古有是歌，此漢歌歟。

廖按：逯欽立云，漢七言詩率句句用韻，今此第三句不韻，似經後人竄改。**又按**：該歌郭茂倩《樂府詩集》收録於「雜歌謡辭」之「歌辭」，今據《晉太康地記》稱「衛士習此曲，於闕下歌之」，以漢樂府詩收入。

東方欲明星爛爛，汝南晨雞登壇唤。[一]曲終漏盡嚴具陳，月没星稀天下旦。[二]千門萬户遞魚鑰，宫中城上飛烏鵲。[三]（《樂府詩集》卷八三《雜歌謡辭》「歌辭」。《古詩紀》卷一四〇、《古樂苑》卷五十）

【集注】

[一]「東方欲明星爛爛，汝南晨雞登壇唤」二句：**唐汝諤曰**：《詩》：「東方明矣」（《齊風・雞鳴》）。又：「女曰雞鳴，士曰昧旦。子興視夜，明星有爛」（《鄭風・女曰雞鳴》）。《志林》（《蘇軾集・補遺・書後五百六首》《書雞鳴歌》引）：《漢官儀》：「宫中不畜雞。汝南出長鳴雞，衛士候於朱雀門外，專傳雞鳴。」《地道記》：後漢士習此曲於闕下歌之，今雞唱是也。

[二]「曲終漏盡嚴具陳，月没星稀天下旦」二句：**唐汝諤曰**：漏以銅受木刻節，晝夜百節，亦取漏下之義。**聞人倓曰**：《後漢（書）・祭祀志》（廖按，應爲《後漢書・顯宗孝明帝紀》「朝于原陵」李賢注引《漢官儀》）：「其親陵所宫人，隨鼓漏理被枕，具盥水，陳妝具。」

［三］「千門萬户遞魚鑰，宮中城上飛烏鵲」二句：**唐汝諤曰：**《史記》（《孝武本紀》）：武帝「作建章宮，度爲千門萬户」。魚鑰者，取魚不瞑目守夜之義也。**聞人倓曰：**《芝田録》：門鑰必以魚，取其不瞑目守夜之義。

【集評】

唐汝諤曰：此刺時王之荒於飲也。天欲明雞亦唤人之起，飲至此則曲終漏盡矣，乃嚴整饌具而陳之，飲猶未已也。既而天下俱旦，宮門啓鑰，烏鵲亂飛，非所謂靡明靡晦者乎？刺而不露，六朝歌之雅淡者。

朱嘉徵曰：傳稱周康王晏朝，《關雎》諷之。變風，不夙則莫，刺也。吾於《雞鳴》正始焉。唐白居易《長恨歌》「從此君王不早朝」，刺也。

王夫之曰：無限早朝詩，此但拈其一曲，而已無不該。古人之約以意，不約以辭，如一心之使百骸；後人斂詞攢意，如百人而牧一羊。治亂之音，於此判矣。

朱乾曰：清明氣象宛然在目，知其爲漢初歌也。

雜歌（離歌）

【集解】

郭茂倩曰：《離歌》。歌辭。雜歌謡辭。

馮惟訥曰：《雜歌》。雜曲歌辭。漢樂府古辭。〇《雜歌》，一作《離歌》。

梅鼎祚曰：《雜歌》。一作《離歌》

朱嘉徵曰：《離歌》。雜曲歌辭。漢風。〇《離歌》，離怨之歌，讀曲隱語也，開晉代吴聲子夜諸歌之始。

廖按：郭茂倩《樂府詩集》列爲「雜歌謡辭」中的「歌辭」中，今據馮惟訥《古詩紀》、朱嘉徵《樂府廣序》列「雜曲歌辭」以漢樂府詩收入。又，此歌《樂府詩集》題《雜歌》，《古詩紀》題《雜歌》，又稱「一作《離歌》」，朱嘉徵《樂府廣序》題《離歌》。今兩題之，以便檢索。

晨行梓道中，梓葉相切磨。[一]與君別交中，繣如新縑羅。[二]裂之有餘絲，吐之無還期。[三]（《樂府詩集》卷八四《雜歌謡辭》「歌辭」。《古詩紀》卷十七、《古樂苑》卷三三）

【校勘】

「繣如新縑羅」，《古詩紀》《古樂苑》「羅」作「維」，小注云「『維』一作『羅』」。

【集注】

[一]「晨行梓道中，梓葉相切磨」二句：**漢詩説曰：**磨同礳，原有靡音，與下「維」「期」叶韻（廖

按，沈用濟、費錫璜《漢詩説》「羅」作「維」，注「一作羅」，同于馮氏），書偶闕耳。**廖按：** 梓，梓樹，多與桑樹並稱。《詩經·小雅·小弁》「維桑與梓，必恭敬止」，朱熹《詩集傳》：「桑、梓二木。古者五畝之宅，樹之墻下，以遺子孫給蠶食、具器用者也……桑梓父母所植。」桑梓因連稱，借指父母或故鄉，張衡《南都賦》（《文選》）即云：「永世克孝，懷桑梓焉；真人南巡，覩舊里焉。」因疑此稱「梓道」「梓葉」，暗含桑樹、桑葉，以與後四句裂帛、吐絲之暗喻和諧音相呼應。

［二］「與君別交中，繣如新縑羅」二句：**廖按：** 別，分別。繣，裂破之聲。縑，《説文》：「並絲繒也。」羅，《集韻》：「一曰，帛之美者。」

［三］「裂之有餘絲，吐之無還期」二句：**朱嘉徵曰：** 蠶吐絲無反口，爲辭鄉土無還期之興也。一曰餘絲隱余思，後「石闕」「蓮子」諸語本此。**廖按：** 一説，絲，諧「思」字。吐之，訴己之思。期，諧「妻」。

【集評】

陳祚明曰： 漸似《子夜》矣，然氣體今古太別。

李因篤曰： 結語悲甚。

黄門倡歌

【集解】

郭茂倩曰：《黄門倡歌》。歌辭。雜歌謡辭。○《漢書·禮樂志》曰：「成帝時，鄭聲尤甚。黄門名倡丙彊、景武之屬，富顯於世。」《隋書·樂志》曰：「漢樂有黄門鼓吹，天子宴群臣之所用也。」

馮惟訥曰：《漢書·禮樂志》曰云云。《隋書·樂志》曰云云。

梅鼎祚曰：《黄門倡歌》。雜曲歌辭。不屬諸調，且世代莫詳，亦無名氏。○此似齊梁間語。

廖按：該歌郭茂倩《樂府詩集》收録於「雜歌謡辭」中的「歌辭」中，次於漢昭帝《黄鵠歌》之後，列爲漢代歌詩。《樂府詩集·舞曲歌辭》「散樂附」引鄭康成（鄭玄）云「散樂，野人爲樂之善者，若今黄門倡」，已經提及黄門倡之樂。梅鼎祚《古樂苑》列在「世代莫詳」一類，稱「似齊梁間語」。審《黄門倡歌》歌辭，「春樓」「點黛」「石榴」不見於漢代典籍，多出於南朝之後，是其可疑之處。今據《樂府詩集》所列、《隋書·音樂志》引蔡邕「漢樂四品」説稱「三曰黄門鼓吹樂，天子宴群臣之所用焉」及《黄門倡歌》之題，姑且以漢代樂府詩收入，備以俟考。

佳人俱絶世，握手上春樓。[一]點黛方初月，縫裙學石榴。[二]君王入朝罷，爭競理衣裘。[三]（《樂府詩集》卷八四《雜歌謡辭》「歌辭」。《古詩紀》卷一四〇、《古樂苑》卷五十）

【集注】

[一]「佳人俱絶世，握手上春樓」二句：**廖按**：《漢書·外戚傳》：「延年侍上起舞，歌曰：『北方有佳人，絶世而獨立，一顧傾人城，再顧傾人國。寧不知傾城與傾國，佳人難再得！』」《樂府詩集·横吹曲辭》陳後主《梅花落》：「楊柳春樓邊，車馬飛風煙。」

[二]「點黛方初月，縫裙學石榴」二句：**廖按**：「點黛」，《後漢書》李賢注引《東觀記》曰：「明帝馬皇后……眉不施黛，獨左眉角小缺，補之如粟。」《後漢書·陳王列傳》陳藩上疏云：「脂油粉黛，不可貲計。」《樂府詩集·清商曲辭》梁元帝《烏棲曲》六首之二：「濃黛輕紅點花色，還欲令人不相識。」《樂府詩集·雜曲歌辭》北周庾信《舞媚娘》：「眉心濃黛直點，額角輕黄細安。」石榴，《樂府詩集·清商曲辭》梁元帝《烏棲曲》六首之五：「交龍成錦斗鳳紋，芙蓉爲帶石榴裙。」《樂府詩集·相和歌辭》庾肩吾《長安有狹邪行》：「少婦多妖豔，花鈿系石榴。」

[三]「君王入朝罷，爭競理衣裘」二句：**廖按**：衣裘，《詩經·秦風·終南》：「君子至止，錦衣

狐裘。」

箜篌謡

【集解】

郭茂倩曰：《箜篌謡》。謡辭。雜歌謡辭。

馮惟訥曰：樂府失名，次劉孝威後。

廖按：樊維綱於《漢魏六朝詩鑒賞辭典》之《箜篌謡》題「漢樂府」，云「此歌似爲拼合之作，前四句講交友識人之道，後六句講處世保身之訣。都是生活經驗的總結，這與漢樂府中一些警世喻理之作屬同一類型」（見《漢魏六朝詩鑒賞辭典》，上海辭書出版社二〇一六年，下引同）。

又按：該歌題爲《箜篌謡》，當由箜篌伴奏；馮惟訥亦云「樂府」，今據此，以漢樂府收入以待考。

結交在相得，骨肉何必親。甘言無忠實，世薄多蘇秦。[一]從風暫靡草，富貴上昇天。[二]不見山巔樹，摧抓下爲薪。[三]豈甘井中泥，上出作埃塵。[四]（《樂府詩集》卷八七《雜歌謡辭》「謡辭」。《古詩紀》卷九八、《古樂苑》卷十四）

【校勘】

「上出作埃塵」，《古詩紀》《古樂苑》小注云「一云『時至出作塵』」。

【集注】

［一］「結交在相得，骨肉何必親。甘言無忠實，世薄多蘇秦」四句：**廖按**：樊維綱曰：「甘言，指甜美之言。蘇秦，戰國時人，善説辭，遊説各國君主，皆投其所好，各有一套説辭，歷史上被視爲要嘴片子的能手。」

［二］「從風暫靡草，富貴上昇天」二句：**廖按**：樊維綱曰：「草遭風吹，有的隨風暫時倒下，可是風過後仍可挺起來，照樣生長；有的則隨風吹上天，成了爆發户，但風一停便會掉下來，成爲無可依靠的棄物。兩句的意思是與其追求一時的富貴，飄浮虚華，不如安於貧賤，不離本根。二句互文見義，上句『從風』直貫下句，下句『富貴』以反義反綰上句，『草』則關合兩句。靡，披靡，倒下。」○「天」於上古韻屬「真」部，與「親」「秦」「薪」「塵」叶韻。

［三］「不見山巔樹，摧扤下爲薪」二句：**廖按**：樊維綱曰：「這兩句以樹爲喻，君不見山頭之樹，所處勢位高則高矣，似可傲視他樹，可是一旦摧折倒下，照樣被砍伐當作柴燒。兩句意思是別看有權有勢者居高自傲，不可一世，一旦垮臺了，也不過同柴薪一樣不值幾文。」「摧扤：摧折倒下。」

［四］「豈甘井中泥，上出作埃塵」二句：**廖按**：樊維綱曰：「這兩句以井泥爲喻，井中之泥豈能

甘心永遠沉於井底、不思出井一見天日？可是一旦到了井上，日曬泥乾，風一吹便成了埃塵四處飛揚矣。兩句意思是如果不甘心沉於下層，一心想出頭露面，結果也只能是如浮塵之一場空。」

【集評】

廖按： 樊維綱曰：「綜合這三個比喻，意在説明：還是甘居下層，安於貧賤，不汲汲于富貴，不追慕勢力地位，不求出頭露面的好。這是身處政治動亂時代的人們所總結出來的一番處世保身的經驗之談。」

古八變歌

【集解】

馮惟訥曰：《古八變歌》。拾遺。雜曲歌辭。漢第七樂府古辭。○《選詩拾遺》曰，古歌有「八變」「九曲」之名，未詳其義。李尤《九曲歌》曰：「年歲晚暮時已斜，安得壯士挽日車。」傅玄《九曲歌》曰：「歲莫景邁羣光絶，安得長繩繫白日。」全篇無傳，獨《八變》僅存，《樂府》諸書亦不收也。○拾遺：已下皆古歌辭雜見諸書，今采附於此。

梅鼎祚曰：《古八變歌》，古辭。雜曲歌辭，漢並無名氏。○《選詩拾遺》云：古歌有「八變」

「九曲」之名，未詳其義。

唐汝諤曰：《古八變歌》。雜曲。漢樂府。古樂府。〇劉履《選詩拾遺》云云。〇此詩言寒風侵人，光景已暮，而就所聞見無不淒然，此時遊子之征篷不息，而故鄉之願見無期，則遠望之心亦可從茲轉矣。彼視歲月如流而空勞想望者何也。

朱嘉徵曰：《古八變歌》，雜曲歌辭。漢風。〇見《古詩拾遺》（廖按，當爲《選詩拾遺》）。〇《八變歌》歌「北風」，吊古也。吊古者，吊其始衰，故保邦者保之於未亂。「八變」似與「七哀」「九曲」同，一言而聲情之變備焉。

廖按：余冠英云，這篇所寫的是悲秋和懷鄉，用語和情調都像是文人作品。

北風初秋至，吹我章華臺。[一]浮雲多暮色，似從崦嵫來。[二]枯桑鳴中林，絡緯響空階。[三]翩翩飛蓬征，愴愴遊子懷。[四]故鄉不可見，長望始此回。[五]（《古詩紀》卷十七「漢」第七「樂府古辭·雜曲歌辭·拾遺」。《古樂苑》卷三三）

【校勘】

「絡緯響空階」，「絡緯」原作「緯絡」，據《古樂苑》改。

【集注】

[一]「北風初秋至，吹我章華臺」二句：**唐汝諤曰**：《禮(記)》(《月令》)：「孟秋之月，涼風至。」

《詩》(《邶風・北風》)：「北風其涼。」《左傳》(《昭公七年》)：「楚子成章華之臺。」**聞人倓曰**：《左傳》(《昭公七年》「楚子成章華之臺」)，(鄭玄)注：「臺今在華容城内。」**廖按**：余冠英云，章華臺，春秋時代楚國所築的臺，在今湖北鹽利縣西北。

[二]「浮雲多暮色，似從崦嵫來」二句：**唐汝諤曰**：《楚辭》(《離騷》)：「望崦嵫而勿迫。」**聞人倓曰**：《山海經》(《西山經》)：鳥鼠同穴之山，西南曰崦嵫。下有虞泉，日所入處。(廖按，《楚辭・離騷》「望崦嵫而勿迫」，王逸注：「崦嵫，日所入山也，下有蒙水，水中有虞淵。」)**廖按**：余冠英云，崦嵫，山名，在甘肅天水縣西南。

[三]「枯桑鳴中林，絡緯響空階」二句：**唐汝諤曰**：古詩(《文選・古樂府三首・飲馬長城窟行》)：「枯桑知天風。」中林，林中也。《古今注》，莎雞，一名絡緯，謂其鳴聲如紡織也。**聞人倓曰**：《毛詩》(《小雅・正月》)：「瞻彼中林。」**廖按**：余冠英云，絡緯，昆蟲名，即「絡紗娘」。

[四]「翩翩飛蓬征，愴愴遊子懷」二句：**唐汝諤曰**：蓬，蒿也。《埤雅》：蓬葉「散生」，「遇風輒拔而旋」。古者「觀轉蓬」爲輪。《詩》(《衛風・伯兮》)：「首如飛蓬。」翩翩，疾飛貌。篷，編竹爲之。愴愴，傷也。**聞人倓曰**：《釋名》(《釋宫室》)：「階，梯也，如梯之有等差也。」《商子》(《商君書・禁使》)：「飛蓬遇飄風而行千里，乘風之勢也。」王褒《九懷》(《楚辭》)：「心愴愴兮自憐。」

〔五〕「故鄉不可見，長望始此回」二句：**廖按**：余冠英云，此回猶此番。**又按**：回，當爲回歸之回。此句猶《悲歌行》之「遠望可以當歸」也。

【集評】

胡應麟曰：漢《古八變歌》，文繁於質，景富於情，恐是曹氏弟兄作。漢人語亦有甚麗者，然文蕴質中，情溢景外，非後世所及也。

陸時雍曰：此詩絶似曹劉，然曹劉無此徑潔。

陳祚明曰：景中有情，語極蕭瑟。

王夫之曰：樂府固有與古詩通者，此及《傷歌行》是也。當由或倚弦筦，或但清歌。彼非駘宕，則爲八音所雜；此不淒清，則益入《下里》。後人固不容以意妄制。

李因篤曰：與《昭昭素明月》篇意同，但分晝夜耳。

古歌（上金殿）

【集解】

馮惟訥曰：《古歌》。拾遺。雜曲歌辭。漢第七。樂府古辭。

梅鼎祚曰：《古歌》。雜曲歌辭，漢並無名氏。

唐汝諤曰：《古歌》。雜曲。漢樂府。古樂府。○此宴饗臣下之詩，蓋《鹿鳴》《魚麗》之屬也。首四句總叙見所宴非尋常之客而既登君堂，盛設殽饌，主人親觴張樂陳雜戲具鑪爇以娱賓，是以舉坐並康而祝君以長壽也。

朱嘉徵曰：《古歌》。雜曲歌辭。漢風。○《古歌》「上金殿」，賓客好會之什，主人起舞，遍贊賓客禮以成。君公以降，咸得用之。

李因篤曰：亦導引之詞。

廖按：此歌馮惟訥《古詩紀》收入漢樂府古辭雜曲歌辭、朱嘉徵收入《樂府廣序・漢風》，歌辭提及「彈瑟爲清商」「四坐樂且康」，今據此以漢樂府詩收入。又，漢樂府中題「古歌」者有多首，兹於題後附首句以爲區别。

上金殿，著玉樽。延貴客，入金門。[一]入金門，上金堂。東廚具肴膳，椎牛烹猪羊。[二]主人前進酒，彈瑟爲清商。[三]投壺對彈棊，博弈並復行。[四]朱火颺煙霧，博山吐微香。[五]清樽發朱顔，四坐樂且康。[六]今日樂相樂，延年壽千霜。[七]（《古詩紀》卷十七「漢」第七「樂府古辭」。《古樂苑》卷三三）

【集注】

[一]「上金殿，著玉樽。延貴客，入金門」四句：**唐汝諤曰**：金殿玉樽見貴重之意。著，置也。

延，納也。**朱嘉徵曰：**庶人之室，屋而高曰殿，《孤兒生行》曰「行取殿下堂」者是。**廖按：**金殿、金門，《相和歌辭·雞鳴》：「黄金爲君門，璧玉爲軒堂。」

［二］「東廚具肴膳，椎牛烹猪羊」二句：**唐汝諤曰：**廚，庖廚也。殽（廖按，唐汝諤《古詩解》「肴」作「殽」），俎實也。膳，具食也。椎，擊殺之也。烹，煮也。

［三］「主人前進酒，彈瑟爲清商」二句：**唐汝諤曰：**樂有五聲，商爲清調。**廖按：**《相和歌辭·雞鳴》：「上有雙樽酒，作使邯鄲倡。」

［四］「投壺對彈棊，博弈並復行」二句：**唐汝諤曰：**《禮記》（《投壺》）：「投壺之禮」，「主人請曰：『某有枉矢哨壺，請以樂賓』」。傅玄《彈棊賦序》，漢成帝好蹴鞠，劉向以爲勞人體，竭人力，非至尊所宜御。乃因其體作彈棊。今觀其道，蹴鞠道也。《藝經》（《後漢書·梁統列傳》「能挽滿、彈棋」李賢注引）：「彈棊，兩人對局，白黑棊各六枚，先列棊相當，更先彈也。其局以石爲之。」博，局戲也。弈，圍棊也。以子圍而相殺也。

［五］「朱火颺煙霧，博山吐微香」二句：**唐汝諤曰：**古詩（《玉臺新詠·古詩八首·四坐且莫喧》）：「請説銅罏器，崔嵬象南山。」「朱火然其中，青煙颺其間。」颺，飛揚也。《西京雜記》，丁緩「作九層博山罏」。注，罏象海中博山。**廖按：**博山爲傳説中海上三仙山（蓬萊、博山、瀛洲）之一。博山香爐呈豆形，上有蓋，蓋高而聳，鏤空，呈重疊山形，象徵仙山博山，因以得名。

［六］「清樽發朱顔，四坐樂且康」二句：**廖按**：朱顔，《楚辭·招魂》「美人既醉，朱顔酡些」，王逸注：「朱，赤也。酡，著也。言美女飲啖醉飽，則面著赤色而鮮好也。」四坐，即四座，在座客人。當謂聽衆。孔欣《置酒高堂上》(《樂府詩集》)：「邯鄲有名倡，承間奏新聲。八音何寥亮，四座同歡情。」《清商曲辭·上聲歌》(《樂府詩集》)：「四座暫寂静，聽我歌《上聲》。」是其證。

［七］「今日樂相樂，延年壽千霜」二句：**廖按**：此二句爲樂工配樂奏唱套語，「千霜」即千年，爲偕韻而改用之。

【集評】

陳祚明曰：音調自古。

古歌（秋風蕭蕭愁殺人）

【集解】

馮惟訥曰：《古歌》。拾遺。雜曲歌辭。漢第七。樂府古辭。

梅鼎祚曰：《古歌》。雜曲歌辭，漢並無名氏。

唐汝諤曰：《古歌》。雜曲。漢樂府。古樂府。〇此去國懷鄉者，當秋風蕭瑟，不覺生愁而歎，在座飄零，盡是他鄉之客，夫誰不以懷憂令人老也。因想故鄉之光景蕭然，何獨不爾，是以形容消瘦，衣帶日寬，而悲咽難言，愁腸之結，至如車輪之回轉。悲歌可以當泣，信夫。

朱嘉徵曰：《古歌》。雜曲歌辭。漢風。○《古歌》，歌「秋風」。正人去國之思也。

廖按：蕭滌非云，此歌《樂府詩集》《古樂府》並不載。然其本身即爲一含有音樂性之文字，觀末二句與《悲歌》悉同，亦足證其出於樂府也。○余冠英云，這是在「胡」地作客者思念故鄉的詩，漢樂府詩裏像這樣蒼蒼莽莽，急風驟雨似的調子爲數不多。○逯欽立云，此歌與前《悲歌》（廖按，指《悲歌行》「悲歌可以當泣」篇）當爲同篇殘文。

又按：此歌馮惟訥《古詩紀》收入漢樂府古辭雜曲歌辭，朱嘉徵《樂府廣序》收入「漢風」，歌辭提及「座中何人」，今據此以漢樂府詩收入。又，漢樂府中題「古歌」者有多首，兹於題後附首句以爲區別。

秋風蕭蕭愁殺人[一]，出亦愁，入亦愁。座中何人，誰不懷憂，[二]令我白頭。胡地多飆風，樹木何脩脩。[三]離家日趨遠，衣帶日趨緩[四]。心思不能言，腸中車輪轉[五]。（《古詩紀》卷十七「漢」第七「樂府古辭」。《古樂苑》卷三三）

【校勘】

「離家日趨遠」，《古樂苑》「遠」作「送」，誤。

【集注】

［一］秋風蕭蕭愁殺人：**唐汝諤曰**：蕭蕭，寥落寒涼之貌。**廖按**：余冠英云，蕭蕭，風聲。

［二］「座中何人，誰不懷憂」二句：**廖按**：徐仁甫云，「誰」爲「何」字之旁注誤入正文者。原文本作「座中何人不懷憂」，即座中誰人不懷憂也。

［三］「胡地多飆風，樹木何脩脩」二句：**唐汝諤曰**：《爾雅》：扶摇謂之飆。注：風從下上也。脩，通作翛。翛翛，凋敝也。**張玉穀曰**：胡，一作故。**廖按**：飆風，暴風。《爾雅·釋天》「扶摇謂之猋」，郭璞注：「暴風從下上。」「脩脩」即翛翛，鳥羽勞敝貌。《詩經·豳風·鴟鴞》「予羽譙譙，予尾翛翛」，毛《傳》：「譙譙，殺也。翛翛，敝也。」

［四］衣帶日趨緩：**廖按**：余冠英云，緩，寬也。衣帶一天天寬緩，就是腰一天天瘦了。（廖按《文選·古詩十九首·行行重行行》：「相去日已遠，衣帶日已緩。」）

［五］腸中車輪轉：**唐汝諤曰**：車有輻曰輪，車輪回轉不定。

【集評】

王世貞曰：「相去日以遠，衣帶日以緩」（廖按，《古詩·行行重行行》），「緩」字妙極。又古歌云：「離家日趨遠，衣帶日趨緩。」豈古人亦相蹈襲耶？抑偶合也？「以」字雅，「趨」字峭，俱大有味。

陸時雍曰：挺拔。是西京語致。

朱嘉徵曰： 昔鍾儀楚奏，莊舄越吟，君子謂其樂操土風不忘舊也。此歌宜爲怨雅。

陳祚明曰： 起語瀏栗，悲涼莽莽而來，此情至不能遏也。「離家」二句同《行行重行行》，「以」字渾，「趨」字雋。

李因篤曰： 陡起陡接，言之憮然。「趨」字與「以」字俱妙，「以」字順，「趨」字峭。

沈德潛曰： 蒼莽而來，飄風急雨，不可遏抑。〇「離家」二句，同《行行重行行》篇，然「以」字渾，「趨」字新，此古詩樂府之别。

張玉穀曰： 前六，就秋風引入愁思，亦是逆起，而用筆有驚飆驟至之勢。首句是綱。出愁入愁，頂「愁」申説，再用「座中」二句推開作陪，然後折出「令我白頭」來。一氣直下，句句頓挫，妙絕。後六，點明胡地久淹，愁心莫訴。「飆風樹木」，明應起處。帶緩而腸終轉，是所以白頭之故也。〇「離家」二語，與《古詩·行行重行行》篇止改一字。而結二語，則直與前《悲歌》同。古人以意運詞，不妨沿襲，往往如此。

廖按： 蕭滌非云，此二篇（廖按，謂《悲歌行》及此篇）皆寫游子天涯之感者，古時交通不便，行路艱難，真有如所謂「一息不相知，何況異鄉别」者。初不如吾人今日之瞬息千里，迅速安全，故古人于别離一事，乃甚多血淚之作。此則時代環境有以左右吾人之情感者也。

豔歌

【集解】

馮惟訥曰：《豔歌》。拾遺。雜曲歌辭。漢第七樂府古辭。○又謂之《妍歌》。辭曰：「妍歌展妙聲，發曲吐令辭。」又：「泛泛江漢萍，飄蕩永無根。」又：「庭中有奇樹，上有悲鳴蟬。」又：「青青陵中草，傾葉晞朝日。陽春被惠澤，枝葉可攬結。」皆《妍歌》之遺句。

梅鼎祚曰：《豔歌》。雜曲歌辭，漢並無名氏。○又謂之《妍歌》云云。

朱嘉徵曰：《豔歌》，漢風，雜曲歌辭。○《古樂苑》：一曰《妍歌》。以後《樂府》並闕。○《豔歌》歌「今日樂上樂」，饗燕之歌也。《樂府》不詳所用，竟逸之，詩之失所者久矣。風興絕異，起止無端，如聞《湛露》之什，自然慈惠，知爲治世之音。郭茂倩本《宋書·樂志》，而爲「雜曲歌辭」，然雅鄭未有分也。漢尤近古，遺曲甚多，余考古辭之近漢者附輯如左。

聞人倓曰：《豔歌》。按，《詩所》又謂之《妍歌》。

廖按：余冠英云，樂府裏的遊仙詩頗不少，大約用於宴會場合，藉以娛賓祝壽。這一篇是鋪陳得最淋漓盡致的。

又按：此歌馮惟訥《古詩紀》收入漢樂府古辭雜曲歌辭、朱嘉徵收入《樂府廣序·漢風》，歌辭有「今日樂上樂」等樂府套語，今據此以漢樂府詩收入。

今日樂上樂，相從步雲衢。[一]天公出美酒，河伯出鯉魚。[二]青龍前鋪席，白虎持榼壺。[三]南斗工鼓瑟，北斗吹笙竽。[四]姮娥垂明璫，織女奉瑛琚。[五]蒼霞揚東謳，清風流西歈。[六]垂露成帷幄，奔星扶輪輿。[七]（《古詩紀》卷十七「漢」第七「樂府古辭」。《古樂苑》卷三三）

【集注】

[一]「今日樂上樂，相從步雲衢」二句：**聞人倓曰**：《莊子》（《大宗師》）：「黄帝得之，以登雲天。」**廖按**：余冠英云，「今日」句，樂府詩裏的套語，言歡樂無極。雲衢，猶言天衢，指天空。

[二]「天公出美酒，河伯出鯉魚」二句：**聞人倓曰**：《後漢（書）·南匈奴（列）傳》：棄蔑天公。孔融《論酒禁書》（《後漢書·鄭孔荀列傳》「時年饑兵興，操表制酒禁，融頻書爭之，多侮慢之辭」李賢注引）：「天垂酒星之耀。」《史記·封禪書》（「水曰河，祠臨晉」，張守節《正義》）注：「《魚龍河圖》云，河伯姓呂名公子。夫人姓馮名夷。河伯，字也。」**廖按**：余冠英云，河伯，水神，名馮夷。

[三]「青龍前鋪席，白虎持榼壺」二句：**聞人倓曰**：《禮記》（《曲禮上》「左青龍而右白虎」），（孔穎達）疏：「青龍、白虎，（四方）宿名。」《釋名》（《釋牀帳》）：「席，釋也，可卷可釋也。」《説

文》：「榼，酒器。」《説文》「壺，圜器」，徐（鉉）曰：「昆吾作。」**廖按**：余冠英云，青龍，星名，見《隴西行》注。白虎，星名，西方七宿的總稱。

［四］「南斗工鼓瑟，北斗吹笙竽」二句：**聞人倓曰**：《史記·天官書》「衡殷南斗」，注（張守節《正義》）：「南斗六星爲天廟丞相太宰之位。」《星經》：北斗星謂之七政，天之諸侯，亦謂帝車。魁四星爲璇璣，杓三星爲玉衡，齊七政。斗爲人君，號令之主。《世本》：隨作笙，一曰女媧作。《説文》：「笙十三簧，象鳳之身也。（笙）正月之音物生，故謂之笙。」《博雅》（《廣雅·釋器》）：「竽象笙三十六管，宫管在中央。」**廖按**：余冠英云，南斗，星名，即斗宿。

［五］「姮娥垂明璫，織女奉瑛琚」二句：**聞人倓曰**：《後漢（書）·天文志》（「日月若合璧」）（李賢）注：「羿請無死之藥於西王母，姮娥竊之以奔月。」《廣韻》：「璫，耳珠。」《漢書》（《天文志》）：「織女，天女孫也。」《符瑞圖》：「玉瑛仁寶，不斫自成，光若白華。」《毛詩傳》（《衛風·木瓜》「報之以瓊琚」傳）：「琚，佩玉名。」**廖按**：余冠英云，姮娥，又稱嫦娥，神話裏的人物，相傳是后羿的妻，偷吃了后羿從西王母討來的「不死藥」，飛入月宫。璫，飾物名，用在耳部就叫耳璫。這裏似指耳璫。奉，進獻。

［六］「蒼霞揚東謳，清風流西歈」二句：**聞人倓曰**：《列子》（《湯問》）：「薛譚學謳于秦青。」《説文》：「謳，齊歌。」《文選》（《吴都賦》）五臣注：「歈，吴歌也。」**廖按**：余冠英云，謳、歈，齊

歌叫做謳，吴歌叫做歈。

［七］「垂露成帷幄，奔星扶輪輿」二句：**聞人倓曰**：《大戴禮》（《曾子天圓》）：露，陰陽之氣也。夫陰氣勝凝爲霜雪，陽氣勝則散爲雨露。《釋名》（《釋牀帳》）：「帷，圍也，所以自障圍也。」又：「幄，屋也，以帛衣板施之，形如屋也。」《爾雅》（《釋天》）「奔星爲彴約」，（郭璞）注：「流星。」《説文》：「有輻曰輪」，「輿，車底也」。

【集評】

陳祚明曰：奇語淋漓作致，務極荒唐。

李因篤曰：直起直止，與《上金殿》一首篇法略同，此更爲奇肆矣。

古樂府（蘭草自然香）

【集解】

馮惟訥曰：《古樂府》。無名氏。漢第十。

梅鼎祚曰：《古樂府》。雜曲歌辭。漢並無名氏。

朱嘉徵曰：《古樂府》，載《樂苑》。◯《古樂府》歌「蘭草自然香」，惜賢才也。

廖按：顔師古《匡謬正俗》卷七曰：「《古豔歌》曰：『蘭草自生香，生於大道傍。十月鈎簾起，並在東薪中。』中，之當反，音張，謂中央也。猶『呼』音『入』耳。今山東俗猶有此言，蓋所由來遠矣。」馮惟訥《古詩紀》卷二十「漢」第十稱《古樂府》，「自生」作「自然」，「十月鈎簾起」作「腰鐮八九月」，「並」作「俱」。此歌《匡謬正俗》稱「古豔歌」；《古詩紀》列在「漢」，稱「古樂府」；梅鼎祚《古樂苑》列在「雜曲歌辭」，稱「漢並無名氏」。今據此以漢樂府詩收入。又，漢樂府詩中題爲「古樂府」者有多首，兹特於題後附首句以爲區別。

蘭草自然香，生於大道傍。[一]腰鐮八九月，俱在束薪中。[二]（《古詩紀》卷二十「漢」第十「無名氏」。《古樂苑》卷三三）

【集注】

[一]「蘭草自然香，生於大道傍」二句：**廖按**：樊維綱云，蘭草，有兩種，一種爲菊科植物之蘭草，全體有香氣，秋季開花；一種爲蘭科植物之蘭草，春季開花，花有香氣，即現在常見的盆栽者。兩種本皆生於山野。自生香（廖按，樊文本於《匡謬正俗》本，下引同），是説其香是天然生成的，本自與衆草不同。傍，通「旁」。生於路旁，又見蘭草本與衆草同生同長，表面上並無區别。兩句一正一反，一句説蘭草在香氣上與衆草有别，一句説蘭草與衆草所生之地無别。見《漢魏六朝詩鑒賞辭典》，上海辭書出版社二〇一六年，下

引同。

［二］「腰鐮八九月，俱在束薪中」二句：**廖按**：樊維綱云，十月，秋末冬初，草木長成，正是砍柴季節。鈎簾，當作「鈎鐮」。鈎鐮，鐮刀也。此名稱漢時已有，桓譚《新論》云，劍用之獲稻，曾不如鈎鐮之功（廖按，語見《劉子·適才》，原文爲「棠溪之劍，天下之銛也；用之獲穗，曾不如鈎鐮之功也。」）。這兩句是詩人爲蘭草鳴不平，亦是以此爲喻，爲人才的不被人所識、不能盡其才鳴不平。孟郊《湘弦怨》詩云：「昧者理芳草，蘭蒿同一鋤。」其意實本此詩，其中明確點出糟蹋蘭草的是「昧者」，……蘭草之被埋没，是由於居上位者之昏庸闇劣，他們以自己之昏昏，怎麼能識人才之昭昭呢！

【集評】

楊慎曰：古樂府：「蘭草自然香，生於大道傍。腰鐮八九月，俱在束薪中。」孟郊詩「昧者理芳草，蒿蘭同一鋤」，實本古樂府意。

朱嘉徵曰：蘭當爲王者香，士爲知己者用，主鑒不明，賢愚同盡，惜哉，似爲禰正平、嵇叔夜輩。惋惜千古。讀生於大道旁之句，亦刺不善藏其用焉。

陳祚明曰：古極，比意甚遠。

古歌（高田種小麥）

【集解】

馮惟訥曰：《古歌》。無名氏。漢第十。

梅鼎祚曰：《古歌》。雜曲歌辭。漢並無名氏。

朱嘉徵曰：《古歌絶句》。雜曲歌辭。漢風。○《樂苑》，古辭。○《古歌》歌「高田」，旅懷也。其聲古質，爲漢音無疑。

張玉穀曰：《古歌》。雜曲歌辭。《齊民要術》卷二注引。

廖按：余冠英云，這也是旅客懷鄉的詩，用小麥不宜種在高田比人不宜住在他鄉。

又按：此歌見於北魏賈思勰《齊民要術》卷二「小麥宜下田」後附注所引，直稱「歌曰」；馮惟訥《古詩紀》卷二十漢第十題《古歌》；梅鼎祚《古樂苑》卷三三「雜曲歌辭」（漢並無名氏）亦題爲《古歌》；朱嘉徵《樂府廣序》列爲「漢風・雜曲歌辭」。今據此以漢樂府詩收入。又，漢樂府詩中題爲「古歌」者有多首，兹特於題後附首句以爲區别。

高田種小麥，終久不成穗[一]。男兒在他鄉，焉得不憔悴。[二]（《古詩紀》卷二十

「漢」第十「無名氏」。《古樂苑》卷三三）

【集評】

陳祚明曰： 此竟似六朝人，然興意若相關，若不相關，以不甚警切見致。

李因篤曰： 語自忼慨。

沈德潛曰： 興意若相關若不相關，所以爲妙。

張玉穀曰： 比也。他鄉最易憔悴，説得極直捷，而其故卻仍未説破，又極含蓄。

古兩頭纖纖詩二首

【集解】

馮惟訥曰： 《古兩頭纖纖詩》二首。無名氏。漢第十。

梅鼎祚曰： 《古兩頭纖纖詩》，古辭。雜曲歌辭。漢並無名氏。

朱嘉徵曰： 《古兩頭纖纖詩》。雜曲歌辭。漢風。○《樂苑》，古辭，見《歷代吟譜》。○《兩頭纖纖詩》，悲時易逝，念將老也。每句中自寓比興，合讀之，呼應見法。中亦寓傷時惜陰之感，使人不忘起舞。

陳祚明曰： 《古兩頭纖纖歌》二首，漢四。

廖按： 此歌見於《藝文類聚》卷五六「雜文部」二，稱「古兩頭纖纖詩曰」，僅録出第一首。《古樂苑》收入卷三三「雜曲歌辭」中「漢並無名氏」類，稱「古辭」，録出下列兩首。朱嘉徵《樂府廣序》本此，並列入「漢風」。陳祚明《采菽堂古詩選》列「卷之四・漢四」，題爲《古兩頭纖纖歌》。今據此以漢樂府詩收入。

兩頭纖纖月初生，半白半黑眼中睛。[一] 腷腷膊膊雞初鳴，磊磊落落向曙星。[二]
兩頭纖纖青玉玦，半白半黑頭上髮。[三] 腷腷膊膊春冰裂，磊磊落落桃初結。[四]
（《古詩紀》卷二十「漢」第十「無名氏」。《古樂苑》卷三三）

【集注】

[一]「兩頭纖纖月初生，半白半黑眼中睛」二句：**廖按：**《説文》：「纖，細也。」兩頭纖纖，形容初生之月兩頭尖細。睛，眼珠。半白半黑，黑白分明。《詩經・衛風・碩人》「巧笑倩兮，美目盼兮」，毛《傳》：「盼，白黑分」。

[二]「腷腷膊膊雞初鳴，磊磊落落向曙星」二句：**廖按：** 腷腷膊膊，狀聲之詞，形容雞鳴叫時拍動翅膀。磊，《説文》：「衆石貌。」磊磊，歷歷在目。又作「纍纍」，《豔歌行》（翩翩堂前燕）「水清石自見」「石見何纍纍」即用以形容清晰可見。

〔三〕「兩頭纖纖青玉玦，半白半黑頭上髮」二句：**廖按**：玦，《説文》：「玉佩也。」段玉裁注：「《白虎通》曰『君子能決斷則佩玦』，韋昭曰：『玦如環而缺。』」按玦爲半圓玉佩，正與上章「月初生」之月牙形相似。青，深緑，《文選·古詩十九首·青青河畔草》即是以「青青」表草色。青玉玦亦可呈「半白半黑」之狀，此用以喻指「頭上髮」，謂年事已高，青春不再。

〔四〕「腷腷膊膊春冰裂，磊磊落落桃初結」二句：**廖按**：腷腷膊膊，狀聲之詞，此用以形容春暖解凍、冰河開裂的聲音。磊磊落落，此用以形容樹上結桃顆顆點點的狀貌。

【集評】

朱嘉徵曰：漢七言初成，巧力兼至，讀齊王元長作，神氣便去而萬里。

陳祚明曰：如此二題，古人獨作，並不易擬，所取自然且有致，擬者强作皆不工也。

【附】古樂府（啄木高飛乍低仰）

【集解】

廖按：隋杜臺卿《玉燭寶典》卷第五「五月仲夏」第五云：「古樂府曰：啄木高飛乍低仰，搏樹林藪著榆桑。低足頭啄劚如劚，飛鳴相騾聲如篁。」此歌不見《樂府詩集》《古詩紀》《古樂苑》等收録，亦不明是否確屬漢代樂府歌詩，姑附録於此以待考。

啄木高飛乍低仰，搏樹林藪著榆桑。[一]低足頭啄劚如劚，飛鳴相驟聲如篁。[二]

（《玉燭寶典》卷第五）

【集注】

[一]「啄木高飛乍低仰，搏樹林藪著榆桑」二句：**廖按**：啄木，啄木鳥。乍，突然。搏，通「傅」，附著。張衡《東京賦》「嬴氏搏翼」，薛綜注：「謂著翼也。」著，附著，此謂落在樹上。榆桑，榆樹和桑樹。

[二]「低足頭啄劚如劚，飛鳴相驟聲如篁」二句：**廖按**：劚，《説文》：「斫也。」砍削。另有掘、挖義，如劚田，劚地。以此形容鳥喙啄木，應不誤。篁，疑通簧。簧，《説文》：「笙中簧也。」《詩經·小雅·鹿鳴》「吹笙鼓簧」，毛《傳》：「簧，笙也。」吹笙而鼓簧矣。簧乃笙中發聲之器。後用以形容動聽聲音，如巧舌如簧。此用以形容鳥鳴之聲。

【附】古樂府詩

【集解】

廖按：《北堂書鈔》卷一二二「武功部」十「王者所杖」條云：「古樂府詩云：請説劍，駿犀標首，王琢中央。六一所善，王者所杖。帶以上車，如燕飛揚。」此歌不見《樂府詩集》《古詩紀》《古樂苑》等收録，亦不明是否確屬漢代樂府歌詩，姑附録於此以待考。

請説劍，駿犀標首，玉琢中央[一]。六一所善，王者所杖。[二]帶以上車，如燕飛揚。(《北堂書鈔》卷一二二《武功部》十)

【集注】

[一]「駿犀標首，玉琢中央」二句：**廖按**：駿犀，當爲「駁犀」，魏文帝《大牆上蒿行》(《樂府詩集》)云：「從君所喜，帶我寶劍……白如積雪，利若秋霜。駁犀標首，玉琢中央。帝王所服，辟除凶殃。」正有「駁犀標首，玉琢中央」二句，「駿」作「駁」。《後漢書·朱馮虞鄭周列傳》「賜駁犀具劍、佩刀」，李賢注：「以班犀飾劍也。」班、駁，五彩斑駁。「駁犀標首」謂以犀牛角裝飾劍柄之首。琢，雕刻玉器。《説文》卷一「玉部」：「琢，治玉也。」《禮記·學記》：「玉不琢，不成器。」

[二]「六一所善，王者所杖」二句：**廖按**：六一，不詳，疑爲「志士」，漶漫致誤。此謂寶劍乃志士所善。杖，《説文》：「持也。」《漢書·韓彭英盧吴傳》「及項梁度淮，信乃杖劍從之」，顔師古注：「言直帶一劍，更無餘資。」

【附】古樂府罩辭

【集解】

廖按：此歌見於《太平御覽·鱗介部》鮒魚類。該類僅收此一首歌辭，無前後位次關係。然直稱「《古樂府·罩辭》曰」。「罩辭」，因歌詠罩魚、並首句爲「罩初何得」而得名。晚唐温庭筠有《罩魚歌》，或與此類罩歌有關。此歌不見《樂府詩集》《古詩紀》《古樂苑》等收録，亦不明是否確屬漢代樂府歌詩，姑附録於此以待考。

罩初何得，端來得鮒。[一]小者如手，大者如屨。[二]孝子持歸，遺我公姫。[三]安得此魚，適與罩迕。[四]從今以後，但當求鮒。[五]（《太平御覽》卷九三七《鱗介部》九）

【集注】

[一]「罩初何得，端來得鮒」二句：**廖按**：罩，本義爲捕魚的竹籠。《爾雅》「籗謂之罩」，郭璞注曰：「捕魚籠也。」後引申爲覆蓋，籠罩。此用本義名動，即用竹籠罩魚。端，開端。鮒，即鯽魚。《周易·井》「井谷射鮒」，段玉裁《説文解字注》引鄭注《易》曰：「鮒魚微小。」引虞翻曰：「鮒，小鮮也。」

〔二〕「小者如手，大者如屨」二句：**廖按**：《説文》：「屨，履也。」段玉裁注：「今時所謂履者，自漢以前皆名屨。」履，鞋。《説文》：「履，足所依也。」

〔三〕「孝子持歸，遺我公姬」二句：**廖按**：「姬」當作「姥」。「姥」與「鮒」「履」「迕」協韻。稱「孝子」，持歸所遺者亦當爲公姥。

〔四〕「安得此魚，適與罩迕」二句：**廖按**：安，表疑問。《史記·項羽本紀》：「安與項伯有故」。安得，怎麼會得到。適，恰好。迕，相遇。《後漢書·陳王列傳》「王甫時出，與蕃相迕」，李賢注：「迕猶遇也。」

〔五〕「從今以後，但當求鮒」二句：**廖按**：但當求鮒，有意尋找罩捕鮒魚，而不僅僅是碰巧得到。

【附】古胡無人行

【集解】

廖按：此歌見於《太平御覽》卷八百「四夷部」二一「北狄」二，稱《古胡無人行》，列在古詩「胡馬依北風，越鳥巢南枝」後，陸機《樂府詩》「驅馬陟陰山，山高馬不前。借問燕山候，勁虜在燕然」前。據歌題（「行」）、《太平御覽》所列位次，似爲漢樂府歌詩。此歌不見《樂府詩集》《古詩紀》《古樂苑》等收録，亦不明是否確屬漢代樂府歌詩，姑附録於此以待考。

望胡地，何嶮巇。[一]斷胡頭，脯胡臆。[二]（《太平御覽》卷八百《四夷部》二一）

【集注】

[一]「望胡地，何嶮巇」二句：**廖按**：胡，古代中國西北方塞外部族之稱，胡地，即胡人之地。《淮南子·人間訓》：「近塞上之人有善術者，馬無故亡而入胡。人皆吊之。其父曰：『此何遽不爲福乎？』居數月，其馬將胡駿馬而歸。」入胡，即進入胡人之地。胡駿馬，即胡人之駿馬。嶮巇，未詳，不見他典。疑當爲嶮巇，地、巇、臆協韻。《文選》禰衡《鸚鵡賦》「嗟禄命之衰薄，奚遭時之險巇」，李善注：「《楚辭》曰：何周道之平易，然蕪穢而險巇。王逸曰：險巇，顛危也。」嶮、險通。

[二]「斷胡頭，脯胡臆」二句：**廖按**：脯，《説文》卷四「肉部」：「乾肉也。」臆同肊，《説文》卷四「肉部」：「肊，胸骨也。」段玉裁注：「作臆者形聲，作乙者會意也。從乙者，皃其骨也。」「脯胡臆」意謂將胡人五臟六腑挖出來做肉乾。

【附】上留田行（出是上獨西門）

【集解】

廖按：《文選》卷二八陸機《豫章行》「三荆歡同株，四鳥悲異林」，李善注云：「古《上留田行》曰：『出是上獨西門，三荆同一根生，一荆斷絶不長。兄弟有兩三人，小弟塊摧獨貧。』」此歌不見《樂府詩集》《古詩紀》《古樂苑》等收録，亦不明是否確屬漢代樂府歌詩，姑附録於此以待考。又，漢樂府中《上留田行》有多首，兹特於題後附首句以爲區别。

出是上獨西門[一]，三荆同一根生，一荆斷絶不長。[二]兄弟有兩三人，小弟塊摧獨貧[三]。（《文選》卷二八陸機《豫章行》李善注）

【集注】

[一]出是上獨西門：**廖按：**該句疑有誤，當爲「獨出是上西門」。上西門，《文選·古詩十九首·驅車上東門》「驅車上東門，遥望郭北墓」，李善注引《河南郡圖經》曰：「東有三門，最北頭曰上東門。」聞人倓《古詩箋》注曰：「《續漢書·百官志》：洛陽城十二門，一曰上東門。」由此可推洛陽亦應有上西門。

［二］「三荆同一根生，一荆斷絶不長」二句：**廖按**：荆，叢生灌木名。《説文》：「荆，楚木也。」「楚，叢木。一名荆也。」灌木無主幹，叢生，故稱「三荆同一根生」；生長參差不齊，故有「一荆斷絶不長」。此爲興喻之辭。

［三］小弟塊摧獨貧：**廖按**：塊摧，未詳，不見他典。考謝惠連《隴西行》（《藝文類聚·樂部》引）有「實摘柯摧，葉殞條煩」句，李白《上留田行》（《樂府詩集》）亦云「……昔之弟死兄不葬……青天白日摧紫荆。交柯之木本同形，東枝憔悴西枝榮。……」，因疑「塊摧」乃「柯摧」之誤，「塊」「柯」音近致訛。柯，草木枝莖。《文選》張衡《西京賦》「濯靈芝以朱柯」，李善注：「朱柯，芝草莖赤色也。」《藝文類聚》引吴均《與朱元思書》亦云「横柯上蔽」。摧，折斷損傷。《説文》：「摧，擠也。從手崔聲。一曰挏也，一曰折也。」另亦有稱「摧柯」者，《文選》潘安仁《楊仲武誄并序》「含芳委耀，毁璧摧柯」，李善注：「始含芳而積耀，遽毁璧而摧柯，言早夭也。」魏明帝《步出夏門行》（《樂府詩集》）「卒逢風雨，樹折枝摧」，「枝摧」與「柯摧」「摧柯」同義。

【集評】

廖按：此歌可與相和歌辭《孤兒行》《上留田行》同讀。李白《上留田行》疑本此歌而作。

附録

【一】參考文獻

（一）詩歌正文、集注、集解、集評之來源著作及版本

〔漢〕班固撰、〔唐〕顔師古注《漢書》，中華書局一九六二年以清光緒二十六年王先謙虚受堂刻《漢書補注》本爲底本點校本。

〔南朝梁〕沈約撰《宋書》，中華書局一九七四年點校本。

〔南朝梁〕蕭統編、〔唐〕李善注《文選》，〔清〕胡克家本影印本，中華書局一九七七年版。

〔南朝梁〕蕭統編、〔唐〕李善、吕延濟、劉良、張銑、吕向、李周翰注《六臣注文選》，《四部叢刊》影宋本，中華書局一九八七年版。

〔南朝陳〕徐陵輯、〔清〕吴兆宜注《玉臺新詠箋注》，中華書局一九八五年以清程琰删補本

爲底本校勘箋注本。

〔隋〕杜臺卿撰、〔清〕楊守敬校訂《玉燭寶典》，清光緒十年黎庶昌影印日本舊抄本刊印《古逸叢書》本，《續修四庫全書》，上海古籍出版社二〇〇二年版，第八八五册。

〔唐〕歐陽詢撰《藝文類聚》，《欽定四庫全書》影印本，《景印文淵閣四庫全書》，臺灣商務印書館一九八六年版，第八八七册、第八八八册。

〔唐〕虞世南撰、〔清〕孔廣陶校注《北堂書鈔》，學苑出版社一九九八年版。

〔宋〕李昉等撰《太平御覽》，中華書局一九六〇年影印宋刻本。

〔宋〕朱長文撰《琴史》，《欽定四庫全書》影印本，《景印文淵閣四庫全書》，臺灣商務印書館一九八六年版，第八三九册。

〔宋〕郭茂倩編《樂府詩集》，中華書局一九七九年以宋刻本爲底本點校本。

〔宋〕朱熹《朱文公校昌黎先生集》，《四部叢刊初編》影印元刊本。

〔元〕左克明編《古樂府》，《欽定四庫全書》影印本，《景印文淵閣四庫全書》，臺灣商務印書館一九八六年版，第一三六八册。

〔明〕徐獻忠撰《樂府原》，《四庫全書存目叢書》本，齊魯書社一九九七年版，《四庫全書存目叢書·集部》第三〇三册。

〔明〕徐禎卿撰《迪功集附談藝録》，《欽定四庫全書》影印本，《景印文淵閣四庫全書》，臺灣商務印書館一九八六年版，第一二六八册。

〔明〕楊慎輯《風雅逸篇》，《四庫全書存目叢書》本，齊魯書社一九九七年版，《四庫全書存目叢書·集部》第二九九册。

〔明〕楊慎撰《升庵詩話》，丁福保輯《歷代詩話續編》，中華書局一九八三年版。

〔明〕謝榛撰《詩家直説（四溟詩話）》，《四庫全書存目叢書》本，齊魯書社一九九七年版，《四庫全書存目叢書·集部》第四一七册。

〔明〕馮惟訥編撰《古詩紀》，《欽定四庫全書》影印本，《景印文淵閣四庫全書》，臺灣商務印書館一九八六年版，第一三七九册、第一三八〇册。

〔明〕王世貞撰《新刻增補藝苑巵言》，明萬曆十七年武林樵雲書舍刻本，《續修四庫全書》，上海古籍出版社二〇〇二年版，第一六九五册。

〔明〕梅鼎祚編《古樂苑》，《欽定四庫全書》影印本，《景印文淵閣四庫全書》，臺灣商務印書館一九八六年版，第一三九五册。

〔明〕胡應麟撰《詩藪》，影印明刻本，《續修四庫全書》，上海古籍出版社二〇〇二年版，第一六九六册。

〔明〕唐汝諤選釋《古詩解》，《四庫全書存目叢書》本，齊魯書社一九九七年版，《四庫全書存目叢書·集部》第三七〇册。

〔明〕陸時雍撰《古詩鏡》，《欽定四庫全書》影印本，《景印文淵閣四庫全書》，臺灣商務印書館一九八六年版，第一四一一册。

〔清〕吴景旭撰《歷代詩話》，《欽定四庫全書》影印本，《景印文淵閣四庫全書》，臺灣商務印書館一九八六年版，第一四八三册。

〔明〕王夫之撰《古詩評選》，〔明〕王夫之著《船山全書》第十四册，嶽麓書社二〇一一年版。

〔清〕朱嘉徵撰《樂府廣序》，清康熙清遠堂刻本，《續修四庫全書》，上海古籍出版社二〇〇二年版，第一五九〇册。

〔清〕陳祚明評選《采菽堂古詩選》，清康熙丙戌翁嵩年刊刻本，《續修四庫全書》，上海古籍出版社二〇〇二年版，第一五九一册。

〔清〕李因篤輯評《漢詩音注》，《四庫全書存目叢書》本，齊魯書社一九九七年版，《四庫全書存目叢書·集部》第四〇一册。

〔清〕費錫璜、沈用濟輯評《漢詩説》，《四庫全書存目叢書》本，齊魯書社一九九七年版，《四庫全書存目叢書·集部》第四〇九册。

〔清〕沈德潛編《古詩源》，上海古籍出版社二〇〇二年據清康熙五十八年竹嘯軒本校刊。

〔清〕王士禛選、聞人倓箋《古詩箋》，上海古籍出版社一九八〇年據清乾隆芷蘭堂初刻本標點排印本。

〔清〕張玉穀撰《古詩賞析》，清乾隆姑蘇思義堂刻本，《續修四庫全書》，上海古籍出版社二〇〇二年版，第一五九一册、第一五九二册。

〔清〕李調元撰《雨村詩話》，李調元著、詹杭倫、沈時蓉校正《雨村詩話校正》，巴蜀書社二〇〇六年版。

〔清〕陳本禮撰《漢樂府三歌箋注》（《漢詩統箋》），清嘉慶間陳氏裛露軒刊刻《江都陳氏叢書》本。

〔清〕朱乾《樂府正義》，秬香堂刻本，山東大學圖書館藏北京一九五六年鈔刻本。

〔清〕王謨輯、題漢陳留蔡邕撰《琴操》（《漢魏遺書鈔》本），吉聯抗輯《琴操（兩種）》，人民音樂出版社一九九〇年版。

〔清〕莊述祖撰《漢短簫鐃歌曲句解》（《漢鐃歌句解》），清道光間刊刻《珍蓺宧遺書》本。

〔清〕孫星衍校輯《琴操》，《平津館叢書》本，《續修四庫全書》，上海古籍出版社二〇〇二年，第一〇九二册。

〔清〕陳沆撰《詩比興箋》，中華書局一九五九年版。

〔清〕譚儀撰《漢鐃歌十八曲集解》，商務印書館一九三七年據清光緒刻本《靈鶼閣叢書》排印本。

〔清〕王先謙撰《漢書補注》，清光緒二十六年王氏虛受堂刻本，《續修四庫全書》，上海古籍出版社二〇〇二年版，第二六八册、第二六九册。

〔清〕王先謙《漢鐃歌釋文箋正》，清同治壬申年刊刻虛受堂王氏刊藏本。

（二）按語校釋引用古籍著作及版本

〔魏〕王弼、〔晉〕韓康伯注，〔唐〕孔穎達等正義《周易正義》，〔清〕阮元校刻《十三經注疏》上册，中華書局一九八〇年版。

〔漢〕孔安國傳、〔唐〕孔穎達等正義《尚書正義》，〔清〕阮元校刻《十三經注疏》上册，中華書局一九八〇年版。

〔漢〕毛公傳、鄭玄箋、〔唐〕孔穎達等正義《毛詩正義》，〔清〕阮元校刻《十三經注疏》上册，中華書局一九八〇年版。

〔漢〕鄭玄注、〔唐〕賈公彦疏《周禮注疏》，〔清〕阮元校刻《十三經注疏》上册，中華書局一九八〇年版。

〔漢〕鄭玄注、〔唐〕賈公彦疏《儀禮注疏》，〔清〕阮元校刻《十三經注疏》上册，中華書局一九八〇年版。

〔漢〕鄭玄注、〔唐〕孔穎達等正義《禮記正義》，〔清〕阮元校刻《十三經注疏》上下册，中華書局一九八〇年版。

〔晉〕杜預注、〔唐〕孔穎達等正義《春秋左傳正義》,〔清〕阮元校刻《十三經注疏》下册,中華書局一九八〇年版。

〔漢〕何休注、〔唐〕徐彦疏《春秋公羊傳注疏》,〔清〕阮元校刻《十三經注疏》下册,中華書局一九八〇年版。

〔魏〕何晏等注、〔宋〕邢昺疏《論語注疏》,〔清〕阮元校刻《十三經注疏》下册,中華書局一九八〇年版。

〔晉〕郭璞注、〔宋〕邢昺疏《爾雅注疏》,〔清〕阮元校刻《十三經注疏》下册,中華書局一九八〇年版。

〔漢〕趙岐注、〔宋〕孫奭疏《孟子注疏》,〔清〕阮元校刻《十三經注疏》下册,中華書局一九八〇年版。

〔唐〕李鼎祚撰《周易集解》,《欽定四庫全書》本,《景印文淵閣四庫全書》,臺灣商務印書館一九八六年版,第七册。

舊題〔漢〕伏勝撰、〔漢〕鄭玄注《尚書大傳》,《欽定四庫全書》本,《景印文淵閣四庫全書》,臺灣商務印書館一九八六年版,第六八册。

〔魏〕何晏集解、〔梁〕皇侃義疏《論語集解義疏》,《欽定四庫全書》本,《景印文淵閣四庫全書》,臺灣商務印書館一九八六年版,第一九五册。

舊題〔漢〕河上公撰《老子道德經篇目》，《欽定四庫全書》本，《景印文淵閣四庫全書》，臺灣商務印書館一九八六年版，第一〇五五册。

〔晉〕王弼注《老子道德經》，《諸子集成》三，上海書店一九八六年版。

〔清〕孫詒讓著《墨子間詁》，《諸子集成》四，上海書店一九八六年版。

〔晉〕郭象注、〔唐〕成玄英疏、〔唐〕陸德明音義、〔清〕郭慶藩集釋《莊子集釋》，《諸子集成》三，上海書店一九八六年版。

〔漢〕楊倞注、〔清〕王先謙集解《荀子集解》，《諸子集成》二，上海書店一九八六年版。

〔戰國〕韓非著、〔清〕王先謙集解《韓非子集解》，《諸子集成》五，上海書店一九八六年版。

〔清〕汪繼培輯校《尸子》，《續修四庫全書》，上海古籍出版社二〇〇二年版，第一一二一册。

〔漢〕高誘注、〔清〕畢沅新校正《吕氏春秋》，《諸子集成》六，上海書店一九八六年版。

〔漢〕高誘注、〔宋〕姚宏續注、〔宋〕鮑彪注、〔元〕吴師道補注《戰國策》，上海古籍出版社一九八五年版。

〔漢〕王逸章句、〔宋〕洪興祖補注《楚辭補注》，中華書局一九八三年版。

〔晉〕郭璞注《山海經》，《欽定四庫全書》本，《景印文淵閣四庫全書》，臺灣商務印書館一九八六年版，第一〇四二册。

〔晉〕郭璞注《穆天子傳》，《欽定四庫全書》本，《景印文淵閣四庫全書》，臺灣商務印書館一九八六年版，第一〇四二册。

〔晉〕張湛注《列子注》，《諸子集成》三，上海書店一九八六年版。

〔漢〕賈誼撰《新書》，《欽定四庫全書》本，《景印文淵閣四庫全書》，臺灣商務印書館一九八六年版，第六九五册。

〔漢〕韓嬰撰《韓詩外傳》，《欽定四庫全書》本，《景印文淵閣四庫全書》，臺灣商務印書館一九八六年版，第八九册。

〔漢〕劉安著、〔漢〕高誘注《淮南子注》，《諸子集成》七，上海書店一九八六年版。

舊題〔漢〕孔鮒撰《孔叢子》，《欽定四庫全書》本，《景印文淵閣四庫全書》，臺灣商務印書館一九八六年版，第六九五册。

〔漢〕司馬遷撰、〔南朝宋〕裴駰集解、〔唐〕司馬貞索隱、〔唐〕張守節正義《史記》，中華書局一九五九年版。

舊題〔漢〕揚雄撰，〔晉〕李軌、〔唐〕柳宗元注，〔宋〕宋咸、吴祕、司馬光重添注《揚子法言》，《欽定四庫全書》本，《景印文淵閣四庫全書》，臺灣商務印書館一九八六年版，第六九六册。

舊題〔漢〕揚雄撰、〔晉〕郭璞注《輶軒使者絶代語釋别國方言》，《欽定四庫全書》本，《景印文淵閣四庫全書》，臺灣商務印書館一九八六年版，第二二一册。

〔漢〕劉向撰《説苑》，《欽定四庫全書》本，《景印文淵閣四庫全書》，臺灣商務印書館一九八六年版，第六九六册。

〔漢〕劉向撰《新序》，《欽定四庫全書》本，《景印文淵閣四庫全書》，臺灣商務印書館一九八六年版，第六九六册。

〔漢〕劉向撰《古列女傳》，《欽定四庫全書》本，《景印文淵閣四庫全書》，臺灣商務印書館一九八六年版，第四四八册。

〔漢〕王充撰《論衡》，《欽定四庫全書》本，《景印文淵閣四庫全書》，臺灣商務印書館一九八六年版，第八六二册。

〔漢〕劉歆撰、〔晉〕葛洪輯《西京雜記》，《欽定四庫全書》本，《景印文淵閣四庫全書》，臺灣商務印書館一九八六年版，第一〇三五册。

〔漢〕許慎撰、〔清〕段玉裁注《説文解字注》，上海古籍出版社一九八一年版。

〔漢〕蔡邕撰《獨斷》，《欽定四庫全書》本，《景印文淵閣四庫全書》，臺灣商務印書館一九八六年版，第八五〇册。

〔漢〕劉熙撰《釋名》，《欽定四庫全書》本，《景印文淵閣四庫全書》，臺灣商務印書館一九八六年版，第二三一册。

〔魏〕王肅注《孔子家語》，《欽定四庫全書》本，《景印文淵閣四庫全書》，臺灣商務印書館一九八六年版，第六九五册。

〔魏〕張揖撰《廣雅》，《欽定四庫全書》本，《景印文淵閣四庫全書》，臺灣商務印書館一九八六年版，第二二一册。

〔晉〕崔豹撰《古今注》，《欽定四庫全書》本，《景印文淵閣四庫全書》，臺灣商務印書館一九八六年版，第八五〇册。

〔南朝宋〕范曄撰、〔晉〕司馬彪撰志、〔唐〕李賢注、〔南朝梁〕劉昭注志《後漢書》，《欽定四庫全書》本，《景印文淵閣四庫全書》，臺灣商務印書館一九八六年版，第二五二册，第二五三册。

〔後魏〕酈道元撰《水經注》，《欽定四庫全書》本，《景印文淵閣四庫全書》，臺灣商務印書館一九八六年版，第五七三册。

〔北齊〕魏收撰《魏書》，《欽定四庫全書》本，《景印文淵閣四庫全書》，臺灣商務印書館一九八六年版，第二六一册，第二六二册。

舊題〔北齊〕劉晝撰、〔唐〕袁孝政注《劉子》，《欽定四庫全書》本，《景印文淵閣四庫全書》，臺灣商務印書館一九八六年版，第八四八册。

〔北齊〕顔之推《顔氏家訓》,《欽定四庫全書》本,《景印文淵閣四庫全書》,臺灣商務印書館一九八六年版,第八四八册。

佚名《三輔黄圖》,《欽定四庫全書》本,《景印文淵閣四庫全書》,臺灣商務印書館一九八六年版,第四六八册。

〔唐〕魏徵等撰《群書治要》,《續修四庫全書》,上海古籍出版社二〇〇二年版,第一一八七册。

〔唐〕顔師古撰《匡謬正俗》,《欽定四庫全書》本,《景印文淵閣四庫全書》,臺灣商務印書館一九八六年版,第二二一册。

〔唐〕徐堅等撰《初學記》,《欽定四庫全書》本,《景印文淵閣四庫全書》,臺灣商務印書館一九八六年版,第八九〇册。

〔唐〕釋慧琳撰《一切經音義》,《續修四庫全書》,上海古籍出版社二〇〇二年版,第一九六、第一九七册。

〔唐〕白居易原本、〔宋〕孔傳續撰《白孔六帖》,《欽定四庫全書》本,《景印文淵閣四庫全書》,臺灣商務印書館一九八六年版,第八九一、第八九二册。

〔南唐〕徐鍇撰《説文繫傳》,《欽定四庫全書》本,《景印文淵閣四庫全書》,臺灣商務印書館一九八六年版,第二二三册。

舊題〔宋〕丁度等纂《集韻》，《欽定四庫全書》本，《景印文淵閣四庫全書》，臺灣商務印書館一九八六年版，第二三六册。

〔宋〕司馬光撰、〔元〕胡三省音注《資治通鑑》，《欽定四庫全書》本，《景印文淵閣四庫全書》，臺灣商務印書館一九八六年版，第三〇四—三一〇册。

〔宋〕陸佃撰《埤雅》，《欽定四庫全書》本，《景印文淵閣四庫全書》，臺灣商務印書館一九八六年版，第二二二册。

〔宋〕程大昌撰《雍録》，《欽定四庫全書》本，《景印文淵閣四庫全書》，臺灣商務印書館一九八六年版，第五八七册。

〔宋〕朱熹撰《詩經集傳》，《欽定四庫全書》本，《景印文淵閣四庫全書》，臺灣商務印書館一九八六年版，第七二册。

〔宋〕陳彭年、丘雍等撰《重修廣韻》，《欽定四庫全書》本，《景印文淵閣四庫全書》，臺灣商務印書館一九八六年版，第二三六册。

〔明〕孫瑴編《古微書》，《欽定四庫全書》本，《景印文淵閣四庫全書》，臺灣商務印書館一九八六年版，第一九四册。

〔清〕張廷玉撰《御定資治通鑑綱目三編》，《欽定四庫全書》本，《景印文淵閣四庫全書》，臺灣商務印書館一九八六年版，第三四〇册。

〔清〕嚴可均輯《全上古三代秦漢三國六朝文》,《續修四庫全書》,上海古籍出版社二〇〇二年版,第一六〇三—一六〇八册。

【二】收録注解評點著作作者簡介

班固

班固(三二—九二),字孟堅,扶風安陵(今陝西寶雞)人。東漢著名史學家、文學家。於其父班彪所撰《史記後傳》數十篇基礎上,撰成《漢書》百卷。曾效東方朔《答客難》作《答賓戲》;奉章帝命記述諸儒於白虎觀講論五經同異,成《白虎通德論》。《漢書》所述起自漢高祖,終於王莽,共二百三十年,爲我國第一部紀傳體斷代史(西漢)。其中《藝文志》首次著録漢代歌詩,《禮樂志》首録《安世房中歌》(十七章)及《郊祀歌》(十九章),諸《紀》《傳》中亦有樂府歌詩載録,是首部收録漢樂府詩的史傳著作。

蔡邕

蔡邕(一三三—一九二),字伯喈,陳留郡圉(今屬河南開封)人。東漢著名學者和文學家,因官至左中郎將,又稱「蔡中郎」。曾被徵召爲郎中,參與續寫《東觀漢記》;曾參與刻制熹平石經。一生著述甚豐，有《蔡中郎集》，清嚴可均《全後漢文》輯有《蔡邕文集》。所著《獨斷》爲雜考類著作，有《四庫全書》本；曾於流放中續《漢書》十志，呈上「十意」。又有《琴賦》（或引稱《琴頌》）等辭賦之作。另有琴曲解題著作《琴操》。《琴操》原書已佚，經後人輯録成書，多題東漢蔡邕撰。輯本包括歌詩五曲（均爲《詩經》篇目）、九引、十二操和河間雜歌二十餘首。書中對每首琴曲的有關故事均有介紹，多爲漢代琴家演繹傳説，大多附有歌辭。該書輯本有兩種。一種爲清王謨《漢魏遺書鈔》本，全書不分卷，爲輯佚書體例；另一種爲清孫星衍輯校《平津館叢書》本，分上、下兩卷，爲專著體例。關於《琴操》作者，《隋書·經籍志》著録「《琴操》三卷，晉廣陵相孔衍撰」；《舊唐書·經籍志》著録「《琴操》二卷（桓譚撰）。《琴操》三卷（孔衍撰）」；李善《文選注》、徐堅《初學記》等則多稱「蔡邕《琴操》」。兩種輯本亦均題「漢陳留蔡邕撰」「漢前議郎陳留蔡邕伯喈撰」。《平津館叢書》本《琴操》卷首所載馬瑞辰《琴操校本序》稱，「傳注所引及今《讀畫齋叢書》所傳本皆屬蔡邕，惟《初學記》引《箜篌引》爲孔衍《琴操》，其文與蔡邕《琴操》不殊，是知隋志言孔衍撰者，謂撰述蔡邕之書，非謂孔衍自著也」；又稱「唐志又别載桓譚《琴操》二卷，按桓譚《新論》有《琴道篇》，不聞有《琴操》，《琴操》言伏羲始作琴，與《琴道》言神農始作琴不合，則《琴操》決非桓譚所作」，「是唐人誤以《琴道篇》爲《琴操》」。本書所據《琴操》版本有兩種，其一爲《續修四庫全書》所收平津館本《琴操》，上海古籍出版社二〇〇二年版；其二爲吉聯抗輯《琴操（兩種）》（含漢魏遺書鈔本、平津館叢書本），人民音樂出版社一九九〇年版。

沈約

沈約(四四一—五一三),字休文,吴興武康(今浙江湖州德清)人,南朝史學家、文學家。歷仕宋、齊、梁三朝。在宋仕記室參軍、尚書度支郎。著有《晉書》《宋書》《齊紀》《高祖紀》《邇言》《謚例》《宋文章志》,並撰有《四聲譜》。著作除《宋書》外,多已亡佚。《宋書·樂志》首録漢鐃歌、漢相和歌辭,爲其後樂府諸集所采録。

蕭統

蕭統(五〇一—五三一),字德施,南蘭陵郡蘭陵縣(今江蘇常州武進)人。南朝梁武帝蕭衍長子,梁簡文帝蕭綱和梁元帝蕭繹長兄。蕭統於天監元年(五〇二)册立太子,後因病早逝,時年三十一歲。謚號昭明,史稱「昭明太子」。蕭統雅好文學,廣納人才,其主持編撰的《文選》(史稱《昭明文選》),選録先秦至南朝梁八九百年間詩、歌、文、賦等各類體裁作品七百餘篇,是中國現存最早的詩文總集。蕭統《文選》首以「樂府」爲題選録樂府歌詩數首,其他所録歌詩亦有可斷爲樂府歌詩者,是漢代樂府歌詩重要的收録著作。

徐陵

徐陵（五〇七—五八三），字孝穆，東海郡郯縣（今山東郯城）人。梁武帝時舉爲秀才，出任東宫學士。徐陵爲南朝梁、陳著名文學家，善於宫體詩創作，與庾信齊名，並稱「徐庾」。今存《徐孝穆集》六卷和所輯《玉臺新詠》十卷。《玉臺新詠》共選録東周至梁詩歌六百九十餘篇，是繼《詩經》後又一部大型詩歌總集，因徐陵著意「撰録豔歌」（《玉臺新詠序》），題材上有所偏重，也因此保留了許多言情佳制及涉及婦女題材的作品，《焦仲卿妻》《羽林郎》《董嬌嬈》《同聲歌》等即首見於此，是採録漢代樂府歌詩的重要來源。

杜臺卿

杜臺卿（？—五九七？）字少山，博陵曲陽（今河北保定曲陽）人。北齊至隋著名學者。仕北齊爲奉朝請，歷官中書黄門侍郎。及周武帝平北齊，隱於鄉里，以《禮記》《春秋》教授子弟。隋開皇初，被徵入朝。修國史，拜著作郎。所撰《玉燭寶典》十二卷，按照十二月令排序，記録古代禮儀及社會風俗，分門别類增益擴充，廣采各種文獻書籍，頗具類書性質。其中所録歌詩，也有稱爲樂府者，可資採録和考訂。

虞世南

虞世南（五五八—六三八），字伯施，越州餘姚（今浙江餘姚）人。陳至隋唐文學家、政治家。曾歷仕陳、隋二代，官拜秘書郎。入唐後歷任著作郎、秘書少監、秘書監等職。編有《北堂書鈔》大型類書一部。該書現存一百六十卷，爲虞世南在隋秘書郎任上所編，「北堂」即指隋秘書省後堂。全書分爲帝王、后妃、政術、刑法、封爵、設官、禮儀、藝文、樂、武功、衣冠、儀飾、服飾、舟、車、酒食、天、歲時、地十九部，部下再分小類，每類中先歸納、提煉出短語、成語、詞彙，然後抄録與該短語、成語、詞彙相關的文獻記述和歌詩文賦作品以備檢索和使用，因所引原著原作多有佚失，大量唐前文獻資料及歌詩文賦賴該書得以保存。有些散佚古樂府即首見於此。

歐陽詢

歐陽詢（約五五七—六四一），字信本，潭州臨湘（今湖南長沙）人。初唐大臣、學士。隋煬帝時出任太常博士。後歸順唐高祖李淵，授侍中，後累遷至弘文館學士，奉高祖旨主持編撰大型類書《藝文類聚》。該書共有一百卷，依次以天、歲時、地、州、郡、山、水、符命、帝王、后妃、儲官、人、禮、樂、職官、封爵、治政、刑法、雜文、武、軍器、居處、産業、衣冠、儀飾、服飾、舟車、食物、雜器物、巧藝、方術、内典、靈異、火、藥、香、草、寶玉、百穀、布帛、果、木、鳥、獸、鱗介、蟲豸、祥瑞、災異諸部爲序，「爲類四十有八」（《四庫全書總目》）。每類中各引用著作中的相關記述，然後附以賦、詩、歌等藝文作品，因所引原著原作多有佚失，大量唐前文獻資料及歌詩文賦賴該書得以保存。其中包含有部分漢代樂府歌詩，成爲後代樂府歌集採録的重要來源。

顔師古

顔師古（五八一—六四五），名籀，字師古，琅邪臨沂（今山東臨沂）人。唐初經學家、語言文字學家、歷史學家。顔之推之孫。唐貞觀七年（六三三）任秘書少監，掌校定古籍。奉太子承乾之命注《漢書》。《漢書·禮樂志》首録《安世房中歌》（十七章）及《郊祀歌》（十九章），《漢書》諸《紀》《傳》中也有樂府歌詩載録，顔師古《漢書·禮樂志》之注及《漢書》諸《紀》《傳》之注遂成爲今見漢樂府最早的注釋文本。

李善

李善（六三〇—六八九），江都（今揚州）人。唐代知名學者，曾任秘書郎、崇賢館直學士等職。曾因事流放，遇赦還，以講授《文選》爲業，號「文選學」，並詳注《文選》。顯慶三年（六五八）上呈唐高宗李治《文選注》六十卷。另有《漢書辨惑》三十卷並行於世。蕭統《文選》首以「樂府」爲題選録樂府歌詩數首，李善等《文選注》遂成爲樂府歌詩箋注的重要部分。

六臣

唐代六位箋注《文選》者的合稱。唐代注《文選》者除李善注外，還有開元時吕延濟、劉良、張銑、吕向、李周翰合注本，世稱「五臣注」。南宋以降，李善《文選注》多與五臣注合刊，稱爲《六臣注文選》。

李昉

李昉（九二五—九九六），字明遠，深州饒陽（今河北衡水饒陽）人。五代至北宋初年名臣、學士。後漢時進士及第，授秘書郎，累遷右拾遺、集賢殿修撰。後周世宗時出任集賢殿直學士、翰林學士。入宋後任中書舍人，宋太宗時任參知政事等。奉敕主持、參與編撰《太平御覽》《文苑英華》《太平廣記》等。《太平御覽》一千卷，爲北宋大型類書，引書一千餘種，依次以天、時序、地、皇王、偏霸、皇親、州郡、居處、封建、職官、兵、人事、逸民、宗親、禮儀、樂、文、學、治道、刑法、釋、道、儀式、服章、服用、方術、疾病、工藝、器物、雜物、舟、車、奉使、四夷、珍寶、布帛、資産、百穀、飲食、火、休徵、咎徵、神鬼、妖異、獸、羽族、鱗介、蟲豸、木、竹、果、菜茹、香、藥、百卉爲序，分五十五部五百五十門。初名《太平總類》；書成後，宋太宗日覽三卷，更名爲《太平御覽》。每門中均列出歷代各種文獻中的相關著述、描繪和歌詠，包括詩詞文賦，許多佚文佚作賴此書得以保存，其中多有散見樂府歌詩首見於此。

朱長文

朱長文(一〇三九—一〇九八)字伯原,號樂圃、潛溪隱夫,蘇州吴縣(今江蘇蘇州)人。北宋琴學理論家。嘉祐四年(一〇五九)進士,授秘書省校書郎。以父憂去職家居,築藏書樓爲「樂圃坊」。著有《樂圃集》一百卷及《琴史》等。《琴史》以時爲序,依次記述歷史上著名的彈琴唱曲事蹟,或附帶載録與事蹟相關的琴曲歌辭。已佚《琴操》有些琴歌賴該書引述得以呈現,或可與他著引述相互印證。該書由此成爲採録和考證漢樂府中琴曲歌辭的重要著作。

郭茂倩

郭茂倩(一〇四一—一〇九九),字德粲,北宋鄆州須城(今山東東平)人。爲侍讀學士郭裦之孫,太常博士郭源明之子。曾任河南府法曹參軍。編有《樂府詩集》百卷傳世。《樂府詩集》主要輯録漢魏至唐、五代的樂府歌辭,兼及先秦至唐末歌謡,分爲郊廟歌辭、燕射歌辭、鼓吹曲辭、横吹曲辭、相和歌辭、清商曲辭、舞曲歌辭、琴曲歌辭、雜曲歌辭、近代曲辭、雜歌謡辭和新樂府辭十二大類,爲古代收録樂府歌詩最爲全備的樂府輯録著作。

朱熹

朱熹(一一三〇—一二〇〇),字元晦,又字仲晦,號晦庵,晚稱晦翁,謚文,世稱朱文公。

祖籍江南東路徽州府婺源縣（今屬江西），出生於南劍州尤溪（今福建尤溪）。宋代著名理學家、教育家、詩人，世尊稱爲朱子。著有《四書集注》《通書解説》《周易讀本》《詩集傳》《楚辭集注》等，後人輯有《朱子大全》等。朱熹與樂府歌詩有關的著作是《朱文公校昌黎先生集》。韓愈《昌黎先生集》卷一有《琴操十首》，爲模擬《琴操》諸作所作，朱熹校注中有對古《琴操》的徵引和提及，可據以補充和考訂《琴操》中的琴曲歌辭。

左克明

左克明，元人，生卒年不詳，自稱豫章（今江西南昌）人。著有《古樂府》十卷。《自序》題「至正丙戌」（一三四六），乃元順帝時人。《古樂府》所選樂府詩，上自三代，下迄陳隋，分樂府詩爲古歌謡辭、鼓吹曲歌辭、横吹曲歌辭、相和曲歌辭、清商曲歌辭、舞曲歌辭、琴曲歌辭和雜曲歌辭八類。《自序》稱「冠以古歌謡詞者，貴其發乎自然也；終以雜曲者，著其漸流於新聲也」，棄郊廟歌辭不録，録歌、時限、分類、排序方面較《樂府詩集》有所變化。

徐獻忠

徐獻忠（一四六九—一五四五），字伯臣，號長谷，華亭（今上海）人，卒於吴興。明嘉靖四年（一五二五）舉人，授奉化令，有政績。謝政辭官後寓居吴興，藏書讀書。輯有《唐百家詩》，著有《吴興掌故集》《金石文》《六朝聲偶》《長谷集》及《樂府原》等。《樂府原》爲較早專門收録、解讀、評析古樂府歌詩的著作，頗有個人創見。

徐禎卿

徐禎卿（一四七九—一五一一），字昌穀，一字昌國，吴縣（今江蘇蘇州）人。明代文學家，與李夢陽、何景明等並稱「前七子」，人稱「吴中詩冠」。少時與唐寅、祝允明、文徵明齊名，號「吴中四才子」（亦稱「江南四大才子」）。弘治進士。著有《迪功集》《迪功外集》《翦勝野聞》、《昌穀集》及《談藝録》。對樂府歌詩的評點見於《談藝録》。

楊慎

楊慎（一四八八—一五五九），字用修，號升庵，後因流放滇南，自稱博南山人、金馬碧雞老兵。楊廷和之子，四川新都（今四川成都新都）人。明代文學家，明代三大才子之首。著有《丹鉛總録》《譚苑醍醐》《藝林伐山》《升庵詩話》《詞品》《書品》《畫品》《金石古文》《風雅逸篇》《古今風謡》《奇字韻》《石鼓文音釋》等，後人輯有《升庵集》。《風雅逸篇》輯録了《詩經》以外散見在古代文獻中從上古至戰國末年的逸詩及有韻之文，多注明出處，並附以本事。其中有數篇引自《琴操》，與漢樂府有關。另有《選詩拾遺》，據《千頃堂書目》，知亦爲楊慎所編撰。《風雅逸篇》之外的歌詩評論，見於《升庵詩話》。

謝榛

謝榛（一四九五—一五七五），字茂秦，號四溟山人、脱屣山人，山東臨清人。明代布衣詩人。嘉靖間，挾詩卷游京師，與李攀龍、王世貞等結詩社，爲「後七子」之一。著有《四溟集》《四溟詩話》。關於漢樂府的評論見於《詩話》。

馮惟訥

馮惟訥（一五一三—一五七二），字汝言，號少洲，山東臨朐人。明嘉靖年間進士，官至江西左布政使。輯録有《古詩紀》一百五十六卷和《風雅廣逸》八卷。《古詩紀》，又稱《詩紀》。其中前集十卷，録先秦古逸詩；正集一百三十卷，録漢至隋代詩歌；外集四卷，録古小説、筆記中所傳仙鬼之詩；別集十二卷，選録前人對古詩的評論。

王世貞

王世貞（一五二六—一五九〇），字元美，號鳳洲，又號弇州山人，太倉（今江蘇太倉）人，明代文學家、史學家。「後七子」領袖之一。官刑部主事，累官至刑部尚書。著有《弇山堂別集》

《嘉靖以來首輔傳》《觚不觚録》《弇州山人四部稿》等。文學之作有詩文集《弇州山人四部稿》一百七十四卷、《弇州山人續稿》二百零七卷和《藝苑卮言》十二卷。

梅鼎祚

梅鼎祚（一五四九—一六一五），字禹金，號勝樂道人，宣城（今屬安徽）人。明代文學家，戲曲、小説家。專注詩文典籍的搜集編輯和戲劇、小説創作。輯有《唐樂苑》《古樂苑》等書。《古樂苑》五十二卷，因郭茂倩《樂府詩集》而增删之。郭本止於唐末，此本止於隋，删唐之作不録。體例同於《樂府詩集》，按「郊廟歌辭」「燕射歌辭」「鼓吹曲辭」「横吹曲辭」「相和歌辭」「清商曲辭」「舞曲歌辭」「琴曲歌辭」「雜曲歌辭」「雜歌謡辭」分類編排，每類自先秦或自漢、自南北朝至隋。另外前面多出卷首「古歌辭」，後面多出「仙歌曲辭」「鬼歌曲辭」兩類。

胡應麟

胡應麟（一五五一—一六〇二），字元瑞，號少室山人，浙江蘭溪人。明代著名學者、詩人、文藝批評家。萬曆丙子舉人。廣涉書史，今存著作主要有詩論專著《詩藪》，詩文集《少室山房集》，論學專著《少室山房筆叢》。《詩藪》二十卷，分内外兩編。内編爲分體總論，外編（包括雜編與續編）自周至明，依時代爲序，對作家、作品進行評論。

唐汝諤

唐汝諤（一五五一—一六三六），字士雅，松江華亭人。明代天啓中以歲貢生官常熟縣教諭。著有《詩經微言合參》八卷和《古詩解》二十四卷。《四庫全書總目》之《古詩解》提要稱，「其兄汝詢有《唐詩解》，故此以古詩配之」。《古詩解》分爲古歌謠辭、古逸雜篇、漢歌謠辭、樂府、詩五類，於漢樂府既有解題，又有注釋，多有可資參考者。

陸時雍

陸時雍，生卒年不詳，字仲昭，桐鄉人。明崇禎六年（一六三三）中舉，得貢生。輯有《古詩鏡》《唐詩鏡》，又撰有《詩鏡總論》一卷。《四庫全書總目》之《古詩鏡》《唐詩鏡》提要稱，「是編選自漢、魏以迄晚唐之詩。分爲二集，前有《總論》一篇，其大旨以神韻爲宗，情境爲主」。「其采摭精審，評釋詳核，凡運會升降，一一皆可考見其源流，在明末諸選之中，固不可不謂之善本矣」。

吴景旭

吴景旭，生卒年不詳，字旦生，一字又旦，號仁山。明末清初歸安（今浙江吴興）人。明末爲生員，入清不仕。築堂名南山，有《南山堂自訂詩》及《歷代詩話》。《歷代詩話》以天干數分爲十集，共八十卷。評論《詩經》、楚辭、賦、古樂府、漢魏六朝詩、杜詩、唐詩、宋詩、金、元詩及明詩。每條各立標題，先引舊説於前，後雜采諸書以相考證；其自主新説時則列出詩篇於前，而以己意予以發揮。評説均以「吴旦生曰」發之。

王夫之（王船山）

王夫之（一六一九—一六九二），字而農，號姜齋，湖廣衡州（今湖南衡陽）人。明清之際著名思想家、文學家，與黄宗羲、顧炎武並稱明末清初「三大儒」。晚年居南嶽衡山下石船山，世稱「船山先生」。崇禎壬午（一六四二）中舉。曾仿照「復社」組建「匡社」。匡扶南明失敗後歸隱山林。著有《周易外傳》《周易内傳》《尚書引義》《張子正蒙注》《讀四書大全説》《思問録》《老子衍》《莊子通》《續春秋左氏傳博議》《春秋世論》《讀通鑑論》及《詩廣傳》《姜齋詩話》《古詩評選》《唐詩評選》《明詩評選》等。關於漢樂府的評論見於《古詩評選》。

朱嘉徵

朱嘉徵，生卒年不詳，字岷左，號止溪，海寧（今浙江海寧）人。明清之際詩人，曾與海寧陸嘉淑、查容等一起宣導作詩，至查慎行兄弟遂成氣候，被後人目爲海寧詩派。詩學漢魏，有《止溪文鈔》及《詩集鈔》，另有《止溪集》。撰《樂府廣序》三十卷，刊本題「浙西止溪圃人朱嘉徵編次，男爾邁訂」。《樂府廣序》專録漢魏樂府，擬《詩經》「風」「雅」「頌」分類，將相和歌辭、雜曲歌辭歸爲「風」，鼓吹曲辭、横吹曲辭、舞曲歌辭歸爲「雅」，郊祀樂章、廟祀樂章歸爲「頌」，並按時序各分漢風、魏風、漢雅、魏雅、漢頌、魏頌，另外附有漢魏歌詩和琴曲。

陳祚明

陳祚明（一六二三—一六七四），字胤倩，號稽留山人，其書室號采菽堂。杭州人。工詩，存詩集《稽留山人集》，本題《𣴑帚集》。撰輯《采菽堂古詩選》，一名《采菽堂定本漢魏六朝詩鈔》，共計三十八卷，附補遺四卷。去世後，康熙四十八年（一七〇九），由其弟子翁嵩年刊行。《古詩選》録入多篇漢代樂府，並皆有扼要注評。

李因篤

李因篤（一六三二—一六九二），字子德，一字孔德，號天生，陝西富平東鄉人。明清之際思想家、教育家、音韻學家、詩人。著有《漢詩音注》《漢詩評》《受祺堂詩集》《受祺堂文集》《受祺堂文集續刻》等，另有《古今韻考》《詩説》《春秋説》《議小經》等。關於漢樂府的解説評論見於《漢詩音注》。

費錫璜

費錫璜（一六六四—？），費密子，字滋衡，一作滋蘅，四川新繁（今新都）人。清詩人。康熙三十五年隨父會友，作《江舫唱和》詩，滿座皆驚，稱「鳳毛」。與黄叔威、劉静伯結詩社，頗有影響。卒年不詳，雍正初年尚在世。著有《道貫堂文集》《掣鯨堂詩集》。有《費滋衡詩》五卷，附《焦螟詞》一卷。與沈用濟合著《漢詩説》十卷。關於漢樂府歌詩的評論即見於此書。

沈用濟

沈用濟，生卒年不詳，字方舟，浙江錢塘（今浙江杭州）人。爲國子生。清康熙時詩人，遊跡半天下。至嶺南時，與屈大均、梁佩蘭定交。曾與弟遡泗合刻其詩，題爲《荆花集》，自著有《方舟集》，與費錫璜合著《漢詩説》十卷。關於漢樂府歌詩的評論即見於此書。

吴兆宜

吴兆宜，生卒年不詳，約清康熙十一年（一六七二）前後在世，字顯令，江蘇吴江人，清初「邊塞詩人」吴兆騫之弟。康熙中諸生，善屬文。其著述除《玉臺新詠箋注》十卷外，還嘗箋注徐陵集（《徐孝穆全集》）、庾信集（《庾開府集箋注》）、《才調集》（《才調集箋注》）及韓偓詩集（《韓致堯翰林集》、《香奩集》）。據《四庫全書總目》之《庾開府集箋注》提要稱「今惟徐、庾二集刊版行世，餘惟鈔本僅存云」，知《玉臺新詠箋注》當時只有鈔本流傳，尚無刻本。其後至清乾隆三十九年方有程琰删補、吴兆宜箋注《玉臺新詠》刊行。

王士禛

王士禛（一六三四—一七一一），字子真，一字貽上、豫孫，號阮亭，又號漁洋山人，人稱王漁洋，謚文簡。新城（今山東桓臺）人。清初詩人、文學家。康熙四年升任户部郎中。後改翰林院侍講。著有《漁洋山人精華録》《蠶尾集》《池北偶談》《香祖筆記》《居易録》《漁洋文略》《漁洋詩集》《帶經堂集》《感舊集》《五代詩話》《精華録訓纂》《蠶尾集》等。詩歌創作提出「神韻」説。所著《古詩選》爲漢代至元代五、七言古體詩選集，分五言古詩和七言古詩兩大部分。聞人倓《古詩箋》即是對《古詩選》所選古詩進行箋注的一部著作。

沈德潛

沈德潛（一六七三—一七六九），字碻士，號歸愚，長洲（今江蘇蘇州）人。清代詩人。乾隆元年薦舉博學鴻詞科，乾隆四年進士，曾任内閣學士兼禮部侍郎。爲葉燮門人，論詩主格調，所著有《沈歸愚詩文全集》。又撰有《古詩源》《唐詩别裁》《明詩别裁》《清詩别裁》等詩歌選注著作，流傳頗廣。關於漢樂府的評注見於《古詩源》。

聞人倓

聞人倓，生卒年不詳，字訥甫，江蘇松江人。雍正舉人蔡顯弟子。乾隆三十二年蔡顯因印行所著《閒漁閒閒録》等引發文字獄，被淩遲處死，聞人倓因曾爲其《閒漁剩稿》作序而被判「杖一百流三千里」。箋注王士禛《古詩選》，成《古詩箋》三十二卷。其自序稱，「憶余年方舞象勺，已喜讀八代詩。……後得新城先生選古詩……洵乎詩家寶筏在是已，閒中反復紬繹……間有所得，更書小方幅粘之，垂二十餘年於兹矣！歲癸未，遭大故，匿跡苫凷間，擯絶一切世事。既改歲，乃取舊本手録之。……始克成編……乾隆三十一年夏……聞人倓題於采秀詩屋」。據此知《古詩箋》於乾隆癸未年之後、乾隆三十一年之前終稿並編定成書。

張玉穀

張玉穀（一七二一—一七八〇），字蔭嘉，號樂圃居士，吴縣（今屬江蘇）人，曾遊學沈德潛門下。所撰《古詩賞析》一書，有乾隆三十七年（一七七二）刻本。另清人俞樾於光緒十三年爲《古詩賞析》所作題詞中稱，「吴縣張君玉穀，字蔭嘉，蓋嘗遊學於歸愚尚書之門。尚書撰《國朝詩别裁》，張君讎校之力居多」。

李調元

李調元（一七三四—一八〇三），字羹堂，號雨村，别署童山蠢翁，綿州羅江（今四川德陽羅江）人。清代戲曲理論家、詩人。乾隆二十八年進士，歷任翰林編修、廣東學政。乾隆四十六年授通水兵備道等職。曾遭誣陷，遣戍伊犁，後以母老贖歸，居家著述終老。編有《函海》三十集，著有《童山詩集》《曲話》《劇話》及《雨村詩話》等。關於漢樂府的評論見於《雨村詩話》。

陳本禮

陳本禮，生卒年不詳，字嘉惠，號素村。江蘇揚州人。清藏書家、文學家。清乾嘉時期考據學家陳逢衡之父。致仕後，築「瓠室」爲藏書樓，貯書數十萬卷，善、秘本尤多。善詩文，另著有《協律鈎玄》《太玄闡秘》《漢樂府三歌箋注》《漢詩統箋》《屈辭精義》《瓠室詩抄》等。「樂府三歌」指「漢郊祀歌」「漢安世歌」「漢鐃歌」，《漢詩統箋》即是對此三部分的注釋解説，故又稱《漢樂府三歌箋注》。

朱乾

朱乾（？—一七七七），字贊文，號秬堂，浙江嘉興人。終生爲私塾先生，大興二朱學派創立人朱珪、朱筠皆爲其門生。晚年主講於鴛湖書院，著有《四書集成》《春秋纂傳》《關中雜記》

《奏議選》《管子訂訛》《文選訂訛》《周禮正訛》《楚辭古音》《水經注箋》《揚雄年譜考定三略》《樂府正義》等書。對樂府詩用力最勤，其《樂府正義》自序稱，「我於書無所不耆，而尤有心得者在古樂府。他日成一家言無憾矣」。全書共十九卷，收録漢魏迄唐樂府詩篇。該書由其門生朱珪於乾隆五十四年刊刻十五卷，斷代至隋。

莊述祖

莊述祖（一七五〇—一八一六），莊存與之侄，劉逢禄、宋翔鳳之舅，字葆琛，號珍蓺，學者稱珍蓺先生，江蘇武進（屬常州）人。乾隆四十五年進士。著有《夏小正經傳考釋》《尚書今古文考證》《毛詩考證》《毛詩周頌口義》《五經小學述》《歷代載籍足徵録》《弟子職集解》《石鼓然疑》《珍蓺宧詩文鈔》及《漢短簫鐃歌曲句解》。《句解》多又稱《漢鐃歌句解》。

陳沆

陳沆（一七八五—一八二六），原名學濂，字太初，號秋舫，室名簡學齋，白石山館，蘄水（今湖北浠水）人。清代詩人，文學家，清代古賦七大家之一，被魏源稱爲「一代文宗」。嘉慶十八年中舉，二十四年中進士一甲一名，授翰林院修撰。官至四川道監察御史。著有《簡學齋詩存》《白石山館遺稿》《簡學齋集》《詩比興箋》等。《詩比興箋》以「比興」爲標準選録、箋釋漢魏樂府古詩及漢至唐文人五七言詩。關於該書作者，有魏源假託陳沆之名刊行之説，存疑以待考。

譚獻（譚儀）

譚獻（一八三二—一九〇一），初名廷獻，字仲修，號復堂、半厂、仲儀（又署譚儀）、山桑宦、非見齋、化書堂。浙江仁和（今杭州市）人。近代詞人、學者。著有《復堂類集》，包括文、詩、詞、日記等。另有《復堂詩續》《復堂文續》《復堂日記補録》，詞集《復堂詞》。靈鶼閣叢書本《漢鐃歌十八曲集解》署名譚儀。自序稱：「班書不載《鐃歌》，故無六朝唐人舊注，聲辭並寫，當時采詩入樂，伶人不知鳌別。……古籍散落譌闕，至今三五篇外，不堪授讀。儀流連聲詩……炎夏晝長，偶發陳允倩《采菽堂古詩選》、張翰風《宛鄰書屋古詩録》、莊葆琛《漢鐃歌句解》、陳秋舫《詩比興箋》四書，刕削要删，略下己意，爲集解一卷。……譚儀識。」

王先謙

王先謙（一八四二—一九一七），字益吾，宅名葵園，學人稱爲葵園先生，湖南長沙人。曾任國子監祭酒、江蘇學政，湖南嶽麓書院、城南書院院長。晚清至近代著名學者，著述甚豐。著有《虚受堂詩文集》。校刻有《皇清經解續編》，編有《十朝東華録》《續古文辭類纂》等。著有

《水經注合箋》《後漢書集解》《荀子集解》《莊子集解》《詩三家義集疏》及《漢書補注》《漢鐃歌釋文箋正》等。關於《安世房中歌》《漢郊祀歌》的注解見於《漢書補注》，關於《漢鼓吹鐃歌十八曲》的注解見於《漢鐃歌釋文箋正》。

【三】注解評點及按語引用諸家及其著述簡介

（注解評點及按語多引他説，所引著述不在本書收録者，在此按諸家年代先後依次列出，正文中不再出注。引用時稱字稱號稱書者，以括弧標出，以便檢索）

謝莊（謝希逸）

謝莊（四二一—四六六），字希逸，南朝宋大臣，文學家。陳郡陽夏（今河南太康）人。謝靈運族侄，以《月賦》聞名。歷仕宋文帝、宋孝武帝、宋明帝三朝，官至中書令，加金紫光禄大夫。有《琴論》一卷，爲《宋史·藝文志》所著録，爲郭茂倩《樂府詩集》等著作所徵引。惜已佚，不見後世目録書著録。

王通

王通（五八四—六一八），字仲淹，號文中子，唐初詩人王勃祖父，絳州龍門（今山西河津）

人，隋朝著名教育家、思想家。於家鄉河汾龍門一帶聚衆講學，著書立説，門人自遠而至，往來受業者蓋千餘人，其弟子房玄齡、杜淹、魏徵、李靖等均爲唐初重臣和將相。後來門人弟子薛收、姚義仿《論語》例，據聽課筆記整理成《中説》一部，記録師説及師生問答，廣泛涉及哲學、歷史、政治、教育、社會、人生等各種問題。

杜佑

杜佑（七三五—八一二），字君卿，京兆萬年（今陝西西安）人，唐代政治家、史學家。歷任濟南參軍、户部侍郎、淮南節度使等職。後又進拜司徒、度支鹽鐵使，封岐國公。元和七年以太保致仕，病逝後追贈太傅，謚號安簡。曾用三十六年撰成二百卷《通典》，創立史書編纂新體裁，開創中國史學史先河。《通典》多被樂府注家所引用。

宋祁

宋祁（九九八—一〇六一），字子京，安州安陸（今湖北安陸）人，一説雍丘（今河南杞縣）人，北宋文學家、史學家。天聖二年進士，官翰林學士、史館修撰。與歐陽修等合修《新唐書》，書成，進工部尚書，拜翰林學士承旨。卒謚景文，與兄宋庠並有文名，時稱「二宋」。著有《漢書校語》。

劉敞

劉敞（一〇一九—一〇六八）字原父，一作原甫，臨江新喻（今江西新餘）人。北宋史學家、經學家、散文家。慶曆六年與弟劉攽同科進士，官至集賢院學士。歐陽修稱其「自六經百氏古今傳記，下至天文、地理、卜醫、數術、浮圖、老莊之説，無所不通；其爲文章尤敏贍」。著有《公是集》。與弟劉攽、子劉奉世合著《漢書標注》。

劉攽

劉攽（一〇二二—一〇八八），字貢父，臨江新喻（今江西新餘）人。與兄長劉敞同登慶曆進士第。北宋史學家。曾受邀參與司馬光《資治通鑑》兩漢部分撰寫，著有《編年記事》《西漢刊誤》《東漢刊誤》《中山詩話》及《彭城集》，與兄劉敞、侄劉奉世合著《漢書標注》。此外還有《五代春秋》《内傳國語》《經史新義》等，惜已佚失。

劉奉世

劉奉世（一〇四一—一一一三），字仲馮，臨江新喻（今江西新餘）人。劉敞之子。中進士第。熙甯三年，初置樞密院諸房檢詳文字，以太子中允居吏房。宋朝著名政治家、學者。與父劉敞、叔劉攽合著《漢書標注》。

劉安世（劉元城）

劉安世（一〇四八——一一二五），字器之，號元城、讀易老人。魏州元城（今河北大名）人。北宋官吏。以直諫聞名，時稱「殿上虎」。登進士第。有《盡言集》。弟子馬永卿編有《元城語録》一書。《四庫全書總目》《元誠語録》提要稱，「徽宗初劉安世與蘇軾同北歸，大觀中寄居永城。永卿方爲主簿，受學於安世，因撰集其語爲此書」。

蔡傳（《歷代吟譜》）

蔡傳（一〇六六——？）字永翁，莆田（今福建莆田）人，北宋著名書法家、政治家蔡襄之孫。歷任朝奉郎、通判南京留守司。著有《歷代吟譜》五卷。《四庫全書總目》《歷代吟譜》提要稱，「此編始前漢以迄唐、宋，凡能詩之人，皆紀其姓字。末載厲鶚跋云：『此書嘗有麻沙刻本，節略不全。其叙次當以漢迄唐爲第一卷，宋爲第二卷，名僧爲第三卷，閨秀爲第四卷，武人爲第五卷。』今本序次悉與跋同，蓋近人因鶚跋更定也」。

唐庚（唐子西）

唐庚（一〇七〇——一一二〇），字子西，眉州丹棱唐河鄉（今四川眉山丹棱）人。北宋詩人。宋哲宗紹聖（一〇九四）進士，宋徽宗大觀中爲宗子博士，官承議郎，提舉上清太平宫。有《唐子西文録》(爲同時人强行父記述)一卷，爲其論詩文語録，何文焕《歷代詩話》及日人近藤元粹《螢雪軒叢書》均有收輯。

魏泰

魏泰(生卒年代不詳)，樊城人，字道輔，號漢上丈人、臨江隱居。北宋著作家。與王安石、黄庭堅等過往甚密。長於詩文。尤好談論朝野趣聞。著有《東軒筆録》《讀録》《臨漢隱居詩話》《訂誤集》《臨漢隱居集》等。

葛立方(《丹陽集》)

葛立方(?—一一六四)，字常之，自號懶真子。丹陽(今屬江蘇)人，後定居湖州吴興(今浙江湖州)。南宋詩論家、詞人。著有《韻語陽秋》二十卷，又名《葛立方詩話》，評論自漢魏至宋代諸家詩歌創作。《四庫全書總目》以爲「未免舛誤」，「然大旨持論嚴正，其精確之處，亦未可盡没也」。宋人阮閲編選《詩話總龜》，其中《百家詩話總龜後集》所引《韻語陽秋》《葛常之詩話》《丹陽集》，皆出自《韻語陽秋》。張玉轂、朱乾所引《丹陽集》評《大風歌》之語，即見於《詩話總龜》所引葛立方的《丹陽集》。

鄭樵（鄭夾漈）

鄭樵（一一〇四—一一六二），字漁仲，興化軍莆田（今福建莆田）人，因築草堂於夾漈山，世稱夾漈先生。南宋史學家、目録學家。一生不應科舉，遍讀古今書，專心著述。所著達八十餘種，惜多已亡佚，今存《通志》《夾漈遺稿》《爾雅注》《詩辨妄》等。其《通志》共二百卷，分傳、譜、略三部分。其中「二十略」共五十二卷，於禮樂、文字、天文、地理、蟲魚、草木、方術等，皆有論述，堪稱史上「百科全書」之始。

吴仁傑（吴斗南）

吴仁傑，生卒年不詳，南宋人，字斗南，又字南英，自號蠹隱，洛陽人，寓居崑山。淳熙五年（一一七八）進士，任國子學録。著有《兩漢書刊誤補遺》等。《補遺》爲劉攽《兩漢書刊誤》而作，書内兼補正劉敞、劉奉世之説。十卷中補《漢書》八卷，補《後漢書》二卷。

蔡元定

蔡元定（一一三五—一一九八），字季通，學者稱西山先生，建寧建陽（今屬福建）人。南宋著名理學家，師事朱熹，朱熹視爲講友。一生不涉仕途，潛心著書立説。爲學長於天文、地理、樂律、曆數、兵陣之説。著有《律吕新書》《西山公集》等。

王楙(《野客叢書》)

王楙(一一五一—一二一三),字勉夫,南宋人,福州福清人,徙居平江吴縣,號分定居士。著有筆記體著作《野客叢書》,引用者有時又稱《野客叢談》。該書内容博洽,經史子集,均有涉及,「騷人墨客佚事,細大不捐」。以考辨典籍、雜記宋朝及歷代軼事爲主,「分析具載,釐正時誤」。《四庫全書總目》稱其「位置於《夢溪筆談》《緗素雜記》《容齋隨筆》之間無愧色也」。

嚴羽(嚴滄浪)

嚴羽,生卒年不詳,字丹丘,一字儀卿,自號滄浪逋客,世稱嚴滄浪。邵武莒溪(今福建邵武)人。南宋詩論家、詩人,據其詩推知主要生活於理宗在位期間(一二二四—一二六四),至度宗即位時仍在世。一生未曾出仕,與同宗嚴仁、嚴參齊名,號「三嚴」;又與嚴肅、嚴參等八人,號「九嚴」。有詩集《滄浪先生吟卷》(或名《滄浪吟》《滄浪集》)二卷,收古、近體詩一百四十六首。所著《滄浪詩話》即附於詩集之後。《滄浪詩話》名重於世,嚴羽因此被譽爲宋、元、明、清四朝詩話第一人。

陶宗儀(陶九成)

陶宗儀(一三二九—約一四一二),字九成,號南村,浙江黄巖(今清陶鄉)人。廣覽群書,工詩文，善書畫。元末兵起，避亂松江華亭，耕作之餘，隨手札記。元至正末，由其門生加以整理，分類彙編，成《輟耕録》，一名《南村輟耕録》。記録元代掌故、典章制度及史事之外，在《叙畫》《雜劇曲名》《燕南芝庵先生唱論》《論詩》等條中，對書畫、戲曲、詩詞等，皆有所考證和見解。

劉履（劉坦之）

劉履，生卒年不詳，字坦之，元末明初上虞人。入明不仕，自號草澤閒民。作詩修史，遺著較多。編有《風雅翼》十四卷。《四庫全書總目》之《風雅翼》提要稱：「是編首爲《選詩補注》八卷，取《文選》各詩删補訓釋，大抵本之五臣舊注，曾原演義，而各斷以己意。次爲《選詩補遺》二卷，取古歌謡詞之散見於傳記、諸子，及樂府詩集者，選録四十二首，以補《文選》之闕。次爲《選詩續編》四卷，取唐、宋以來諸家詩詞之近古者一百五十九首，以爲『文選嗣音』。其去取大旨，本於真德秀《文章正宗》，其詮釋體例，則悉以朱子《詩集傳》爲準。」

孫鑛（孫月峰）

孫鑛（一五四三—一六一三）字文融，號月峰、湖上散人，浙江餘姚人。明朝大臣、學者。隆慶舉人。歷仕文選郎中、兵部侍郎等，遷南兵部尚書，加封太子少保，參贊機務，人稱「手持書卷，坐大司馬堂」。著有《文選論注》三十卷，《文選章句》二十八卷等。

彭大翼(《山堂肆考》)

彭大翼(一五五二—一六四三),字雲舉,又字一鶴,吕四(今江蘇啓東)人。明嘉靖年間任廣西梧州通判等。晚年辭歸,閉門著述。著有《山堂肆考》《一鶴齋稿》等。《山堂肆考》二百二十八卷,補遺十二卷,爲私家撰述的大型類書,全書分宫、商、角、徵、羽五集,共四十五門。每門又分子目若干,每一子目有小序一篇,述其内容、範圍、沿革等,下録引文,或標書名。

鍾惺(鍾伯敬)

鍾惺(一五七四—一六二四),字伯敬,一作景伯,號退穀、止公居士,湖廣竟陵(今湖北天門)人。明代文學家。與同里譚元春評選唐人詩,作《唐詩歸》;又評選隋以前詩,作《古詩歸》,形成「竟陵派」,世稱「鍾譚」。

陳仁錫(《潛確類書》)

陳仁錫(一五八一—一六三六),字明卿,號芝臺,長洲(今江蘇蘇州)人。明代官員、學者。天啓二年進士,授翰林編修,官至國子監祭酒。著有《四書備考》《經濟八編類纂》《重訂古周禮》等。輯有《潛確居類書》一百二十卷,明崇禎期間刊刻。

譚元春

譚元春(一五八六—一六三七),字友夏,號鵠灣,別號蓑翁,湖廣竟陵(今湖北天門)人。明代文學家。天啓七年鄉試第一。與同里鍾惺同爲「竟陵派」創始人,共選《唐詩歸》《古詩歸》,世稱「鍾譚」。有《譚友夏合集》。

彭士望(彭躬庵)

彭士望(一六一〇—一六八三),字達生,號躬庵,江西南昌人。明末文學家,「易堂九子」成員,著作有《手評通鑑》《春秋五傳》《恥躬堂文抄》《恥躬堂詩抄》等。其詩評見於《文抄》。

顧炎武(《唐韻正》《日知録》)

顧炎武(一六一三—一六八二),本名絳,乳名藩漢,别名繼坤、圭年,字忠清、寧人,亦自署蔣山傭;南都敗後,因仰慕文天祥學生王炎午爲人,改名炎武,南直隸蘇州府崑山(今江蘇崑山)人,因故居旁有亭林湖,學者尊爲亭林先生。明末清初著名思想家、經學家、史地學家和音韻學家,與黄宗羲、王夫之並稱明末清初「三大儒」。著有《日知録》《天下郡國利病書》《肇域志》《音學五書》《韻補正》《古音表》《詩本音》《唐韻正》《音論》《金石文字記》《亭林詩文集》等。

魏裔介（石生）

魏裔介（一六一六—一六八六），字石生，號貞庵，又號昆林。北直隸柏鄉（今屬河北省）人。清順治二年（一六四五）進士及第，入閣理事時年僅四十餘歲，鬚髮皆黑，史稱「烏頭宰相」。晚年以著書自娱，著有《希賢録》《昆林論抄》《古文欣賞集》《陰符經注解》《樗林偶筆》等著作上千卷，總稱《兼濟堂文集》。有《嶼舫詩集》。

董若雨

董説（一六二〇—一六八六），字若雨，號西庵，烏程（今浙江吴興）人。明末小説家。明亡後，隱居豐草庵，自稱槁木林。一生著述，據《南潯志》載有一百餘種。有《漢鐃歌發》。

張篤慶

張篤慶（一六四二—一七一五），字曆友，號厚齋，別號昆侖山人。清代詩人。著有《八代詩選》《昆侖山房集》等。與王漁洋、蒲松齡等文人交厚。《漁洋詩話》稱其「文章淹博華贍，千言可立就，詩尤以歌行擅場」。

李光地

李光地（一六四二—一七一八），字晉卿，號厚庵，别號榕村，福建泉州人。清康熙九年進士，進翰林，累官至文淵閣大學士兼吏部尚書。著有《周易通論》《詩所》《大學古本説》《中庸章段》《讀論語劄記》《讀孟子雜記》《古樂經傳》《榕村語録》《榕村文集》《榕村别集》等。

何焯

何焯（一六六一—一七二二），字潤千，號義門，江蘇長洲（今蘇州）人。先世曾以「義門」旌，學者稱義門先生。康熙四十三年賜舉人，復賜進士，直南書房兼武英殿編修。通經史百家之學，長於考訂。有《義門讀書記》，爲其讀經、史、集部著作校刊記彙編。以校訂《漢書》《後漢書》《三國志》成果最著。

張庚（張瓜田）

張庚（一六八五—一七六〇），原名燾，字溥三，後改名庚，字浦山，號瓜田逸史，秀水（今浙江嘉興）人。雍正十三年應鴻博詔。長於古文詞，精於鑑别，著有《浦山論畫》《國朝畫徵録》等。有《古詩十九首解》一卷。

紀容舒(《玉臺新詠考異》)

紀容舒(一六八五—一七六四),直隸獻縣(今河北獻縣)人。紀曉嵐之父。康熙五十二年恩科舉人,歷任户部、刑部屬官,外放雲南姚安知府,爲政有賢聲。長於考據之學,著有《唐韻考》《杜律疏》《玉臺新詠考異》等。

張照

張照(一六九一—一七四五)字得天,號涇南,亦號天瓶居士,江蘇婁縣(今上海松江)人。康熙四十八年進士,雍正初,累遷侍講學士。遷刑部尚書。清藏書家、書法家、戲曲家、書畫目録整理者。著有《官本漢書考證》。

吴湛(吴伯其)

吴湛,生卒年不詳,字伯其,號冉渠,睢陽(河南商丘)人。著有《選詩定論》。《四庫全書總目·總集類存目》之《選詩定論》提要稱:「其書以《文選》所録諸詩歌,自漢高帝以下以時代編次,……皆雜引《六經》以釋之……」。《總目》將《選詩定論》列於康熙九年前後在世的洪若皋《昭明文選越裁》之後,雍正乾隆朝在世的余蕭客《文選音義》之前,吴湛大約康熙、雍正朝在世。

齊召南

齊召南（一七〇三—一七六八）字次風，號瓊臺，晚號息園，浙江天台人，清朝官吏。著有《史記功臣侯年表考證》《漢書考證》《歷代帝王年表》等。

錢大昕

錢大昕（一七二八—一八〇四），字曉徵，號辛楣，又號竹汀，江蘇嘉定（今上海嘉定）人，清代史學家、漢學家。早年以詩賦聞名江南，乾隆十六年以獻賦獲賜舉人，官内閣中書。十九年進士。擢升翰林院侍講學士。曾參與修撰《音韻述微》《續文獻通考》等。歸田後潛心著述授徒，歷主鍾山、婁東、紫陽書院講席，門下之士至二千人。晚年自稱潛研老人。歷五十餘年，自《史記》《漢書》，迄《金史》《元史》，一一校勘，詳爲考證，撰成《二十二史考異》。此外還著有《潛研堂文集》《十駕齋養新録》《唐書史臣表》《元史藝文志》等。輯《潛研堂叢書》，收書二十種。

王棠（王勿翦）

王棠，生卒年不詳，字勿翦，一字名友，王干（今安徽歙縣）人。著有《漢樂府古詩十九首箋》《離騷天問注》《陶詩集注》《世説新語解》等。其説爲陳本禮（一七三九—一八一八）所引用，當與陳同時或在此之前。

錢大昭

錢大昭（一七四四—一八一三），字晦之，江蘇嘉定（今上海嘉定）人。錢大昕之弟。清嘉慶元年舉孝廉方正。從學於其兄，時有「兩蘇」之比。參加校録《四庫全書》，於經、史皆有造詣。著有《爾雅釋文補》《廣雅疏義》《説文統釋》《兩漢書辨疑》《三國志辨疑》《後漢書補表》《詩古訓》《經説》《補續漢書藝文志》等。

王念孫

王念孫（一七四四—一八三二），字懷祖，號石臞。江蘇高郵人。王引之之父。乾隆四十年進士，曾任翰林院庶吉士，官至直隸永定河道。清代音韻學、考據學家，歸納《詩經》《楚辭》聲韻系統，定古韻爲二十二部。著有《廣雅疏證》《讀書雜志》《古韻譜》等。另有《王石臞先生遺文》四卷等。

洪亮吉（《漢魏音》）

洪亮吉（一七四六—一八〇九），初名蓮，又名禮吉，字君直，一字稚存，號北江，晚號更生居士。陽湖(今江蘇常州)人。清代經學家、文學家。乾隆五十五年科舉榜眼,授編修。著有《更生齋詩文集》《漢魏音》《北江詩話》及《春秋左傳詁》等。

張琦

張琦(一七六四—一八三三),初名翊,字翰風,號宛鄰,江蘇武進(今屬常州)人,張惠言之弟。嘉慶十八年舉人。歷知章丘、館穀等縣。精醫術,工詩詞古文,精輿地之學。著有《宛鄰詩文集》《立山詞》《戰國策釋地》《素問釋義》。又有《宛鄰書屋古詩録》二十卷等。另與兄張惠言合編有《詞選》。

王引之

王引之(一七六六—一八三四),字伯申,號曼卿,王念孫長子,江蘇高郵人,清代著名學者。及第,授翰林院編修,遷皇帝侍講,擢工部尚書,武英殿正總裁、禮部尚書。曾奉旨勘訂《康熙字典》訛誤,輯爲《考證》。著有《經義述聞》《經傳釋詞》等。另有《王文簡公文集》。

朱珔(朱蘭坡)

朱珔(一七六九—一八五〇),字玉存、蘭坡,號蘭友。安徽涇縣人。嘉慶進士,授編修。

官至贊善，遷侍講。主講鍾山、正誼、紫陽書院。著有《詩稿》《説文假借義證》《文選集釋》等。輯有《國朝古文彙鈔》。

沈欽韓

沈欽韓（一七七五—一八三二），字文起，號小宛，江蘇吴縣人。嘉慶十二年舉人，授安徽寧國縣訓導。著有《兩漢書疏證》《水經注疏證》《左傳補注》《左傳地理補注》等，又有《韓昌黎集補注》《王荆公詩補注》《蘇詩查注補正》《范石湖集注》等。

龔自珍

龔自珍（一七九二—一八四一），字璱人，號定庵，仁和（今浙江杭州）人。晚年居住崑山羽琌山館，又號羽琌山民。清代思想家、詩人、文學家，爲改良主義先驅。曾任内閣中書、宗人府主事和禮部主事等職。著有《定庵文集》，其文章、詩詞，今人輯爲《龔自珍全集》。

周壽昌

周壽昌（一八一四—一八八四），字應甫，一字荇農，號友生、自庵等，湖南長沙人。清道光二十五年進士，由編修累遷内閣學士兼禮部侍郎。著有《思益堂集》《漢書注校補》等。

丁福保

丁福保(一八七四—一九五二),字仲祜,號疇隱居士,一號濟陽破衲。江蘇無錫人,近代藏書家、書目專家。曾編撰《算學書目提要》《歷代醫學書目提要》《四庫總録醫藥編》等。後又編輯刊印《漢魏六朝名家集初刻》《全漢三國晉南北朝詩》《歷代詩話續編》《清詩話》等。編著有《文選類詁》《爾雅詁林》《説文解字詁林》等。

黄節

黄節(一八七三—一九三五),廣東順德。原名晦聞,字玉昆,號純熙,别號晦翁等,後因鄙視同宗黄士俊變節行爲,改名「黄節」,號甘竹灘洗石人。曾與章太炎、劉師培等創辦國學保存會。加入同盟會、南社,受聘北京大學文學院教授。有詩集《蒹葭樓詩》。著有《詩旨纂辭》《變雅》《漢魏樂府風箋》《魏文帝魏武帝詩注》《曹子建詩注》《阮步兵詩注》《鮑參軍詩注集説》《謝康樂詩注》《謝宣城詩注》《顧亭林詩説》。本書引用「黄節云」見於《漢魏樂府風箋》,人民文學出版社一九五八年版(成書於一九二三年)。

梁啓超

梁啓超(一八七三—一九二九),字卓如,號任公,筆名主要有飲冰子、飲冰室主人等。廣東新會人。中國近代著名政治活動家、思想家、文學家和學者。十六歲中舉人，十七歲拜康有爲爲師。一八九四年隨康有爲入京參加會試，「公舉上書」。戊戌政變後出亡日本。後又曾旅歐。一九二五年應聘任清華國學研究院導師。著有《清代學術概論》《墨子學案》《中國歷史研究法》《中國近三百年學術史》《情聖杜甫》《屈原研究》《先秦政治思想史》《中國文化史》及《中國之美文及其歷史》等。著述大都收入《飲冰室合集》。本書引用「梁啓超云」見於《中國之美文及其歷史》，貴州人民出版社二〇一四年版。

夏敬觀

夏敬觀（一八七五—一九五三），字劍丞，晚號吷庵，江西新建人。近代江西派詞人。光緒二十年舉人。曾辦兩江師範學堂，任江蘇提學使兼上海復旦、中國公學等校監督、浙江省教育廳長，著有《忍古樓詩集》《吷庵詞》《忍古樓詞話》、《詞調溯源》及《漢短簫鐃歌注》。本書引用「夏敬觀云」見於《漢短簫鐃歌注》，廣文書局印行，一九七〇年版。

劉師培

劉師培（一八八四—一九一九），字申叔，號左盦，江蘇儀徵人。曾中舉人，後被蔡元培聘爲北京大學教授。著有《尚書源流考》《毛詩劄記》《西漢周官師說考》《禮經舊說》《逸禮考》

《周禮古注集疏》《春秋古經箋》《讀左劄記》《春秋左氏傳問答》《春秋左氏傳古例詮微》《墨子拾補》《兩漢學術發微論》《漢宋學術異同論》《南北學派不同論》《賈子新書斠補》《周書補正》《周書略説》《老子斠補》《莊子斠補》《晏子春秋斠補》《晏子春秋補釋》《荀子斠補》《春秋繁露斠補》《揚子法言斠補》《法言補釋》《穆天子傳補釋》《韓非子斠補》《琴操補釋》《楚辭考異》《中國中古文學史》等，均收入《劉申叔先生遺書》。其中《琴操補釋》乃是爲平津館叢書本《琴操》（孫星衍輯釋）補釋，於《琴操》解題、孫氏注、琴曲歌辭中的文字、字義均有考釋、訂正和補證。本書引用「劉師培云」見於《琴操補釋》（《劉申叔先生遺書》）一九三四年版，寧武南氏校印本。

曲瀅生

近現代學者，生卒年不詳。《漢代樂府箋注》題款爲「榮成曲瀅生學」。撰有《漢代樂府箋注》《宋代楹聯輯要》《唐宋詞選箋》《韋莊年譜》，均爲北平清華園「我輩語社叢書」，我輩語叢刊社印行。《漢代樂府箋注》爲我輩語社叢刊之二。本書引用「曲瀅生云」見於《漢代樂府箋注》，《我輩語社叢書》本，北平清華園一九三三年版。

聞一多

聞一多（一八九九—一九四六），本名聞家驊，又名亦多，字益善，一字友三，湖北黄岡浠水人。曾與梁實秋等人發起成立清華文學社，曾任北京藝術專科學校教務長，從事《晨報》副刊《詩鐫》編輯工作。曾受聘國立青島大學（山東大學），任文學院院長兼國文系主任。曾任清華大學中文系教授、西南聯合大學教授。出版有詩集《紅燭》《死水》。學術著述甚豐，多收入《聞一多全集》。《樂府詩箋》寫作於一九四〇年，最初分别發表於《國文月刊》一九四〇年第一卷第三期、第四期、一九四一年第一卷第八期、第十一期、一九四二年第十三期、第十六期、一九四三年第二十五期，後收入《聞一多全集》。本書引用「聞一多云」見於《樂府詩箋》，《聞一多全集》五，湖北人民出版社一九九三年版。

余冠英

余冠英（一九〇六—一九九五），江蘇揚州人。曾在清華大學、西南聯合大學等校任教。後任中國社會科學院文學研究所研究員、文學所副所長、學術委員會主任、《文學遺産》雜志主編。主編《中國文學史》《唐詩選》，著有《樂府詩選》《三曹詩選》《漢魏六朝詩論叢》《詩經選》《漢魏六朝詩選》等。本書引用「余冠英云」見於《樂府詩選》，人民文學出版社一九五三年版。

陳直

陳直（一九〇一—一九八〇），原名邦直，字進宧，號摹廬，又號弄瓦翁。江蘇鎮江人。執教於西北大學歷史系，著有《史漢問答》《楚辭大義述》《楚辭拾遺》《漢晉木簡考略》《漢封泥考略》《列國印製》《周秦諸子述略》《摹廬金石録》《漢書新證》《史記新證》《居延漢簡綜論》《居延漢簡簡要》《居延漢簡紀年》《居延漢簡甲編釋文訂誤》《敦煌漢簡釋文平議》《關中秦漢陶録》《秦漢瓦當概述》《兩漢經濟史料論叢》《鹽鐵論解要》《三輔黄圖校正》《顔氏家訓注補正》《南北朝王謝元氏世系表》及《文史考古論叢》（原題《述學叢編》）等。《文史考古論叢》收録的《漢鐃歌十八曲新解》最早發表于《人文雜誌》一九五九年第四期。本書引用「陳直云」即見於《漢鐃歌十八曲新解》。

蕭滌非

蕭滌非（一九〇六—一九九一），江西臨川人。畢業於清華大學中文系。曾任教於西南聯合大學，此前此後均任教於山東大學，曾任山東大學中文系主任、教授、博士生導師，兼任中國唐代文學學會第一任會長，山東省古典文學學會第一任會長。出版有《漢魏六朝樂府文學史》《杜甫研究》《杜甫詩選注》《讀詩三劄記》《樂府詩詞論藪》等著作，與游國恩等主編四卷本《中國文學史》等，主編有《杜甫全集校注》等。本書引用「蕭滌非云」見於《漢魏六朝樂府文學史》，人民文學出版社一九九八年版。

逯欽立

逯欽立(一九一〇—一九七三),字卓亭,筆名祝本,山東巨野人。畢業於昆明西南聯合大學(北京大學)中文系,曾任職於中央研究院歷史語言研究所、廣西大學(桂林)、東北師範大學,爲東北師範大學中文系教授,兼古典文學教研室主任。編纂有《先秦漢魏晉南北朝詩》。校注有《陶淵明集》。《先秦漢魏晉南北朝詩》編纂始於一九四〇年,直至一九六四年編定完成,歷時二十四年。一九八三年始由中華書局出版。本書引用「逯欽立云」見於《先秦漢魏晉南北朝詩》,中華書局一九八三年版。

徐仁甫

徐仁甫(一九〇一—一九八八),名永孝,字仁甫。老年稱乾惕翁,四川大竹人。曾任四川大學城内部夜校特約教授,後任四川大學中文系教授兼文科研究所指導。後又調至四川師範學院任教。出版有《杜詩注解商榷》《左傳疏證》《廣釋詞》《古詩别解》《廣古書疑義舉例》等著作。本書引用「徐仁甫云」見於《古詩别解》,上海古籍出版社一九八四年版。

王汝弼

王汝弼(一九一〇—一九八二),原名王紹通,又名聞夫,河北薊縣人。曾在西北師範學院

（西北師範大學前身）國文系工作，後任教於北京師範大學中文系。出版有《屈賦發微》《白居易選集》《樂府散論》及與聶石樵合著的《玉溪生詩醇》等著作。本書引用「王汝弼云」見於《樂府散論》，陝西人民出版社一九八四年版。

王運熙

王運熙（一九二六—二〇一四），上海金山人。畢業於復旦大學中文系，留校任教，一直從事中國古代文學與文論的教學與研究工作。出版有《六朝樂府與民歌》《樂府詩論叢》《漢魏六朝唐代文學論叢》《樂府詩述論》（含《六朝樂府與民歌》《樂府詩論叢》《樂府詩再論》三種）《文心雕龍探索》等著作。本書引用「王運熙云」見於《樂府詩論叢》，上海古籍出版社二〇一四年版。

【四】注解評點及按語提及收録漢代樂府著作及解題著作簡介

（注解評點及按語所提收録漢樂府歌詩著作不在本書收録範圍者，在此依次列出，行文中不再出注）

《古今注》三卷，晉崔豹撰。崔豹，字正雄，一作正能（或正熊），惠帝時官至太傅。此書是一部對古代和當時各類事物進行解説詮釋的著作。其具體内容分爲八類。「卷中・音樂三」有關樂府歌詩部分多爲郭茂倩《樂府詩集》及其他注家所徵引。

《古今樂録》十二卷，南朝陳沙門釋智匠編，原書已亡佚，《樂府詩集》等引録其文頗多。據引知其對漢魏至南北朝樂府叙述較爲周詳，凡郊廟、燕射、愷樂、相和、清商、舞曲、琴曲等曲調以至樂律、樂器等，均有涉及。原書大約除叙述外，兼録歌辭，實爲唐以前叙録樂府歌詩最完備者。

《水經注》四十卷，古代中國地理名著，北魏晚期酈道元著。《水經注》因注《水經》而得名，《水經》一書約一萬餘字，《唐六典注》稱其「引天下之水，百三十七」。《水經注》以注《水經》爲由，實則以《水經》爲綱，詳細記載了一千多條大小河流及有關的歷史遺跡、人物掌故、神話傳説等，還記録了不少碑刻墨蹟和漁歌民謡，具有較高文學價值和文獻價值。

《琴集》，郭茂倩引。但不見著録。唐李季蘭《三峽流泉歌》，郭茂倩引《琴集》曰：「《三峽流泉》，晉阮咸所作也。」據此，《琴集》當成於南北朝至唐代。

《初學記》，古代綜合性類書。共三十卷，分二十三部，唐代徐堅撰。取材於群經諸子、歷代詩賦及唐初諸家作品，保存了很多古代典籍的零篇單句。此書的編撰原爲唐玄宗諸子作文時檢查事類之用，故名《初學記》。

《樂府古題要解》（《樂府解題》）二卷，音樂著作，唐吴兢撰。吴兢曾編《古樂府》十卷，惜已亡佚。惟留《要解》傳世。《要解》採録史傳與諸家文集有關樂府古題命名緣起的記載纂輯成書，材料豐富，考證翔實。宋人郭茂倩《樂府詩集》多徵引一部題爲《樂府解題》的著作，内容全同於今傳本《樂府古題要解》。據此，《四庫全書總目》云：「疑兢書久佚，好事者因《崇文總目》有《樂府解題》與吴兢所撰《樂府》頗同語，因捃拾郭茂倩所引《樂府解題》，僞爲兢書。」然亦有其他兩種可能：或郭茂倩將吴兢《樂府古題要解》書名誤記爲《樂府解題》，或吴兢《樂府古題要解》又稱《樂府解題》，兩者原本就是同一部書。

《樂府雜録》一卷，音樂著作，唐段安節撰。段安節，臨淄（今山東淄博）人，段成式之子，温庭筠之婿。《四庫全書總目》稱，「首列樂部九條，次列歌舞俳優三條，次列樂器十三條，次列樂曲十二條，終以别樂識五音輪二十八調圖。然有説無圖，其舊本佚之歟」，「今考其中樂部諸條，與《開元禮》、杜佑《通典》、《唐書·禮樂志》相出入，知非傳聞無稽之談」。頗可相互參證。

《樂府廣題》二卷，音樂著作，北宋沈建撰。《宋史·藝文志》於經部樂類著録沈建《樂府廣題》二卷。該書多爲郭茂倩《樂府詩集》等所徵引。宋王堯臣《崇文總目》著録沈建《樂府詩目録》一卷，不知與《樂府廣題》是否有關。

《廣文選》六十卷，明劉節（一四七六—一五五五）編，續補《文選》類總集。劉節，字介夫，號梅國，南安府大庾（今江西大餘）人。弘治十八年進士，歷官至刑部右侍郎。《四庫全書總目·總集類存目》稱「是書以補《文選》之遺。前有王廷相、吕柟二序，皆稱八十二卷。而此本實六十卷。卷末有晉江陳蕙跋，稱『節舊本所録凡千七百九十六篇，其中訛字逸簡雜出，又文義之甚悖而俚者間在焉。乃以視鹺之暇，與楊郡守王子松，教授林璧，訓導曾辰、李世用，共校讎增損之，刻置淮揚書院。删去二百七十四篇，增入三十篇』云云。則此本爲蕙等重編，非節之舊矣」。

《選詩拾遺》，明楊慎（一四八八—一五五九）編纂。原書殘，未見作者，據明黄虞稷《千頃堂書目》云，「楊慎《風雅逸編》十卷又《選詩外編》九卷又《選詩拾遺》□卷又《五言律祖》六卷又《近體始音》五卷」，知爲楊慎所編纂。《書目》著録卷數缺，《明史·藝文志》或因此未著録此書。楊慎《升庵集》中有《選詩拾遺序》，惜亦未提及卷次。文中稱「漢代之音可以則，魏代之音可以誦，江左之音可以觀」，「或尊唐而卑六代，是以枝笑榦」，該書卷六選詩有隋末王績，後列釋道，疑該書乃漢魏六朝詩選輯録，當止於六卷。

《琴苑要録》，彙集宋代所存古琴文獻的明人抄本，其中包括古操十二章。明人馮惟訥《古詩紀》所録琴曲歌辭如《思歸引》《岐山操》《貞女引》《霹靂引》《水仙操》等多有來自該書者，經與宋人朱長文《琴史》所引《琴操》比對，大多相同相近，不排除該部《琴苑要録》中的琴曲歌辭有些乃抄録自漢末蔡邕《琴操》的可能性。

《詩乘》，明梅鼎祚編。梅氏除編有《古樂苑》《唐樂苑》外，還編有《漢魏詩乘》二十卷，又有合六朝詩刊本，名《八代詩乘》。引用者多簡稱「《詩乘》」。此書作於馮惟訥《古詩紀》之後，頗欲補其軼闕。《四庫全書總目》稱「然真僞雜糅，不能考正。如《蘇武妻詩》之類，至今爲藝林口實也」。